I0601794

مجموعه آثار صادق هدایت

مجموعه آثار صادق هدایت

جلد سوّم

پژوهش در فرهنگ عامیانه مردم ایران

تحت نظر

بنیاد صادق هدایت و بنیاد کتابهای سوختۀ ایران

بنیاد کتابهای سوختهٔ ایران The Iranian Burnt Books Foundation

طرح روی جلد از لیلا میری

مجموعه آثار صادق هدیت ـ Sadegh Hedayat – Complete Works – L'Œuvre complèt

جلد سوّم ـ Volume III

پژوهش در فرهنگ عامیانه مردم ایران

ISBN 978-91-86131-34-0

تحت نظر

بنیاد صادق هدایت و بنیاد کتابهای سوختهٔ ایران

ویرایش اوّل ـ چاپ اوّل

مرداد ۱۳۸۸ —August 2009

نشر بنیاد کتابهای سوختهٔ ایران

گروه انتشارات آزاد ایران

www.entesharate-iran.com

فهرست

پیش‌سخن

صادق هدایت ازنخستین نویسندگان و پژوهشگرانی است که درباره فرهنگ عامیانه ایران دست به پژوهش زد. او با این مهم برخوردی بسیار جدی و علمی داشت. اصولاً صادق هدایت به آن‌چه مربوط با اصالت ایران و ایرانی و مخصوصاً با فرهنگ اصیل این مرزوبوم ربط داشت به سختی عشق می‌ورزید و ازهیچ کوششی برای دستیابی به اطلاعات علمی دقیق و حقایق نهفته درآن دریغ نمی‌کرد. او اززمانی که در بلژیک و فرانسه به تحصیل اشتغال داشت در باره فولکلر و فرهنگ عامیانه مردم ایران دست به مطالعات زده بود، کما این که پس ازبازگشت به ایران درسال ۱۳۰۹ حدود یک سال بعد درسال ۱۳۱۰ «اوسانه» را درتهران منتشر می‌کند که درکتاب حاضر نیز آمده است. او برای اطلاع ازاین فرهنگ بسیارغنی پراکنده به تمام دوستان و آشنایان و هرمجمع و محفلی که دسترسی داشت سپرده بود در مورد داستان‌های محلی و عامیانه و افسانه‌های تخیلی، ترانه‌های محلی از هرنوع و با هرلهجه محلی، امثال و ضرب المثل ها، اعتقادات خرافاتی و محلی و مذهبی و سنتی وغیره هرچه می‌دانند و دردسترس دارند برایش بفرستند. در ایامی که با مجله موسیقی همکاری داشت طی بخشنامه‌ای که به ادارات فرهنگ کلیه شهرستان‌ها ارسال شد درخواست شده بود قصه و افسانه و ترانه و متل و غیره هرآن‌چه می‌توانند فراهم کنند و برای اداره موسیقی ارسال دارند. در پاسخ به این درخواست مسئولان فرهنگی وقت مثبت عمل کرده و بسیاری ترانه و افسانه و ضرب المثل و غیره به صورت مکتوب و طی نامه اداری به اداره موسیقی ارسال داشتند که طبعاً این مدارک ارسالی در اختیار هدایت قرار می‌گرفت. بعداً در ایام همکاری با مجله سخن نیز ازکلیه خوانندگان و مطلعین خواسته شده بود در این زمینه هرچه می‌دانند یا می‌توانند فراهم کنند به دفتر مجله سخن بفرستند. به این ترتیب تعداد زیادی از این گونه اسناد فرهنگی عامیانه ازطریق دفتر مجله سخن در اختیار هدایت قرارگرفت. علاوه براین خاورشناسان اروپایی و نویسندگان و دست اندرکاران هنر و ادب که به عناوین مختلف با هدایت حشرو نشر داشتند به نوبه خود هرآن‌چه در این زمینه می‌یافتند یا می‌دانستند برای هدایت می‌فرستادند.

صادق هدایت روی تمام آن چه به صورت فرهنگ عامیانه مـردم بـرایش فرسـتاده می‌شد مطالعه بسیاردقیق و تحقیق و بررسی بسیار جـالبی را انجـام مـی‌داد کـه در پانویس‌های مربوط به این آثار در کتاب حاضر دامنه پژوهش هدایت به رأی العین مشهود است. حاصل این پژوهش و گردآوری نخستین بار درسال ۱۳۱۲ در کتابی به نام نیرنگستان منتشر شد. دراین کتاب مجموعه‌ای از اعتقادات، خرافات، باورهـای مذهبی، سنت‌ها و امثال‌هم آمده و در هـر مـورد توضیحات لازم داده شـده است، آن‌چه در این کتاب آمده حاصل سال‌ها جمع‌آوری، بررسی و مطالعه و طبقه‌بندی و تحقیق اصیل و علمی هدایت می‌باشد. موضوع دیگـر نفـوذ اعتقادات ازاقـوام دیگـر وملل بیگانه به فرهنگ عامیانه ایـران ماننـد پـارت‌هـا، یونانیـان، رومیـان، یهودیـان، عیسویان و اعراب و هم‌چنین نفوذ فرهنگ عامیانه ایران به اقوام وملـل دیگـر بـوده است. درکتاب نیرنگستان پانویس‌ها تصویر شفاف و روشنی است ازمطالعه هـدایت در باره ریشه فرهنگ عامیانه مردم ایران و اشاره به نوشته‌هـای گذشـتگان چـه در ایران و چه در خارج از ایران که این کوشـش در نـوع خـود در سال‌های ۱۳۱۰ تـا ۱۳۱۲ بـا اطلاعـات و ابـزاری کـه درآن ایـام در دسـترس بـوده در نـوع خـود بی‌نظیراست.

صادق هدایت به احتمال قریب به یقین نخستین نویسنده و پژوهشگری اسـت کـه نحوه تحقیق و بررسی و حتی روش کار برای جمع‌آوری اسناد و مـدارک و نحـوه مراجعه به افراد و تماس و مصاحبه را طی نظم علمی نوشته است.

در«اوسانه» بیشتر موضوع ترانه‌هـا مطـرح اسـت. شـاید ایـن نخسـتین اثـر از یـک نویسنده محقق است که ترانه‌های عامیانه ایران را چنین دقیق تجزیه و تحلیل کرده و در این زمینه تا عمق نژاد آریایی و اسناد مـذهبی ترسائیان و کلیسـای مسیحی پیشـرفته اسـت. صـادق هـدایت ترانـه‌هـای محلـی و عامیانه را گنجینـه‌هـای ملی می‌شناسد. این‌جا نکتـه ای قابـل تـذکر اسـت کـه ایـن آثارهـدایت درسـال ۱۳۱۰ منتشرشده و نشانگر آن است که هدایت در سال‌های قبل دست بـه مطالعه بسیار وسیعی در این زمینه زده بودکه حاصل کارش در ۱۳۱۰ منتشر شده است. هـدایت

هنر عوام را از شعرو موسیقی اعم از سنتی یا زمان خودش را کـاملاً تفکیـک کـرد. او ترانه‌های عامیانه را هنر و نبوغ ساده‌تـرین طبقـات مـردم مـی‌دانـد. ایـن نبـوغ در جاودانگی ترانه‌ها نهفته است که بـه‌طـور مرمـوزی از سـینه بـه سـینه حفـظ شـده، باقیمانده و سراینده اصلی آن‌ها هرگز شناخته نمی‌شود. بخش دیگر از کار هـدایت درسال ۱۳۱۸ منتشرمی شد و نشانگر آن است که هـدایت کـارپژوهش خـود را در مورد فرهنگ عامیانه ادامه داده است.

درباره متل ها هدایت آن‌ها را گرانبهـاترین و زنـده‌تـرین نمونـه نثرزبـان فارسـی می‌انگارد و مادر رومان و نوول‌های جدید می‌شناسد. او متل‌هـا را متـأثر از قـدرت مرموزی می‌داند که انسان را سخت در خود فرومی‌کشد. متل‌هـا بـا سـاده‌تـرین و صادقانه‌ترین کلمات زنده‌ترین طنزها و کنایه‌ها و قصه‌هـا را بـرای مـا مـی‌سـرایند. صادق هدایت از نخستین پژوهشگرانی بود که با صدایی رسا فریاد زد: آن چه مردم کوچه و بازار و دهات و ایلات و غیره به عنوان شوخی و مزاح و پند و اندرز و دیگـر گفتگوهای روزمره خود می‌گویند گنجینه‌ای بسیار پرارزش است که بایستی در باره آن‌ها دقت و تحقیق بسیارکرد.

بخش بسیار مهم دیگر پژوهش هدایت درباره فولکلر یـا فرهنـگ تـوده مـی‌باشـد. این‌جا هدایت به گونه‌ای عمیق ازتمام ابعـاد جامعـه‌شناسـی، مـردم‌شناسـی، ادبیـات، موسیقی و غیره فرهنگ عامیانـه را ابتـدا در سـطح جهـانی و بعـد در ایـران تحـت بررسی قرار می‌دهد.

صادق هدایت فرهنگ عامیانه ایران را بسیار غنـی‌تـر از بسـیاری نقـاط دیگـر جهـان می‌داند و هشدار می‌دهد اگر در ضبط و جمع‌آوری آن‌هـا سـعی نشـود از میـان خواهندرفت. یکی ازجالب‌ترین آثار هدایت در این زمینه «طرح کلـی بـرای کـاوش فرهنگ عامیانه یک منطقه» است. صادق هدایت کلیه عـواملی کـه در زنـدگی بشـر ذی‌اثراند چون عوامل اقتصادی و مـادی،کـار، زبـان بـومی، دانـش و آگـاهی عـوام، هنرهـای محلـی، جـادوگری، زنـدگی اجتمـاعی و خـانوادگی و غیـره را اسـتادانه طبقه‌بندی کرده و به تفکیک شرح داده است. قسمت دیگر نحوه انجام کار است. در

این زمینه چون یک جامعه‌شناس که برای جمع‌آوری اطلاعات گام برمی‌دارد هدایت تمام عوامل لازم را متذکرشده است.

وقتی موضوع لهجه‌های محلی ایران مطرح می‌شود برای آن‌که هرکلمه با صدای اصلی خود قابل خواندن و نوشتن و درک کردن باشد الفبای صوتی آمده است.

صادق هدایت به پانویس درکارهای فرهنگ عوام اهمیت بسیارمی‌داده و واقعاً پانویس‌هایی که در این آثار اعم از باورها و خرافات، ترانه و متل‌ها و غیره دیده می‌شود نمایانگر مطالعه بسیار دقیق و عمیق او در تمام این زمینه‌هاست. او درتماس و مکاتباتی که با ایران‌شناسان معروف خارجی نظیرروژه لسکو، هانری ماسه، آرتورکریستن‌سن، مینورسکی، پردومناس، هانری کوربن و دیگران داشته در زمینه فرهنگ عامیانه به تبادل نظر و کسب اطلاعات می‌پرداخته است.

شاید یک جمع بندی آنچه صادق هدایت در باره فرهنگ عامیانه ایران انجام داده بی‌مناسبت نباشد. هدایت آن‌چه در قالب فرهنگ عامیانه ایران قرار می‌گیرد معین کرد، قصه، افسانه، ترانه، انواع و اقسام ضرب المثل، متل، نمایش‌های محلی، باورها و غیره. او هریک از این بخش‌های فرهنگ عامیانه مردم را مطالعه کرد، با جمع‌آوری اسناد و اطلاعات آن‌ها را تحت نظم و طبقه‌بندی منطقی درآورد و در هر مورد توضیحات لازم را نوشت ومنتشر کرد. هدایت نظرها را به سوی دریای بی‌کران فرهنگ عامیانه مردم ایران جلب کرد و به این ترانه‌ها ومتل‌ها و امثال و قصه‌ها معنی و مفهوم زنده، بسیار اصیل و ارزنده‌ای بخشید. بسیاری ازمردم این آثار را «مبتذل» تلقی می‌کردند. تصور می‌کردند «لالا لالا گل پونه» فقط برای خواباندن بچه بی‌قرار کم خواب است. صادق هدایت ترانه بچه‌ها را در یک بخش مستقل معنا داد و به آن‌ها ارج بسیار نهاد. هدایت فاش ساخت که این فرهنگ در سطح دنیا مطرح است و خاورشناسان در باره آن بسیاری مطالب نگاشته و مطالعه کرده‌اند. هدایت فرهنگ عامیانه را ازگردوخاک بی توجهی ایام پاک کرد و به عنوان آثاری جاودانه، بسیار جالب و پرارزش و پرمعنا به مردم ایران نمایاند. صادق هدایت ضمن آن‌که نظرها را به سوی فرهنگ عامیانه و ابعاد وسیع آن در ایران جلب کرد نشان داد

برای دست‌یابی به اطلاعات چه باید کرد و حتی نحوه تصحیح علمی و ابعاد آن را در شئون اجتماعی، اقتصادی، مادی و عاطفی مردم روشن ساخت. این پژوهش و کوشش هدایت حدود ۲۰ سال طول کشید و در هر مقطعی از این زمان که نتیجه کارش آماده می‌شد چاپ و منتشر کرد. او آن چه از مردم گرفته و آموخته بود تحت نظمی نوین دوباره به مردم برگرداند. صادق هدایت گنجینه‌ای را از زیر خاک و خل کم‌دانی‌ها یا فراموشی‌ها و یا بی‌توجهی‌ها بیرون کشید به آن روشنی، شفافیت و جلا داد و به مردم ایران هدیه کرد.

در این ایام که فرهنگ و ادب ایران در بند تعصبات و خردنگری‌های زیان بار در سیاهچال ابتذال‌گرایی گرفتار شده توجه به اصالت فرهنگ مملکت ما بسیار مهم است. ما ایرانی‌ها وظیفه داریم این دریای افتخارآمیز قصه، افسانه، ترانه، ضرب‌المثل، متل، نمایش محلی، باورها، خرافات و غیره را زنده و پاینده نگه داریم. این یک وظیفه ملی و ایرانی است.

لازم می دانم ازبنیاد کتاب های سوخته ایران و به طورخاص آقای دکتر سام واثقی که درکلیه امورچاپ و انتشار این مجموعه مساعی بسیارمبذول داشتند تشکر کنم و هم چنین آقای فریدون معزی مقدم که درکار ویرایش متن فرانسه ما را یاری دادند سپاسگذار می باشم.

جهانگیرهدایت اسفند ۱۳۸۷

نیرنگستان

دیباچه نیرنگستان[1]

« بگیرطره‌ی مه طلعتی و قصه مگوی

که سعد و نحس ز تأثیر زهره و زحل است.»

حافظ

گویا مردمان کهنه و ملت‌های قدیمی بیش از ملت‌های جوان و تازه‌به‌دوران‌رسیده اعتقادات و خرافات عوامانه دارند، به خصوص آن‌هایی که با نژادهای گوناگون اصطکاک پیدا کرده و درنتیجه آمیزش و تماس عادات، اخلاق و آیین‌شان افکار و خرافات تازه‌تری تراوش نموده که پشت درپشت سرزبان‌ها مانده است.

سرزمین ایران علاوه براین که چندین قرن تاریخ پشت سردارد، مانند کاروان‌سرایی است که همه قافله‌های بشرازملل متمدن و وحشی دنیای باستان مانند کلدانی،آشوری، یونانی، رومی، یهودی، ترک، عرب و مغول پی‌درپی درآن بارانداخته و یا باهم تماس و آمیزش داشته‌اند. ازاین رو کاوش و تحقیق درباره اعتقادات عوام آن نه تنها از لحاظ علمی و روان‌شناسی قابل توجه است بلکه برخی از نکات تاریک فلسفی و تاریخی را برایمان روشن خواهد کرد و پس از تحقیق و مقایسه این خرافات با خرافات سایر ملل می‌توانیم به ریشه و مبدأ آداب، رسوم، ادیان، افسانه‌ها و اعتقادات مختلف پی ببریم. زیرا همین قبیل افکاراست که همه مذاهب را پرورانید، ایجاد نموده و ازآن‌ها نگه‌داری می‌کند، همین خرافات است که گله‌ی آدمی‌زاد را در دوره‌های گوناگون تاریخی قدم به قدم راهنمایی کرده و تعصب‌ها، فداکاری‌ها، امیدها و ترس‌ها را در بشر تولید نموده است و بزرگترین و قدیمی‌ترین دل داری دهنده آدمی‌زاد به‌شمار می‌آید و هنوز هم درنزد مردمان وحشی و متمدن در اغلب وظایف زندگی دخالت تام دارد – چون بشراز همه چیز می‌تواند چشم بپوشد مگر ازخرافات و اعتقادات خودش. به قول یکی از دانشمندان: «انسان یک جانور خرافات‌پرست است.» و هرگاه تحقیقات و کاوش مفصل‌تری راجع

---

[1] کتاب نیرنگستان – ۱۳۲۴

به این گونه افکار بنماییم به حقیقت این مطلب پی خواهیم برد ولی این کار از موضوع ما خارج است.

در موضوع اعتقادات، بشر برای راهنمایی خودش به عقل اتکاءِ نمی‌کند، ولی به واسطه میل و احتیاجی که به دانستن علیت وجود اشیاءِ دارد به قلب و احساسات و قوه تصور خودش پناهنده می‌شود. فیلسوف سرشناس ارنست هگل درخصوص پیدایش خرافات و افسانه‌ها نزد اقوال اولیه بشر معتقد است که مبدأ و اصول آن‌ها هم ازیک احتیاج طبیعی ناشی می‌شود که به صورت اصل علت و معلول درقوانین عقلانی بروز کرده و به خصوص این خرافات دراثر حوادث طبیعی مانند رعد و برق، زمین لرزه، خسوف و کسوف و غیره که تولید ترس با تهدید خطری را می‌نماید ایجاد می‌شود. لزوم وجود این حوادث طبیعی که محکوم قانون علت و معلول است نزد مردمان اولیه ثابت شده و می‌رساند که آن‌ها این خاصیت را از نیاکان خودشان، میمون‌های بزرگ به ارث برده اند؛ چنان که درنزد سایرجانوران مهره‌دار نیز دیده می‌شود. مثلاً یک سگ وقتی که درمهتاب عوعو می‌کند و یا این که صدای زنگی را می‌شنود و تکان خوردن چکش میان آن را می‌بیند و یا اهتزاز بیرقی را در اثر وزش باد مشاهده می‌کند؛ از این آثار نه تنها حس ترس به او دست می‌دهد بلکه یک احتیاج مبهمی دراو تولید می‌شود که علت این حوادث و آثار مجهول را پیدا بکند — یک قسمت از باروهائی را درنزد مردمان ابتدائی مخصوصاً دراین خرافات که بازمانده افکار موروثی اجداد میمون آن هاست که باید جستجو کرد و قسمت دیگرش مربوط به نیایش اجداد و احتیاجات مختلف روح و آداب رسومی که به آن‌ها خوی گرفته اند[1].

هرگاه خرافات و اعتقادات و افکار ملل وحشی، نیمه‌متمدن و متمدن را باهم مقایسه بکنیم به این مطلب برمی‌خوریم که تقریباً همه آن‌ها ازیک اصل و چشمه جاری شده و به صورت‌های گوناگون بروز کرده. دانشمند بزرگ ادوارد تیلر که تحقیقات مفصلی درمقایسه آداب و رسوم و خرافات ملل متنوعه کرده می‌گوید:

---

[1] Haeckel, Les Enigmes de L´Univers P ٣٠٠-٣٠١

«وقتی که ما عادات و اعتقادات چادرنشینان وحشی را با ممالک متمدن بسنجیم، تعجب خواهیم کرد که چقدر از قسمت‌های تمدن پست با تغییر جزیی در تمدن عالی دیده و شناخته می‌شود و گاهی هم مشابهت تام دارد. [1]»
ولی چیزی که مهم است باید دانست همه این افکار عجیب و غریب و متضاد گاهی خنده‌آور و زمانی شگفت‌انگیز که به نام خرافات شهرت دارد آیا دراثر تراوش فکر ملی پیدا شده یا نه و رابطه آن‌ها با یکدیگر چیست؟
پیداست که توده ملت درهمه جای دنیا تنها به فکر زندگی است و هیچ وقت چیزی را اختراع نمی‌کند، ولی درهرزمان حتی در محیط‌های خیلی بدوی و اولیه درمیان توده منفی که تشکیل اکثریت را می‌دهد کسانی پیدا می‌شوند که فکر می‌کنند و اختراع می‌نمایند یا به عبارت دیگر افکار و احساسات توده مردم را گرفته به صورت جمله‌های احکام آمیز درمی‌آورند و ازهمین طبقه است که توده عوام دانش و اعتقادات خودش را می‌گیرد. ولی باید دانست که یک قسمت این عادات و خرافات که امروزه درنظر جامعه زشت و ناپسند می‌آید بی شک فکر ایرانی آن‌ها را ایجاد نکرده است بلکه در نتیجه معاشرت با نژادهای بیگانه و به واسطه فشارهای مذهبی و خارجی تحمیل شده است چنان که اینک به طور اختصار اشاره خواهم کرد.
بی آن که خواسته باشیم این موضوع را تجزیه و تحقیق کامل بنمائیم می‌توانیم بر حسب اصل و مبدأ همه این افکار را به چندین بخش قسمت کنیم. گذشته ازتقسیم‌بندی‌های فرعی که دراین مختصر نمی‌گنجد آن‌ها را به دو دسته عمده قسمت می‌نماییم که بحث درهرکدام ازآن‌ها درجای خود موضوع جداگانه و مهمی است.
۱- افکار و اعتقادات بومی که درنتیجه آزمایش روزانه، خانوادگی، مذهبی و انفرادی یا از جمله یادگارهای خیلی پیشین نژاد هند و ایرانی است که درایران به جا مانده است.

[1] E. Tylor, Civilisation Primitive, vol ۱. p. ۸

این گونه عادات و افکار را می‌توان ایرانی دانست و تحقیق درباره آن قابل توجه خواهد بود چه بعضی از قسمت‌های آن بی‌اندازه قدیمی و شاید بازمانده یادگارهای دوره ابتدایی بشر و به زمان کوچ خانواده آریایی به فلات ایران مربوط می‌شود، مانند اعتقادات و افسانه‌ها راجع به ماه، خورشید، اژدها، صحبت کردن با جانوران، گیاه‌ها و غیره که به طور تحقیق مبدأ و اصل آن خیلی قدیمی می‌باشد. مثلاً صحبت کردن با درخت نشان می‌دهد که در آن زمان نه تنها برای گیاه‌ها روح و زندگی قایل بوده‌اند بلکه آن‌ها را دارای هوش و ذکاوت نیز می‌دانسته‌اند و گمان می‌کردند که زبان آدمی‌زاد را می‌فهمند. هرچند در فلسفه دین زرتشتی روح به چندین درجه قسمت می‌شود و همه هستی‌ها دارای فروهر هستند ولی قوه هوش و ذکاوت برای گیاه قایل نیست و از این جا پیداست که این اعتقاد پیش از ظهور دین زرتشتی وجود داشته از همین جمله است حرف زدن با جانوران[1] اعتقاد به سنگ‌ها، درخت‌ها[2] و چیزها وغیره... که آن‌ها را مظهر حلول ارواح دانسته‌اند.

دیگر تفائل و تطیر زدن عوام است از آواز جانوران و بعضی اتفاقات و تصادفات و اشکال چیزها و هم‌چنین موضوع آمد نیامد، بدشگون و خوش‌شگون و غیره که مربوط به همین قسمت است و درنتیجه تصادف و آزمایش یک یا چندنفر که درنظر عوام اعتبار داشته‌اند به سر زبان‌ها افتاده. این گونه تفایل در نزد همه ملل دنیا وجود دارد و خیلی نزدیک و شبیه به یک دیگر می‌باشند.

برعکس می‌بینیم که دین زرتشتی در ابتدا مخالف خرافات است و اوستا یک جنبه دفاعی به خودش می‌گیرد و خیلی سخت به جادوگران و خرافاتی که در اثر نفوذ تورانیان در ایران رواج پیدا کرده بود حمله می‌کند، جادوگران را دیو می‌نامند و

---

[1] در اصطلاح عوام جانوران را « زبان بسته » خطاب می کنند و هم این می رساند که آن ها را دارای هوش و فهم می دانند و علت سکوت شان راهم این نقص نطق و زبان شان تصور می کنند. حکایت ها راجع به مسخ جانوران این مطلب را تأیید می کند. بومیان امریکا و افریقا معتقدند که میمون های بزرگ با یکدیگر گفت و گو می کنند. ولی جلو آدمی زاد خودشان را به نادانی و خاموشی می زنند تا آن ها را به کار نگمارند.

[2] درخت مراد در اغلب شهرها و دهکده های ایران وجود دارد.

برای جلوگیری از کارهای زشت آن‌ها دستورهایی می‌دهد[1]. از آن جمله پنهان کردن دندان، ناخن و موی سر است تا به دست جادوگران نه‌افتد. معلوم می‌شود درزمانی که این قسمت از اوستا نوشته شده[2] جادوگران نفوذ زیاد داشته‌اند و برعلیه آن‌ها این حکم صادرشده[3].

از زمان ساسانیان چندین کتاب مانده که وجود بعضی ازین اعتقادات را درآن دوره برای مان به خوبی آشکار می‌کند مانند «ارداویراژنامه» «شایست نه‌شایست» «دین کرت» «بندهشن» و کتاب « نیرنگستان» پهلوی که مانند کتاب دعاهای معمولی است و تأثیرعجیب وغریب برای بعضی ادعیه قایل می‌شود[4] و دیگر کتاب « صد دربوندهش» که به زبان فارسی درهندوستان چاپ شده و از کتب فوق نسبتاً جدیدتر است و در ضمن این کتاب یادداشت‌های زیادی ازآن ذکرشده است.دراغلب آن‌ها برمی‌خوریم به همین اعتقادات عامیانه که بعضی از آن‌ها تاکنون هم رواج دارد مانند احترام به چراغ،احترام به نان، تأثیرچشم زخم[5] چشم شور، آداب نوروز، هفت‌سین و غیره که درذیل کتاب اشاره می‌شود.

۲- اعتقادات و خرافاتی که ازملل بیگانه مانند سیت‌ها، پارت‌ها، یونانیان، رومیان به‌خصوص ملل سامی مانند کلدانیان، بابلیان، یهودیان و عرب‌ها به ایران سرازیر گردیده و یا درنتیجه تحمیل مذهبی به مردم تزریق شده و یا تحریف و دخل و تصرف در آداب بومی که به صورت بیگانه درآورده‌اند.

---

[1] اوستا فردگرد ۱۷ و یادداشت ص ۳۹ نمره ۲و۳

[2] قدیمی‌ترین قسمت اوستا به عقیده دانشمندان گات‌ها می‌باشد و قسمت‌های دیگر بعد به آن ملحق شد.

[3] حتا تأثیر خرافات مصری ازرمان خیلی قدیم درایران بوده. درموزه معارف تهران ازجمله اشیایی که درکاوش‌های شوش متعدد پیدا شده طلسم چشم زخم مصری، چشم مقدس است که از چینی پخته شده و لعاب آبی دارد.

[4] چون ازحیث عنوان موضوع بی‌تناسب نبوده و عنوان این کتاب از کتاب پهلوی فوق گرفته شده.

[5] در اوستا دیو چشم زخم «اغشی» نامیده می‌شود و دربند هشن همان دیو «غش» می باشد.

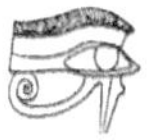

بی‌آنکه بخواهیم داخل مبحث تاریخی بشویم این تأثیر از زمان هخامنشیان و نفوذ مغ‌ها در دین زرتشتی شروع می‌شود. چون می‌دانیم که اغلب آن‌ها ازنژاد بیگانه بوده‌اند مانند: سیت‌ها و پارت‌ها و سامی‌ها و کارآنان اخترشناسی، طالع‌بینی و جادوگری بوده و بالاخره همان‌ها سبب شدند که دین زرتشتی را به واسطه خرافاتی که به آن بستند ضعیف نمودند. برای نمونه این قسمت از کتاب تفائل نزد کلدانیان تألیف لونورمان[1] را نقل می‌کنیم:

«چوب‌هایی که کلدانیان و به تقلید آن‌ها عرب‌ها برای طالع‌بینی استعمال می‌کردند مانند ترکه‌های گز است که مغان مدی برای همین نیت به کار می‌بردند... وقتی که دردین زرتشتی متنفذ شدند استعمال به رسم را درآن داخل کردند با وجود این که روحیه دین زرتشت از پیش‌گوئی وخرافات متنفر وگریزان است. به رسم یکی از لوازم آداب پیشوایان مذهبی گبرها است که به کیش پدرانشان وفادار مانده‌اند...»

به طور یادداشت می‌افزاید که درقسمت‌های کهنه‌ی اوستا اشاره به برسم[2] و استعمال آن نشده.

از طرف دیگر همسایگانی مانند کلده و آشور که می‌توان آن‌ها را مادر خرافات و جادونامید با خداهای ترسناکشان قربانی‌ها، سعد نحس روزها، ساعت‌ها، تأثیر ستاره‌ها درسرنوشت انسان و غیره اگرچه ایرانیان کمتر از همسایگان استعداد گرفتن خرافات را داشتند ولی روی هم رفته افکار آنان درایران بدون تأثیر نبوده است. ازآن‌ها که بگذریم هجوم یونانیان با پیش‌گوها، خداها و نیمچه خداهایشان، بعد مجاورت با رومیان با منجم‌باشی‌ها، معبرین و اخترشناسانشان از طرف دیگر

---

[1] F.Lenormand Divination p ۲۲.۲۳

[2] به رسم شاخه‌های باریک پی‌کرده بود به درازی یک وجب که ازدرخت گز و هوم و اگر درخت گز و هوم نباشد از درخت انار به برند و رسم بریدنش آن است که اول برسنگ‌چین راکه کاردی باشد که دسته آن هم آهن بود پادیای کند یعنی بشویند پس زمزمه نمایند. هرگاه خواهند نسکی از نسک‌های زند بخوانند یا عبادت کنند یا بدن بشویند یا خوردنی بخورند چند عدد به رسم به دست بگیرند و هنگام خوردنی پنج به رسم به دست بگیرند و ازشروط گرفتن به رسم به دست بدن شستن و جامه پاکیزه پوشیدن بود.» (فرهنگ جهانگیری)

مهاجرت یهودیان و خرافاتی که از مصر و بیابان‌های عربستان باخودشان سوغات آوردند و بالاخره حمله عرب‌ها پایه این خرافات را درایران مستحکم کرد.
یهودی‌ها به واسطه خویشاوندی خون و نژاد با عرب‌ها موقع را غنیمت شمرده کمک بزرگی به شیوع خرافات نمودند. حدیث‌نویس و اخبارنویس و یک دسته خرافات تراش دیگر به آن‌ها ملحق شدند و درافواه عوام افکار پوسیده و خرافات‌انگیز را تبلیغ کردند[1] از این قبیل افکار کتاب‌های بی شماری دردست هست که متأسفانه بیش‌تر آن‌ها به چاپ رسیده و کتابخانه‌های بازار حلبی سازها را پر کرده است.
وضع افکار و زندگی به طور عموم و به خصوص وضعیت زن بعد از اسلام تغییر کرد چون اسیر مرد و خانه نشین شد، تعدد زوجات، تزریق افکار قضا و قدر، سوگواری، غم وغصه فکر مردم را متوجه جادو، طلسم، دعا و جن نمود و ازکار و جدیت آن‌ها کاست. یک رشته خرافات جدید از این راه تولید شد.
نذرهای خونین، قربانی و تشریفات مربوط به آن همه این عادات وحشی از پرستش ارباب و انواع ناشی شده و به طور یقین اثرفکر ملل سامی می‌باشد. چون انسان نادان و اولیه از قوای طبیعت می‌ترسیده و خودش را مقهور آن می‌دانسته. هرکدام از این قوا را خدایی تشنه به خون پنداشته و برای فرونشاندن خشم و حرص آنان این معاوضه و تاخت زدن را برای معافیت جان خودش تصور کرده یعنی مرا نکش و این جانور را بخور. این شاهکار فکرسامی و متعلق به کلدانیان، یهودیان و عرب‌ها بوده و در مذاهب آرین قربانی خونین سابقه ندارد[2].

---

[1] یکی از راویان مهم اخبار اسلامی کعب الخبر (کعب الاخبار) یهودی بوده است. (تاریخ طبری).

[2] به طورکلی آزار جانوران و شکنجه نمودن آن‌ها از عادات ایرانی نبوده و ازخارج به ایران آمده حتی جانوران زندبار که به قول مورخین بعد ازاسلام کشتن آن‌ها مستحسن بوده مانند ملخ، مار و مورچه اختراع مغ‌ها است که اغلب از نژادها بیگانه بوده‌اند. بهترین دلیل آن که فردوسی به فلسفه و روحیه و عادات ایران باستان به خوبی آشنا بوده می‌گوید:

میازار موری که دانه کش است / که جان دارد و جان شیرین خوش است
سیاه اندرون باشد و سنگ دل / که خواهد که موری شود تنگدل
پسندی و هم داستانی کنی / که جان داری و جان ستانی کنی؟

چیزی که قابل توجه است این می‌باشد که نه تنها ملل بیگانه خرافات زیادی برای ایران آوردند بلکه برای ازبین بردن آثار ایران کوشش نمودند. آن چه که اصل و ریشه ایرانی داشته به صورت اجنبی درآورند. مثلاً اسکندر یونانی که در ادبیات ایران شهرت بی‌جا پیدا کرده همان کسی است که ایرانیان او را معلون می‌نامیدند بعد از اسلام صورت پیغمبر حق‌به‌جانب به خودش می‌گیرد. هرگاه اسکندر و رستم را با یکدیگر مقایسه بکنیم خواهیم دید که اغلب افسانه‌های جعلی که به اسکندر نسبت می‌دهند بی‌شباهت به داستان رستم نامی نمی‌باشد. رستم کله دیو سفید خودش بوده و اسکندر را عرب‌ها ذوالقرنین ترجمه می‌کنند[۱] افسانه آب حیوان و مسافرت اسکندر به ظلمات بی‌شباهت به هفت خوان رستم نیست که از افسانه‌های ایرانی است[۲].

قوس قزح یا کمان علی در قدیم به کمان رستم شهرت داشته است و از این گونه دخل و تصرف‌ها زیاد است که افسانه‌ها و یادگارهای تاریخی ایرانی را منحرف کرده و رنگ وروی اجنبی به آن‌ها بسته‌اند. مثل نسبت قبر مادر سلیمان به قبر کوروش در مرغاب ودادن لقب دیوبند به سلیمان درصورتی که از همه قراینی که دردست است تهمورث مشهور به دیوبند بوده و نسبت این قدرت به سلیمان یهودی جعلی ومغلطه محض می‌باشد. درنسخه خطی ایصال و سلامان (سلامان و ابسال!) می‌نویسد: «سلیمان ابن داود از انبیای بنی اسراییل بود. بعد از موسی و قبل از عیسی نه درتورات و نه درانجیل خبری از دیو و از انگشتر نیست، سلیمان لغت فرس است که سلامان خوانند، این است که جمشید را سلیمان فهمیده‌اند و مورخین آن اساس که نسبت به سلیمان نوشته‌اند ازجمشید بوده است. حضرت سلیمان صاحب تألیف و تصنیف است و چند کتاب از احکام او دردست یهود و نصارا و اسلام می‌باشد. این

---

[۱] این نکته را آقای ذ. بهروز متذکر شدند.

[۲] رجوع شود به افسانه‌های ایرانی ص ۱۳۴- ۱۳۵

گونه اخبار نه درکتاب خود او و نه در تواریخ یهود و نصارا نیست چون اسم پسر جم سلامان بوده است.[1]

در تاریخ طبرستان می‌نویسد: «... دراخبار اصحاب احادیث چنان است که صخره جنی صاحب انگشتری سلیمان نبی چون حضرت سلیمان او را بگرفت آن‌جا (درکوه دماوند) محبوس کرد.»

صاحب عجایب المخلوقات همین خبر را تکرار می‌کند، درصورتی که مطابق همه اسناد و روایتی که از قدیم مانده فریدون ضحاک را دردماوند محبوس کرده. معلوم نیست به تحریک و اختراع چه کسی سلیمان قایم مقام و جانشین همه اسم‌ها و افسانه‌های ایرانی می‌شود و به این اصرار کوشش کرده‌اند تا یادگارهای پیشین را ازخاطر مردم محو بکنند[2].

ازهمین قبیل است افسانه‌هایی که از ایران به خارج رفته و پس از تغییرات کم و بیش به شکل تازه‌ای درآمده مانند کتاب «الف لیله و لیله» که همان «هزار افسان» زمان ساسانیان بوده و ازپهلوی به عربی ترجمه شده و عرب‌ها درآن دخل و تصرف زیاد کرده‌اند.

علاوه برآن چه که ذکر شد دسته‌ای از خرافات دراثر اختراع و تحمیل افسانه سرا، حدیث و اخبار نویس، منجم پیش گو، جادوگر و دعانویس که به چشم عوام دارای قدر و منزلت بوده‌اند برای استفاده خودشان و گول زدن مردم درست کرده‌اند و

---

[1] در دین کرت می‌نویسد که کیکاوس بر هفت کشور فرمانروایی داشته و همه آدمیان و دیوان و پریان فرمان‌بردار او بوده‌اند و به یک اشاره او احکامش را مجرا می‌داشته اند. درینابیع الاسلام ص ۲۱۵ نوشته، «...وعلاوه براین همه واضح است که چون در این سفر زرتشتی: (یشت ۱۹ آیه ۳۰-۳۱) درخصوص جمشید نوشته شده است که او بر انس و جن و عفریت ها و غیره سلطنت می‌نمود و البته آن چه که اهل یهود ازاین قبیل درباره حضرت سلیمان می‌گویند ازهمین ینبوع جاری شده است و مسلمانان همان قصه را از ایشان اخذ نموده اند.»

[2] مسعودی در مروج ص۱۱۸-ج ۲ می‌گوید که شرح همه وقایع تاریخ ایران و افسانه‌هایش ازقبیل رستم داستان، سیاوش و همه آن‌ها مفصلاً درکتابی موسوم به السکیسران (سکیسران یا سران سیستان) نوشته شده که اززبان قدیم ایرانی ابن مقفع به عربی ترجمه کرده است. گویا مورخین و اخبارنویسان اسلامی برای تغییر افسانه های ایران ازاین کتاب خیلی استفاده کرده باشند.

روی آن صحه گذاشته‌اند و یا اشخاص زرنگ نیز برای استفاده شخصی و یا تفریح و یا از جهالت و نادانی خرافات را وضع کرده‌اند. مثلاً یکی از خرافات اروپایی که به روایتی در هنگام جنگ بین‌المللی وضع شد و اکنون درطبقه فرنگی‌مآب‌های تهران هم تأثیر کرده این است که سه سیگار را نباید با یک کبریت آتش زد، چون سومی خواهد مرد. معروف است که درمیدان جنگ سرباز سومی که شب سیگار خودش را با یک کبریت روشن می‌کرده هدف گلوله دشمن می‌شده و به روایت دیگر «گروگر» تاجر کبریت‌فروش این فکر را مابین مردم شهرت داد تا مال التجاره خودش را بیشتر بفروشد، ولی پس از چندی علت اصلی پیدایش اعتقاد و یا افسانه فراموش می‌شود و فقط خودآن سرزبان‌ها می‌ماند. افسانه مرض جوع و حکایت فیل که پادشاه هندوستان بوده نمونه خوبی از پیدایش خرافات به دست می‌دهد. ولی چیزی که قابل توجه است درهمین افکار عامیانه برمی‌خوریم به امثال و احکامی که عوام برضد افکار خرافات آمیز وضع کرده است:

بتراش سر وبگیر ناخن   هر روز کز آن بتر نباشد

یکی شب چهارشنبه پول گم کرده، یکی پول پیدا کرده همه ماه‌ها خطر دارد، بدنامیش صفر دارد.

پوشیده نباشد که دراین کتاب تنها آن چه از اعتقادات و خرافاتی که درافواه شهرت دارد (تقریباً به همان زبانی که از گفته‌های عوام یادداشت شده) می‌نگاریم و کاری به کتاب‌های گران‌بهایی که دراین خصوص نوشته شده نداریم مانند تعبیرخواب و یا خواص جانوران و چیزها و ادویه‌ها که مربوط به طب قدیم است[1] و یا رساله‌هایی

---

[1] درعجایب المخلوقات نوشته: «اگرکسی گوشت طوطی بخورد فصیح می شود.» تقریباً می‌شود از همین نمونه خواص عجیب و غریبی که در کتاب‌های قدیم روی هستی‌ها گذاشته‌اند سنجش کرد چون طوطی تقلید صدای انسان را می‌کند گمان کرده‌اند که ازخوردن گوشت او فصیح می‌شوند. این فکر نزدیک به فکر وحشی‌های استرالیا است که گمان می‌کنند هرکس قلب ببر را بخورد دلیر می‌شود. تناسب دل ببر با شجاعت بیشتر است تا گوشت طوطی با فصاحت و ازاین گذشته این مطلب اختراعی و ازافکار عامیانه به شمار نمی‌آید.

که درعلوم مخفیه وجود دارد همه این‌ها انباشته شـده از موهومـات و کسانی کـه طالب باشند باید مستقیماً به آن کتاب‌ها رجوع بکنند.

تنها کتابی که می‌شود گفت راجع به آداب و رسوم عوام نوشته شده همان کتاب معروف کلثوم ننه تألیف آقاجمال خونساری است که به زبان‌های خارجه هم ترجمه شـده و فارسـی آن در دسـترس همـه مـی‌باشد. اگـر چه بعضـی از مطالـب آن اغراق‌آمیز به‌نظرمی‌آید زیرا نباید فراموش کرد که بیش‌تر این عـادات و خرافات امروزه منسوخ شده و ازبین رفته است و چیزی که قابل توجه است حتی پیـرزن‌ها هم آن را با نظرتمسخر تلقی می‌کنند.

خرافات هم ماننـد همه گونه عقاید و افکار زندگی به خصوص دارد،گاهی بـه وجود می‌آید و جانشین خرافات دیگر می‌شود و زمانی هـم ازبیـن مـی‌رود. ترقـی علـوم، افکارو زمان به این کار خیلی کمک می‌نماید. بسا اتفاق می‌افتد که یک دسته از آن‌ها را از بین می‌برد درصورتی که یک دسته دیگر خیلی سخت‌تر جای آن‌ها مـی‌آورد. البتـه اگـر آن‌هـا را بـه حـال خـود بگذارنـد جنبـه‌ی الوهیـت خـود را تـا دیرزمانی نگه‌می‌دارد چون مردم عوام آن‌ها را مانند مکاشفات و وحـی الهـی دانسـته بـه یـک دیگر انتقال می‌دهند. برای ازبین بردن این گونه موهومـات هیـچ چیـز بهتـر از آن نیست که چاپ بشود تا از اهمیت و اعتبار آن کاسته سستی آن را واضح و آشـکار بنماید. مخصوصاً می‌بایستی هر کدام جداگانه تحقیق بشود زیرا نباید اشتباه کرد کـه این افکار پوسیده هیچ وقت خود به خود نابود نمی‌شود. چه بسیار کسانی که پای بند هیچ‌گونه فکر و عقیده‌ای نمی‌باشند ولی درموضوع خرافات خون‌سـردی خـود را از دست می‌دهند و این از آن‌جا ناشی می‌شودکه زن عوام این افکار را به گـوش بچـه خوانده است و بعد ازآن که بزرگ می‌شود هر گونه فکر وعقیده‌ای را مـی‌توانـد بسنجد، قبول و یا رد بکند مگر خرافات را چون از بچگی بـه او تلقیـن شـده و هیـچ موقع نتوانسته آن را امتحان بکند از این جهت تأثیرخودش را همیشه نگه مـی‌دارد و پیوسته قوی‌تر مـی‌شـود و درمقابـل اعتراضـی کـه مـی‌شـود مـی‌گویـد: «النفـوس کالنصوص»

تیلر ازکتاب مفصل خودش این طور نتیجه می‌گیرد: «ولی معرفت طبقات اهم وظیفه دیگری را به عهده دارد که بسیار مهم و دشوار می‌باشد و آن عبارت است ازاین که می‌بایستی آن چه را که تمدن‌های پست و خشن قدیم درجامعه ما به صورت خرافات اسف‌آور باقی گذاشته است پرده ازرویش بردارد و آن‌ها را یک سره نابود و ریشه‌کن بنماید. این کار اگرچه چندان گوارا نیست ولی برای آسایش و آرامش جامعه بشر لازم و واجب است و به این طرز علم تمدن همان طوری که برای پیشرفت جامعه جداً کوشیده و کمک می‌کند برای ازهم گسیختن و شکستن زنجیرهایی که او را مقید کرده نیز باید اقدام بکند و به خصوص این علم برای پیشوایانی که به جهت اصلاح و تجدد و جامعه کمر مجاهدت برمیان می‌بندند... [1]»

ازطرف دیگر جای تردید نیست که تا این افکار به اسم اوهام و خرافات جداگانه تدوین نشود بیگانگان این عقاید سخیفه را جزو عادات ملی ما می‌شمارند و حال آن که تدوین آن به نام عقاید منسوخه قدمت و بی اهمیتی آن را می‌رساند.

ولی نباید فراموش کردکه دسته‌ای از این آداب و رسوم نه تنها خوب و پسندیده است بلکه از یادگارهای روزهای پرافتخار ایران است مانند جشن مهرگان، جشن نوروز، جشن سده، چهارشنبه سوری و غیره... که زنده کردن و نگاه‌داری آن‌ها از وظایف مهم ملی به‌شمار می‌آید و برای آن باید مقام جداگانه‌ای قایل شد. مثلاً آتش‌افروزی درزمان قدیم مانند یک «کارناوال» وجود داشته چنان که امروزه هم درنزد اروپائیان مرسوم و طرف توجه است. آداب عقد، عروسی، شادی، تمیزی و یا افکار بی‌زبان خنده آور و افسانه‌های قشنگ ادبی به طور کلی تأثیر خوبی در زندگی دارد و هم این قدمت ملتی را نشان می‌دهد که زیاد پیرشده، زیاد فکر کرده و زیاد افکارشاعرانه داشته است. ولی خرافاتی که ازخارج به ایران آمده زندگی را مشکل وزهرآلود می‌کند مانند اعتقاد به ساعت خوب وبد، قربانی، سعد ونحس ستارگان، تقدیر و غیره.

---

[1] E. Tylor.Civilisation Primtive. II.P: ۶۸۱

امروزه درهمه ممالک متمدن دسته‌ای از دانشمندان خرافات همه ملل دنیا را از ممالک متمدن گرفته تا قبایل وحشی افریقا و استرالیا جمع‌آوری کرده‌اند و تشکیل صدها کتاب را می‌دهد چنان که پس از مقایسه و تطبیق آن‌ها با یک دیگر یک رشته علم تازه‌ای به وجود آمده که دانش عوام یا « فلکلر»[1] می‌نامند که دراغلب علوم مخصوصاً روان‌شناسی و تجزیه روح[2] و تاریخ تمدن و تاریخ مذاهب و غیره خیلی طرف توجه علما می‌باشد ولی جای تعجب است که تاکنون آداب، رسوم و اعتقادات عوام ایران جداگانه جمع‌آوری نشده بود به استثنای مختصری درحاجی بابای اصفهانی و آن چه درکتاب‌ها دیده می‌شود عبارت از بعضی خرافات است که مسافران اروپائی دورغ یا راست درکتاب‌های خودشان ضبط کرده‌اند.

عجالتاً در اولین قدم این مجموعه را که متمم کتابچه‌ای است که قبلاً درجزو همین کوده به نام «اوسانه» چاپ شد تقدیم می‌داریم که تشکیل مختصری ازدانش عوام ایران را می‌دهد و امیدواریم که در آینده آن را تکمیل کرده و نیز مجموعه‌ای از قصه‌های عوامانه به چاپ برسانیم. درضمن از آقایان دکتر پرتو، جواد کمالیان، ع. مقدم، میرزا حسین‌خان معینی کرمانی، ح. یغمائی، ب. علوی، ص. هشترودی و آقای «پ»[3] ازخراسان وبسیاری دیگرکه هرکدام به نوبه‌ی خودازکمک دریغ نداشتند بی‌نهایت متشکرم. مخصوصاً آقای مجتبی مینوی که علاوه برکمک‌های بسیار یادداشت‌های گرانبهایی به این جانب دادند و رهین منت ایشان می‌باشم.

چون تقسیم‌بندی این مجموعه به طرز مطلق صورت نمی‌گرفت چنان که ممکن بود اغلب این افکار درچندین جا تکرار بشود از این رو برای احتراز از تکرار در آخرکتاب یک جدول راهنما اضافه می‌کنیم تا پیدا کردن مطالب آن آسان بشود[4].

تهران ۱۶ فروردین ۱۳۱۱ ص. هدایت

---

[1] Folklore

[2] Psychoanalyse

[3] منظور محمدپروین گنابادی است که به درخواست خودش هدایت از معرفی اسم او خودداری کرده است.

[4] جدول راهنما دراین کتاب نیامده است.

آداب و تشریفات زناشوئی

آداب عقـد - اطـاقی کـه درآن آداب عقـد را بـه‌جـا مـی‌آورنـد بایـد زیـرش پرباشد.زن‌هایی که موقع عقد درآن اطاق هستند همه باید یک بختـه و سـفیدبخت باشند. روبه قبله سفره‌ی سفیدی پهن می‌کنند، این‌هـای کـه دامـاد فرسـتاده «آینـه بخت» بالای سفره می‌گذارند و دوجار دو طرف آینه می‌گذارنـد کـه درآن‌هـا یـک شمع به اسم عروس و یک شمع به اسم داماد روشن می‌کنند. جلو آینه مشتی گنـدم پاشیده رویش سوزنی ترمه می‌اندازند بعد پیه‌سوزی ازعسل و روغن روشن کرده رویش یک تشت واژگون می‌کنند، روی تشت یک زین اسب مـی‌گذارنـد و عـروس روی این زین می‌نشیند.

عروس درهنگام عقد در آینه نگاه می‌کند و درلباس‌های او نباید گره باشد هم‌چنین بندهای لباس او باید باز باشد تا گره درکارش نخورد.

چیزهای ذیل درسفره سرعقد لازم است:

قرآن – جانماز – قدح شربت – نان سنگک بزرگ – خوانچه اسـفند – نـان و پنیـرو سبزی – گردو – جیوه – کاسه آب که رویش یک برگ سبزباشـد – دوکلـه قندکـه درموقع خواندن خطبه آدم[1] بالای سر عروس، به هم می‌سایند – میـوه و شـیرینی، هفت جواهر که در هاون می‌سایند، دریک قهوه جوش قلیاب سـرکه و فلفـل سـفید می‌جوشانند و در قهوه‌جوش دیگر روی منقل دوتخم مرغ درهفت ادویـه بـه نیـت اولاد می‌جوشانند که یکی از آن‌ها را عروس می‌خورد و دیگری را داماد. یک نفرهم بالای سرعروس بانخ هفت رنگ زبان مادرشوهر و خواهرشوهر را می‌دوزد و بایک زبان از شله‌ی سرخ درست می‌کنند و آن را زیرعروس به زمین میخکوب می‌کننـد و می‌گویند:«زبان مادرشوهر، خواهرشوهر، جاری و پدرشوهر را بستم.»

درهمین وقت یک نفرقفلی را دائماً می‌بندد و باز می‌کند و همـین کـه خطبـه تمـام شد آن را قفل می‌کند و آن قفل نباید تا شب عروسی باز بشود برای آن که دامـاد با زن دیگری آشنا نشود.

---

[1] دعائی که درموقع عقد می خوانند.

مغز یک فندق را درآورده درآن جیوه می‌ریزند و سوراخ آن را با موم می‌گیرند و آن را همراه عروس می‌کنند تا همان طوری که جیوه درفندق می‌لغزد دل داماد برای عروس بتپد.

پس ازانجام مراسم عقد کاسه‌ی آب را می‌ریزند به سرعروس و با کفش‌های او شمع‌ها را خاموش می‌کنند.

هفت جواهرو جیوه برای سفید بختی است،آب روشنایی است، برگ سبزخرمی است، روی زین نشستن عروس برای این است که به سرشوهرش مسلط باشد.

عسل و روغن برای این است که چرب و شیرین باشند. اسپند شگون دارد. نان و پنیر و سبزی برکت دارد و هرگاه اهل مجلس ازآن بخورند هیچ وقت دندان درد نمی‌گیرند.

عروسی- جهازعروس را که به خانه داماد می‌فرستند اول اینه و قرآن و لاله را وارد خانه می‌کنند و برای شگون اسفند دود می‌کنند.

درشب عروسی اشعار مخصوصی می‌خوانند[1].

هنگامی که عروس را به خانه داماد می‌برند پسر نابالغی به کمرش نان وپنیر می‌بنددند و برای سفیدبختی یک لنگه کفش کهنه عروس را در درشگه پهلویش می‌گذارند. عروس را که می‌آورند داماد باید پیش‌باز برود، درهنگام پیش‌باز داماد به طرف عروس نارنج می‌اندازد و هرگاه عروس آن را گرفت برداماد مسلط می‌شود. عروس که وارد خانه شوهر می‌شود می‌گوید: «یا عزیزالله» برای این که عزیز بشود. داماد باید برود بالای سردرخانه‌ی که عروس از زیرپایش رد بشود تا به سراو مسلط بشود. موقع ورود داماد در اطاق عروس کفش‌های عروس را بالای درمی گذارند تا داماد از زیرآن رد بشود. دراین شب داماد به همه زن‌هایی که درآن خانه جمع‌اند محرم است و نقلی که سر عروس و داماد شباش می‌کنند هرکس بردارد و بخورد اسباب گشایش کارش می‌شود. درموقع دست به دست دادن هریک از عروس وداماد که درگذاشتن پایش روی پای دیگری سبقت بگیرد

[1] رجوع شود به «اوسانه» صفحه ٢٤-٢٥ چاپ اول

زبانش به سراو دراز خواهد بود، بعد از دست به دست دادن شست پای عـروس و داماد را به هم می‌بندند و با گلاب می‌شویند ولی این کار خیلـی تردسـتی لازم دارد چه هرگاه شست یکی از آن‌ها روی شست دیگری قرار بگیرد برسراو مسلط خواهد شد، سپس داماد پول طلا درآن لگن می‌اندازد و یک رونما هم به عروس می‌دهد و آن گلاب را به دیوار می‌پاشند که مایه برکت خانه می‌شود.

رختخواب عروس و داماد را باید زن یک‌بخته بیندازد که هوو نداشـته باشـد. صـبح پاتختی از خانه عروس برایش کاچی غیغاغ می‌فرستند.

درشب زفاف باید یک زن از طرف خانواده‌ی عروس پشت دراطـاق حجلـه بخوابـد. داماد را که به حمام می‌برند باید یک نفر ینگه (یا لنگه) از اقوام معتبر اوکه هنـوز زن نگرفته باشد دوش به دوش او همه جا برود و بیایـد و آن شـخص زود زن خواهـد گرفت هم‌چنین عروس باید یک ینگه داشته باشـد و ینگـه شـدن باعـث سـفیدبختی است.

زن آبستن

چله بری- برای آبستن شدن آب چهارگوشه حمام راگرفته درپوست تخم مرغ می‌کنند وبه سرشان می‌ریزند. هنگام گرفتن خورشید یا ماه زن آبستن هرجای تن خود را بخاراند همان نقطه تن بچه را ماه می‌گیرد.

زن آبستن که سیب را با گونه‌اش گاز بزند روی لپ بچه‌اش چال می‌افتد.

اگرخوراک خوش‌بو بپزد باید به زن آبستن کمی بدهند وگرنه چشم بچه زاغ می‌شود و مشغول ذمه‌ی او خواهند شد.

هرگاه زن آبستن به کسی نگاه بکندو درهمان لحظه بچه در زهدانش تکان بخورد (رو به آن کس بجنبد) بچه به شکل آن شخص خواهد شد.

درآذربایجان معتقدند که هرگاه زن آبستن خوراکی ازکسی بگیرد بچه‌اش به شکل آن کس خواهد شدبه این جهت باید از گرفتن خوراکی از اشخاص ناشناس پرهیز بکنند.

زن نه ماه که از زیر قطارشتر رد بشود سرده ماه خواهد زایید.

زن آبستن که صبح بیدار می‌شود جاروب پشت دراطاق او به لرزه می‌افتد وبا خودش می‌گوید: یقین امروز مرا خواهد خورد[1].

زن آبستن که صورتش لک و پیس بشود بچه‌اش دخترخواهد بود.

اگر زن آبستن درکوچه سنجاق پیدا بکند بچه‌اش دختر می‌شود و اگر سوزن پیدا بکند پسر می‌شود.

اگر روی سر زن آبستن نمک بریزند بدون این که ملتفت شود، و بعد دستش را ببرد به پشت لبش بچه‌اش پسرخواهد شد و اگر برزلفش دست بزنند بچه دختر می‌شود.

شیرزن آبستن را درآب دوشند هرگاه ته‌نشین کرد بچه‌اش پسرخواهد بود و اگر روی آب بماند دختر است[1].

---

[1] زن آبستن باید زیاد چیز بخورد.

زن آبستن که زیاد سیب بخورد بچه‌اش پسرمی شود و اگر ویار او ترشی باشد بچه دختر است و اگر به شیرینی بیشتر مایل باشد بچه پسرخواهد بود.

آخرغذا و ته سفره به هرزنی برسد پسرخواهد زایید. جلو زن آبستن قیچی و چاقو بگذارند و چشمش را ببندند اگر قیچی را برداشت بچه‌اش دختر است و اگرچاقو را برداشت بچه‌اش پسراست.

زن آبستن که زیاد کاربکند و راه برود بچه‌اش پسر است و هرگاه بخورد و بخوابد بچه‌اش دختر خواهد بود.

هرگاه زنی به یک شکم سه دختر زایید برای پادشاه وقت خوش‌آیند است.

دور دگمه پستان زن هرقدر غده دارد به‌شماره آن‌ها بچه پیدا می‌کند.

هرگاه جلو زنی که بچه دارد تخم مرغ بخورند باید قدری به او بدهند وگرنه مشغول ذمه او خواهند شد.

«اگر خواهی که بدانی که زن حامله پسر دارد یا دختر او را نزد خود طلب کن، اگر نخست پای راست پیش نهاد فرزند پسربود و اگر پای چپ پیش ماند دختر بود. نوع دیگر: اگر اول سینه راست زن بزرگ شود پسربود و اگر سینه چپ بزرگ بشود دختر و اگر سرپستان زن سرخ بود پسربود و اگر سیاه بود دختر باشد. نوع دیگر: اگر زن حامله چست و نیکو روی و خندان و خوش خوی بود فرزند پسربود و اگر مقبوض و ترش‌روی و کاهل و بدخوی بود فرزند دختر بود والله اعلم.»[۲]

«وگویند که بزرگان چون با زنی یا کنیزکی نزدیکی خواستندی کردن کمر زرین برمیان بستندی، وزن را فرمودندی تا پیرایه برخویشتن کردی، گفتندی چون چنین کنی فرزند دلاور آید و تمام صورت و نیکو روی و خردمند و شیرین بود و دردل

---

[۱] «اگر خواهند که بدانند که درشکم حامله دختر است یا پسر، شیرحامله برکف دوشند و شپش دراو فکنند، اگربیرون رود بچه دختر باشد و اگر نه پسر زیرا شیر دختر تنک بود از آن عبور تواند کرد و شیر پسرزای غلیظ بود گذر ندهد و این امر قیاسی است و حقیقت آن خدای تعالی داند.» نزهته القلوب

[۲] هزار اسرار یا رهنمای عشرت ص۶

مردمان و چو پسر زادی درستی و زرو سیم برگه واره او بجنبیدی، گفتندی که خدای مردمان این هردواند.»[1]

قفل کردن شکم- زن آبستن که لک به‌بیند یا خطری متوجه او بشود به کمرش نخ بسته سرآن را قفل می‌زنند بعد یاسین می‌خوانند و هفت مبین آن را به آن قفل فوت می‌کنندو آن را می‌بندند و سرنه ماه آن را باز می‌کنند.

اگرزن آبستن زیاد درد بکشد برکت (سفره) بدل او به بندند دردش آرام می‌گیرد و یاماما ازبیرون به بچه خطاب می‌کند: «بیا بیرون، زودباش، آب گرم برای شستشویت درست کرده‌ایم، رخت نو برایت دوخته‌ایم چرا معطل می‌کنی؟» یا چادرسیاه زن زائو را گرو گذاشته خرما می‌خرند و خیر می‌کنند، پنجه مریم درآب می‌اندازند، اذان می‌گویند و یا شوهرش دردامان لباس خود آب ریخته به او می‌نوشانند. وبعد ازآن که فارغ شد تا چند روز او را سفیدآب می‌مالند و خال ابرو می‌گذارند.

زنی که بچه‌اش مرده باشد نباید داخل اطاق زائو بشود.

آل- به شکل زنی است که دست‌ها و پاهای استخوانی لاغر دارد، رنگ چهره‌اش سرخ و بینی او از گل است شاعرگوید:

رنگ او سرخ و بینیش از گل هرجا دیدی زود بگیرش تا از زائو جگر ندزدد و دل کار او آن است که جگرزن تازه زا را درزنبیل گذاشته می‌برد. ولی جگرزائو تا از آب نگذرد معالجه می‌شود. برای پیش بینی از خطرآل به یک سیخ پنج یا سه پیاز کشیده گوشه اطاق می‌گذارند. تفنگ وشمشیر دراطاق زائو باشد خوب است[2]. دور رختخواب او طناب پشمی سیاه می‌گذارند و دوازده فیتیله پنبه‌ای که یک طرفش سفید و طرف دیگرش را باپشت دیگ سیاه کرده باشند دوراطاق می‌چسبانند برای این که آل بترسد.

---

[1] نوروزنامه ص ۲۵

[2] به طورکلی جن از آهن و بسم الله می‌ترسد و به همین مناسبت آلات آهنی و برنده برای راندن جنیان مؤثر است.

روایت دیگر: رختخواب زائو نباید سرخ باشد، دردامن زائو جو بریزند و اسب بیاید آن را بخورد. دور رختخواب او با شمشیر برهنه خط کشیده بگویند: حصارمی کشم برای کی؟ برای مریم و بچه‌اش – بکش مبارک باشد[1] و شمشیر برهنه را بالای سرزائو بگذارند تا روزی که به حمام می‌رود.

روز ده که به حمام می‌رود. سیخ پیاز را هم راهش می‌برند و روی پله حمام پیازها را درآورده زیرپایش له می‌کنند و یا یک گردو زیرپایش شکسته و پیازها را به آب روان می‌دهند و با جام چهل کلید آب به سرش می‌ریزند. بعد از حمام هرگاه زائو تنها بماند دیگر آل نمی‌تواند به او آزار برساند.

[1] در کلثوم ننه این طور نوشته: «خش می‌کشم، خش می‌کشم، خش‌های خشخش می‌کشم.»

بچه

بچه که به دنیا می‌آید پس از شست‌شو یک تکه چلوار را چاک زده به تن او می‌پوشانند. این لباس را پیرهن قیامت می‌نامند وباید یک شب و یک روز به تنش باشد. سپس بچه را درقنداق سفید می‌پیچند و درننو می‌خوابانند. ننوی او را روی تنور آویزان می‌کنند و درآن قدری برنج می‌ریزند که بعد به گدا می‌دهند. روز هفتم بعد ازتولد ماما وقتی که بندناف بچه را می‌چیند انعام می‌گیرد.

بچه که تازه به دنیا آمده تا ده شب بالای سرش شمع می‌سوزانند تا این که روز دهم با جام چهل کلید آب ده به سرش بریزند[1].

«بچه که به دنیا آمد شش شب باید روی زمین بخوابدو شب هفتم خود زائو او را در گهواره بگذارد و آن شب را شب خیرگویند و باید شیرینی و خشکه بار حاضرنمایند و ماما دست بچه را با دستمال به پشتش به‌بندد و از آن اشیاءِ مذکور اندکی به بچه بخوراندو این عبارت را به حضار بگوید: بگیر بچه را (یکی ازاو بگیرد، او را هم به دیگری بدهد) و آخری بگوید: خدا نگه دارد[2].

---

[1] (۱) این که چون زن آبستن درخانه باشد جهد باید کردن تا درآن خانه پیوسته آتش باشد و نیک نگاه داشتن (۲) چون فرزند از مادر جدا بشود سه شبانه روز چراغ باید افروخت اگرآتش می‌سوزنند بهتر بود تا دیوان و دد و جان گزندی و زیانی نتوانند کردن چه عظیم نازک می‌باشد آن سه روز که فرزند زاید (۳) که در دین به پیداست که زرتشت اسفنتمان ازمادر جدا شد سه شب هرشبی دیوی با ۱۵۰ دیو بیامد تا زرتشت را هلاک کنند چون روشنایی آتش بدیدند بگریختندی و هیچ گزند و زیان نتوانستندی کردن (٤) تا چهل روز فرزند تنها نشاید که بگذارند و نیز نشاید که مادر بچه پای برآستانه درسرای نهد با چشم برکوه افکند که گفته‌اند بدشتان (بدیشان) بد باشد.» صد در ص ۱۵ در شانزدهم

[2] کلثوم ننه ص ١٤ چاپ بمبئی.

شب شش بچه که اسم او را می‌گذارند نباید بچه را به زمین گذاشت و در آن شب شش انداز هم باید درست کرد. اسم ائمه روی بچه بگذارند، روز محشر امام هم اسم او آمده شفاعتش را می‌کند[1].

بچه یک مهره «چاق» اگر مهره پشت او را بشمرند می‌میرد.

کسی که دعا همراه دارد نباید وارد اطاق بچه بشود مگر این که دعاهای خود را درخارج بگذارد.

قباچه بچه اول را درصورتی که بماند برای شگون به سایر بچه‌ها می‌پوشانند.

اگر بچه روز جمعه به دنیا بیاید باید هموزن او خرما بکشند و به تصدق بدهند والا بزرگ خانواده می‌میرد. کسی که هفت دختر داشته باشد اگر پسر پیدا بکند بدشگون است.

زن بچه شیرده اگر جوش بزند و اوقاتش تلخ بشود شیرش اعراض می‌شود و برای بچه زیان دارد.

بچه‌ای که روز عیدقربان به دنیا بیاید حاجی است.

بچه‌ای که زیاد گریه بکند خوش‌آواز می‌شود.

بچه‌ای که زبان خود را زیاد بیرون بیاورد دلیل آن است که مادرش وقتی او را آبستن بوده مار دیده است.

پدر و مادری که هرچه بچه پیدا بکنند زود بمیرد و بچه‌هایشان پا نگیرند اسم بچه آخری را اگر دختر باشد بمانی خانم می‌گذارند و اگر پسر باشد او را آقا ماندی یا خدا بگذار و یا مانده علی می‌نامند[2].

در آذربایجان وقتی در خانواده‌ای اولاد دختر زیاد است اسم هفتمی آن‌ها را «قزبس» یعنی دختر بس است می‌گذارند تا پشت او اولاد پسر پیدا بکنند.

بچه را باید از کسانی که چشمشان شور است و نظر می‌زنند پنهان کرد.

---

[1] درزمان ساسانیان یکی از گناهان بزرگ این بوده که روی بچه اسم بیگانه یعنی به غیر ازفارسی و عربی بدون انتخاب می‌گذاشته‌اند مانند سعد، فیروز، بهمن، حسن، عمرو غیره به نظر می‌آید که این قانون اززمان صفویه به بعد اختراع شده باشد.

[2] اسم بزی است که درزمان ساسانیان معمول بوده گویا به همین نیت است.

بچه که دمر بخوابد و پا را از پشت بلند کند پدر یا مادرش می‌میرد.

بچه که به دنیا بیاید و یکی از خویشانش به‌میرد بدقدم است.

بچه که در ابتدای راه رفتن کونخیزه بکند پشتش دختر است.

بچه که درشروع راه رفتن دمر راه برود پشت او پسر است.

هرگاه بچه بخواهد شست پایش را در دهنش بکند پشت می‌خواهد.

پوستی که درموقع ختنه می‌برند باید جداگانه کباب کرده با غذا به بچه بخورانند تا از بدنش چیزی کاسته نشود.[1]

هرگاه بچه دست چرب به سرش بمالد کچل می‌شود.

بچه که انگشت دربینی‌اش بکند کچل می‌شود.

بچه کوچک دروازه باز بکند (پاهایش را گشاد گذاشته سـرش را بـه زمـین بگـذارد) مهمان می‌آید.

بچه کوچک خانه را جاروب بزند مهمان می‌آید.

بچه کوچک اگر میوه یا خوراکی به‌بیند که می‌خورند و دلش بخواهد بایدکمی بـه او داد وگرنه مشغول ذمه او می‌شوند.

خرمای نذرام‌البنی را نباید پسربچه بخورد.

پای دیگ سمنو پسربچه نباید بیاید زیرا که حضرت فاطمه آن‌جا حاضر است.

بچه که آتش‌بازی بکند شب دررختخوابش می‌شاشد.

پسربچه خوراکی به‌بیند و به او ندهند نریاش می‌ترکد.

پسربچه که چپق بکشد قدش کوتاه می‌ماند.

پسربچه که تریاک بکشد دربزرگی ریش درنمی‌آورد.

بچه که به دنیا می‌آید روزیش را با خودش می‌آورد.

پسربچه که برنج خام بجود کوسه می‌شود.

---

[1] برای این که روز پنجاه هزار سال وقتی که باد ذرات بدن را جمع می کند و آدم ها دوباره درست می شوند چیزی ازبدن او کم نیاید.

آورده‌اند که کودک خرد را چون بداروادان زرش شیردهند آراسته سخن ایدو بردل مردم شیرین‌اید و به تن مردانه و ایمن بود از بیماری صرع و درخواب نترسد[1].

وچون تیغ برهنه پیش کودک هفت روزه بنهند آن کودک دلاور براید[2].

بچه که نحس باشد و زیاد گریه بکند شب چهارشنبه سوری سه مرتبه او را اززیر نقاره خانه[3] رد بکنند و درغلکی گندم ریخته به زمین بزنند تا دانه‌های گندم را کبوتران برچینند.

لامچه- چیزی باشد که جهت چشم زخم ازمشک و عنبر و سپند سوخته برپیشانی و عارض اطفال کشند.[4]

بعد ازآن که مادر نبض بچه‌اش را می‌گیرد و دستش را به زمین می‌زنند تا درد و بلای بچه برود به زمین.

هم‌زاد- مشهور است که چون فرزندی متولد شود جنی هم با او به وجود می‌آید و با آن شخص همراه می‌باشد و آن جن را هم‌زاد می‌گویند.[5]

تخم شکستن- برای دفع چشم زخم با زغال سرتخم مرغ را به اسم مادر و ته آن را به اسم پدربچه یا ناخوش نشان می‌گذارند، سپس همه کسانی که بچه را دیده‌اند اسم برده روی تخم علامت می‌گذارند بعد دریک تکه از پیراهن چرک بچه تخم را با یک شاهی پول و قدری نمک و زغال گذاشته بالای سراو ازنو اسم همان اشخاص را تکرار کرده تخم مرغ را فشار می‌دهند، به اسم هرکس شکست او بچه را چشم زده است کمی اززرده آن رابه کف پا و مغز سربچه می‌مالند وآن یک شاهی را به گدا می‌دهند.

---

[1] نوروزنامه ص ۲۱

[2] نوروزنامه ص ۳۸

[3] نقاره خانه سر درارک بوده و خراب شده.

[4] برهان قاطع

[5] برهان قاطع

اسفند دود کردن- بچه کوچک را وقتی که نشان می‌دهند هرکدام از حضار یک تکه از نخ لباسشان می‌دهند تا آن را با اسفند دود بکنند که بچه نظرنخورد. برای رفع بیماری و چشم[1] زخم اسفند دود می‌کنند[2]. اگراین کار را نزدیک غروب بکنند بهتر است. یک تکه پارچه یا نخ یا یک تاراز بند تنبان و یا خاک ته کفش کسی که نسبت به او بدگمانند گرفته با قدری اسفند دورسربچه یا ناخوش می‌گردانند و می‌گویند:

اسفند و اسفند دونه　　　اسفند سی و سه دونه

ازخویش و قوم و بیگونه

هرکه از دروازه بیرون برود　　　هرکه ازدروازه تو بیاید

کورشود چشم حسود و بخیل

شنبه زا، یکشنبه زا، دوشنبه زا... جمعه زا.

کی کاشت؟پیغمبر؟کی چید؟ فاطمه،برای کی دود کردند؟ برای امام حسن وامام حسین

به حق شاه مردون　　　درد وبلا رو دور گردون

ویا می‌گویند:

اسفند و سپند　　　پیغمبرما کرد پسند

علی کاشت فاطمه چید　　　بهر حسین و حسن

شنبه‌زا، یکشنبه‌زا، دوشنبه‌زا.... جمعه‌زا، زیرزمین، روی زمین، سیاه‌چشم، ازرق‌چشم، زاغ‌چشم، میش‌چشم، هرکه دیده هرکه ندیده، همسایه دست چپ، همسایه دست راست، پیش رو، پشت رو، پشت سر، بترکد چشم حسود و حسد.

---

[1] بچه نوزاد را باید از چشم زخم ناپاک حفظ کرد. (دینکرت ۲۲-۳۱-۸) «و آتش که درخانه باشد به نیمه شب برافروزند هزار دیو نیست شوند و دو چندان جادو و پری.» (صد در بندهش ص ۸٤)

[2] و چون بوی برآتش نهند وباد بوی آن می برد تا آن جا که آن بوی برسد هزاربار هزار دیو و دروج نیست بپاشند و کم شوند و چندان جادو و دیو و پری.

بچه غشی یا سایه زده[1] را معتقدند که با بچه از ما بهتران عوض شده او را بزک می‌کنند و کنج ویرانه می‌گذارند تا از ما بهتران بچه خودشان را برده و بچه عوض کرده را بیاورند.

بچه که دندانش از بالا در بیاید بدقدم است برای رفع آن او را از بالای بام کوتاهی در چادر می‌اندازند.

دایه که شیرش کم می‌شود روبه قبله نشسته آش رشته را با صد دینار شیرزا در هاون می‌کوبند و به او می‌خورانند.

در رشت معمول است که پوسته ختنه را به شاخ درخت انار سیخ می‌کنند و تا هفت روز بالای سربچه‌ای که ختنه شده می‌گذارند.

برای چشم درد، چشم طلا یا نقره درست می‌کنند و به امام زاده‌ای می‌فرستند.

نذر پسر ـ نذر می‌کنند اگر بچه پسر بشود تا هفت سال موی سر او را نزنند بعد از انقضای این مدت موی او را چیده به وزنش طلا بگیرند و آن طلا را طوق یا کشکول درست کرده به امامزاده‌ای بفرستند.

عقیقه ـ کسی که پسرش نمی‌ماند نذر می‌کند که گوسفند عقیقه بکند و آن عبارت است از این که گوسفند دو ساله‌ای را درزیرزمین سرمی برند تا آسمان نبیند بعد آن را درسته دردیگ می‌پزند بدون این که به آن چاشنی و نمک بزنند. گوشت آن را اشخاص پاک باید بخورند ولی استخوان‌هایش را نباید دور بریزند، آن استخوان‌ها را جمع می‌کنند و درهمان زیرزمین چال می‌کنند.[2]

---

[1] «سایه گفته‌اند نام دیوی‌است و جن را نیز سایه گویند و سبب این نام این است که هرکس که دیوانه می‌شده می‌گفتند که جن براو سایه انداخت، یعنی دراو تصرفی کرد و او را سایه زده می‌نامیدند یا سایه دار می‌خواندند...» (فرهنگ انجمن آرا)

[2] جمع کردن و نگهداری استخوان‌ها درقصه‌های عوام دیده می‌شود مانند پسری که مادرش او را کشت و گوشتش را به شوهرش داد و خواهر او استخوان‌هایش را جمع کرد و پسر بلبل شد (منم منم بلبل سرگشته   از کوه و کمر برگشته) و هم چنین در این اصطلاح: گوشت هم را بخورند استخوان هم را دور نمی‌ریزند.

بچه اگر بی وقتیش بشود باید مادرش با یک دختر پشتشان را به هم داده و بچـه را از میان پای آن‌ها رد بکنند و بعدهم سه باراو را ازمیان بند تفنگ بگذرانند.

گورزا- بچه‌ای را گویند که مادرش آبستن مـرده بـاشـد و آن بچـه درقبربـه دنیـا بیاید. برای این کار زن آبستن را که می‌میرد درقبر می‌گذارند و برای راه نفس‌کش تنبوشه درقبر می‌گذارند که به خارج راه دارد تا آن که بچه به دنیا بیاید و صدایش را بشنوند بعد او را درمی‌آورند و بزرگ می‌کنند.

درمازندران معتقدندکه درگلوی بچه کوچـک بـه سـن پـنج یاشـش مـاه اسـتخوان درمی‌آورد، برای بیرون آوردن آن پیرزن‌هایی هسـتند کـه درچهارشـنبه بـازار بـا نهایت تردستی استخوانی را لای انگشتان خود پنهان کرده و چنان وانمود می‌کنند که آن را از دهن بچه در می‌آورند.

علی موجود- برای پاترسونه بچه می‌گویند: می‌دهیمت به دست علی موجود. ایـن علی موجود درویشی است که بچه را برده به چهارمیخ می‌کشد و زیرش یک چـراغ موشی می‌گذارد تا روغن آدم بگیرد.

اعتقادات و تشریفات گوناگون

مسافرت- درهنگام حرکت مسافر دریک سینی آینه یک بشقاب آرد یک کاسه آب که رویش برگ سبز است می‌آورند پس ازآن که مسافر را ازحلقه یاسین رد کردند و از زیر قرآن گذراندند باید در آینه نگاه بکند و انگشتش را درآرد بزند به پیشانیش بگذارد و پشت پایش آن آب را به زمین بپاشند[1].

آب و آینه روشنایی است و آرد برکت است.

سه روز و یا هفت روزبعد ازحرکتش «آش پشت پا» که آش رشته است می‌پزند.

اگرکسی مسافردارد و ازاو خبرندارد شب جمعه برود بیرون شهر سریک چاه کهنه او را به اسم صدا بزند، اگرصدای خنده ازچاه بیرون آمد زنده است و اگرصدای گریه آمد مرده است.

مسافرکه ازسفربرمی گردد جلو پایش گوسفند قربانی می‌کنند.

خواهرخواندگی- «هرگاه دو زن بخواهند خواهرخوانده شوند باید بدون این که یکدیگر را به‌بینند یک زن معتبر که طرف اطمینان هردو باشد و به اصطلاح زنان «پاسبز» نامیده می‌شود عروسکی ازموم بسازد درمیان سینی پر از شیرینی بگذارد و آن زنی که مایل است خواهرخوانده بشود برای طرفش می‌فرستد.

اگرطرف چادرسیاه سر عروسک انداخت دلیل بر رد است و اگر گلوبند به عروسک انداخت و به قاصد انعام داد هردوطرف راضی هستند.»

«اجراءِ صیغه خواهرخواندگی باید روز عیدغدیر باشد و در یکی از امامزاده‌ها اتفاق می‌افتد. صرف شربت و زدن دایره واجب است یکی ازآن‌ها می‌گوید:

«به حق شاه خیبرگیر

دیگری جواب می‌دهد: «خدایا مطلب ما را برآورده، بپذیر.»

---

[1] «این که چون درروزگار پیشین کسی به سفری خواستندی شدن که کمتر از دوازده فرسنگ بودی این یک درون (خشنومن) بیشتندی تا اندران سفر رنجی نرسید و کارها برمراد بودی وشغل‌ها گشاده شدی (۲) و برهمه کس فریضه است که چون به سفر خواهند شدن این درون یشتن» صد در ص ۳۸ درپنجاه و سوم.

بعد اسم خودشان را برده شهادت می‌دهندو لوازم آن دوازده دستمال است که به اقسام گوناگون می‌بندند و هرکدام ازآن‌ها اسمی به‌خصوص دارد بعد برای یک‌دیگر هدیه می‌فرستند به طوری که درکتاب کلثوم ننه نوشته است[1].

ازمابهتران احتیاج به مامای آدم‌ها دارند و آن‌ها را چشم بسته برای خودشان می‌برندودرمراجعت به جای پول یک مشت پوست پیاز به آن‌ها می‌دهند. اگرآن پوست‌ها را زیرقالی بریزند هرروز صبح یک سکه طلا سرجایش است ولی هرگاه به کسی ابراز بکنند خاصیتش می‌رود.

روزبیست وهفتم ماه رمضان که قتل ابن ملجم است زن‌ها سرخاب وسفیدآب می‌کنند وازپول گدایی پارچه می‌گیرند و میان دونماز درمسجد پیرهن مراد می‌دوزند. این پیرهن را هرگاه به نیت سلامتی، بخت گشایی و یا اولاد بدوزند مراد برآورده می‌شود.

برای این که بخت دختر بازبشود و شوهربکند او را می‌برند به حمام جهودها.

پس از انجام مراسم عقد اگر دختری را سرجای عروس بنشانند بختش باز می‌شود و زود شوهر می‌کند.

برای بخت‌گشایی چادرنماز دختر را از توی روده گوسفند می‌گذرانند.

دربم کرمان معمول بوده شخص مهمی که وارد شهر خنک می‌شده برایش یک درخت خنک خرمای نر را قربانی می‌کردند، به این ترتیب که سردرخت را می‌بریدند و پنیر خرما که مایع بسته شده شیرین است و درگلوی درخت قرارگرفته درمی‌آوردند و پیشکش برای آن شخص می‌فرستادند.

قربانی- گوسفندی که برای این کار انتخاب می‌شود باید سالم وبی‌نقص باشد واجب است که او را روبه قبله بخوابانند و دردهن او نبات کرده دربیاورند چون آن نبات تبرک است خونش و جگرش را که با کهنه سیاه درآورند تا آسمان را نبیند خواص بسیار داردچشمش را نظرقربانی درست می‌کنند ومعروف است که درروز

---

[1] کلثوم ننه ص ۲۴ -۲۵-۲۱

پنجاه‌هزار سال همین گوسفند داوطلب می‌شود که قاتلین خود را سوارکرده از روی پل صراط بگذراند.

ماه دیدن– برای هرماه چیزمخصوصی را باید دید چنان که شاعرگوید:

محرم زر است صفر آینه		ربیع نخست آب دیگر غنم
جمادی نخستین به سیم سفید		جمادی دگر بر کسی محترم
رجب مصحف و ماه شعبان به گل		مه روزه تیغ جهاندار جم
به شوال سبزه به ذیقعده طفل		به ذیحجه دیدار زیبا صنم[1]

در موقع رویت هلال به طورکلی پیرمرد، آب، اسب سفید، سبزه، شمشیر و فیروزه خوب است و این شعر را می‌خوانند:

ای بارخدای عرش و کرسی		شش چیز مرا مدد فرستی:
علم و عمل وگشاده دستی		ایمان و امان و تن درستی

برای آمدن باران در دهات خراسان معمول است سرچوبی را به شکل عروسک درست کرده رخ می‌پوشانند و دنبال آن می‌خوانند:

چولی قزک بارون کن		بارون بی پایون کن

برای بند آمدن رگبار هفت کچل زنده را اسم برده یک نخ را به اسم هرکدام یک گره می‌زنند و روبه قبله درحیات آویزان می‌کنند یاروی آسمان با انگشت یاعلی خیالی نقش می‌کنند یا قاشق ارثی را زیر آسمان سرازیر می‌آویزند و یا چهل «ق» روی یک تکه کاغذ نوشته رو به قبله آویزان می‌کنند.

مهره مار– برای گرفتن مهره مار وقتی که مارها جفت می‌شوند کسی که داوطلب گرفتن مهره است باید تنبان آبی پایش باشد، به محض دیدن مارها تنبان خود را کنده روی آن‌ها بیندازد و آن قدر بدود تا از روی هفت جوی آب بگذرد، سپس برگشته مهره‌ها را جستجو بکند، برای امتحان آن هرگاه کسی مهره اصل همراهش باشد و در دکان نانوا برود نان‌ها از جدار تنور کنده شده می‌ریزد.

---

[1] نصاب چاپ برلین ص ۵۶.

برای پیدا کردن دزد- شمعدان یـا قلیـان و یـا سرپوشـی را آورده روی آن اسـم چهار ملک مقرب را می‌نویسند بعد اسم اشخاص مظنون را جداگانه روی کاغـذهای کوچک نوشته هرکدام ازآن‌ها را به نوبه می‌گذارند روی سرپوش و نیت مـی‌کننـد بعد دو نفر دست گیـره سـرپوش را بـا سرانگشـتان بلنـدکرده یاسـین مـی‌خواننـد اگرسرپوش چرخید کسی که اسمش را روی سرپوش گذاشته‌اند دزد است[1].

چله نشستن- درمسجدهای کهنه جایی است معروف به چلخانه که عبارت اسـت از غرفه‌های کوچک تو درتوی تاریک، کسی که می‌خواهد چله بنشیند تا این که با جن‌ها و پریان رابطه پیـدا بکنـد ریاضـت مـی‌کشـد بـه ایـن ترتیـب، کـه درچلخانـه رفتـه دورخودش خیط می‌کشد و میان آن دایره می‌نشیند و پیوسته ازخوراک خودش که مغزبادام یا گردو است می‌کاهد و به این طـور کـه روز اول چهـل بـادام مـی‌خـورد روزدوم ۳۹ تا روز سوم ۳۸ تا وبـه همـین طریـق تـا روز آخـر خـوراکش منحصـر می‌شود و به یک بادام تا این که روزچهلـم ارواح وشـیاطین بـه او ظـاهرمی شـوند.

برای آوردن شخص غایب می‌گویند:

السون و بلسون	فلانی را برسون
اگر نشسته پاشونش	اگرپا شده بدوونش
فلفل و فلفل دونه	زود برسونش تو خونه

درموقع گرفتن روغن بادام خانگی برای این که روغـن بـادام زیـاد بشـود زن‌هـا از فراوانی سیلان مایع‌ها می‌گویند. مثلاً می‌گویند سرکوچه یک نفر را کشتند خون آمد به چه فراوانی یا سیل آمد به قدری آبش زیـاد بـود کـه خانـه‌هـا را خـراب کـرد و هردفعه آن را فشار می‌دهند.

اگر بخواهند که قدکسی بلند نشود آن شخص کنار دیوار ایستاده و یک نفـر حـاجی ازآب گذشته بالای سراو میخ به دیوار می‌کوبد.

سالک را بخواهند بزرگ نشود دورآن را حاجی باید خط بکشد.

---

[1] درکتاب حاجی بابا تفصیلی از پیدا کردن پول ارثی به وسیله جادو جنبل نقل می کند.

چهارشنبه آخرصفردرخندق تیر خالی می‌کنند بعد یک سبوی آب‌آورده وکمی بته آتش می‌زنند و بالای بام می‌برند و می‌گویند:

بلا به در قضا به در   از خانمان ما به در

سپس آتش و کوزه آب را از بالای بام می‌اندازند.

برای محبت یا کینه انداختن دردل کسی درآذربایجان معمول است که ماست و کافور راباهم مخلوط می‌کنند می‌برند درقبرستان وآن را روی تابوت می‌ریزند و می‌گویند: «محبت مرا دردل فلانی بیانداز و یا، فلانی را پیش فلانی سیاه بخت کن.»

برای سیاه‌بخت کردن کسی پشت دوتا سوسک را با نخ آبی می‌بندند سه دفعه دعا به آن می‌خوانند و چال می‌کنند.

پای بز افکندن- «افسونی برپای بزدمند و درجای کوی پنهان کنند بزان آن‌جا جمع شوند و قصابان آن‌ها را گرفته بکشند.[1]»

لباس نو که بپوشند برای شگون می‌گویند:

سلامتی تندرسی   بپوشی بری عروسی

برای تسخیر جن و پری و مراوده با روحانیات باید یک شب تا صبح آیه قل اوحی را بخوانند.

احضار خواجه خضر- زنی که این کار را به عهده می‌گیرد باید یائسه باشد. ابتدا مدت چهل روز صبح زود که همه خواب هستند دم درکوچه را آب و جارو بکند و تا بیست روز باید روزی دو رکعت نماز حاجت دم دربخواند روز چهلم سرتیغه آفتاب که بیرون می‌رود و به دعا مشغول است ناگهان خضر یا به شکل چوپان یا خرده فروش ویا لحاف دوز یا مرد سید و یا به شکل پیرمرد ریش سفید می‌بیند و درین هنگام به او می‌فهماند که مقصود توچیست و درخواب به او الهام می‌رسد و حاجتش را برمی آورد.

---

[1] فرهنگ انجمن آرا.

آداب ناخوشی‌ها

مرض جوع- کسی که مرض جوع دارد یک جغد درشکمش است که هرچه می‌خورد خوراک آن جغد می‌شود و به ناخوش وصلت نمی‌دهد. برای معالجه آن باید چند روز به ناخوش گرسنگی داد، بعد دست‌ها و پاهای او را محکم بست آن وقت خوراک‌های خوشبو و خوشمزه در اطاق او گذاشت تا آن جغد بوی آن‌ها را بشنود و ازشکم ناخوش بیرون بیاید و ناخوش معالجه بشود[1].

هرگاه کسی دچار سرماخوردگی و زکام شود برای رفع آن باید پیاز را گاز زده روی بام همسایه بیندازد و یا ازکسی به شوخی بپرسد: «بز از کوه بهتر بالا می‌رود یا دزد؟» طرف خواه بگوید بز یا دزد درجواب می‌گوید: «زکامم را بدزد»

توی چشم که تورک بیفتد به برنج دعا می‌خوانند و درآب می‌ریزند.

برای جوش گوشه چشم صبح زود به کنارآب رفته اشعار ذیل را بخواند:

...سلامت می‌کنم خودم و غلامت می‌کنم

اگر چشمم و خوب نکنی هپول هپالت می‌کنم

هرگاه مرض کسی به طول انجامد یک نفرزن که شوهر داشته باشد هفت خانه را در نظر می‌گیرد که اسم زن یا دختری که درآن خانه باشد فاطمه باشد. ازخانه هریک دو سه مثقال آرد گندم می‌گیرد پس ازآن قدری روغن کوچک برداشته می‌رود سرچهار راه این آردکه موسوم است به آرد فاطمه خمیر می‌کند و آتش روشن می‌کند بعد این خمیرها را گلوله‌گلوله می‌کند و روغن را درظرف روی آتش داغ می‌کند و گلوله‌های آرد را درروغن سرخ می‌کند. پس ازآن این گلوله‌ها را به نخ می‌کشدو درقلبش نیت می‌کندکه تا مریض من خوب نشود این گلوله‌ها را ازنخ بیرون نخواهم آورد.آن وقت خشتی می‌آورد و سه گوشه این خشت را قدری نمک می‌ریزد یک گوشه این خشت را هم سه دانه از گلوله‌ها را می‌گذارد و میان خشت

[1] این افسانه و معالجه‌اش از اشتباه تلفظ عوام ناشی شده که جوع را جوغ تلفظ می‌کنند و جغد را هم جغ یا جوغ می‌گویند و ازاین رو این همه معلومات برای ناخوش بیچاره وضع شده است.

را هم قدری اسفند دود کرده سر چهارراه می‌گذارد و بالای آن میخی کوبیده آن گلوله‌ها را به میخ آویزان می‌کند. این عمل درشب چهارشنبه باید بشود.

خشت چهارشنبه سوری- برای ناخوش شب چهارشنبه یک خشت را آورده چهارگوشه آن به شمع یا فیتیله روغن زده روشن می‌کنند و بعد یک پول سیاه کمی زغال اسفند و ادویه روی آن می‌گذارند. بعد آن را می‌برند سرچهارراه می‌گذارند ولی کسی که حامل آن است نباید برگردد و پشت سرش را نگاه بکند.

شمع و مشک و زعفران بالای سرناخوش روشن می‌کنند بعد به پشت ناخوش می‌زنند و می‌گویند: «درد و بلات برود تو صحرا، برود تو دریا.»

برای رفع چشم زخم ناخوش را از دروازه شهر بیرون می‌برند. درجندق هرگاه کسی ناخوش سخت بشود یک نفرزن لباس سفید می‌پوشد و یک دانه چشم چین (کارد مخصوص) به یک دست می‌گیرد و زنبیلی به دست دیگر. اگرناخوش مرد باشد کلاه او را به سرش می‌گذارد و اگرزن باشد لباسش را می‌پوشد و درخانه مردم می‌رود. هرچه از دوا و خوراکی که به او بدهند آن‌ها را می‌جوشاند و به ناخوش می‌دهدو اگر پارچه بدهند لباس چهل تکه درست می‌کنند و تن بچه ناخوش می‌کند.

کسی که گرفتار نوبه سبک (یعنی که سه روز یک روز تب کند) شده باشد زنی شوهردار سه خانه را درنظر می‌گیرد که مرد آن خانه یک زنش مرده باشد یکی را طلاق داده باشد و یکی هم درخانه‌اش باشد. نزدیک غروب آن زن می‌رود درآن خانه به طوری که شناخته نشود و می‌گوید: زن مرده و زن طلاق و زن درخانه نوبه سبکی بگو چیش درمانه؟ آن مرد بی‌اراده چیزی می‌گوید. هرچه را بگوید، صبح که شدآن می‌رود و همان چیزی راکه آن مردگفته می‌گیرد و به ناخوش می‌دهد.

برای کسی که شب تب می‌کند زنی به همان قسم غروب آفتاب پنج خانه را در نظر می‌گیردکه مردش دو زن داشته باشد. می‌رود و می‌گوید، مرد دوزنی تب شب را چه دوا؟ آن مرد باید بی‌اراده جواب بدهد هرچه بگوید همان را به ناخوش می‌دهد.

اگر کسی لرز سخت بکنـد هروقـت کـه بنـای لـرز را مـی‌گـذارد پالان الاغ سـیاهی رامی‌آورند و روی رختخواب او می‌گذارند به نیت این که لرز این آدم بـه آن خـر بگیرد.

برای بریدن نوبه ناخوش رالب پله می‌نشانند و از بالای سرش بـی‌هـوا کـوزه پـرت می‌کنند از صدای شکستن آن نوبه می‌ترسد و می‌بـرد و یـا بـی‌هـوا بـه او کشـیده می‌زنند.

کسی را که تشخیص بدهند دراثر چشم زخم ناخوش شده قدری اسفند و زاج سفید را به نیت چشم زخم دود می‌کنند پس ازآن از سوخته آن هفت جای بدن ناخوش را خال می‌گذارند.

برای برآمدن حاجت ها

در کرمان معتقدند که از هم زاد یا سایه، ناخوش و یا کسی که گره در کارش افتـاده کمک بخواهد چه علت پیش‌آمـدهای بـد را در اثـر نـاپرهیزی و آزار رسـانیدن بـه از مابهتران مـی‌داننـد. اگر نـاخوش دولتمنـد باشـد بـرای سـلامتی او سـفره سـبزی می‌اندازند و هر آینه فقیر باشد به وسیله بوی خوش او را مداوا می‌کنند. لـزوم ایـن سفره را فال گیر باید تصویب بکند.

بوخوش– نزدیک غروب پیرزنی که مجرب و طرف اعتماد است اسفند و کندر دود می‌کند و بته آتش می‌زند آن وقت ناخوش از روی آن می‌پرد و اگر حالش بد است او را از روی آتش رد می‌کنند.

سفره سبزی– در کرمان کوهستانی است که «تندرستان» می‌نامند و عقیده عـوام این است که از مابهتران در آن جمع می‌شوند. پیرزنی که مجرب باشد پیدا می‌کنند که ممکن است زرتشتی باشد. در سایر شهرها این کار را کنار جوی آب مجرا می‌کنند و شرطش این است که در آن اطراف هیچ کس نباشد.

کسی که بانی سفره سبزی است کاملاً مطیع اوامر آن پیرزن است و در ایـن سـفره آن چه که در هفت‌سین است وجود دارد به اضافه خوراک‌های گوناگون و باید دقت بکنند که همه آن‌ها پاکیزه و خوب باشد به خصوص کماج، سمنو، نمـکـدان، چـراغ روغنی و یا شمع در آن لازم است.

آن پیرزن به تنهایی سر سفره می‌نشیند و از دختر شاه پریان خـواهش مـی‌کنـد تـا ناخوش شفا بیابد و یا مراد آن کس بر آورده شود و پس از انجـام آداب مخصوصـی هر گاه گربه یا کبوتر سیاه سر سفره بیایند بر آمدن حاجت حتمی اسـت چـه ممکـن است دختر شاه پریان به آن شکل در بیاید و یا این که دختر شاه پریان چیزی از سـر سفره می‌خورد و انگشتش را در نمک می‌زند و گرنه باید این کار تجدید بشود.

آجیل مشگل‌گشا– برای بر آمدن حاجت‌ها و دفع بلاها ماهی یـک بار تا هفت مرتبـه آجیل مشگل‌گشا باید گرفت و قصه‌اش را هم نقل کرد. ماه اول باید روز جمعه صـد دینـار بـه بنـدند گوشه دسـتمال و بدهنـد بـه آجیـل‌فـروش بـدون ایـن کـه چیـزی

بگویند آجیل‌فروش خودش می‌فهمد و آجیل را می‌دهد. آجیل مشگل‌گشا هفت است: خرما، پسته، فندوق، مغزبادام، نخودچی، کشمش، توت خشکه که باید میان هفت نفرتقسیم کرد.

قصه آجیل مشگل‌گشا: «جونم برایتان بگوید،آقام که شما باشید... یکی بود یکی نبود غیر از خدا هیچ کس نبود. یک خارکنی بود این بیچاره خیلی پریشان بود و هیچی نداشت. یک روز رفت صحرا خار بکند یک سوار دید، سوارگفت: این اسب مرا نگه‌دار من بروم بیرون و بیایم وقتی که برگشت یک مشت ریگ از ریگ‌های بیابان داد به این مرد بعد اسبش راسوار شدورفت غروب که خارکن به خانه برگشت خیلی غصه‌دار بود و ریگ‌ها را ریخت گوشه صندوق خانه گفت این جا باشد بچه‌ها باهاش بازی کنند خودش رفت خوابید. شب زنش پا شد رفت پای گهواره بچه شیر بدهد دید تو صندوق خانه روشن است شوهرش را صداکرد گفت این‌ها چیه؟ بعد فهمیدند که این‌ها قیمتیه صبح چندتاش را برد بازار فروخت و خرج کرد بچه‌هایش را نو و نوار کرد کارو بارش خوب شد[1] کم‌کم تاجرباشی شد. پول برداشت رفت تجارت، به زنش گفت من که می‌روم ماهی صد دینار آجیل مشگل‌گشا بگیر پخش کن. این رفت، زنش با زن پادشاه دوست شده بود باهم می‌رفتند حمام بعد از مدتی که باهم حمام می‌رفتند یک ماه آجیل را یادش رفت بگیرد. این دفعه که با زن پادشاه رفت حمام توی حمام عنبر چه زن پادشاه گم شد. گفتند کی دزدیده کی ندزدیده. انداختند به گردن این زن و گرفتندش و هر چه داشت ونداشت گرفتند آوردند خانه‌ی شاه زنیکه راهم گرفتند حبس کردند. تاجرباشی ازسفرآمد رفت خانه اش، دید خانه‌اش خراب است و زن و بچه‌اش هم نیستند. خبر رسید به اندرون شاه که تاجرباشی آمده او راهم گرفتند و حبس کردند. نصف شب خوابید خوابش برد همان اسب سوارآمد یک تک پا زد گفت: «ای کورباطن من نگفتم ماهی صد

[1] برگوینده و شنونده معلوم است که آن سوار علی بوده و آن ریگ‌ها از برکت دست او گوهر شب‌چراغ شده بوده است. مشکل‌گشایی از صفات مخصوص علی و دست مشکل‌گشای او معروف است.

اگر دست علی دست خدا نیست — چرا دست دگر مشکل‌گشا نیست؟

دینار آجیل مشگل‌گشا بگیر؟ صد دینار زیرکند هست بردار آجیل مشگل‌گشا بگیر.» آن سوارغیب شد او هم ازخواب پرید، پاشد آمد دم زندان به یک جوانی گفت این صد دینار را برایم آجیل مشگل‌گشا بگیر. او گفت برو من عروسی دارم فرصت ندارم آجیل بگیرم. گفت: بروای جوان که عروسیت عزا بشود. یک جوان دیگر آمد گفت: این صد دینار را آجیل مشگل‌گشا بگیر. گفت من ناخوش دارم دم مرگ است می‌خواهم بروم سدر و کافور بگیرم. گفت الهی ناخوشت خوب بشود، جوان رفت آجیل برایش گرفت و آورد. هیچی این را آورد و پخش کرد، قصه‌اش راهم گفت. از آن‌جا بشنو زن پادشاه رختش را کند رفت توی حوض آب‌تنی بکند یک وقت دید یک کلاغی عنبرچه‌اش را دم تُکش گرفته آورد انداخت روی رخت‌هایش. زن پادشاه گفت ای داد بیداد این چه کاری بود که من کردم این‌ها را بی خود حبس کردم؟ آن‌ها را از حبس مرخص کردند و اسباب زندگیشان را پس دادند این‌ها رفتند پی کار خودشان اون دوتا جوان که ازدم زندان رد شدند اولی رفت خانه دید عروس مرده دومی رفت دید مرده‌شان زنده شده. خدا همچین که مشکل از کار آن‌ها واکرد ازکار شما هم واکند.»

سفره بی بی سه شنبه- این سفره درروز سه‌شنبه‌ی آخر شعبان پهن می‌شود. چیزهایی که درآن است عبارت است از کاچی آسمان‌ندیده بی‌شیرینی که شیرینی آن را جداگانه می‌گذارند، فطیر، خربزه و اگرفصلش نباشد تخم خربزه می‌گذارند، خرما، قاوت، آجیل مشگل‌گشا، آش رشته، کوزه، پنیرو سبزی و غیره و مخلفات آن با پول گدایی تهیه می‌شود.

صاحب‌خانه روزه می‌گیرد، زن‌هایی که دورسفره هستند همه انگشتشان را درکاچی زده دستشان را بالا نگه می‌دارند و یکی ازآن‌ها قصه مفصلی می‌گوید که مختصر آن ازاین قرار است:

«یک دختری بود زن بابا داشت، این زن بابا خیلی او را اذیت می‌کرد و هرروز به او گوسفند می‌داد که ببرد بیابان به چراند. یک روز گوسفندش گم شد این دختر از ترس زن بابا بعدازگریه و زاری زیاد نذر کردکه اگر گوسفندش پیدا بشود با پول گدایی سفره‌ی بی‌بی سه‌شنبه بیندازد. دست برقضا گوسفندش پیدا شد. اتفاقاً پسر

پادشاه آمد به شکار او را دید و یک دل نه صددل عاشقش شد و او را باخودش برد. دخترچون دراندرون شاه بود و نمی‌توانست با پول گدایی سفره بیندازد درهای اطاق را بست و آرد و روغن را درطاقچه گذاشت و ازطاقچه گدایی کرد، به طاقچه می‌گفت: خاله خیرنده محض رضای خدا آرد بده، روغن بده و به همین ترتیب، بعد آن‌ها را برداشت و برد درصندوق خانه کاچی بار گذاشت. مادر شوهرش اتفاقاً او را دید. رفت به پسرش گفت: تو دختر گدا رو گرفتی و آبروی ما را بردی اصلاً پست فطرت است و عادت به گدایی دارد، با وجود این همه خوراک‌های خوب که این جاست ازتوی طاقچه گدایی می‌کند.

«پسر پادشاه اوقاتش تلخ شد همین که زنش را پای دیگ دید لگد زد به دیگ کاچی که برگشت و همه کاچی‌ها ریخت و دوچکه ازآن روی ملکی او چکید. بعد پسر پادشاه با دو نفراز پسرهای وزیر به شکار رفت و درخرجینش دوتا خربزه گذاشت. درراه پسرهای وزیر گم شدند. وقت ناهار همین که خورجین را باز کرد دید خربزه‌ها دو سر پسرهای وزیر شده و دولکه کاچی که روی ملکی او بود دولکه خون شده بود. پدرش یقین کردکه او پسرهای وزیر راکشته و او را حبس کرد. درحبس پسر پادشاه به مادرش پیغام داد تا از دختر بپرسند که این کاچی چه بوده، آن دختر حکایت نذر را نقل کردو دوباره کاچی را پخت. پسرهای وزیر پیدا شدند و شاه هم پسرش را رها کرد.»

بعد حضار انگشتی که درکاچی زده بودند می‌مکند.

سفره فاطمه زهرا- زنی که می‌خواهد این ختم را بردارد باید پاک باشد و این سفره را برای رفع پریشانی، قرض یا ناخوشی و یا به نیت زیارت و یا علت دیگر می‌اندازد. آن زن ابتدا نیت می‌کند یا فاطمه زهرا برای این که من ازاین گرفتاری خلاص بشوم متوسل به تو می‌شوم و حاجت به تو می‌آورم.

این سفره را باید روز پنجشنبه درشب جمعه انداخت و در سه شب جمعه این کار تکرار می‌شود. برای دفعه‌ی اول بایدمقدار هفت‌سیرونیم آرد خالص پاک را درکیسه سبزکرده به چفت دراطاق بیاویزند تا صاحب نذر ازریر آرد رد بشود (دفعه‌ی دوم ۸ سیر و دفعه‌ی سوم ده سیرونیم) و صبح آن آرد را درجای تاریکی که آسمان

نبیند با روغن و شیرینی کم کاچی درست می‌کنند بعدآن را درکاسه می‌ریزند رویش را سفید می‌کشند و دست به آن نمی‌زنند. مخلفات دیگر سفره ازاین قرار است: شیرینی - آجیل شیرین - فطیر- شربت - نان سبزی - میوه و یک میوه‌ی دربسته (هندوانه یا خربزه) و غیره و موقع ظهر همه کسانی که دعوت دارند سر سفره حاضر می‌شوند. بعد روضه‌خوان روضه‌ی پنج‌تن را می‌خواند بعد روی کاچی را پس می‌زنند و جای انگشت فاطمه روی آن است و همه‌ی حضار برای تبرک ازآن کاچی می‌خورند و تنقلات دیگر را میان خودشان قسمت می‌کنند. ازین کاچی مرد نباید بخورد و هرزنی که می‌خورد باید پاک باشد. سفره دوم راهم به همین ترتیب می‌اندازند ولی سفره‌ی سوم را گرو برمی دارند تا حاجت شان برآورده شود[۱].

ختم امیرالمؤمنین- این ختم دارای نمازمخصوص است که درچهار شب جمعه می‌خوانند وقبل از نماز این شعر را می‌خوانند:

یا اله العالمین در باز کن   یا امیرالمؤمنین درخواست کن
مشکلی افتاده اندرکار من   با دو انگشت یدالله بازکن

این نماز دویا سه ساعت طول می‌کشد و پس از ادعیه و وردهای مختلف ازحالت طبیعی خارج می‌شوند وبه خیال خودشان درعالم ملکوتی می‌روند. شب جمعه چهارم که دست به دامان حضرت می‌شوند حضرت بایک اسب و شمشیر در نظر آن شخص مجسم می‌شودکه او بدون اراده روی انگشت‌های پای خودش درحالت قیام چرخ می‌خورد و جلوحضرت قرارمی‌گیرد و تقاضای خود را به حضرت می‌گوید بعد به زمین می‌خورد و بی‌هوش می‌شود و درنتیجه خواب به او آشکار می‌شود.

---

[۱] سفره‌های دیگر ازقبیل سفره‌ی بی‌بی‌حور و بی‌بی‌نور و غیره هم هست که ازشرح آن چشم پوشیدیم و تقریباً همه آن‌ها شبیه هستند.

خواب

شب جوراب بالای سر باشد خواب آشفته می‌بینند.

هرکه در خواب ببیند مرده است عمرش زیاد می‌شود.

اگرکسی خدا را درخواب ببیند کافر است.

شب شلوار بالای سر باشد و خواب بد ببینند تعبیر ندارد.

در خواب به‌بینند کسی قرآن هدیه به دیگری داده کسی که گرفته صاحب اولاد پسر می‌شود.

خواب زن چپ است.

رو به کلیسا بخوابند خواب سنگین و آشفته می‌بینند.

زن آبستن شمشیردرخواب ببیند پسرخواهد زایید[1].

زن آبستن مروارید درخواب ببیند بچه‌اش دختر است.

درخواب اسب ببینند مرادشان داده می‌شود.

درخواب حمام بروند زیارت خواهند رفت.

مرده درخواب چیزی بدهد دلیل زیادی عمر است و اگربگیرد بد است.

ماچ کردن درخواب مفارقت می‌آورد.

مرغ و ماهی درخواب ببینند مرادشان داده می‌شود[2].

درخواب توی چاه بیفتند خواهند مرد.

درخواب بالای بلندی بروند کار آدم خوب می‌شود.

درخواب توی خلا بیفتند پول زیاد می‌یابند.

مار درخواب دولت است.

هرکه درخواب ببیند دندان‌هایش افتاده می‌میرد.

گاو وگوساله درخواب دشمن هستند.

---

[1] با تعبیر فروید S. Freud صدق می کند.

[2] اگر درخواب بینی مرغ و ماهی   نمیری تا رسی بر پادشاهی

مرگ

شب جمعه مرده‌ها آزادند و می‌آیند بالای بام خانه شان، بنابراین نباید ازآن‌ها غیبت کرد و باید به دعای خیرآن‌ها را یادکرد[1] هرکسی یک ستاره روی آسمان دارد وقتی که می‌میرد ستاره‌اش می‌افتد.

هرگاه درخواب مرده‌ای را ببینند باید شست پای او را گرفت تا ازآن دنیا حکایت بکند.

کسی که شب بد خواب بشودو تا صبح بیدار بماند نشان این است که یکی از مرده‌هایش را شکنجه می‌کنند.

صبح زود که سگ‌ها زوزه می‌کشند برای این است که عزرائیل را می‌بینند و برای این که عزرائیل توی خانه نیاید باید لنگه کفش را دمر کرد.

هفت قدم دنبال تابوت بروند ثواب دارد[2].

برای ثواب، هر مردی که تابوت را می‌بیند خوب است زیرآن برود هفت قدم آن را به دوش ببرد و یا این که درصورتی که ازجهت مخالف می‌رود برگردد وهفت قدم از راه سیرتابوت بردارد.

کسی که شب بمیرد نباید تنها باشد و بالای سرش شمع می‌سوزانند.

---

[1] (۱) اندر دین گوید که هربار که روزگار پدرومادر و فرزندان یا خویشاوندان باشد روان ایشان بیاید بر سرای بایستد و گوش می‌دارند که آفرینگان ایشان گویند (۲) هرگاه که می‌زد و آفرینگان به‌بینند آسانی راحت و شادی و خرمی برایشان می‌رسد (۳) و هرگاه که نکنند تا نماز شام گوش می‌دارند (٤) و چون نماز شام باشد و نکنند تا نیم شب امید می‌دارند (۵) و چون می‌زد و آفرینگان نکنند ایشان نومید بگردند و گویند ای دادار (اورمزد) وه افزودنی ایشان نمی‌دانند که از آن جهان بمی‌باید آمدن هم چون ما مینو را پشت بردن بر ایشان (را) نیز بر درون و می‌زد آفرینگان دیگر کسان حاجت باشد نه آن که ما را بدیشان حاجتی هست لیکن چون می‌زد ما نکنند آفرینگان ما نگویند نیز بدان بلا که بدیشان خواهد رسیدن باز نتوانیم داشت (۶) این بگویند باز جایگاه خویش شوند.

[2] و چندان که ازپس تابوت نسا بتوانند رفتن بروند، چه هرگامی را که ازپس نسا شوند سیصد استیر گرفته بود و هراستیر چهار درم بود چنان که سیصد استیر هزار و دویست درم بود به هرگامی چندین کرفه بود. (صد درنثر ص ۱۲)

بالای سرمرده سنگ لحد می‌گذارند تا وقتی که نکیر ومنکر مـی‌آینـد بـه سـراغش سرش به آن سنگ بخورد و عطسه بکند و بگوید که الحمدلله رب العالمین تا بدانند که مسلمان است و به همین جهت باید پس ازعطسه عادت کرد به گفتن ایـن جملـه تا ملکه انسان بشود.

وقتی که مرده را ازاطاق بیرون می‌برند سر جایش یک خشت می‌گذارند رویش یک تکه گوشت وشب یک کاسه شربت ویک بشقاب حلـوا و چـراغ روشـن[1] درآن اطـاق می‌گذارند صبح آن‌ها را می‌برند سرقبرش.

مرده راکه ازخانه بیرون می‌برند آرد سرخ کرده (حلوای پـیش جنـازه) بـا یـک ران گوسفند جلو تابوت می‌برند.

شب‌های جمعه برای خیر اموات باید خرما به گدا داد.

درهنگام مرگ باید چشم و چانه مرده را بسـت اگـر چشـم مـرده بـاز شـد معلـوم می‌شود که ازدنیا دل نمی‌کند.

اگر مرده بخندد بهشتی است و اگربدقیافه باشد گناه کار است.

مرده اگرثواب کار باشد او را زود به خاک می‌سپرند.[2]

تابوت اگرصاف برود و سبک باشد مرده ثواب کار است.

اگر ناخوش از تب بمیرد گناهانش آمرزیده می‌شود.

آب روی مرده را درخانه کسی بریزند آوارگی می‌آورد.

آدم زنده درتابوت بخوابد تابوت او را فشار می‌دهد.

بچه که کمتر ازهفت سال دارد اگر بمیرد می‌رود به بهشت.[3]

---

[1] وهرسه شب هم جایی که روان ازین جداشده باشد باید که آن سه روز روشنایی نهاده باشند. (بندهشن ص ۱۱۰).

[2] و چون همیشه در دفن اموات تعجیل می ود از این رو بسا اتفاق می‌افتد که دراثر غش یا سکته ناخوش را درقبر می‌گذارند و بعد به هوش می‌آید و مدت‌ها طول می‌کشد تا دوباره در قبر بمیرد.

[3] (۱) این‌که چون کودک هفت ساله بمیرد باید که پشت سروش از بهر وی بباید کردن و درون شب چهارم یشن (۲) چه دردین گوید که روان کودکان به روان پدر و مادر رود و اگر پدر بهشتی باشد باوی به بهشت شود اگر دوزخی باشد به دوزخ رسد. اگر مادر بهشتی باشد با وی به بهشت رسد و

مرده اگر زن باشد پس از آن که درقبر گذاشتند یک نفر ازخویشان محرم باید رویش را باز بکند.

مرده را که چال کردند هفت قدم دور می‌شوند دوباره بر می‌گردند چون که چشم‌به‌راه است.

هرکس ازحلوای عزای آدم پیر نخورد عمرش دراز می‌شود ولی ازحلوای آدم جوان نباید خورد.

هرکس عادت داشته باشد حنا به ناخن خود ببندد شب اول قبراز او پرسش نخواهند کرد.

روی سینه‌ی مرده قرآن می‌گذارند و اگرنباشد شیطان درجسمش حلول می‌کند[1].

معروف است که جهودها توی مشت مرده نخودچی می‌ریزند و در دهنش آرد پرکرده و این سفارش را به او می‌کنند:

انکر و منکر که آمد فوتی تو چشمش کن
حضرت موسی که آمد نخودچی جیبش کن
کلید در بهشت را بگیر و ببر تو بهشت

اگر دوزخی بود با وی به دوزخ رسد (۳) پس هرگاه که پشت سروش بکردند روان کودک از روان پدر و مادر جدا شود و به بهشت شود و در پیش یزدان پدر و مادر را شفاعت‌خواه باشد بدان جهان. (صد درص۳۶ در۴۷)

[1] معروف است که در مسجد نایب‌السلطنه مرده‌ای را شب به امانت می‌گذارند و آخوند شلی که خادم مسجد بوده تنها بالای سراو قرآن می‌خواند. دراین بین می‌بینند که مرده درتابوت به جنب‌وجوش می‌افتد، او هراسان با پای شل بلند می‌شود کشو در را می‌کشد و از اطاق بیرون می‌دود. مرده نیز بلند شده او را دنبال می‌کند، آشیخ قرآنی که دم دستش می‌رسد برداشته به سینه مرده می‌زند و بسم‌الله می‌گوید آن‌وقت مرده جا به جا به زمین می‌خورد. از اختصاص این‌گونه مرده‌ها که جن درجسم‌شان می‌رود این است که حرف نمی‌توانند بزنند ولی همه کار ازدستشان برمی‌آید و به محض این که سفیده صبح بزند دوباره می‌میرند، این توصیف اخیر به اعتقاد غول (وامپیر Vampire) اروپایی در قرون وسطی بی‌شباهت نیست.

جریدتین- زیربغل مرده دو تا ترکه می‌گذارند تا درموقع سـؤال درقبربـه آن‌هـا تکیه بکند[1].

کاسه العفو- آخرین آبی که به سر مرده می‌ریزند از کاسه‌ای است که مرده العفو می‌خواند و به آن می‌دمد و به سرمرده می‌ریزد.

قبر که فشار می‌دهد انسان هرچه شیر از مادرش خورده از دماغش بیرون می‌آید.

---

[1] جریدتین باید ازشاخه درخت‌های تر مثل بید وانار و انجیر باشد که به اندازه معین قطع می‌شود. این مسئله به رسم‌های زرتشتیان را به خاطر می‌آورد.

تفائل ناشی از اعضای بدن

سر بزرگ نشان عقل و کیاست است[1].

پیشانی بلند علامت دولت است.

پیشانی کوتاه علامت تنگ‌دستی و زبونی[2].

ریش دراز علامت حماقت است.

ریش کوسه و چشم زاغ نشان بدجنسی است.

قدبلند نشان حماقت است.

قدکوتاه نشان زیرکی و دانایی و زرنگی است[3].

کف دست را نیشگون بگیرید علامت وعده دادن است.

چشم که رگ بشود (راه باز کند) مهمان می‌آید.

کسی که سقش سیاه باشد نفرینش گیراست[4].

کسی که بادست چپ ناخن دست راستش را بگیرد نان خودش را درمی آورد.

---

[1] مثل مازندانی. کته پا چوبون کته سر سلطون.

[2] «حکماءِ گفته‌اند که پیشانی فراخ که به روی خطوط یعنی چین و شکنج نباشد نشان خصومت و بلاهت... و لاف و گزاف بود و پیشانی نحیف و باریک نشان فرومایگی و خساست و عاجزی بود و پیشانی متوسط نشان فهم و علم و هوشیاری و تدبیر است». (اخلاق محسنی)

[3] بزرگان گفته‌اند: کوتاه خردمند به از نادان بلند.

شعر از رسول خدا چنین نقل است کادم قد بلند کم عقل است

«در تواریخ مذکور است که مردی کوتاه قامت در پیش نوشیروان دادخواهی کرد و گفت کسی برمن ستم کرده است. نوشیروان فرمود که: کسی بر مردم کوتاه بالا ستم نتواند کرد بلکه او ستم کند، و تو کوتاه قدی. گفت: ای شاه آن کس که برمن ستم کرده است ازمن کوتاه‌تر است، نوشیروان تبسم فرمود و داد او بداد.» (اخلاق محسنی ص۱۸۸)

[4] زاغ زبان کنایه ازمردم سیاه‌زبان باشد یعنی کسانی که نفرین ایشان را اثری هست. (برهان قاطع) آسمان دهن از بالا اگر از پشت دندان ها به قدر نیم گره سیاه باشد او را سق سیاه گویند بسیار بد است خصوص از برای صاحبش هرچند رگ سفید داشته باشد. (فرسنامه اسدالله خوانساری)

ناخن گرفته شده را اگرزیر دست و پا بریزند فقر می‌آورد بلکه آن را باید درپاشنه‌ی در گذاشت تا روزی که دجال ظهور می‌کند مانند خار روییده نگذارد اهل خانه خارج بشوند.

موی سررا اگر سرراه بریزند گنجشک برده وبا آن لانه می‌سازد وصاحب مو سرگیجه می‌گیرد[1].

دندان افتاده را باید سه بار کر داد و سپس دفن وکفن کرده درسوراخ دیوار گذاشت[2].

سینه مرد که زیاد پشم داشته باشد مهرعلی است.

از بینی کسی نباید عیب جویی کرد چون خدا آن را با دست خودش درست کرده.

سربینی که سفت بشود علامت سن بلوغ است.

سر بینی بخارد به مهمانی خواهند رفت.

کف پا که بخارد راه دور می‌روند.

کف دست راست که بخارد باید آن را روی سر پسر اول مالید تا پول گیرشان بیاید.

---

[1] هرگاه که یک تارموی بیفکند و دردل دارد که نگیرد و نپرهیزد فرمانی گناه باشد اگر کوچک باشد و اگر بزرگ. (صد دربندهش ص۸۱)

[2] پنهان کردن ناخن موی سرو دندان برای آن است که آن ها به دست دشمن نیفتد زیرا یکی از عملیات جادوگری که امروزه هم درمحله جهودها رواج دارد دنبه‌گداز Envoutement است برای این کار جادوگر آدمک کوچکی از موم درست کرده دندان یا موی سر و یا ناخن دشمن را درآن عروسک مومی می‌گذارد و پس از به جا آوردن مراسم مخصوصی هرنقطه از تن آدمک مومی را که زخم بزند صاحب ناخن یا موی سر از همان نقطه رنجور می‌شود. این عمل را با موش زنده و چال کردن شمع درقبرستان نیز می‌نمایند. درقصص العلماءِ ص ۱۳۲ نوشته که میرزا محمد اخباری به وسیله گداز سراشپختر(سیتسانوف) سردار روسی را برای فتح علی شاه آورد در مثل می گویند: مگر سراشپختر را آوردی؟

در اوستا (فرگرد ۱۷) تأکیده شده که درمواظبت موی سر و خرده ناخن بکوشند تا به دست (یا نوک) جادو نیفتد.

(۱) این که چون ناخن خلال کنند باید که درکاغذی کنند (۲) باز سروش فراز باید گرفتن و سه ایتا اهوویریو گفتن (۱۰) البته باید که (ناخن) ناسوده نگذارند که به سلاح جادوان به کار آید. (صد در نثر ص۱۳ درچهاردهم)

کف دست چپ که بخارد خرج زیاد می‌کنند.

یک عطسه علامت صبر است درجوابش می‌گویند: عافیت باشد و برای شکستن صبر هفت صلوات باید فرستاد. دوعطسه علامت جخد (جهد) است باید تعجیل کرد. چه سالم و چه ناخوش هرکس عطسه بکند مسلماً تاسه روز زنده خواهد بود[1].

هرکس سکسکه بکند به او تهمت می‌زنند که چیزی دزدیده است تا این ترس باعث برطرف شدن سکسکه‌ی او بشود.

روبه‌روی کسی نباید خمیازه کشید چون برای آن شخص بدبختی می‌آورد برای رفع آن باید به پشت کسی که خمیازه کشیده است بزنند و به بالا نگاه بکند.

اگر کسی خمیازه بکشد حتماً دونفر دیگر هم درخانه خمیازه خواهند کشید[2].

پلک چشم چپ بپرد خوشحالی می‌آورد.

پلک چشم راست بپرد غم و اندوه می‌آورد[3].

اگر مژه‌ی چشم روی گونه بیفتد اجل است باید آن را برداشت.

---

[1] خبر: العطاس امان من الموت الی ثلثه ایام. به همین جهت بعد از عطسه باید شکر خدا را کرد و گفت: «الحمدلله رب العالمین. خاصیت آن این است که درقبر وقتی نکیر ومنکر بالای سرآدم می آیند و سر انسان به سنگ لحد می‌خورد و عطسه می‌کند چون عادت دارد الحمدلله رب العالمین را خواهد گفت و مسلمانی او برنکیر واضح می شود.

(۱) این که چون ازکسی عطسه فراز آید یک ایتها آه هو ویریو و یک اشم و هو باید خواندن زیرا که در تن ما دروجی است و پتیاره‌ای است که پیوسته با مردم کوشد تا علتی و بیماری برمردم مستولی کند و درتن ما آتش است که او را چهره خوانند با آن دروج پیوسته کار زار می کند و او را از تن مردم باز می‌دارد. پس چون آتش برآن دروج چیره شود و او را هزیمت کند عطسه از بهر آن آید که آن دروج بیرون آید (۲) پس چنان باید که این باز برخوانند و آن آتش را نفرین کنند که دیرگاه بماناد تا این دروج را شکسته می‌دارد. چون عطسه از کسی دیگر شنود هم این باز یعنی باید گفتن و این آفرین مینو بکردن.» (صد درص ۷ در هفتم)

[2] معروف است که مردی خمیازه کشید زنش هم با او خمیازه کشید چون کس دیگری درآن خانه نبود آن مرد به جستجوی شخص سوم رفت و فاسق زنش را درگنجه پیدا کرد.

[3] جستن پلک بالای چشم راست سلامت خوشحالی بعد ازتنگی و ازچپ نشانه ی رسیدن غایبی است و(جستن پلک پائین) از راست غم و ازچپ رسیدن خبری است که درآرزوی آن باشد و یا از راست بیماری و ازچپ خوش دلی عاید گردد. (جنات الخلود)

هرکس زبانش را گاز بگیرد در آن ساعت غیبت او را می‌کنند.

درموقع صحبت بی‌اراده اسم کسی را ببرند معلوم مـی‌شـود آن شـخص در همـان ساعت یاد او بوده است.

هرگاه کسی چشمش را به کس دیگر چپ بکندو موشی ازسوراخی به سـوراخ دیگـر برود چشم او چپ خواهد ماند.

پس گردن یا روی چشم کسی را ماچ بکند ازچشم آن کس می‌افتد.

اگرناخن یک دست را بگیرند و دیگری را نگیرند سگ بـه آن شـخص حملـه خواهـد کرد.

هرکه دارد خال دست	آن نشان مشهد است
هرکه دارد خال پا	آن نشان کربلا است
هرکه دارد خال سینه	آن نشان وصله پینه
هرکه دارد خال رو	آن نشان آب‌روست

سبیل درنزد عوام به خصوص داش‌ها دارای اهمیت و اعتبار مخصوصی بوده. نشـان مردی و مردانگی و احترام به آن واجب بوده است.

تفائل، نفوس، مروا، مرغوا

پاشنه‌های کفش که جلو هم جفت بشود صاحبش پول‌دار می‌شود.

دود به سوی کسی برود پول‌دار است.

اول روز یا اول ماه یا اول سال ازکسی پول دشت بکنندکه دستش خوب باشد تا آخر پول‌دار خواهند بود.

میلاب قلیان بیفتد پول گیرکشنده قلیان می‌آید به شرط آن که میلاب را ازکوزه بیرون بیاورد، سرش را ببوسد و دوباره سرجایش بگذارد. هرکس ندانسته لباس وارونه بپوشد پول گیرش می‌آید.

پشت لباس مرد که تا بخورد پول گیرش می‌آید.

پشت مردکه بزنند و گرد بلند بشود نان خودش را می‌تواند دربیاورد.

بشقاب که سه تا قطار بشود مهمان می‌آید، اگر ظرف کوچکی پهلویش باشد بچه هم همراه دارد.

تفاله چایی که دراستکان راست بایستد مهمان می‌آید.

تکه که ازدهن بیفتد مهمان می‌آید، قلیان که صدا بدهد و جرقه بپراند مهمان می‌آید. آب سلام بکند (درهنگام ریختن روی خودش برگردد و صدا بدهد) مهمان می‌آید.

روی کوزه که عرق می‌کند مهمان می‌آید.

آب یا لقمه بیخ گلو بجهد سوقاتی می‌خورند.

لیوان آب برگردد روشنایی است.

سیگارکه ازیک طرف آتش بگیرد زن خوب گیر کشنده آن می‌آید.

آینه بخت عروس بشکند یکی از عروس یا داماد خواهد مرد.

زن وخانه و اسب خوش‌قدم و بدقدم دارد.

ازمیان دونفر زن رد بشوند کارآدم گراته می‌افته.

زن شوهردار اگر سفره بدزدد شوهرش می‌میرد.

زن اگر تو خزانه حمام سرش را ببافد هوو سرش می‌آید.

دختر چادرسیاهش را وارونه سرش کند بختش باز می‌شود.

دختری که پدر دارد اگر گیسـش را تـوی خانـه بازکنـد بـدیمن اسـت، ازمیـان گلـه گوسفند یا از زیر طناب قطار شتر رد شوند فقر می‌آورد.

هر کس درخانه بدقدم منزل بکند یا ناخوش وگرفتار می‌شود و یا می‌میرد.

هرگاه مسافر ناپاک دراتومبیل باشد اتومبیل خراب می‌شود «پنچر می‌شود».

ایستاده شلوار بپوشند فقر می‌آورد.

هرگاه ابر به شکل شتر بشود در آن سال وبا خواهد آمد.

گره هرچیزی خودبخود بازبشود خوب است و اسباب کارگشایی است.

تارعنکبوت که مثل نخ صاف باشد علامت این است که سفری می‌آید.

مسافر که ازخانه بیرون می‌رود اگر پیرزن موسرخ جلو او درآید بدآیند است.

آتش‌بازی توی خانه بیفتد در آن‌جا عروسی می‌شود.

ستاره دنباله‌دار آمد و نیامد دارد، ممکن است خوش‌یمن و یا بدیمن باشد.

چنباتمه توی درگاه بنشینند بهتان خواهند خورد برای رفع آن باید به در طرف خود تف انداخت.

مردکه بزک بکند به زندان خواهد افتاد.

ابرسیاه رگبار می‌آورد و زود می‌ایستد درصورتی که ابرخاکستری بارانش پشت‌بند دارد[1].

تیغه‌های قیچی که بازبماند یا به هم بزنند دعوا می‌شود. پول یا دسته‌کلید که به‌هـم بزنند دعوا می‌شود.

قیچی به دست کسی بدهند با آن شخص بدخواهند شد.

دوتا کفش روی هم سوار بشود صاحبش راه دور می‌رود.

چاقو به کسی هدیه بدهند رشته دوستی را می‌برد.

کلاه را نباید وارونه به زمین گذاشت صاحبش می‌میرد.

خرد کردن کاغذ و کهنه با قیچی فقر می‌آورد.

ظرف بلور یا چینی بشکند نباید دل چرکین شد چون قضا بلا بوده است.

---

[1] از ابر سیاه مترس و مرد تپه‌ریش   از ابر سفید به‌ترس و مرد کوسه‌ریش

دمر آب خوردن عقل را کم می‌کند.[1]

چندنفر دورهم نشسته‌اند نباید سرشماری کرد ازعده آن‌ها کم می‌شود.

درمبال آواز بخوانند دیوانه می‌شوند.

سربرهنه درمبال بروند دیوانه می‌شوند.

توی خمره آواز بخوانند دیوانه می‌شوند.[2]

دربازی تخته نرد طاس که ازدست بیافتد نشان باخت است.

افتادن شاه درشطرنج نشان مات شدن است.

هرکس چهل روز گوشت نخورد دیوانه می‌شود.

آش پز که غذا را شور بکند دلش شوهر می‌خواهد.

سرغذا جلوی کسی تواضع بکنند قرض دار می‌شوند.

هرکس سرسفره زیاد نان خرد بکند بچه زیاد پیدا می‌کند.

رخت زرد آمد نیامد دارد ولی لباس سفید، سبزو مشکی خوش ایند است.

رخت دان، میزو مجری وقتی که خشک می‌شود و صدا می‌کند آوارگی می‌آورد.

کیسه حمام را به صورت بکشند آبرو می‌ریزد.

اگرکسی شانه دیگری را به سرش بزند بین آن‌ها سردی تولید می‌شود و ازچشم او می‌افتد.

ازآدم خسیس چیزخوراکی بدزدند و بخورند هیچ وقت ناخوش نخواهند شد.

ازتوشه راه مسافرچیزی بدزدند زود برمی گردند.

از آدم خسیس که پول بگیرند باید آن را مایه تـه کیسـه کـرد تـا همیشـه پـول دار باشند.

اگرکسی کاغذ بنویسد و پائین آن را نچیند زنش می‌میرد.

جاروب به کسی بزنند ازعمرش کم می‌شود باید ازسرآن شکست.

---

[1] مثل: شخصی دمرو از جوی آب می خورد کسی به او گفت این طور آب نخور عقلت کم می شود او پرسید عقل چیست؟ آن مرد درجواب گفت: هیچ با شما نبودم.

[2] خمره صدا را خوب می کند. اصطلاح یارو تو خمره می خواند.

نی قلیان به کسی بزنند لاغر می‌شود[۱].

بنا که اجاق بسازد آواره می‌شود.

کفش‌دوز اگر دو کفش را یک‌اندازه درست بکند زنش می‌میرد.

هر کس کتاب امیر ارسلان و الف لیل را بخواند آلاخون‌ولاخون می‌شود.

دست زیرتخته کرسی بزنند. (رنگ بگیرند) باران می‌آید.

اگرشکارچی ازجگر شکاری که زده به زن آبستن بدهد دستش بسته می‌شود و دیگر نمی‌تواند شکار بزند.

«و به سلاحنامه‌ی بهرام اندر چنین گفته است که چون تیغ از نیام برکشند و از وی ناله آید علامت خون ریختن بود و چون تیغ خود از نیام برآید علامت جنگ، و چون تیغ برهنه پیش کودک هفت روز بنهند آن کودک دلاور براید[۲].»

« و مرد دیدار نیکو راچهار خاصیت است، یکی آن که روز خجسته کند بربیننده و دیگر آنک عیش خوش گرداند و سه دیگر آنک به جوانمردی و مروت راه دهد چهارم آنک به مال و جاه زیادت کند[۳].»

اگرکسی قبرخودش را دستور بدهد که بسازد عمرش زیاد می‌شود.

اگرکسی بانی ساختمان مسجدی بشود و آن را تمام بکند زود می‌میرد.[٤]

---

[۱] اصطلاح: آن قدر لاغر است مثل نی قلیان.

[۲] نوروزنامه ص ۳۸.

[۳] نوروزنامه ص ۷۲- ۷۱.

[٤] به همین جهت هرکس که مسجدی می‌سازد گوشه‌ای ازآن را ناتمام می‌گذارد.

ساعت، وقت، روز

صبح زود تابوت ببینند خوب است.

عروس را شب جمعه ببرند مادرشوهرش می‌میرد.

اگر زن سه روز جمعه پشت هم بند بیندازد شوهرش او را طلاق می‌دهد.

شب اگر سوت بزنند جنی می‌شوند.

درموقع دوختن لباس کسی راه برود اگر قدمش سبک باشد زود تمام می‌شود و اگر سنگین باشد دوختن آن لباس خیلی طول می‌کشد.

شب نباید اسم حلوا را آورد.

اگر روز شنبه ناخن بگیرند قرض ادا می‌شود، روز دوشنبه پولدار می‌شوند، روز جمعه ثواب دارد، روز پنجشنبه ارث اولاد می‌رسد.[1] هرگاه شب ناخن بگیرند عروسی و مرگ باهم مخلوط می‌شود.

شب عاشورا اگر در ۴۰ منبر شمع روشن بکنند مرادی داشته باشند برآورده خواهد شد. شب جمعه اگر مهمان بیاید خیرو برکت می‌آورد و اگر برود خیر و برکت را می‌برد.

در اصفهان معتقدند که نزدیک عاشورا هوا غبارآلوده و گرفته می‌شود.

ماه صفر نحس است به خصوص سیزده‌ی آنکه از نحس‌ترین روزها به‌شمار می‌آید.

ماه صفر به قدری نحس است که از صد و بیست و چهارهزار پیغمبر صدوبیست هزارشان دراین ماه مردند.

در تابستان شب اول که درحیاط می‌خوابند باید روز جفت باشد و روز طاق خوب نیست.

هرکس شب در گرمابه یا زیر درخت بخوابد بی‌وقتی می‌شود.

روز یکشنبه حمام رفتن بد است.

شب ۲۳ ماه رمضان هرکس عطسه بکند برآتش نو می‌شود و تا سال دیگر زنده است.

---

[1] متراش سر و مگیر ناخن   یک شنبه و شنبه و سه شنبه

ماه رمضان که به هم هم بیفتد زود تمام می‌شود (نهم، دهم).

شب یکشنبه نباید به خانه‌ی کسی رفت.

شب چهارشنبه مال عایشه است[1].

هرگاه شب آب داغ بپاشند یا آتش بیندازند و اسم خدا را نبرند غشی می‌شوند[2]، چون به بچه‌های ازما بهتران که خوابیده‌اند صدمه می‌رسد[3].

شب نیمه شعبان هر کس که سایه‌اش به دیوار سرنداشته باشد تا سال دیگر می‌میرد.

غروب نباید جاروب کرد چون خانه برچیده می‌شود.

روز جمعه رخت مرد را بشویند گدا می‌شود.

گدای زن که ظهر بیاید شیطان است و گدای مرد فرشته است.

عید غدیرهرکس سوزن بزند انگشتش عقربک می‌شود.

روز عیدقربان کسی خیاطی بکند درمکه به پای حاجی‌ها تیغ فرو می‌رود.

شنبه برای سفر سنگین است[4].

شب یکشنبه و چهارشنبه درموقع آفتاب زردی نباید به دیدن ناخوش رفت.

شب اگر درتاریکی صدایی بشنوند صدای همزاد است.

شب اول ماه و اول سال (نوروز) باید همه اطاق‌های خانه روشن باشد.

شب عید نوروز رشته پلو بخورند رشته‌ی کار به دست می‌آید.

چهل سه شنبه حمام بروند دیوانه خواهند شد.

شب در زیرزمین تاریک یا دالان باید بسم‌الله گفت وگرنه جنی می‌شوند.

رخت نو که روز سه‌شنبه بریده بشود یا پوشیده بشود آخرش می‌سوزد.

---

[1] مثل: روز چهارشنبه یکی پول پیدا کرده یکی پول گم کرده.

[2] یکی این که به شب می و اسپرم (داروهای به آب جوشانیده) و هیچ خورشی چیز به اپاختر (شمال) بیرون نریزند، چه دروژ آبستن می‌شود و کسی که بریزد باید «ایتها اهو ویریو» بخواند. (شایست نشایست ۷ ص ۱۲۸ چاپ تاوادیا)

[3] این که به شب آب نشاید ریختن به خاصه ازجانب او اختر که بتر بود، پس اگر ضرورت ریختن باشد ایتا اهو ویریو باید خواندن و آب را آهسته ریختن.» (صد در ص ۲۴ در سی ام)

[4] مثل: شب شنبه سنگ از جایش بلند بشود سرجایش می‌آید.

شب شانه کردن مو و در آینه نگاه کردن پریشانی می‌آورد[1].

اگر زن شب در آینه نگاه کند هوو سرش می‌آید مگراین که آینه را سه بار دورچراغ به‌گرداند.

اول دشت کاسب نسیه نمی‌دهد ولی ارزان می‌دهد.

سرچراغ مشتری را نباید رد کرد و قرض را هم نباید داد.

اگرکسی درخانه‌ی ناخوش‌دار شب سه شنبه بماند باید شب یکشنبه هم بماند هم‌چنین است شب سه‌شنبه و پنج‌شنبه.

روز اول ماه نباید دوا خورد و نه به حکیم رفت و نه به دیدن ناخوش بروند.

«روز عید بابا شجاع‌الدین هرگاه روز سه‌شنبه یا چهارشنبه و یا آدینه‌ی اول ماه باشد هرکه در آن ماه بمیرد باید یک لنگه کفش او را با خودش درقبر بگذارند که درآن ماه کسی ازخویشانش نمیرد[2].

«درشب یا روز ۲۷ ماه رمضان برای برآمدن حاجت‌ها دوازده فتیله باید روشن بکنند.»

روز سه شنبه و چهارشنبه نباید جاروب کرد.

روز اول ماه جاروب کردن خوب است.

اگرکسی در خانه‌ای باشد که یک نفر در آن‌جا بمیرد و شب را در آن‌جا بماند باید هفت شب متوالی درآن‌جا باشد.

شب یلدا بلندترین شب زمستان است، درآن شب باید هندوانه خورد.

شب خوب نیست که ازخانه‌ی کسی آب ببرند و یا باید کمی آب برده درآن خانه بپاشند و بعد آب ببرند.

غروب که سر چاه یا قنات بروند بی‌وقتی می‌شوند[3].

---

[1] شب در آیینه نگاه مکن   روز خود هم چو شب سیاه مکن

[2] کلثوم ننه.

[3] آبی که تنگ غروب بکشند ناخوش است. (شایست نشایست)

شب پیش از نوروز باید کوکو سرسفره باشد ولی شب بعد از نوروز نباید کوکو باشد چون اسمش راکه ببرند فقر می‌آورد[1].

صبح زود که از خانه بیرون می‌آیند اگرظرف خالی در دست کسی به‌بینند بد است (بی‌برکت).

شب که شام غریبان است اجاق خانه باید خاموش باشد.

درماه صفر سفر کردن خطر دارد.

چله کوچک زمستان اهمن و بهمن می‌گوید عهده‌ی همه با من.

برای این که هوای روز بعد را بدانند شب جلو چراغ با دهن‌ها می‌کنند. اگر سرخ‌رنگ بود آفتاب می‌شود و اگرسفید بود می‌بارد.

«...و من بعضی از آثار و انقلابات را ازکتب اهل ایران و مصریان نقل نموده؛ چون قمر درشب سیم یا چهارم رقیق وصافی بود روز دیگر هوا صاف بود و اگردرشب منتصف ماه قمر صافی بود هوا صاف شود و اگرسرخ رنگ بود علامت کثرت باد بود و اگرسیاه رنگ بود علامت بارندگی بوده و اگرآفتاب دروقت برآمدن صافی بود یا آن که پیش ازطلوع آفتاب قطع‌های ابرمتفرق پیدا شود و یا آن که دروقت غروب آفتاب ابر نبود و بعد ازغروب یا قبل ازآن ابر شود این همه علامت تأخیرباران است... بانگ کردن زیاد گنجشک بردرختان علامت باران بود... چون دیگ ازبالای دیگ پایه فرو گیرند بعد ازآن که طعام پخته باشند و دراسفل او شرارهای آتش بسیار بود یا آن که مرغ خانگی خودرا بسیار می‌خارد و بانگ بسیار می‌کند یا آن که پرستو برگرداب برگردد و بانگ بسیار می‌کند یا آن که گاومیش روی به مغرب بایستد و یک پای را تمام بر زمین ننهد یا آن که گرگ بسیار به آبادانی درآید یا آن که موش ازسوراخ خود چیزهایی که به ذخیره نهاده بیرون می‌اندازد و این همه علامت بارندگی است خاصه دراول ماه و در آخر ماه و چون برگردقمر سرخی خالص پیدا شود علامت سرما بود و اگردو دایره یا سه دایره زرد یا سرخ برگرد قمر ظاهرگردد علامت سرمای سخت بود وبانگ مگس‌های بسیاردر درون

---

[1] کوکو طلب کردن آن چه که نیست.

خانه و برجستن گوسفندها درچراگاه از زمین و نمودن روشنایی چراغ مثابه ظلمت این همه علامت سرما است و چون مرغان درختان به زیرآیند و در آب غوطه خورند علامت سرما و بارندگی است و درسالی که درخت بلوط و فلفل بار بسیارآورد زمستان آن سال دراز گذرد و چون درازگوش روبه مغرب بایستد و زمین با دست می‌کاود و درآسمان نظرمی کند علامت درازی زمستان بود...»[1]

آن‌جا که گـــــرد ماه بود خرمن   آری دلیـــــل قوت باران اسـت

رخ تو هرکه در آینه دید گریان است   چون ماه هاله نماید دلیل باران است

کلوخ اندازان- جشنی است که می‌خوارگان درآخرماه شعبان کنند و درآن به افراط می‌خورند و آن را سنگ‌اندازان نیز گویند[2].

[1] فلک السعاده ص ٧٤.

[2] فرهنگ انجمن آرا.

احکام عمومی

آب و نمک مهر فاطمه‌ی زهرا است نباید آن را آلوده کرد[1] و از کسی نباید دریغ کرد.

آب‌دهن پیرزن تیزآب است.

آب خوردن را اول باید به کوچک‌تر داد اگربرخلاف آن بکنند روز پنجاه‌هزار سال باید او راکول بکنند به روایت دیگر اگر کوچک‌تر اول آب نخورد آب از سرچشمه خشک می‌شود.

ایستاده نباید آب خورد چون در رگ و ریشه‌های پا می‌رود.

آب درسفره بگذارند شمر به آب می‌رسد[2].

در آب نباید شاشید چون مهر فاطمه است.

آب نیم‌خورده را روی دست بریزند گوشه‌ی انگشت‌ها ریشه می‌کند برای رفع آن باید آب‌دهن را به چفت در زد و به پشت انگشتان مالید.

نوشیدن یک مشت ازآب خزانه مستحب است.

آب پاشیدن به کسی علامت سردی است.

نان برکت خداست نباید به زمین بیفتد اگرافتاده باید آن را برداشت و درشکاف دیوار محفوظ کرد[3].

آتش پیه چشم گرگ را آب می‌کند.

بنایی عمر را دراز می‌کند.

آدم پیر برکت خانه است.

زن پیش شوهرش بی‌ادبی بکند به خانه او حرام می‌شود.

---

[1] (۱۶) و اگر قی درآب کنند یا آب تاختن گناه باشد (۱۷) اگر خیوی (تف) در آب روان افکند خوری گناه باشد (۱۸) و اگر قی درآتش کنند یا آب تنافوری گناه باشد (۱۹) و اگر نا (مردار) درآب یا آتش افکند مرگرزان باشد» (صد دربندهش ص ۸۲ و ص ۱۴۸)

[2] شمر به شکل سگ چهارچشمی است که پیوسته دنبال آب می‌دود و از دور به نظرش سراب می‌آید ولی هرچه می‌دود به آب نمی‌رسد چون درکربلا آب را مضایقه کرد.

[3] شبیه افکار زرتشتی است.

مرد نباید دراطاق سفید تنها بخوابد.
هر ستاره‌ای که می‌پرد عمر یک نفر است که خاموش می‌شود.
کسی که جادو بکند شرش به خود جادوکننده برمی‌گردد و او را نکبت می‌گیرد.
کیمیاگری نکبت می‌آورد.
تنها خوابیدن، تنها خوردن و تنها سفرکردن بد است[1].
برای رفتن به زیارت امام باید بطلبد.
مهمان که درخانه است نباید جاروب کرد.
به درخت سبز نباید شاشید.
به درخت سبز نباید سنگ انداخت.
روز عید غدیر خال بگذارند در روز قیامت ماه می‌شود.
چشم‌درد مال علی و دندان درد مال عمر است.
قاویت سر سفره بی‌بی‌حور و بی‌بی‌نور را نباید مرد بخورد.
از بیاض گردن دختر بوی بهشت می‌آید.
اگر از توپ افطار مدتی بگذرد و افطار نکنند آن روزه را شیطان می‌برد.
چوبی که درموقع سوختن صدا بکند باید چخ گفت چون این صدای سگی است که از جهنم می‌آید آتش ببرد.
قرآن را بعد از خواندن نباید باز گذاشت چون شیطان آن را می‌خواند.
اگر ایستاده شلوار بپوشند تا سه روز دعا مستجاب نمی‌شود.
به لقمه‌ی مهمان نباید نگاه کرد.
استخوان خورشت را درپلو فرو بکنند فحش به آشپز است.
پشت سرمسافر نباید کاغذ نوشت و سیاهی فرستاد.
شام را حتماً باید خورد تا رگ عشاءِ را بشکند.

---

[1] (۲) می‌باید که مردم پیش ازآن که نان خواهند خوردن اول سپاس ایزد عزوجل بگویند شکر آن نعمت‌ها بگذارند و در نان خوردن حدیث بکنند (۳) «چون نان بخورند دیگر بار سپاس ایزد تعالی بگویند» (صد دربندهش ص ۱۳۱)

هرکارخوبی که انسان می‌کند ملائکه روی دوش راستش می‌نویسد و کار بد را ملائکه روی دوش چپش.

کسی که جای تازه‌ای را به‌بیند باید یک مرغ سیاه بدهد.

عدد ۱۳ نحس است.

هرکس دورنان را بچیند روز قیامت کناره‌های نان مار شده به گردنش می‌پیچد.

بریدن نان با کارد گناه دارد.

پوست خربزه را نباید سوزاند چون رویش یا علی نوشته.

طبیب یا کسی که به عیادت ناخوش می‌آید اگرقدمش سبک یا خوب باشد ناخوش زود خوب می‌شود و اگرسنگین باشد حالش بدتر می‌شود.

تفنگ خالی را نباید رو به کسی گرفت چون ممکن است شیطان آن را پر بکند.

چاقوی باز را نباید به دست کسی داد.

بسم‌الله که بگویند جن و غول و شیاطین فرار می‌کنند[1].

ته ظرف غذا را اگر تمام نکنند و پس مانده بگذارند گناه دارد.

زن تا بچه‌دار نشود نباید با شوهرش ازخانه بیرون برود.

زن باید چراغ خانه‌اش را غروب خودش روشن بکند.

به گدا باید سلام کرد چون ممکن است خواجه‌ی خضر باشد و به صورت گدا درآمده است.

استخوان را روی بام بیندازند ثواب دارد.

روز قیامت چشم‌ها می‌رود کاسه‌ی سرو پدرو فرزند خود را نمی‌شناسد.

نزدیک قیامت که می‌شود نژاد انسان به قدری کوچک می‌شودکه پیره‌زن می‌تواند در نی قلیان بنشیند و زنبیل ببافد.

پل صراط از مو باریک‌ترو از شمشیر تیزتر است.

خنجرشمر در زیر زمین است و روزهای عاشورا ازآن خون می‌چکد.

آن‌چه که روی زمین هست در دریا هم هست.

---

[1] مثل: پول غول است و ما بسم الله.

خدا می‌تواند تمام دنیا را درپوست یک تخم مرغ بگنجاند بدون این که تخم مرغ بزرگ بشود یا ازمقدار آن عالم بکاهد.

دنیا که آخر می‌شود مثل کف دست صاف می‌شود به طوری که اگر این طرف دنیا یک تخم مرغ بگذارند ازآن طرف دنیا پیدا است.

دنیا را محض خاطر پنج تن آفریدند[1].

کسی که خودکشی بکند نمی‌میرد درآن دنیا او را چهارمیخ می‌کشند و درمیان زمین و آسمان هست تا این‌که موقع مرگ طبیعیش برسد چون زندگی و مرگ به امرخداست و به دست بشر نمی‌باشد.

سیدها با هم پسرعمو (بنی‌عم) هستند.

چندنفرکه باهم حرف می‌زنند اگریک مرتبه خاموش شدند علامت این است که درآن لحظه از زیر زمین گنج رد می‌شود به روایت دیگر عزرائیل می‌گذرد.

بایدپیوسته شکر نعمت خدا را به جای آورد و به کارهای خدا ایراد نگرفت تا نعمتش زیادتر بشود.

شکر نعمت نعمتت افزون کند　　　　کفر نعمت از کفت بیرون کند

در مجلس عزاخانه باید طاق رفت جفت نرفت که بدیمن است و قلیان را هم در این جور مجالس باید تک بیاورند اگرجفت بیاورند بد است. هرکس بساط ختم را درست می‌کند باید خودش هم آن را برچیند وگرنه بداینند است.

عاق والدین- پدرو مادرکه به بچه‌شان نفرین بکنند بعد ازآن که آن بچه بمیرد از گورش آتش می‌بارد و گناهش پوزش‌ناپذیر است، همیشه به آتش دوزخ خواهد سوخت.

خون زن شوم است.

خون سید شوم است (یعنی او را نباید کشت).

---

[1] (۲) چه در دین نه پیدا است که دادار اورمزد زرتشت را گفت ای زرتشت به ازتو به عالم کسی نیافریدم و پس ازتو هم نیافرینم تو گزیده‌ی منی و این عالم از بهر تو پدیدار کردم. (صد در ص ۵۶ در هشتاد و یکم)

رفتن پای پیاده به شاه عبدالعظیم و گردانیدن سه دور تسبیح صلوات ثواب زیاددارد.

اگر حرام‌زاده به زیارت بی‌بی‌شهربانو برود دماغش خون‌باز می‌شود و اگر مرد ناپاک به قنات آن نگاه بکند آبش کم می‌شود.

«هر زمینی که درو گنجی یا دفینی باشد آن‌جا برف پای نگیرد و بگدازد و ازعلامت‌های دفین یکی آن است که چون زمینی خراب باشدبی گشتمند و اندران سپرغمی رسته بود بدانند که آن‌جا دفین بود، و چون شاخ کنجد بینند یا شاخ بادنجان به دامن کوه که از آبادانی دور بود بدانند که آن‌جا دفین است و چون زمینی شورناک باشد و برآن به قدر یک پوست گاو خفتن خاک خوش باشد یا گلی که مهر را شاید بدانندکه آن‌جا دفین است وچون انبوهی گرگان بیینندوآن‌جا مردار نباشد بدانند که آن‌جا دفین است و چون بارانی آید و برپاره‌ای زمین آب گردایید بی‌آن‌که مغاکی باشد بدانند که آن‌جا دفین است.... و چون تذرو را بینند و دراج را که هر دو یک جا فرود می‌آیند ونشاط و بازی می‌کنند یا مگس انگبین بیینند بی‌وقت خویش که برموضعی گردایند یا درختی بینند که ازجمله شاخه‌های او یک شاخه بیرون آمد جداگانه روی سوی جایی نهاده از همه‌ی شاخ‌ها افزون باشد بدانند که آن‌جا دفین است.» [1]

[1] نوروزنامه ص ۲۲-۲۳

دستورها و احکام عملی

هرگاه از روی شوخی به روی کسی کارد یا چاقو بکشند باید سر آن را سه بار به زمین زد تا خون نکند.

اسم ناخوشی‌های بد را به زبان بیاورند (و با... طاعون) باید مابین شست و انگشت سبابه را با دندان گزید.

زن‌ها که ازچیزی تعجب بکنند می‌گویند: رو به کوه سیاه، هنگام آب نوشیدن زن باید چادر و مرد باید کلاه سرش باشد، هرگاه نبود باید دست را روی سرشان بگذارند.

کسی که خواب به بیند و محتلم بشود می‌گویند: ملایک پرده ازجلو چشمش برداشتند و یا می‌گویند که: خاک نفرینش کرد[1].

هرگاه که به نیت این‌که مرادشان داده شود در روضه‌خوانی یک استکان بدزدند وقتی که مرادشان داده شد شش فنجان خریده و به مجلس روضه رد می‌کنند.

هرگاه کسی که چشمش شور است ازکسی تعریف بکند برای این که به آن کس صدمه نرسد جای قدم‌های او را باید با کارد رویش خط کشید و یا این که یک تکه ازبند شلوار یا لباس نظر زننده [را] می‌سوزانند و خاکسترآن را به بینی مریض می‌مالند.

ازکسی تعریف بکنند برای این که چشم نخورد باید انگشت به خاک ته کفش تعرف‌کننده زده روی نافش بمالند.

در موقع دویدن یا برای این‌که کاری را به سرعت انجام بدهند در آستین خودشان فوت می‌کنند.

برای این‌که بخواهند مهمان برود یا سر آفتابه روبه قبله زیر ناودان عرقچین می‌گذارند یا دسته هاون دراجاق راست می‌کنند و یا نمک درکفش مهمان می‌ریزند.

---

[1] شبیه افکار زرتشتی است چون دراوستا نطفه مرد (سمن) نباید به هدر برود و باید بچه بشود و هرآینه به هدر رفت گناه بزرگ است. (رجوع شود به ویدیو داد فقره ۷۶-۷٤و ۱۰۷-۱۰۲)

بچه‌ها معتقدند که لای کتاب یا قرآن اگر پرطاوس بگذارند و کمی خاک قند بپاشند آن پر بچه می‌کند و زیاد می‌شود[1].

فتیله چراغ را باید پائین کشید تا خودش خاموش بشود هرگاه پف بکنند عمر را کوتاه می‌کند[2].

هرگاه زیاد بخندند باید به ناخن شست ویا مابین شست و انگشت سبابه را نگاه کرده بگویند: اللهم لا تمقتنی (خدایا مرا غضب نکن!)

کسی که لباس تن خود را بدوزد باید درآن مدت یک تکه از لباسش را به دندان بگیرد[3].

ازحمام که درمی‌آیند می‌گویند: صحت آب گرم، و جواب می‌دهند سلامت باشید.

اگرشب گرگ به آدم حمله بکند کبریت آتش بزنند پیه چشمش آب می‌شود و اگر سگ حمله بکند باید خوابید.

واجب است که پی خانه، گود حمام و حوض که کنده شد قربانی بکنند تا خون نکند.

درخانه را که کار می‌گذارند باید قصاب دستش را به خون قربانی آلوده کرده به در بزند[4].

زنان حرف نشنیده که بشنوند لنگه چاقچور به سرشان می‌اندازند.

صحبت چیز بد که بشود مثل مرگ، ناخوشی و یا جانوران موزی می‌گویند: ساعت سنگین است.

کسی که زیاد ظرف و چیز می‌شکند برای این که عادت از سرش بیفتد باید چیز خوراکی بدزدد و برود درکنار آب بخورد.

---

[1] پر طاوس بر اوراق مصاحف دیدم — گفتم این منزلت از قدر تو می‌بینم بیش
گفت خاموش که هرکس که جمالی دارد — هرکجا پای نهد دست ندارندش بیش
(سعدی)

[2] بستن جلو دهان را درآتشکده به یاد می‌آورد. برای این است که آتش آلوده نشود.

[3] چون مرده نمی‌تواند چیزی را به دندان بگیرد.

[4] این گونه قربانی‌های خونین مخصوص اقوام سامی عرب‌ها و جهودهاست به خصوص در نزد کلیمی‌ها خیلی شیوع دارد.

خانه تازه که بخرند اول باید آینه و قرآن در آن‌جا فرستاد و تبریک ومبارک باد و لعنت برشیطان باید کرد که دشمن خوشی و آسایش است.

هرگاه نیت بکنند و ازسه پشته سوار چیزی بپرسند هرچه بگوید باید به حرف او رفتار کرد.

آفتاب زردی که آب بنوشند باید کمی ازآن به پشت سر بپاشند و بگویند: مرده تشنه است!

برای این که پاکت زود به مقصد برسد رویش می‌نویسند ۸۶۴۲

(۲ب ٤د ۶و ۸ح) بدوح و این نام فرشته‌ای است که مراسلات را می‌رساند[1].

نام کسی ببرند و آن شخص وارد بشود به طور یقین حلال‌زاده است.

کسی که می‌خواهد صبح زود بیدار بشود به متکا می‌گوید:

دین آسیابان و گمرکچی و مرده‌شور به گردنت اگرمرا دیر بیدار کنی[2].

برای رفع نحوست عدد سیزده درموقع شمردن به جای سیزده می‌گویند: زیاده.

برای این که زخم سالک زودتر از یک سال خوب بشود عوض سالک باید گفت ماهک.

توپ ظهر که درمی‌رود باید سر انگشت را بوسیده به پیشانی ببرند.

ازمجلس عزاخانه که برمی‌گردند لازم است قبل از ورود به خانه کفش‌هایشان را این پا آن پا کنند.

اگرزنی چادرش درمجلس عزاخانه بسوزد باید چادرش را گرو گذاشته هم‌وزن آن خرما بخرد و خیرکند بعد چادرش را پس بگیرد وگرنه شوهرش می‌میرد.

دندان صدوبیست سال را هرکس در بیاورد نباید به کسی دیگر نشان بدهد اگرنشان بدهد خودش می‌میرد و کسی که آن را دیده صدوبیست سال عمر می‌کند.

---

[1] میرزا آقا خان کرمانی درسه مکتوب گمان کرده است که بدوح از « بدو» فارسی گرفته شده است.

[2] این یک نوع القا خود به خود Auto-Suggestion است.

هرگاه گوش صدا بدهد علامت این است که کسی یادآن شخص را کرده باید دوستان و آشنایان را یک‌به‌یک به‌یادآورد صدای گوش به اسم هرکدام از آن‌ها ایستاد آن شخص یاد او را کرده است.

اگر دربین راه دونفربه هم پشت‌پا بزنند باید برگشته انگشت کوچک خود را به هم قفل کنند وگرنه دعوایشان می‌شود.

دورکسی نباید گشت چون بلاگردان آن شخص می‌شود. هرگاه گشتند برای دفع شر باید ازهمان راه دوباره برگردند.

گیس زن را که می‌شمرند باید بگویند: یک خرما، دوخرما... وگرنه چشم می‌خورد و می‌ریزد.

چیزی گم بشود گوشه‌ای از لباس را گرده زده بگویند: به ستم بخت دختر شاه پریان را و یا بگویند: شیطان مالم را بده مالت را می‌دهم.

نخ نازک یا ابریشم که گره بخورد اگر بخواهند به آسانی باز بشود بگویند: واشو وگرنه می‌دهمت دست جهوده.

پیش آمد ناگوار برای کسی رخ بدهد و به خوشی بگذرد معلوم می‌شود آن شخص قرآن داشته و برای دفع شرباید شب زیرسرش پول بگذارد و فردا صبح به گدا بدهد.

درموقع روشن کردن چراغ دعای مخصوص می‌خوانند و به سبزه یا اینه یا روی خوش نگاه می‌کنند[1].

اگر زن عادت بکندکه آخر غذا یک لقمه نان وپنیر بخورد هیچ وقت هوو سرش نمی‌آید.

نان برکت خداست اگر زیرپا بیفتد باید آن را برداشت بوسید و درسوراخ دیوار گذاشت وگرنه قحطی می‌شود.

اگر چیزی گم بشود الحمد بخوانند و گوشه چادر را گره بزنند بعد ازآن که پیدا شد قل هوالله بخوانند و گره را باز بکنند.

---

[1] این عادت در زمان ساسانیان نیز مرسوم بوده است. (دینکرت ٤٤-٢٠- ٨)

در موقع لباس بریدن یا واقعه خوش می‌گویند: چشم شیطان کور، گوش شیطان کر.
زنی که حیض باشد اگر دست به بعضی گل‌ها بزند گل پژمرده می‌شود.
ازخوشگلی کسی حرف به میان بیاید برای این که او را چشم نزنند باید به نک‌بینی نگاه بکنند و با سرانگشت آن را لمس بکنند.
آدم یا حیوان و یا چیز قشنگی را ببینند باید بگویند ماشاءالله وگرنه ممکن است آن را چشم بزنند و بلایی متوجه آن بشود[1].
از روی آدمی که خوابیده قدم بردارند و رد بشوند باید اسم آن شخص را ببرند.
برای دفع امراض و بلاها مثل زلزله، طاعون، وبا و حتی دفع دشمن گرفتن ماه و خورشید باید نماز جماعت و نماز ایات بخوانند چون دراثر معصیت پیدا می‌شوند.
بچه‌ها که بخواهند میان دونفر دعوا بشود ناخن‌های شست خودشان را به هم می‌زنند.
هرگاه بخواهند مسافری از سفر برنگردد پشت سراو «دیزی ازکاردرآمده» و یا سنگ سیاه به زمین می‌زنند.

[1] «(۱) این که چیزی ببینند که به چشم نیکو آید به نام ایزد باید گفتن (۲) چه اگر به نام ایزد نگویند آن چیز را زیانی افتد یا گزندی رسد گناه کار باشد تا معلوم باشد.» (صد در ص ١٤ در پانزدهم)

چند اصطلاح و مثل

اصطلاحات و امثال و رمزهای لغات رابطه مخصوصی با روحیه عوام دارد. به‌نظر می‌آید که عوام برای بیان مشاهدات و احساسات خودشان احتیاجی به اشتقاق لغات و تتبع منطقی آن ندارند و آن چه که درنتیجه مشاهده احساس می‌کنند با اولین تشبیهی که به‌نظرشان می‌رسد بیان می‌نمایند. این لغات هرچه نزدیک‌تر با روحیه عامه است قوی‌تر و زنده‌تر می‌باشد و پیدایش زبان وابستگی مستقیمی با این لغات و اصطلاحات را نشان می‌دهد. ازجمله لغاتی که ازتقلید آواز جانوران وصدای اشیاء پیدا شده[1] چنان که کلمات و لغات ابتدایی بچه نیز ازهمین تقلید ناشی شده مانند: به‌به، پوفه، جوجو... وبعد همین لغات در زبان معنی خاص به خودش گرفته مانند: عطسه، غوغا، کوکو، قهقهه، ورزدن، هرت کشیدن، ونگ، فیف، تف، میو میو، خرخر، هن هن، واق واق، غارغار، جیک جیک، چه چه، عرعر، دنگ دنگ، بام بام، غه غه، غل غل، چک چک، قرچ قرچ، وزوز، چلپ چلپ، شلپ شلپ، شرپ شرپ، که که، ملچ ملچ، هاف هاف، لف لف، گرگر، تپ تپ، جلزولز، نچ نچ، پچ پچ، شرشر، کروچ کروچ، دق دق، خش و فش...

هم‌چنین اصطلاحات وکنایات که درزبان تصویر مجازی به خودگرفته و به‌طور استعاره استعمال می‌شود، مثلاً اسم قسمت‌های مختلف کوزه از اعضای بدن گرفته شده: دهنه، لبه،گردن، دسته، شکم کوزه، کمرکوزه، وپایه کوزه یا ته کوزه[2] و یا اصطلاح: آب‌زیرکاه که برای آدم دورو استعمال می‌شود، دماغش چاق است یا نانش توی روغن است برای دولتمند. دستش به دهنش می‌رسد، برای متوسط و دستش کج است برای دله دزد وغیره...

---

[1] Onomatopee

[2] به همین مناسبت شباهت اسم اعضای تن انسان با کوزه است که خیام در فلسفه مادی خودش پیوسته ذرات تن آدمی زاد را در کوزه‌ی شراب جست‌وجو می‌کند و درکارگاه کوزه‌گر با کوزه‌ها صحبت می‌کند و زندگی پیشین آن‌ها را روی زمین به یاد می آورد:

این کوزه چون من عاشق زاری بوده است، در بند خم زلف نگاری بوده است
این دسته که بر گردن او می‌بینی: دستی است که بر گردن یاری بوده است؟

ازاین قبیل امثال دراصطلاحات بی شماراست که ازموضوع ما خارج می‌باشد و در این‌جا فقط به اصطلاحاتی اشاره می‌شود که مربوط به اعتقادات عوام است:

سلام سلامتی است.

سلام مستحب است و جوابش واجب است.

به تیغ آفتاب قسم.

به سوی چراغ قسم[۱].

به سوی سلمان قسم.

به اجاق پدرت قسم.

به شاه چراغ قسم.

صدقه رفع بلاست.

مهمان حبیب خداست.

کاسب حبیب خداست.

دل به دل راه دارد.

کی کار شیطان است.

برو پیشانیت را عوض کن[۲].

هرچه خاک اوست عمر شما باشد! و یا فلانی عمرش رابه شما داد.

یک نظرحلال است (یعنی بر دختری یا زنی که با او قصد ازدواج دارند یا می‌خواهند ببینند تا شاید به‌پسندند).

---

[۱] احترام به فروغ و سلام کردن به چراغ از عادات پیش از اسلام است. فردوسی می‌گوید:

به رخشنده اختر به تاریک خاک — به جان‌های روشن به دل‌های پاک

که ما را همه دل پر ازمهر تست — همه آرزو دیدن چهر تست

از کتاب ویس و رامین:

کنون من آتش سوزان فروزم — برو بسیار مشک و عود سوزم

تو این جا پیش دین داران عالم — بدان آتش بخور سوگند محکم

[۲] مطابق اسلام آینده هرکسی قبلا تعیین شده و روی پیشانیش نوشته شده، این اصطلاح را به کنایه می‌گویند، یعنی بدبختی را نمی‌شود چاره کرد (رجوع شود به قصه ماه پیشانی).

ازآتش خاکستر عمل می‌آید (تأثیرموروثی برعکس)

هرکه به زیارت برود استخوانش سبک می‌شود.

خاک برایش خبرنبرد (درموقعی که ازشخص مرده بدگویی بکنند).

شب جمعه مرده‌ها آزادند.

یک دنده از اصفهانی‌ها نجس است.

از دنده‌ی چپ بلند شده.

شب چهارشنبه مال عایشه است.

چشم چپش به فلانی افتاده.

سیب سیری است[۱].

درد و بلای (فلانی) بخورد به جان فلانی.

دستش زیرسر (فلانی) است.

کلاغ زاغیش را چوب زد.

تره به تخمش می‌رود حسنی به باباش.

درموقع دیدن چراغ می‌گویند: سلام علیکم شاه چراغ.

چونام سگ بری چوبی به دست آر.

مویش را آتش زدند[۲].

یک مو ازتن (فلانی) به تن او نیست.

هیچ دو نیست که سه نشود[۳].

بچه‌ی پسر اجاق مرد را روشن می‌کند.

دهن باز بی‌روزی نمی‌ماند.

وصیت مبارک است (عمر را زیاد می‌کند).

---

[۱] سیب سیری است بار نامردی به، به دستم بده اگر مردی

[۲] اشاره به قصه سیمرغ و اژدها و داستان زال که سیمرغ او را بزرگ می‌کند و درموقعی که پدرش او را از سیمرغ می‌گیرد سیمرغ یکی از پرهای خودش را به او می‌دهد تا در موقع احتیاج آن پر را بسوزاند و سیمرغ حاضر بشود.

[۳] ای ضیاءالحق حسام الدین بیار این سوم دفتر که سنت شد سه بار (مولوی)

چشمم کف پات (برای نظر زدن)

هفت قرآن درمیان.

اندر پس هرخنده دو صد گریه مهیا است.

شستم خبردار شد.

دلم تکان خورد.

میان حلال و همسر را نباید به هم زد.[1]

عقد پسرعمو و دخترعمو در عرش بسته شده.

آب نطلبیده مراد است.

درخانه‌اش بسته است (آیند و روند ندارد و بعد ازمرگش پسر ندارد).

کلید درخانه‌اش روی بام افتاد (وارث نداشت خانه‌اش برچیده شد).

گوشش زنگ بزند یا صدا بکند (ازغایب که حرف بزنند).

شب مرگ را کسی درخانه‌اش نمی‌خوابد.

نعل درآتش گذاشتن.

طلسمش را جهوده آورد.

(فلانی) بوی حلوا می‌دهد (یعنی پیرشده و مردنی است).

خاک (فلان‌جا) دامن‌گیراست.

کلاهمان توی هم رفت.

پا توی کفش کسی کردن.

معنایی پشت درنشسته.

دور ازحالا (درموقعی گفته می‌شود که از رابطه مرده با شخص زنـده‌ای حـرف بـه میان بیاید).

_____

[1] ملائکه از بوی دهن طلاق دهنده بدشان می‌آید.

مگر کله گنجشک خوردی؟[1]

گوهرشکم– به زنی می‌گویند که فرزند پسر داشته باشد.

خاک مرده دورش پاشیده‌اند.

هر کسی آب قلبش را می‌خورد.

درهفت آسمان یک ستاره ندارد.

---

[1] چون این پرنده زیاد صدا می‌دهد و جیک جیک می کنند این مثل را برای کسی می‌آورند که پرحرف باشد.

چیزها و خاصیت آن‌ها

فیروزه فیروزبختی می‌آورد و هرکس انگشتر فیروزه به دستش باشد سبب گشایش کارش می‌شود[1].

مهره‌ی مار برای سفیدبختی خوب است[2].

نظرقربانی (چشم گوسفند است که روز عید گوسفندکشان قربانی می‌شود و چشم او را خشک می‌کنند) برای دفع چشم زخم مؤثراست (به خصوص اگر آن را بدزدند) و یا تکه‌ای نمک وخرمهره سبز به نخ می‌بندند و به کلاه بچه و یا به سرشانه‌اش می‌آویزند.

ببین وبترک - کجی آبی - هفت مهره - دندان ببر - سم آهو - ناخن گرگ - چشم باباقوری و پارچه‌ی کبود برای رفع چشم زخم همراه بچه بکنند خوب است.

سنگ که زیاد درمجاورت آفتاب باشد لعل می‌شود؛

گویند سنگ لعل شود درمقام صبر   آری شود ولیک به خون جگر شود

قلیاب سرکه راکه دختر باکره زیر ناودان روبه قبله بکوبد برای باطل کردن سحرو جادو خوب است.

فندق (یا بادام یا گردوی) توی سمنو را کسی با خودش داشته باشد ازهمه‌ی بلاها ایمن خواهد بود.

پیه گرگ ازنظر می‌اندازد.

خوردن ماهی و ماست باهم بد است[3].

شاش پسرنابالغ جادو را باطل می‌کند[4].

---

[1] «گویند نگاه کردن برآن روشنایی چشم آورد.» برجان «پیروزه از بهرنامش را و ازبهر عزیزی و شیرینی دیدارش، وخاصیتش آنک چشم زدگی بازدارد، و مضرات ترسیدن در خواب.» (نوروزنامه ص ۲۸)

[2] طریقه‌ی به‌دست آوردن آن قبلاً آورده شده.

[3] کلثوم ننه

[4] مثل: ماهی و ماست؟ عزرائیل گفته مگر تقصیر ماست؟

شاش زخم را خوب می‌کند.[1]

شاشیدن پشت دیوار نکبت می‌آورد.

در حمام کسی بشاشد کور می‌شود.

برای باطل سحردرحمام روی شست پا بشانند مجرب است.

قورباغه به کسی بشاشد تب می‌آورد.

پوست پیاز و تخم مرغ را بسوزانند آدم جنی می‌شود.

کسی که بترسد نمک دردهنش می‌گذارند.

پشم شتر را با خود داشته باشند برای تب و نوبه خوب است.

برای این که مهمان برود نمک در کفشش می‌ریزند.

نمک قابل ستایش و احترام است، درنزد عوام کسی که نان و نمـک کسـی را بخـورد رهـیـن منـت او خواهـدبود.[2] و کسـی کـه بـرخلاف آن رفتارکنـد نمـک‌بـه‌حـرام و نمک‌نشناس نامیده می‌شود. دست بی‌نمک دست بی‌خیر و بركت است ودر اصطلاح هرچه نمک ندارد لوس و بی‌مـزه اسـت. مثـل صـورت بـی‌نمـک. هـم‌چنـین ماننـد مقدسین به نمک قسم می‌خورند و نفرین می‌کنند چنان که می‌گویند: نمک بگیردت یا نمکم بزندت.[3]

می‌گویند کیومرث با یکی از پادشاهان قدیم ایران نمک را پیدا کرد به این ترتیب که در بیابان به جای ظرف، گوشت شـکار را روی تخته سـنگی بـرایش آوردنـد، وقتـی چشید آن را خوش‌مزه‌تر ازمعمول یافت و پی‌برد کـه آن سـنگ از نمـک بـوده کـه خوراک را روی آن گذاشته بودند و از آن زمان استعمال نمک درخوراک‌ها مرسـوم می‌شود. این پیش‌آمد را گمان کرده‌اند که خدا فراهم کرده تا بنده‌هـایش اسـتعمال

---

[1] برای کچلی هم خوب است.
[2] اصطلاح نمکش را خورد و نمکدانش را شکست.
[3] نخست آزاده رامین خورد سوگند

به یزدانی که گیتی را خداوند	به ماه روشن و تابنده خورشید
به فرخ مشتری و پاک ناهید	به نان و به نمک به دین یزدان
به روشن آتش و جان سخن دان	

نمک را فراگیرند. به حساب ابجد نمک وعلی هرکدام «۱۱۰» می‌شوند و شاید نمک به این مناسبت مقدس شده باشد.

سرکه انداختن آمدونیامد دارد[1].

باران نیسان که هفتادروز بعد ازنوروز می‌آید،روی سرکسی ببارد،موی سررا پرپشت می‌کند و اگربه ناخوش بدهند شفا می‌یابد.

غدد گوشت را هرکس بخورد غده درمی آورد.

ماست و کاهو عمر را زیاد می‌کند.

جرم چپق مار را می‌کشد.

آب دهن برای زخم خوب است[2].

دودکردن پشگل ماچه الاغ (عنبرنصارا) برای کلیه بادها و ناخوشی‌ها سودمنداست.

تارعنکبوت برای شکستگی و بریدگی نافع است و خون را بند می‌آورد[3].

تربت سیدالشهدا را روز اول ماه بخورند ثواب دارد.

ماست را باید خورد و کاسه‌اش را زیر سرگذاشت و خوابید[4].

از شیرینی که سر عروس شاباش می‌کنند هر دختری بخورد بختش باز می‌شود.

گلوی کسی درد بگیرد باید آن را نجس کرد تا خوب بشود.

برای این‌که به اتومبیل صدمه نرسد نظر قربانی و کجی آبی جلو آن آویزان می‌کنند.

برای تولید محبت نعل در آتش می‌گذارند.

---

[1] به طور کلی آمدنیامد دامنه‌ی وسیع دارد ممکن است از کاشتن گیاه‌ها یا نگاه‌داری جانوران و یا اشخاص و هر کاری که شروع می‌کنند برای یک نفر خوب باشد و به او «بیاید» و برای دیگری بد باشد و به او «نیاید» و آن‌هم پس از آزمایش معلوم می‌شود.

[2] اگر لعاب دهن آدمی بر جراحت‌ها مالند سود دارد و گزیدگی هوام و آدمی را منفعت دهند و یا زهر همه گزندها بود خاصه اگر آدمی گرسنه یا تشنه بود و آب دهن آدمی که ناهار بود کشنده جمیع جنبنده‌ها بود. (هزار اسرار)

[3] تنیده‌ی عنکبوت برجای خون برآمدن نهند امساک پذیرد. (نزهت القلوب)

[4] چون که ماست خواب می آورد.

دودکردن کندر و اسفند هر روز صبح سبب گشایش کار است.
سرکه انداختن و کشمش درست کردن آوارگی می‌آورد.
شیر مادیان به بچه بدهند هیچ وقت سیاه‌سرفه نمی‌گیرد.
کسی که هول بکند الماس یا چفت در را سه بار درآب زده آن را به او می‌نوشانند.
گوشه‌ی لب که زخم بشود و یا تب‌خال بزند نشان این است که شیطان دهنه زده باید چفت در را به آن بزنند تا خوب بشود.
کسی را که نمی‌خواهند ببینند پشت سرش دیزی ازکاردرآمده به زمین می‌زنند.
هرکس دندان صدوبیست ساله را ببیند عمرش زیاد می‌شود.
اگر سرکه درخم برگردد (شراب شود یا بی‌مزه شود) یک نفراز اهل خانواده می‌میرد.
قندرون جویدن ریش را کوسه می‌کند و هرگاه فرو بدهند شاش‌بند خواهند شد.
سگ هار کسی را بگیرد باید ازمویش سوزانیده روی زخم بگذارند.
دانه‌ی کوچک مانع چشم‌زخم است.
هرکس ناخن بخورد جوع می‌گیرد.
هرکس موی گربه را بخورد آزار مراق می‌گیرد.
پنیر ذهن را کم می‌کند[1].
نال قلم نی (رگ چوبی که میان قلم است) اگرآسمان ندیده بخورند ذهن را زیاد می‌کند.
شلغم شعر را زیاد می‌کند.
گاو دارو برای چاقی خوب است باید شب مهتاب رو بام لخت بشوند و به تمام تن بمالند مگر به‌بینی چون آن راهم بزرگ می‌کند.
سورمه به خورد کسی بدهند صدایش می‌گیرد.
هرزنی پوست زاید ختنه را گرم‌گرم فرو بدهد پسرخواهد زایید.
فرفره صدادار یا غارغارک ناخوشی می‌آورد.

[1] پنیر و گوشت خر شرعاً مکروه است.

ازآجیل توی سمنو زبان نزده بردارند و مایه ته کیسه بکنند همیشه پول‌دار خواهنـد بود.

آب چاله میدان تهران را هرکس بخورد سالک درمی‌آورد.

همه خوراک‌هـا و داروهـا یا گرمند ویا سرد و مزاج اشخاص مطـابق طـب عـوام بـر چهار گونه است: حرارتی، رطوبتی، خشک و سرد وبرای اعتدال مـزاج بایـد خـوراک مخالف طبع و مزاج خودشان را انتخاب بکنند و تأثیر هرکـدام ازایـن امزجه غلبه کرد خوراک ضد آن را بخورند تا اعتدال از دست نرود.

شیرآدم خوب و بد تأثیرخودش را در اخلاق و صفات و عادات بچه انتقال مـی‌دهـد. چنان‌که به طور نفرین گفته می‌شود: تف به شیرت بیایـد، پسـتانش بسـوزد کـه شـیر دهنت گذاشت و یا درموقع آفرین می‌گویند: آفرین به شیر پاکی که خورده.[1]

تخم لاک‌پشت و مغز سر سگ‌توله نوزاد برای جادو به کار می‌رود.

مخمل مشکی آب ندیده برای سیاه‌سرفه خوب است.

خون خرگوش برای سل خوب است.

هرگاه عروسک توی گوشت خام را بزک بکنند و لای پارچه پیچیده درخانـه‌ای چـال کنند و یا روی بام بیندازند درآن خانه دعوا می‌شود.

کسی که گوشت خوک بخورد جادو به او کارگر نیست.

«و از خاصیت‌هـای زر یکـی آن اسـت کـه دیـدار وی چشـم را روشـن کنـد و دل را شادمان گرداند و دیگرآن‌که مرد را دلاور کند، و دانش را قوت دهد. و سه‌دیگرآن که نیکویی صورت افزون کند و جوانی تازه دارد و پیری دیر رساند و چهـارم عـیش را بیفزاید و به چشم مردم عزیز باشد.»[2]

«چون به میل زرین چشم سرمه کنندازشب کوری وآب دویدن چشم ایمـن بـود و در قوت بصر زیادت کند و خلاخل زریـن چـون برپـای بازبندنـد برشـکار دلیرتـر و خرم‌تر رود و هر جراحتی که بزر افتد زود به شود... و به کـوزه‌ی زریـن آب خـوردن

---

[1] معروف است که چنگیز از شیر ماده گرگ پرورش یافته و به این جهت خون‌خوار شد.

[2] نوروزنامه ص ۲۰- ۲۱.

۸۰

از استسقا ایمن بود و دل را شادمانه دارد[1]. و هر که زر را بی‌آنک در خنبره یا چیزی مسین یا آبگینه نهد، هم‌چنان در زیرزمین دفن کندچون بعد ازسالی بر سر آن رود زر را باز نیابد پندارد که کسی برده است، ندزدیده باشند لیکن بـه زیـرزمین رفتـه باشد. ازبهرآنک زرگران باشد و هرروز فروتر همی رود تا به آب برسد.»[2]

«یکی یاقوت که ازگوهرها قسمت آفتاب است و شاه گوهرها ناگدازنده است. و هنر وی آن که شعاع دارد و آتش بروی کار نکند و همه سنگ‌ها ببـرد مگـر المـاس را و نیز خاصیتش آنک و با مضرت و تشنگی باز دارد.»[3]

زرده‌ی تخم‌مرغ برای قوت کمر و چانه خوب است[4].

پوست تخم‌مرغ را اگر دررهگذر بریزند موجب جنگ و نزاع می‌شود.

پوست اژدها را فقط با پوست سیر و پیاز که آتش بزنند می‌شود سوزانید.

---

[1] نوروزنامه خیام ص ۲۱.

[2] نوروزنامه ص ۲۳.

[3] نوروز نامه ص ۲۷.

[4] اصطلاح: چانه‌اش را زرده تخم‌مرغ انداخته.

گیاه‌ها و دانه‌ها

خربزه و عسل با هم نمی‌سازند.

ترشی گردو آمد نیامد دارد.

برنج خشک را بجوند ریش کوسه می‌شود.

برنج زیر رختخواب کسی باشد ناپاک می‌شود.

سنبل‌الطیب را به گربه بدهند مست می‌شود.

تخم دستنبو آوارگی می‌آورد.

چهل روز صبح شب نم نخود بخورند صدا را باز می‌کند.

تخم جاروب دراطاق بریزد دعوا می‌شود.

کونه خرما را هرکس بخورد به صورتش جوش می‌زند.

وسمه به ابرو بکشند قوت می‌دهد.

حنا موخوره را می‌ریزاند.

خربزه راکه می‌خورند باید خودشان را در آینه نگاه بکنند تا ببینندکه چقدر چاق شده‌اند

و هرگاه پشت دستشان را نگاه بکنند مثل خربزه چاق و سفید می‌شود.

سیاه‌دانه دراطاق بریزد دعوا می‌شود.

کاشتن بادنجان، سیب‌زمینی، شبدر و جو آمدنیامد دارد.

بته خرزهره آمدنیامد دارد.

درخت پسته و گردو آمدنیامد دارد.

هرکه کدو بکارد بته کدو که راه افتاد او هم ازخانه‌اش آواره می‌شود.

روی هردانه برنج یک قل هوالله نوشته نباید زیر پا بیفتد.

زیر درخت گردو هرکس بخوابد جنی می‌شود.

پوست هندوانه گاز بزنند کچل می‌شوند.

بعد ازخوردن هندوانه تخمه‌اش را بشکنند خاصیتش می‌رود.

اولین میوه‌ای که خدا آفرید هندوانه بود، بعد که سر آن استاد شد تخمه میوه‌های دیگر را جمع کرد و یا درمیان آن‌ها گذاشت تا خوردنش آسان‌تر بشود[1].

دوسرخربزه را یک نفر باید بخورد اگر دو نفر بخورند با هم دعوای‌شان می‌شود.

گل محمدی از عرق روی محمد که به زمین چکیده سبز شده[2].

درخت میوه که بار ندهد دو نفر با بیل و تبر وتیشه می‌روند پای آن. یکی از آن‌ها تشر می‌زند به درخت و بلند می‌گوید: این درخت را باید کند میوه نمی‌دهد و پای درخت را بیل می‌زند، دیگری ضامن می‌شود جلو می‌آید و دست او را نگه‌می‌دارد و می‌گوید: این دفعه را ببخش اگر سال دیگر میوه نداد آن وقت ببر. درخت می‌ترسد و سال دیگر بار می‌دهد.

---

[1] این مسئله فرض داروین Darwin را راجع به فلسفه‌ی تکامل تأیید می‌کند.

[2] شب شنبه برفتم بر سر پل قدم گاه علی به اسم دل دل
عرق از سینه ی پاک محمد چکیده بر زمین حاصل شده گل

(ترانه کرمانی)

برطبق افسانه قدیم گل سرخی که به نام «خون سیاوشان» است از خون سیاوش که به زمین چکیده روئیده است فردوسی میگوید:

جدا کرد از سرو سیمین سرش همی رفت در تشت خون از برش
کجا آن که فرموده بد تشت خون گروی زره برد و کردش نگون
گیاهی برآمد همان‌گه ز خون به‌دآن‌جا که آن تشت شد سرنگون
گیا را دهم من کنونت نشان که خوانی همی خون سیاوشان

در تصنیف عامیانه از خون لب یار دسته گل می روید:

دیشب که بارون اومد یارم لب بوم اومد
رفتم لبش ببوسم نازک بود و خون اومد
خونش چکید تو باغچه یه دسته گل دراومد

(اوسانه ص۳۲ چاپ اول)

درقصه عامیانه نی از خون می‌روید و دراین ترانه جندقی:

رفتم به باغ کاکا چیدم انار کاکا
کا کا اومد سرمو برید خونم بگودالو چکید
گودالو علفم داد.

هرگاه زن آبستن سیب و گلابی بخورد بچه‌اش خوشگل می‌شود.
ریباس در اثر رعدوبرق برسنگ کوه می‌روید.
خوردن مویز ذهن را باز می‌کند.
یکی از دانه‌های انار مال بهشت است به این جهت درموقع خوردن انار باید دقت کرد همه دانه‌های آن را به‌خورند.
کسی به کسی سیب بدهد باید با سرانگشت روی آن را فشار بدهد وگرنه علامت بی مهری است.
انجیرو سیب و انگور میوه‌ی بهشت است.
پیاز در خانه گل بدهد آوارگی می‌آورد.
روزجمعه پیاز خام نباید خورد.
مهرگیاه- «گیاهی باشد شبیه آدمی و در زمین چین روید و آن سرازیرو نگون سار می‌باشد چنان‌که ریشه‌ی آن به منزله موی سر اوست، نر و ماده درگردن هم کرده و پای‌ها دریکدیگر محکم ساخته، گویند هرآن‌که آن را بکند در اندک روزی بمیرد و طریق کندن آن چنان است که اطراف آن را خالی کنند چنان که به اندک زوری کنده شود و ریسمانی برآن بندند و سرریسمان را برکمرسگ تازی محکم سازند و شکاری درپیش آن سگ رها کنند. چون سگ از عقب شکار بدود آن گیاه از بیخ و ریشه کنده شود و سگ‌کن به این اعتبارش گویند و سگ بعد ازچند روز بمیرد و آن را مردم گیاه و مردم گیه نیزخوانند و نر و ماده آن را از هم تفرقه توان کرد و اگر قدری از آن با شیر گاو بخورد زنی بدهندکه عقیم باشد البته فرزندش به هم رسد. اگر از نر بخورد فرزندش نر و اگر از ماده بخورد فرزندش ماده.»[1]
گل زبان پس قفا معروف است که عاق والدین شده، دختربوده مادرش او را نفرین می‌کند و زبانش ازعقب درمی‌آید.

---

[1] این قسمت از فرهنگ جهانگیری و برهان قاطع گرفته شده ولی به عقیده عوام مهرگیاه برای سفیدبختی خوب است که با خودشان داشته باشند.

ریشه درخت مو سبز را نباید کند هرکس بکند می‌میرد.

درخت توت و درخت کاج را نباید انداخت و به طورکلی بریدن درخت‌های کهن گناه دارد.[1]

«و چنین گفته‌اند که ازخوردن جو خون کثیف و فاسد نخیزد که به استفراغ حاجت افتد، و نیز از بیماری دموی و صفرای بیش‌تر ایمن بود و اطباءِ عراق وی را ماه مبارک خوانند و وی آن چیزی است که بیست‌وچهار گونه بیماری معروف را سود دارد... و روغن جو قوبای صفرا ببرد و روغن گندم قوبای سودا را ببرد و سبوس جو در دیگ کنند و نیک بجوشانند کسی را که پی‌های پای سست شود و برنتواند خاست و با پیوندهای پای و زانو بگیرد و پای رادرمیان آب جو بنهند تا به صلاح بازآید و سبوس گندم همین معنی کند... و چنین گویند چون شب خسوف ماه جو توان کاشت جو بکارند و نان وی دیوانگان را دهند سود دارد، وچون به زیادت باشد وبزهره نگران بدان وقت جو کارند هراسب لاغرکه ازآن جو بخورد فربه شود، و نیکی و بدی سال اندر جو پدید آید که چون جو راست برآید و هموار دلیل کند که آن سال فراخ سال بود و چون پیچنده و ناهموار برآید تنگ سال بود.»[2]

«و آب که ازخویدزار گذرد و ازوی بیرون آید ماندگی را کم کند و خستگی معده بردارد و ایمن بود تا سال دیگر که جو رسد از رنج تشنگی و بیماری...»[3]

امروزه نیز در ایران در میان عامه معمول است که به عدد زگیل‌های بدن دانه‌های جو گرفته بر یک‌یک آن‌ها سوره‌ی الم نشرح را خوانده می‌دمند و هریک را بر یک زگیل آشنا کرده بعد مجموع این جوهای افسون کرده را می‌کارند و یا در آب می‌ریزند و معتقدند تا موقعی که جو درخاک سبز شود یا درآب بگندد آن زگیل‌ها فرو خواهد ریخت.[4]

---

[1] این عقیده شبیه افکار زرتشتی است که کاشتن درخت و آبادی ازجمله کارهای خوب است.

[2] نوروزنامه ص ۳۰-۳۱.

[3] نوروزنامه ص۳۲.

[4] حواشی نوروزنامه ص ۱۰۰.

خزندگان و گزندگان

خون قورباغه و مارمولک شوم است.

شب اسم حشرات و جانوران موذی را نباید آورد چون ممکن است پیدا بشوند.

اگرجانوری را شب بکشند باید بگویند: «جفتت دربغداد» یا بگویند « با جفتش» تا جفت او پیدا نشود.

هر زنبور سرخی را بکشند درآن دنیا یک خرما پاداش دارد.

رتیل کسی را بزند جفت او می‌رود بالای در خانه انتظار می‌کشد تا وقتی که نعش آن‌کس را از در بیرون می‌برند خودش را روی تابوت بیندازد.

زنبور سرخ کافر است تنها شاه زنبوران یعسوب نام داشت پیش امیرالمؤمنین علی ایمان آورده بود و ازآن جهت است که امیرالمؤمنین را امیرنحل و یعسوب‌الدین گویند خاقانی می‌گوید:

به اول نفس چون زنبور کافر داشتم لیکن،

به آخریافتم چون شاه زنبوران مسلمانش

برای جلوگیری از ساس هرگاه یکی از آن‌ها را بگیرند و بسوزانند باقی ساسها می‌ترسند و فرار می‌کنند.

از سن پرسیدند خانه‌ات کجاست.گفت: کلبه خرابه بهنام سوخته[1].

جلو مار و هزارپا و چل پاسه دهن را نباید بازکرد چون هرگاه دندان‌های آدم را بشمرند آن شخص خواهد مرد.

افعی را با دست چپ بگیرند نمی‌زند.

وقت تحویل نوروز خرخاکی در دست بگیرند خوش‌آیند است.

کسی که شپشه بگیرد برایش آمدو نیامد دارد.

هرکس شپش ندارد مسلمان نیست[2].

---

[1] قریه‌ای است در ورامین که سن زیاد دارد.

[2] شپش تنها جانوری است که در اسلام دارای اهمیت و احترام است و در روز عید قربان در مکه حاجی‌ها هر شپشی که بکشند باید به خون‌بهای آن یک گوسفند در راه خدا سر ببرند.

اگر دو آجر ندیده را درجای نم‌ناک روی هم بگذارند از آن عقرب تولید می‌شود.
عنکبوت جلو هرکس بیاید پول‌دار می‌شود.
کاردونک که دراطاق باشد نباید کشت.
سالی که مگس و گنجشک زیاد باشد درآن سال ناخوشی نمی‌آید.
عقرب را له بکنند بگذارند، جای نیشش زخم را خوب می‌کند[۱].
یک وجب از سر مار و یک وجب از دم مار بزنند و میانش را پخته بخورند برای قوت کمر خوب است و زهر مار به آن کس کارگر نمی‌شود.
برای آن که مار و عقرب و رتیل را دور کنند این افسون را بلند می‌خوانند:
اعوذب برب السها والسهیه من شرکل عقرب ورتیلا وحیه شجاً شجاً قرنیاً قرنیاً یا نوح و سه بار دو دست را محکم به هم می‌زنند و معتقدند که تا هر جا صدای دست برود مار و عقرب ازآن‌جا نمی‌توانند بگذرند.[۲]
یک بال مگس درد است و یکیش شفاءِ وقتی که درخوراک می‌افتد بال شفاءِ را بالا می‌گیرد باید بال شفا را نیز درآن غذا فرو ببرند و بعد غذا را بخورند تا ضرری نبینند.[۳]
هرکس قورباغه را بکشد دستش بی‌نمک می‌شود یعنی هر خوبی که درباره کسی بکند از او قدردانی نمی‌شود.
مار که دنبال کسی بکند باید آن کس ازهفت جوی آب بگذرد.
مار سفید صاحب خانه است نباید کشت.
در بختیاری مار را نمی‌کشند می‌گویند که از درویش اجازه نداریم.
زنبور را بخواهند از اطاق بیرون بکنند بگویند: سیر و سرکه.

---

[۱] «هرکه عقرب او را بزند اگر عقرب را بکشد و برجای لسع او نهد الم ساکن شود.» (عجایب المخلوقات)

[۲] بستم دم مار و نیش عقرب — نیش و دمشان به یکدیگر پیوستم
برنوح نبی سلام کردم رستم — شجاً قرنیاً قرنیاً قرنی (خواجه عبدالله انصاری)

[۳] خبر: «اذا وقع الذباب فی الطعام فامقلوه فان فی احد جناحیه سماً و فی الاخر الشفاءِ و انه یقدم السم و یوخر الشفاءِ.»

سیر سیرک که بیاید هوا گرم می‌شود.

خرچنگ هر کس را بگیرد ول نمی‌کند تا این که خر مصری عرعر بکند و یا خر سیاهی را بالای بام بکنند تا عرعر بکند.

گوش‌کرکنک (سوسک کوچکی که زیرپوست درخت چناراست) اگرکس خوابیده باشد و برود درگوشش کر می‌شود.

لاک پشت- ابراهیم را دشمنانش وعده گرفتند ولای پلو سگ گذاشتند، ابراهیم که از در وارد می‌شود می‌گوید: چخه! وسگ لای پلو زنده شده فرار می‌کند. صاحب خانه از زور خجالت می‌رود خودش را زیر لاوک پنهان می‌کند، وقتی که می‌روند او را پیدا کنند لاوک به پشت او چسبیده بوده.

روایت دیگر- لاک پشت پیرزن بوده لاوک نان روی پشتش بوده ودرآن چند خمیر نان چونه گرفته وجود داشته. بچه‌ی یتیمی ازاو نان می‌خواهد و او نمی‌دهد و لاوک به پشتش می‌چسبد.

خدا خواست صبر بنده‌هایش را امتحان بکند جفت لاک‌پشت را کشت و لاک‌پشت آن‌قدر گریه کرد تا مرد. بعد جفت یک پیرزن را هم کشت آن پیرزن گریه کرد وبعد یادش رفت. ازاین جهت خدا عمر لاک‌پشت را هزار سال کرد و آدم‌ها را زود کشت.

پرندگان و ماکیان

کبوتر یا کریم درخانه باشد خوب است.

صبح دیدن هدهد و روباه خوب است.

صبح دیدن کلاغ و کبک بد است هرگاه دو کلاغ ببینند شگون دارد.

جغد را که به‌بینند باید بگویند: میمنت خانم خوش آمدی عروسی است.

خون چلچله و هدهد و سبزقبا شوم است.

جغد گریه بکند خوش‌یمن است و خنده بکند بدیمن است.

مرغ خوابانیدن آمدنیامد دارد. کبک خوابانیدن بد است.

مرغی که تخم دوزرده بکند آمدنیامد دارد.

خروس که بی‌وقت بخواند باید کشت یا بخشید وگرنه صاحبش می‌میرد. به روایت دیگر بنده آزادکن است.

خروس سفید را نباید کشت فرشته است.

خروس پیر که می‌خواند می‌گوید: چه سال خوبی بوده پارسال خروس‌هـای جـوان می‌گویند: ماندیدیم ماندیدیم.

مرغ پرتکان بدهد بار می‌آید.

مرغ شصت و پنج تخم که می‌گذارد یک تخم کوچک می‌کند که برای برکت باید آن را نگه‌داشت.

نگه‌داشتن طوطی آمدنیامد دارد.

کلاغ که صبح زود غارغار بکند خبر از راه دور می‌رسـد و یـا مسـافر مـی‌آیـد بایـد بگویند: خوش‌خبرباشی کاغذ ازمسافر می‌آید.

مرغ که به تقلید خروس بخواند دوشنبه و پنجشنبه خوب اسـت روزهـای دیگـر بـد است باید او را بیرون کرد یا بخشید.[1]

---

[1] (۱) این‌که چون مرغ درخانه بانگ کند و یا خروس بی‌هنگام بانگ کند باید که نکشندش و بـد فـال ندارند. (۲) زیراکه از سبب آن بانگ می‌کند که در آن خانه دروجی راه یافته است و مرغ یا خروس توانایی آن نمی‌دارد که آن دروج از آن خانه باز دارد و مرغ به یاری دادن خروس می‌شـود و بانگ می‌کند (۳) پس اگر وقتی چنان اتفاق افتد خروس دیگر به باید آوردن تا یـاری یکـدیگر آن دروج را

شکارچی که صبح کلاغ بزند دستش بسته می‌شود وتا شب دیگر چیزی نمی‌زند.
مرغ و گوسفند را نباید غروب کشت چون آه‌شان گیر است.[1]
کبوتر ماه رمضان و محرم تخم نمی‌گذارد و بچه نمی‌کند.
بلبل در سال هفت بچه می‌گذارد یکی از آن‌ها بلبل می‌شود و باقی دیگر سسک می‌شوند.
لک‌لک سالی یکبار می‌رود به مکه و برمی‌گردد به این جهت اورا حاجی لک لک می‌نامند.
مرغ که کرچ می‌شود یک پر او را از سوراخ بینی‌اش می‌گذرانند.

بزنند. (٤) و اگر خروس بی وقت بانگ کند نباید کشت که سبب این بوده که گفتم (۵) چهه در دین به پیداست که دروجی است آن را سیج خوانند به هرخانه که کودک بود آن کوشد تا گزندی بدان خانه رساند (۶) باید که مرغ و خروس نگاه می دارند تا آن دروج را بزنند و درآن خانه او را راه ندهد.» (صد در درسی و دوم)

«در معالجه بانگ جانوران که گاه‌گاه به طور خنده آواز کنند هم‌چنین آواز مردم بدیمن است و نحس و شوم دانند و فی الواقع هم چنین است در بازنامه کسری نوشیروان آمده که چون جانور بسیار بانگ کند او را چون از غره ماه پانزده روز الی بگذرد در پانزده آخر سبزه‌ها که در بستان‌ها و تره‌زارها روید از هرقسم آن‌ها را گرفته خوراند و تا نیم روز گرسنه دارد و بعد سیر نمایند بانگ کم کند.» (قوانین الصیاد باب ۳۰)

سعدی: سعادت نماند درآن خاندان — که بانگ خروس آید از ماکیان

[1] «یکی این‌که شگفت پرهیزش ازکشتن به بیدادی گوسپندان کنند. چه در «استوت کر» برای آنان‌که گوسپند به بیدادی کشند باداقره این‌گونه گفته شده که موی آن گوسپندان همانا تیغ تیز بشود و کسی که به بیدادی کشتار کرده است بدان کشته شود.»
(شایست نشایست ۸ ص ۱۲۸ چاپ ناوادیا)

(۱) این که عظیم بباید پرهیزیدن از بسیار کشتن حیوان و گوسفندان (۲) چه دردین گوید هرکسی که حیوان و گوسفند بسیار کشد بدان جهان هر تار موی گوسفند مانند تیغ تیز باشد و به روان آن کس آویزد (۳) و چند چیز است که کشتن ایشان بد است و گناه بیشتر: بره و بزغاله و گاو ورزا و اسب کارزاری و مرغ کاشکینه که ملخ گیرد و خروس و ازاین جمله خروس گناه بیشتر باشد (٤) و اگرناچار باشد خروسی که بانگ نکرده باشد شاید کشتن و سرایشان بباید یشتن (۵) و هیچ سر حیوان ناشایسته نباید خوردن که نا اشو داد باشد». (صد در ٣٤)

باز- «چنین گفته‌اند که شاه جانوران گوشت‌خوار باز است و شاه چهارپایان گیاه خوار اسب و شاه گوهرهای ناگدازنده یاقوت و شاه گوهرهای گدازنده زر... و مرباز را حشمتی است که پرندگان دیگر را نیست... و پادشاهان دیدار وی را به قال دارند، و چون باز بی‌تعبی سبک بردست نشیند و رو به سوی پادشاه کند دلیل آن باشد که وی را ولایتی نو به دست آید.»[1]

لانه‌ی سبزقبا را نباید خراب کرد.

جغد سر راه کسی را ببرد بدیمن است.

یلوه مرغ کوچکی‌است که به عقیده‌ی شکارچیان در اثر باران به‌وجود می‌آید.

اگر گنجشک را زیاد چنگ‌مالی بکنند و به آن دست بزنند و یا ماچ بکنند گربه او را می‌گیرد.

چلچله که خودش بیاید درخانه لانه بگذارد خوش‌آیند است و نباید به او آزار کرد.

زاغ خواست روش کبک را بیاموزد مال خودش را فراموش کرد و به این جهت در راه رفتن جست می‌زند.

«گویند خروس درمدت عمر یک بیضه نهد و اورا بیضه‌الفقرا گویند چنان که شاعر گوید:

انعام خواجه بامن مسکین به عمرخویش

چون بیضه‌ی خروس یکی بار بود و بس

و گویند هر خانه که خروس سفید بود شیطان درآن خانه نرود.»[2]

مرغ و ماکیان که درخانه باشند خوب است چون هرگاه قضا بلا متوجه یک نفر ازاهل خانه بشود به جان آن می‌خورد باید همیشه آن‌ها را سیرنگه داشت.[3]

---

[1] نوروزنامه ص ۵۶

[2] عجایب المخلوقات

[3] (۱) پرهیزکردن گوسفندان و دیگر حیوان آن است که از سرما و گرما و دیگر آفت بپرهیزند و از آب و گیاه سیر داشتن (۲) چه اندر دین گوید که نماز شام سروش اشو فیروزگر بیاید به همه چهارپایان و حیوان و مرغان بشود و بنگرد تا سیر باشند آن کدخدا و کدبانوی آفرین‌کنند و اگر گرسنه باشند نفرین کنند و بازگردد (۳) هیچ کرفه به تو ازآن نیست که چهارپایان و مرغان که

کچل کرکس پرنده‌ی بزرگی‌است که ازبالای خانه‌ها پرواز می‌کند و هرگاه بچه کوچک را تنها به‌بیند برداشته می‌برد اگر سایه‌اش به سرکسی بیفتد مبارک است.

ابابیل خوراکش باد است.

لانه‌ی چلچله را هرکس خراب بکند سر سال می‌میرد.

کبوتر در شیروانی و سقف لانه بگذارد ثواب دارد.

هدهد یا شانه‌به‌سر تازه عروس بوده جلو آینه سرش را شانه می‌زده پدرشوهرش سر می‌رسد او از زور خجالت با شانه که به سرش بوده پر می‌زند و می‌رود.

به روایت دیگر خواستگار بلقیس بوده حضرت سلیمان هرچه می‌خواسته او را به‌بیند نمی‌گذاشته تا این‌که بالاخره دیو برایش جادو می‌کند و به شکل هدهد می‌شود.

معروف است که سر هدهد را با اشرفی ببرند برای جادوگری خوب است[1].

مرغ حق- با خواهرش سر ارث دعوایش می‌شود چون او را می‌خواسته دو بهره ببرد و یکی بدهد به خواهرش ولی خواهرش قهر کرده فرار می‌نماید و برادرش

درخانه باشند سیر بوده و خاصه گوسفندان جوان ماده و بنشاید کشتن الا پیر باشد سترون که شیر بدهد.» (۸۳ بندهش ص۱۵۲)

[1] اندر دین پیدا است که همه شفقت ها که مردان درخانه کنند هیچ فریضه تر ازآن نیست که گاو یا مرغی یا گوسفندی ازچهارپایی که باشد درخانه دارند و ایشان را سیرگردانند و پس کارهای دیگر می کنند (۲) چه اگر شب درآید گرسنه بخسبند نفرین می‌کنند به کدخدای خانه و هرکسی که درآن خانه باشد (۳) و گویند این کدخدا را روزی چندان باد که خویشتن و زن و فرزند پیوسته گرسنه باشند، تا نشان به نان مرساد این فرزندان این خانه نیست شوند به مرگ و چون چیزی بشکند می‌باید که سر آن چیز بیزند. (صد درص ۹۵)

«... بگیرد بسم الله تعالی و برکته و رحمته هدهد را و ۲٤ رو به ریاضت وی قیام نماید و او را در قفس محبوس ساخته طعمه از حب السوس خوراند و به جای آب گلاب خوش‌بوی بدوی نوشاند و در روز ۲۵ کاردی تیز که از نحاس احمر ساخته باشند بستاند و اسم اعظم را به قلم طلسمات... برآن نویسد و این وقتی باید که قرم متصل باشد و به خداوند طالع این‌کس که عامل است... او را بدان کارد ذبح کند... وملاحظه باید نمود که یک قطره خون او به زمین نچکد که تمام عمل به فساد آید پس سرش را از تن جدا کند و دلش را ازمیان دوکتف بیرون آرد...»

بعد آن را شوربا درست کرده بخورد و چهار صفحه در کتاب اسرار قاسمی وصف خاصیت این کثافت کاری‌ها را می‌دهد.

مرغ حق می‌شود و ازآن وقت به انتظار خواهرش می‌گوید: بی‌بی‌جون دو تا تو یکی من.

روایت دیگر- یک دانه گندم از مال صغیر خورده ودرگلویش گیر کرده آن قدر حق‌حق می‌گوید تا ازگلویش سه چکه خون بچکد.[1]

گنجشک- می‌گویند که جیک‌جیک این حیوان نفرین به فاطمه زهرا است به این جهت مستحسن است که گنجشک را آزار بدهند و لانه‌اش را به هم بزنند و بچه‌اش را بگیرندو به دست اطفال بسپارند.

به روایت دیگر گنجشک کافراست چون شب‌ها طاق‌واز می‌خوابد و می‌ترسد که آسمان رویش خراب بشود.

کارد را به روی مرغ خانگی حرام می‌کنند و او را به این نیت نگه می‌دارند که نکشند آن وقت هرگاه قضا بلایی متوجه یکی از اهل خانه بشود به جان آن مرغ می‌خورد.

زیر دم گنجشک مردنی را بگیرند جانش درنمی‌رود.

خروس و کبوتر که صبح می‌خوانند با خدا مناجات می‌کنند.

همای- نام مرغی است مشهور که به استخوان خوردن معروف است چنان که سعدی گفته:

همای بر سرمرغان ازآن شرف دارد   که استخوان خورد و جانور نیازارد

و جمعی گفته‌اند که آن کرکس است که مردار خورد و ازآن جنس بسیار است و همای به سعادت معروف است چنان‌که گویند سایه‌ی آن بر سر هر کس افتد پادشاهی و دولت یابد و لغت همایون کنایه از این معنی است یعنی سعادتمند... درتاریخی دیده شده که درجزایر قریب به چین و ارخنک طیور غریب به هم رسند. ودراین کتاب نوشته‌اند که هما مرغی است به جثه‌ی کبوتر و منقار آن زرد و بال آن سبزو زمردی و اندک سپیدی دارد و دم آن مله رنگ است و درآن جزیره برهیچ زمین و شاخ درخت ساکن نگردد و همیشه درحرکت است و به مرتبه‌ای

---

[1] - مرغ شب‌آویز همه شب خود را به پای ازشاخ درخت آویزد و حق حق گوید تا زمانی که قطره‌ای خون از گلوی او بچکد. (فرهنگ جهانگیری)

اضطراب و جنبش دارند که ماده‌ی آن برپشت نر بیضه گذارد و متعدد نیز نگردنـد و بیشتر ازسالی نیز عمر نکنند.»[1]

---

[1] معروف است که علامه حلی قبل از رسیدن به سن بلوغ با آن که مجتهد اعلم بود «به اقتضای سن» نردبان می گذاشت از دیوار بالا می‌رفت و بچه‌های گنجشکان را بیرون می‌آورد. (فرهنگ انجمن‌آرا)

همان گو مفکن ساید شرف هرگز	برآن دیار که طوطی کم از زغن باشد

(حافظ)

چون پشت بینم از همه مرغان درین حصار	ممکن بود که سایه کند برسرم همای

(مسعود سعد سلمان)

عوام درموقع تشکر می‌گویند: خدا سایه شما را از سر ما کم نکند.

دام و دد

دیدن اسب سفید مراد است.

نگه داشتن گورخر بدیمن است.

صبح زود دیدن روباه مبارک است.

میمون میمنت دارد روز اول سال دیدنش خوب است.

خون سگ و گربه شوم است.

خرگوش درخانه باشد آمد نیامد دارد.

سگ هفت جان دارد.

سگ که شب زوزه بکشد بدشگون است و کسی خواهد مرد اگر پشت درخانه زوزه بکشد اهل خانه باید تکان بخورند.

اسب چپ یمن ندارد (یعنی سه پای او سفیدو یکی سیاه است).[1]

اگرسرسفره سگ به دهن آدم نگاه کندو چیزی به او ندهندآن کس مـرض جـوع می‌گیرد.[2]

در هنگام خوراک اگر حیوانی به دست آدم نگاه می‌کند باید سه لقمـه ازآن‌چـه کـه می‌خورند به او بدهند و گرنه درد بی‌درمان می‌گیرند.

سگ که در خانه باشد ملایکه ازآن‌جا نمی‌گذرد.[3]

---

[1] دو دست سفید و یکی پای راست سواری بر آن اسب کردن خطا است

[2] شاید این بازمانده احترام و توجهی است که ایرانیان باستان به پاس وفاداری، پاسبانی و احتیاج خودشان به این حیوان می‌کردند ولی بعد از اسلام این حیوان نجس می‌شود و آزار کردن او مستحسن می‌گردد. درصد درص۲۵ در ۳۱ نوشته:

(۱) این که هر گاه که نان خوردند سه لقمه از تن خویش باز باید گرفتن و به سگ دهند (۲) و سگ نباید زدن (۳) چه از درویشان هیچ کس درویش‌تر ازسگ نیست. پیوسته‌نان باید دادن چه کرفه عظیم باشد. (۶) به گیتی پاسبان مردمان و گوسفند است (۷) اگر سگ نبودی یک گوسفند نتوانستی داشت (۸) هر گاه که او بانگ کند چنان که بانگ او بشنود دیو ودروج بدوارد از جای‌ها بگریزد. »

[3] اسلامی است و درحدیث است که: اولا انه رهط لامرت بهدمه یعنی اگر سگ یکی از انواع نبود می‌فرمودم که اورا به کلی از میان ببرند.

هرگاه ازسگی بترسند باید این آیه رابخوانند: «وکلبهم باسط ذراعیه بالوصید» این آیه راجع به سگ اصحاب کهف است چون او در دم غار سرش را روی دو دستش گذاشته و خفته بود ازاین جهت هرسگی که این آیه را بشنود آرام و بی‌آزار می‌شود.

«خطی که درمیان بینی اسب واقع است مثل خط‌های کف دست آدمی چنین آورده‌اند که اگر آن خطوط به شکل ماهی واقع باشد یا مانند کمان بود آن اسب بسیار مبارک است وهرجا که باشد صاحب او را روز به روز دولت زیاده گردد. اسب‌های بسیار جمع شوند و خیرو برکت او بیفزاید و اگر به مصاف رود البته براعدا ظفر یابد.[1]

اسبی که دمش افشان بشود صاحب آن به جنگ خواهد رفت.

سور- اسب خاکستری رنگ به سیاهی مایل که خط سیاه ازکاکل تا دم او کشیده باشد و آن را سول نیز گویند و داشتن چنان اسب را نامبارک دانسته‌اند و گفته‌اند: سور از گله دور.[2]

«سیاه چرمه خجسته بود... شب دیز روزی مندو مبارک بود، خورشید آهسته و خجسته بود... وگویند هر اسبی که رنگ او رنگ مرغان بود، خاصه سپید آن بهتر و شایسته‌تربوده و خداوندش به حرب همیشه پیروزی... زرده زاغ‌چشم و عنبررنگ که رنگ چشم او به زردی زند وآن اسبی که براندام او نقطه‌ها سپید بود یا زرد و چون خنگ عقاب با سرخ خنگ پای او بس سپید بود، یا کمیت رنگ باروی سپید یا چهاردست‌وپای او سپید این همه فرخ و خجسته[3] (بود)...

گربه که جلو در دست و رو بشوید مهمان می‌آید.

---

[1] فرس‌نامه هاشمی، اسب یکی ازآن حیواناتی است که آمدونیامد دارد و نشانی‌هایی دراعضای اوست از رنگ پیچ‌ها و غیره که از روی آن‌ها می‌شود پیش‌بینی کرد. رجوع شود به قابوس‌نامه، نوروزنامه و فرس‌نامه‌های مختلف.

[2] فرهنگ انجمن آرا

[3] نوروزنامه ص ٥٤

گربه که دست و رو می‌شوید بگویند: اگر من پول‌دار می‌شوم دستت را ببر پشت گوشت. هرگاه برد پولدار می‌شوند.

گربه که رو به کسی خودش را بخاراند غم به دل آن کس می‌آید.

گربه مرده را باید از دیوار خانه بیرون انداخت.

آب که به گربه بپاشند پشت دست زگیل در می‌آورد.

شیرکه عطسه کرده گربه از دماغش افتاده به این جهت متکبراست.[1]

گربه سیاه جن است هرکس به او آزار برساند غشی می‌شود.

به گربه که خوراکی می‌دهند باید بسم الله بگویند تا درآن دنیا بسم الله شهادت بدهد.[2]

گربه به خانه عادت می‌گیرد و سگ به صاحبش.

شیر به آدم مؤمن کاری ندارد و گوشت او را نمی‌خورد.

شیر پادشاه جانوران است.

هوا که آفتاب باشد و باران بیاید نشان این است که گرگ می‌زاید.

گرگ از آدم لخت می‌ترسد.

گربه را مرتضی علی نوازش کرده و دست به پشتش کشیده از این جهت هیچ وقت پشتش به زمین نمی‌آید.

صبح زود که شکارچی خرگوش به‌بیند تا شب دیگر چیزی را نمی‌تواند بزند.

خرگوش که می‌دود اگر ازطرف چپ او را به‌بینند خوب است و اگر از سمت راست به‌بینند بد است.

شتر در خانه‌ای بخوابد صاحب خانه می‌میرد.[3]

کینه شتری تا چهل سال طول می‌کشد.

---

[1] چرخ به هرسان که هست زاده شمشیر او است   گربه به هرحال هست عطسه شیر عرین
(خاقانی) اصطلاح: مگر ازدماغ شیر پائین افتاده‌ای؟

[2] چون گربه درموقع خوردن عضلات چشمش به هم کشیده می‌شود. عوام گمان می کنند نمک‌نشناس است و چشمش را عمداً می‌بندد یعنی ندیدم.

[3] مثل: این شتری است که در خانه همه کس می‌خوابد.

کفتار- «معروف است که برای صید کفتار دفی و سازی نزدیک سوراخ آن برنند و یا دو سنگ بر هم زنند و یکی با لحنی مطرب همی گوید: کفتار درخانه است؟ ودیگری جواب دهد: کفتاردرخانه نیست و کم کم سوراخ را فراخ کرده دست و پای کفتار بربندند.»[1]

فیل پادشاه هندوستان بوده، حضرت او را احضار می‌کند جواب می‌دهد که: من دماغ ندارم. حضرت هم می‌گوید: یک دماغی پیدا بکند که نتواند جمع‌آوری بکند و خرطوم در می‌آورد.[2]

فیل همیشه یاد هندوستان را می‌کند به این جهت باید مدام کلنگ به سر او بزنند.

اگر کسی دستش آلوده به خون شپش باشد و به خمیر نان بزند میمون می‌شود و پیدایش میمون به روایتی به همین علت بوده.

روایت دیگر- کفاری که با علی جنگ می‌کردند یک شب درقلعه را به روی خودشان می‌بندند صبح که بلند می‌شوند همه بوزینه شده بودند. به روایت دیگرمیمون اول رنگ رز بوده ودستش توی خمره رنگ رزی بوده چنان که کف آن آبی‌رنگ است ویکی از ائمه به او رجوع می‌کند و نفرین می‌شود.

---

[1] ناصرخسرو گوید:

چون کفتاری که بندندش به عمدا / همی گویند این جا نیست کفتار

مولوی گوید:

در وحل تاویل رخصت می‌کنی / چون نمی‌خواهی کزآن دل برکنی
کاین روا باشد مرا من مضطرم / حق نگیرد عاجزی را از کرم
خود گرفتست و تو چون کفتار کور / این گرفتن را نبینی از غرور
می بگوید اندرون کفتار نیست / از برون جوئید کاندر غارنیست
نیست درسوراخ کفتار ای پسر / رفت تا زان او به سوی آبجور
این همی گویند و بندش می‌نهند / او همی گوید زمن کی آگه‌اند.

(حواشی دیوان ناصرخسروص۶۷۶)

[2] چنان که ملاحظه می‌شود این افسانه دراثر اشتباه دماغ و بینی اختراع شده چون در اصطلاح عوام: دماغ شما چطور است یعنی حالت روحیه شما چطور است را بینی تصور کرده و برای خرطوم فیل این افسانه را جعل نموده‌اند.

خرس- خمیرگیر بوده، نان می‌پزد درتنور پنهان می‌کند و از حضرت دریغ می‌دارد نفرین می‌شود. [1]

قاطر- حضرت امیر در جنگ خیبر محاصره شده بود یکی از درهای قلعـه را کنـد و پاهایش را دو طرف خندق گذاشت. قشون روی در می‌آمده و حضرت آن‌ها را بـه طرف دیگر پیاده می‌کرده دشمنان حضرت چارپایان را بارهای سنگین می‌کردنـد تا دست مبارکشان خسته بشود. هیچ حیوانی روی در نمی‌رود مگر قـاطر و بـه همـین جهت نسل او قطع می‌شود.

شتر- یکی ازمهمانان حضرت ابراهیم ازاو می‌رنجد. ازجانب خدا ندا می‌رسد که چرا مهمان را رنجانیـدی؟ حضـرت برخاسته دنبال مهمان مـی‌رود و او را سـوار شـتر می‌بیند و با شتر او رابلند کرده روی دوشش می‌گذارد، درمیان راه شـتر ادرارش می‌گیرد و این وقت ملکی آلت تناسل او را بـه عقب منحـرف مـی‌کنـد تـا حضـرت آلوده نشود. [2]

---

[1] میمون، خرس و سیاه پوستان ازنژادهای فاسد آدمی‌زاد و میانجی بین آدم‌ها و دیو ودرج و پری می‌باشد. (پوندهش)

[2] مثل: گفتند چرا شاشت از پس است   گفت چه چیزم مثل همه‌کس است؟

بعضی از جشن‌های باستانی

مهرگان- «جشنی از این بزرگ‌تر بعد از نوروز نباشد هم‌چنان‌که نوروز عامه و نوروز خاصه بود مهرگان نیز عامه و خاصه بود و تعظیم این جشن تا شش روز کنند... پادشاهان دراین روز تاج زرینی که تصویر نیز اعظم برآن بودی به سرخود و برسر اولاد خود نهادندی و روغن به آن را به جهت تبرک بر بدن مالیدندی و کسانی که دراین روز نخست نزد پادشاهان جم آمدندی موبدان بودندی و هفتخوان را که شکر ترنج، سیب و بهی و انار و عناب و انگور سپید و کنار در آن بودی باخود آوردندی چه عقیده پارسایان آن است که دراین روز هرکس ازمیوه‌های مذکور بخورد و روغن به آن بر بدن بمالد و گلاب به‌پاشد و بر خود و بر دوستان خود به‌پاشد درآن سال، آفات و بلیات بسیاری از وی مندفع گردد.» [1]

جشن سَدِه- «به فتح اول و دوم به معنی آتش شعله کشنده و آتش شعله بلند باشد و نام روز دهم بهمن ماه است و دراین روز فارسان عید کنند و جشن سازند و آتش بسیار افروزند... و آتش درکوه وصحرا زنند گویند واضع این جشن کیومرث بوده.[2]

سده‌سوزی- جشنی که هنوز زرتشتیان کرمان به یادگار جمشید و عادات ایران باستان می‌گیرند و برای این کار موقوفاتی در کرمان اختصاص داده‌اند. پنجاه روز پیش از جشن نوروز خروارها بته و هیزم (درمنه) درگبر محله (باغچه بوداغ آباد) گردمی‌آورند. جنب این باغچه خانه‌ای است مسجدمانند و موبدان موبد از اعیان شهر و حتی ازخارجه‌ها دعوت شایانی می‌کند. دراین مجلس شراب و شیرینی و میوه زیاد چیده می‌شود و اول غروب آفتاب دو نفر موبد دو لاله روشن می‌کنند و بته‌ها را باآن آتش می‌زنند و سرود مخصوصی می‌خوانند.

هنگامی‌که آتش شعله می‌زند همه مهمانان که بیش از چندین هزار نفر می‌شوند با فریادهای شادی دور آتش می‌گردند و این ترانه را می‌خوانند:

---

[1] فرهنگ جهانگیری

[2] فرهنگ انجمن‌آرا.

صد بسده سی به گله　　　　پنجاه به نوروز هابله

شراب می‌نوشند ومیان هلهله شادی جشن تمام می‌شود. درکرمان همه مردم منتظر سده‌سوزی هستند و اهمیت فلاحتی برای شان دارد چون بعد ازآن اول بذرافشانی و کشت‌وکار برزگران است. این عادت در بعضی از شهرهای خراسان هم هنوز وجود دارد.

دی به مهر- «روز پانزدهم از هر ماه شمسی و این روز از ماه دی روز عید و جشن مغان است. این روز به غایت مبارک گیرند و صورتی از خمیر آرد سازند یا از گل و آن را در راه گذار بنهند و خدمت کنند چنان‌که ملوک و سلاطین را. آنگه به آتش بسوزند. آورده‌اند که در این روز فطام فریدون بوده و او برگاو نشسته و چنین گویند که هرکه بامداد این روز سیب بخورد و نرگس ببوید تمامی سال به خیر و راحت بگذارند و دود کردن در این شب به سوسن تمامی سال امان باشد از قحطی و درویشی و دراین روز نیک است صدقه دادن و نزد بزرگان و مهتران شدن وگویند دراین روز زردشت از ایران بیرون رفته. زرتشت بهرام گفت:

بران که که بنمود خورشید چهر　　　به روزی که خوانی ورا دیمهر

ز ایران برون شد زراتشت پاک　　　همی رفت گریان چو ابر سفاک[1]

کوسه برنشین- «نام جشنی بوده درمیان پارسیان که اول ماه آذر مردی کوسه را سوار کرده بر بدن او داروهای گرم طلا کرده و طعام‌های گرم به وی خورانیده بادزنی در دست گرفته خود را باد می‌زده و ازگرما شکایت می‌نموده و مردم از اطراف برف و یخ بر روی بدن او می‌زدند و به او چیزی می‌دادند و اگرکسی به او چیزی ندادی مرکب یا گل تیره که با خود داشتی بر جامه‌های او پاشیدی و تا وقتی معین به اذن و اجازه پیشکاران شهر این کار را کردی و اگر زیاده کردی مواخذت یافتی. پارسیان این روز را گرامی و عزیز داشتندی»[2]

---

[1] فرهنگ انجمن آرا

[2] فرهنگ انجمن آرا

مردگیران- «جشنی است که مغان درپنج روز آخر ماه اسفند ارمذ کنند و در این پنج روز زنان بر مردان مسلط باشند و هر چه خواهند از مردان گیرند و شوهران محکوم ایشانند ودر روز اول این پنج روز به جهت دفع عقرب رقعه کژدم نویسند.»[1]

رقعه کژدم- صاحب عجایب المخلوقات آورده که «مغان روز نخست ازپنج روزی که درآخراسفند ارمذ ماه است و روز جشنی که آن را جشن مردگیران خوانند از طلوع سپیده تا طلوع آفتاب به جهت دفع هوام سه رقعه می‌نویسند و آن را بر سه دیوار خانه می‌چسبانند و دیوار چهارم که صدرخانه است خالی می‌گذارند. گویند دراین روز نیو آفریدون طلسمی فرمودی و سموم هوام وحیوانات را به بستی و موید آن که واضح نوشتن رقعه کژدم بوده این است که فارسیان بدان رقعه نویسند که به نام ایزد و به نام آفریدون و جمعی برآنند از پارسیان که فریدون نوح است و از این است که عریان درآن رقعه نویسند که: سلام علی نوح فی‌العالمین.»[2]

ابوریحان بیرونی در الاثارالباقیه گوید‌که عوام برای دفع زیان کژدم درروز اسفند ارمذ از ماه اسفند ارمذیان هنگام سپیده تا برآمدن آفتاب این افسون را بر کاغذهای چهارگوشه می‌نویسند: بسم الله الرحمن الرحیم اسفند ارمذ ماه و اسفند ارمذ روز بستم رم و رفت؟ زیر و زبر ازهمه جز ستوران به نام یزدان و به نام جم و آفریدون بسم الله آدم و هوا حسبی الله وحده وکفی. سه تای ازآن‌ها را بر سه دیوار اطاق می‌چسبانند و دیوار مقابل به صدر حجره را آزاد می‌گذارند‌که حشرات از آن راه بگریزند و می‌گویند اگر بر دیوار چهارم هم ازین طلسم چسبیده شود از اثر و خاصیت این طلسم حشرات سرگردان می‌شوند و راه فرار نمی‌یابند سرها را به طرف پنجره خانه بلند می‌کنند که مگر ازآن راه خارج شوند.

جشن پیش از نوروز- چند روز به نوروز مانده در کوچه‌ها آتش‌افروز می‌گردد و آن عبارتست ازدو یا سه نفر که رخت رنگ‌به‌رنگ می‌پوشیدند به کلاه دراز و

---

[1] فرهنگ انجمن‌آرا.

[2] فرهنگ جهانگیری.

لباسشان زنگوله آویزان می کنند و به رویشان صورتک می‌زنند. یکی ازآن‌ها دوتخته را به هم می‌زند و اشعاری می‌خواند:

«آتش‌افروز آمده   سالی یک روز آمده
آتش‌افروز صغیرم   سالی یک روز فقیرم
روده و پوده آمده   هرچی نبوده آمده»

و دیگری می‌رقصد و بازی در می‌آورد.

در این وقت میمون‌باز، بندباز، لوطی، خرس به رقص و غیره کارشان رواج دارد و ترانه‌های ذیل خوانده می‌شود:

فلفلی مرده؟   نمرده،
چشماش که وازه   تخم گرازه
نون خورده و جون نداره   دستش استخوان نداره
    میل پشت بون نداره

امان ازآش رشته   بابام بزغاله کاشته
ننم سرکارآشه   داییم قاشق تراشه
    خالم می‌خوره می‌شاشه

دختر یه دندونه   سوار پوس هندونه
هندونه یرغه می‌ره   درخونه داروغه می‌ره
داروغه جون عرضی دارم   دل پردردی دارم
شوورم زن کرده   پشت‌شو بر من کرده
    یه نون ازم کم کرده
این یدونه نون بربری   من بخورم یا اکبری؟

چهارشنبه سوری[1] چهارشنبه آخر سال است به روایت آخوندی دراین روز پس از قضایای کربلا مختار برای این که شیعه و سنی را ازهم تمیز بدهد قرار گذاشت

---

[1] درآذربایجان جشن چهارشنبه‌سوری از سایر جاهای ایران مفصل‌تر است. نیز رجوع شود به تاریخ بخارای نرشحی.

شب‌های چهارشنبه هرکس شیعه است بالای بام خانه‌اش بته روشن بکند و از آن وقت این کار مرسوم شد. برای بخت‌گشایی دخترها را از زیرتوپ مروارید رد می‌کنند، درکوزه پول سیاه انداخته و غروب آفتاب آن را از بالای بام درکوچه می‌اندازند و می‌گویند: درد و بلام بره تو کوزه بره تو کوچه! و یا سبویی را پر از آب می‌کنند و غروب آفتاب آن را از بام به کوچه می‌اندازند و به پشت سرشان نگاه نمی‌کنند که مبادا بلا برگردد و بعد روی آن آتش می‌ریزند. درشب چهارشنبه‌سوری دخترهایی که بخت‌شان بسته (یعنی شوهر گیرشان نمی‌آید) قفلی را بسته به زنجیری آویخته به گردن خود می‌اندازند که قفل روی سینه میان دو پستانشان قرار می‌گیرد بعد وقت غروب می‌روند سر چهارراه سید که رد می‌شود صدا می‌کنند که بیاید قفل را بازکند تا بختشان باز شود (مخصوصاً شوهر سید گیرشان بیاید).

درهمین شب و یا چهارشنبه آخر صفر هرگاه نیت بکنند و کلید دو دندانه به زمین گذاشته پشت در اطاق همسایه گوش بایستند اگر صحبت آن‌ها موافق با نیتشان باشد به مراد می‌رسند و اگر برخلاف آن باشد مرادشان برآورده نخواهد شد.

قاشق زنی- اگرکسی ناخوش داشته باشد به نیت سلامتی او درشب چهارشنبه‌سوری ظرفی برداشته می‌رود درخانه همسایه‌ها در را می‌کوبد و بدون این‌که چیزی بگوید با قاشق به آن ظرف می‌زند صاحب خانه خوراکی و یا پول درظرف او می‌اندازد.

آن خوراکی‌ها را به ناخوش می‌دهد و یا با آن پول چیزی می‌خرد و به ناخوش می‌خوراند که شفا خواهد یافت.

نیت- درهمین شب کوزه آبی زیر ناودان دو قبله می‌گذارند و هرکسی از اهل خانه نیت کرده چیزی درآن کوزه می‌اندازد. صبح چهارشنبه یک نفر فال از حافظ می‌گیرد و دختر نابالغی دست کرده از کوزه آب یک به یک چیزهایی که متعلق به هرکس است بیرون می‌آورد و با فال مطابقه می‌کند.

شب چهارشنبه بته خشک و یا گون بیابان درهفت کپه و یا سه کپه روی زمین آتش می‌زنند و همه اهل خانه ازکوچک و بزرگ از روی آن می‌پرند و می‌گویند:

زردی و رنجوری من از تو سرخی و خرمی تو از من

به این آتش نباید فوت کرد و خاکسترش را سر چهارراه می‌ریزند.

نوروز- پانزده روز پیش ازنوروز گندم یا عدس سبز می‌کنند، خانه‌تکانی می‌کنند و برای شب جشن سرتاپا لباس نو می‌پوشیدند.[1]

شب اول سال باید همه اطاق‌های خانه روشن باشد چند ساعت به تحویل مانده سفره هفت‌سین پهن می‌کنند.

هفت‌سین- بالای سفره هفت‌سین یک آیینه می‌گذارند دو طرفش جارو شمعدان که در آن‌ها به عده اولاد صاحب‌خانه شمع روشن می‌کنند. چیزهایی که درسفره می‌گذارند از این قرار است:

قرآن، نان بزرگ، یک کاسه آب که رویش برگ سبز است، یک شیشه گلاب، سبزه علاوه برآجیل شیرین و میوه و شیرینی و خروس و ماهی درخوان چه هفت چیز که اسم‌شان با سین شروع می‌شود باید باشد: سپند، سیب، سیه دانه، سنجد، سماق، سیر، سرکه، سمنو، سبزی، به اضافه ماست، شیر، پنیرو تخم مرغ رنگ کرده...

در موقع تحویل همه اهل خانه باید سرهفت‌سین باشند و پول یا خرخاکی در دستشان می‌گیرند چون شگون دارد. اگر کسی در موقع تحویل در خانه خودش پای هفت‌سین نباشد تا سال دیگر از خانه‌اش آواره خواهد بود. کسی که مزاجش حرارتی باشد موقع تحویل سر هفت‌سین یک انگشت ماست می‌خورد و اشخاص رطوبتی یک انگشت شیره می‌خورند تا مزاجشان معتدل بشود. درموقع تحویل زن‌ها باید سنجاق زیر گلویشان باشد وگرنه رشته کارشان گسسته می‌شود.

---

[1] مثل: رخت بعد از عید برای گل منار خوب است.

فقرا گویند: عید آمد و ما قبا نداریم با کهنه قبا صفا نداریم

«زردشت گفت که روان مردگان در ایام فروردگان به خانه‌های ایشان باز می‌گردند و امر کرد که در آن ایام خانه‌ها را پاک کنند و فرش‌های پاک بگسترند وآن جا خوردنی‌های خوشمزه و اشتهاآور بنهند و بخورند تا روان مردگان به بو و نیروی آن قوت گیرند.»

(ترجمه از غرور اخبار ملوک فرس ثعالبی)

علامت تحویل تکان خوردن برگ سبز روی آب است و یا چرخیدن تخم مرغ روی آینه. شمعی که به نیت سلامتی درهفت‌سین روشن است باید تا آخرش بسوزد و نباید به آن فوت کرد چون که عمر را کوتاه می‌کند و در صورت اجبار با دو برگ سبز آن را خاموش می‌کنند.

کسی که صبح عید وارد خانه می‌شود اگر زن باشد بد است و اگر مرد بیاید خوب است به طورکلی اولین کسی که وارد خانه می‌شود باید خوش‌قدم باشد و بگوید: صد سال به این سال‌ها برسید! در صورتی که خود صاحب‌خانه خوش‌قدم باشد باید از در خانه بیرون برود و برگردد. هرکسی دراین روز شادی و خرمی بکند تا سال دیگر به او خوش خواهد گذشت.[1]

سفره خواجه خضر– با تشریفات هفت‌سین است تنها فرقی که دارد این سفره از شب جمعه آخر سال چیده می‌شود تا ساعت تحویل و چیزی که اضافه دارد شیربرنج بی‌نمک، اسفناج پخته و قاوی آرد نخودچی است. علامت این که خواجه خضر سرسفره بیاید این است که انگشت خودش را می‌زند در قاویت آرد نخودچی.

سیزده به در– سیزدهمین روز بعد از نوروز است همه مردم در این روز باید از شهر خارج بشوند، خوش بگذرانند و تفریح و گردش بکنند تا این‌که نحوست سیزده را به صحرا ببرند. دختران برای این که بخت‌شان باز بشود سبزه‌ها را گره می‌زنند و می‌گویند:

سیزده به در   سال دگر   خانه شوهر   بچه به بغل

---

[1] هرکه نوروز جشن کند و به خرمی پیوندد تا نوروز عمر در شادی و خرمی گذارد.» (ص ۵ نوروزنامه)

جاها و چیزهای معروف

سرو کاشمر- معروف است که زرتشت دو شاخه کاج از بهشت آورد و به دست خودش یک از آن‌ها را در کاشمر و دیگری را در فارمد از قرای طوس کاشت. این دو قلمه به مرور زمان بی‌اندازه بزرگ و کهن می‌شوند و مردم به آن‌ها معتقد بوده‌اند. می‌گویند که مرغان بی‌شمار بر شاخه‌های آن آشیانه داشته‌اند و درسایه آن‌جانوران بسیار می‌چریده‌اند. شهرت این درخت که به گوش خلیفه متوکل عباسی می‌رسد حکمی به طاهرین عبدالله که درآن زمان حاکم خراسان بوده می‌نویسد که درخت سرو کاشمر را که در بست نیشابور بوده بریده بر گردونه‌ها نهند و شاخه‌های آن را در نمد گرفته بر شتران بارکرده به بغداد بفرستند.

دسته‌ای از زرتشتیان که این حکم می‌شنوند پنجاه هزار دینار به طاهر وعده می‌دهند که این درخت را نبرد ولی طاهر درخت را می‌اندازد و به قول نگارنده تاریخ جهان‌نمای ازمدت عمرآن درخت تا سنه دویست و سی ودو (۲۳۲ هجری) هزار وچهارصد و پنجاه سال گذشته بود...[۱] وچون آن درخت بیفتاد درآن حدود زمین بلرزیدو به کاریزها و بناها خلل راه یافت و اصناف مرغان بیرون ازحد و حصر از شاخ‌سار آن درخت پریدن کردند چنان که هوا پوشیده گشت و مرغان به انواع اصوات خوش، نوحه وزاری می‌کردند... و چون این درخت به یک منزلی مقر خلیفه رسید غلامان ترک شب هنگام برسرمتوکل علیه اللعنه ریخته تن او را پاره پاره کردند.[۲]

سیاه سنگ- نام موضعی است در گرگان و در آن‌جا چشمه‌ای به همین نام است که اگر جمعی به جهت آوردن آب با کوزه‌های متعدد بر سر آن چشمه روند و آب

---

[۱] این حساب خیلی نزدیک به حقیقت به نظر می آید زیرا که برحسب سنت زرتشتیان از ظهور زرتشت تا مرگ یزدگرد (۶۵۲ میلادی) ۱۲۳۰ سال شمسی طول کشید (نامه تنسر ص ۷۰ دیده شود) و بنابراین از ظهور زرتشت تا سال هجرت ۱۲۰۰ سال می‌شود و به علاوه ۲۳۲ سال دیگر که هفت سال اختلاف قمری و شمسی را از آن حذف کنیم ۱۴۲۵ سال می‌شود که با عدد مذکور فقط ۲۵ سال تفاوت دارد.

[۲] فرهنگ انجمن آرا.

بردارند و برگردند و یک تن از آن‌ها پای برسرکرمی که بر سرراه آن‌هاست نهـد آب آن مردم درکوزه‌ها تلخ می‌شود باید بریزند و دوباره رفته آن بردارنـد و پیشاپیش ایشان یک تن رفته آن کرم‌ها را ازپیش پای ایشان دور کند تا ایشان گذشته به منزل برسند.[1]

چاه باران- بونداد هرمز کوه جای گاهی است کـه درو چاهی اسـت چـون امسـاک باران باشد و سال‌ها بی آب اهل آن ناحیت سیر بسایند و درآن چاه افکنند ازآسمان باران اید و آزموده‌اند که هرکه سیر بساید درآن سال بمیرد.[2]

آب مرغان- نام چشمه‌ای است ازکـوه سـار سـمیرم و قشـمه و آب آن چشـمه را برای دفع ملخ به هرجا برند و به نیت هر ولایت کـه آن آب برداشـته بشـود و بـا کوزه با خود برند مرغ‌هایی ازآن‌ها را سـار گوینـد از قفـای آن آب رونـد و چـون بدان مکان رسند که آب را در آن پاشیده‌اند سار بسیار گردایند و ملخان را با منقار به دونیم زنند تا همگی کشته شوند و آن مزارع ایمنی یابد... و خود درزمـان توقـف فارس دیدم که از شیروان به طلب آن آب به فارس آمده بودنـد و گوینـد شـرط تأثیرآن است که آن آب را بـر زمـین نگذارنـد و بـر سـه‌پایه آونـگ کننـد و گـاه برداشتن ازچشمه به قفا ننگرند والله اعلم.[3]

گرز رستم- می‌گویندکه رستم وقتی به تهران آمد از بی پـولی مجبـور شـد گـرز خودش را برای هفتصد دینار گرو گذاشت و نان خرید و در چهار سـوق بـزرگ برجستگی به دیوار است گرز رستم می‌نامند. دراصطلاح نیز گفته می‌شـود: ایـن جـا تهران است و گرز رستم گرو نان.

ملک ری خاکش خوب نیست به این مناسبت که حکومت ری به ابن سعد دادنـد تـا امام حسین را بکشد.

---

[1] قابوس‌نامه.
[2] تاریخ طبرستان.
[3] انجمن آرا - چشمه سار نزدیک قزوین همین اشتهار را دارد.

چشمه علی– نزدیک شاه عبدالعظیم را علی با ته عصایش پای کـوه زده و چشـمه جاری شده.

توپ مروارید– درمیدان ارک جلو نقاره‌خانه قدیم توپی گذاشته بودند معروف به توپ مروارید که صاحب کشف کرامات بود مخصوصاً برای بازکردن بخت دختر‌هـا را از زیر آن رد می‌کردند و عقیده عوام بوده که این توپ خودش ازبوشهر تا تهران آمده است.

در رشت برای این که بخت دخترها باز بشود آن‌ها را به دباغ‌خانه می‌برنـد و پسـر نابالغ می‌آید دگمه... آن‌ها را باز می‌کند بعـد قـدری ازآب دباغخانـه برمـی دارنـد می‌برند منزل و سرشان می‌ریزند.

منار سربرنجی– برای بخت‌گشایی دختران در اصفهان دختر‌ها می‌روند بـالای ایـن منار که در محله جوباره واقع شده روی پله آن گـردو مـی‌گذارنـد و ایـن ابیـات را می‌خوانند:

منار سربرنجی   یه چیزی می‌گم نرنجی

.....   مرد کمر بسته می‌خواد

و درموقع برگشتن گردو را می‌شکنند. این کار برای سفیدبختی هم خوب است.[1]

خاتون قیامت– درشیراز دخترها برای این که بختـشان بـاز بشـود مـی‌رونـد در خاتون قیامت و دور هاون سنگی (جوغن) که درمیان آن بناست می‌گردند.

شیخ بهایی– دراصفهان حمامی معروف است که شیخ بهایی طوری ساخته کـه بایـک شمع گرم می‌شود. شب چهارشنبه دخترها برای این که بختشان باز بشود و زن‌ها برای سفیدبختی باجام چهل‌کلید آب آن را روی سرشان می‌ریزند.

حمام پنجه علی– در یزد حمامی است به این اسم و معروف است که علی دسـتش حنایی بوده می‌خواسته برود به حمام دستش را زده به جرز پهلوی حمـام و پنجـه‌ای از سنگ در دیوار گذاشته‌اند می‌گویند این حمام احتیاج به سوخت ندارد.

---

[1] اصطلاح:با دمش گردو می‌شکند. پامنار تهران نیز دارای همین خاصیت است درآن‌جا شمع روشن می کنند و نذرونیاز می‌کنند.

قبر پیر پاره‌دوز – در اصفهان است و به دیوار واقع شده کسانی که مراد می‌طلبند سنگ‌هایی آن‌جا است که روی قبر می‌سایند اگر آن سنگ‌ها به سنگ قبر چسبید مرادشان داده خواهد شد و گره از کارشان برداشته می‌شود.

در کوه سهند در آذربایجان سقاخانه‌ای است که دو ظرف یکی طلا و یکی نقره در آن‌جا است معروف است هر کس آن‌ها را بدزدد دوباره سر جای خودش برمی‌گردد.

در فومن گیلان نزدیک امامزاده ابراهیم کوه کوچکی است که معروف است در زمان مامون سرخ آب نام حاکم گیلان بوده و باعث قتل امامزاده شده است و بعد از معجزه امامزاده آن شخص به شکل کوه کوچکی سنگ شده و حالا کسانی که به زیارت امامزاده می‌روند در مراجعت برای ثواب یک تکه سنگ به آن کوه پرتاب می‌کنند.

سنگ شیر – در همدان برای این که بخت دخترها باز بشود روغن می‌برند و روی سنگ می‌ریزند که شبیه شیر است و از قدیم بوده.

ابو دردا – بنای گلی و گنبدی است که سر راه منارجنبان واقع شده و مردم هر حاجتی که داشته باشند به آن‌جا می‌روند و آش رشته و آش برگ می‌پزند و یک آدمک کوچک با خمیر درست می‌کنند و در آن آش می‌اندازند که بعد آن را به آب روان می‌دهند این آش در خراسان و شیراز هم معمول است در اصفهان باباقاسم کاغذ گرخانه نیز همین خاصیت را دارند.[1]

گنبد خشتی – مقبره‌ای است که می‌گویند امامزاده محمد نامی در آن‌جا مدفون است. این گنبد در محله نوغان مشهد واقع و در عهد شاه عباس ساخته شده برای برآمدن حاجت‌ها به آن‌جا یک من نان و سی سیر ماست نذر حضرت عباس می‌کنند و این نذر توسط یکی از پیرزن‌های کهنه گدا میان فقرا تقسیم می‌شود.

در محله چهارباغ مشهد سنگی است که می‌گویند علامت پنجه امام بر آن می‌باشد و کوچه‌ای که سنگ در آن نصب شده کوچه پنجه می‌نامند. مردم در آن‌جا شمع

---

[1] یک ابودردا با همین خاصیت هم در کاشان است.

روشن می‌کنند و صورت و سایر اعضای خود را به آن می‌مالند و از آن بهبودی می‌جویند.

پیر پالان دوز- درمشهد مقبره‌ای است که درزمان سلطان محمد خدابنده بنا شده و درخیابان صفوی درکوچه شور واقع است و در نزد اهالی مجرب می‌باشد.

شاه غیس- از شنبه اول سال تا سیزده شنبه آن‌جا بروند مرادشان داده می‌شود.

در فارس معمول است روی سنگ گور جوان مردان هیکل شیر در سنگ می‌تراشند چون شیر علامت زورو نیرو است. درزمان بروز وبا درکرمان و بلوچستان آش قل‌هوالله برای مادر وبا می‌پزند و یک من روغن بید انجیر نذر درخت کهور می‌نمایند.[1]

چشمه غلادوش- به ارتفاع بیست ذرغ در آن‌جا طاق نماها و حوض‌خانه وآثار خرابه دارد مشهور است که این جا قصر ضحاک بوده.

نیاک- نزدیک عسک و آب گرم می‌باشد دیواری درکوه به‌نظر می‌آید که دور آن اطاق‌های شبکه‌دار است. معروف است به خانه‌های دیو سفید که در قدیم با رستم می‌جنگیده و مدخل آن چاهی است که کنار کوه واقع شده.

در امامزاده شاه یلمون کاشان چاهی دربغل ضریح واقع است که زن‌ها برای خبر شدن از مسافر خودشان نیت می‌کنند و سرآن چاه می‌روند ودرآن نگاه می‌کنند اگر تابوت به‌نظرشان رسید مسافرشان مرده است و اگر صورت خندان دیدند مسافر زنده است و آب آن چاه شفاست.

در چهار فرسنگی کاشان درکوه سرک و جوشقان قله کوه درخت انجیر کهنی روئیده که آسمان‌گذار است و این درخت طرف توجه مردم می‌باشد. متولی مخصوص دارد و هر شب پائین آن چراغ می‌سوزانند به آن نذر و نیاز می‌کنند. معروف است وقتی که ابولولو به طرف کاشان فرار می‌کرده پای این کوه که می‌رسد گرسنه‌اش می‌شود چون کفار او را دنبال کرده بودند و جرأت نمی‌کرده که در ده برود و به خدا متوسل می‌شود درآن ساعت این درخت پر از انجیر

---

[1] میرزا آقاخان کرمانی.

می‌شود و او به این وسیله سد جوع می‌کند وبعد به کاشان می‌رود. برای انجیر این درخت سر ودست می‌شکنند و خواص بسیار برایش معتقدند. چوب آن را همراه بچه می‌کنند و میوه آن را هرگاه برای پیدا کردن اولاد زن و مرد بخورند مجرب است. در زیرزمین مسجد جمعه کاشان چاهی است که مردم معتقدند ازآن چاه به مکه راه دارد و دو روز بیشتر راه نیست ولی عجالتاً آن چاه گرفته شده و می‌گویند که یک روز مردی آمد ازآن چاه بگذرد دید زنی مشغول رخت‌شوئی است.آن زن متغیر شد و گفت چرا مرد نامحرم بی خبر وارد شده است و امرکرد که ازاین چاه کسی نرود. آن زن حضرت فاطمه بوده. درعباس آباد کاشان که پشت مشهد واقع است امام زاده‌ای است که معروف است چندسال پیش دونفر زن درآن‌جا گوشوارشان گم می‌شود و قسم می‌خورند همان ساعت صدای شرق سیلی می‌شنوند و می‌بینند که زبان آن زن باد می‌کند سیاه می‌شود و از دهنش بیرون می‌آید و می‌میرد. چون درآن مکان معجزه شده آن محل را می‌خرند و امامزاده می‌کنند و به دیوار یک طرف عکس حضرت کشیده شده و طرف دیگرش صورت آن زن را با زبان باد کرده‌اش به دیوار کشیده شده.

افسانه هفت واد- نزدیک شهر کرمان قلعه‌ای است معروف به قلعه هفت‌دختران و می‌گویند که درزمان اردشیر بابکان شخصی درآن‌جا بوده که هفت دختر داشته و کار آنان چرخریسی بوده. روزی یکی ازآن دختران به شهر می‌رود که پشم بخرد در بین راه درخت سیبی می‌بیند که باد سیب‌های آن را به زمین انداخته بود. یکی از سیب‌ها را برمی‌دارد و در جیبش می‌گذارد وقتی که برمی‌گردد و مشغول دوک‌ریسی بوده آن سیب در ماسوره چرخش می‌افتد. ازآن روز به بعد حاصل کار او روز به روز بیشتر و بهتر می‌شود و ازفروش آن در زندگی آن‌ها گشایش بزرگی به هم می‌رسد. بعد ملتفت می‌شود می‌بیندکه کرمی درماسوره چرخ او پیوسته بزرگ می‌شده می‌فهمد که از دولت سرآن کرم بوده که به این دارایی و فراوانی رسیده‌اند، پس آن کرم را درصندوق می‌گذارد وبه ناز و نعمت او را می‌پروراند تا به جایی می‌رسدکه پدر دختر از زیادی مال و دولت به خیال یاغی گری می‌افتد و قلعه‌ای می‌سازد که هنوز آثار آن باقی است به نام قلعه دختر.

اردشیر بابکان برای سرکوبی او ازپارس به طرف قلعه دختر قشون می‌کشد و جنگ سختی درمی‌گیرد. ولی در همه جنگ‌ها شکست می‌خورد و سبب شکست آن بوده که صندوق کرم را پدر دختر جلو لشکر دشمن می‌آورده و از برکت آن بردشمن چیره می‌شده. تا این که اردشیر نیرنگی به فکرش می‌رسد، مقداری شراب با خودش برمی‌دارد و به لباس چوپان نزدیک قلعه می‌رود و نی می‌زند و به پاسبانان قلعه شراب می‌دهد و درضمن از آن‌ها مکان صندوقی که در آن کرم گذاشته شده می‌پرسد. همین که مست می‌شوند و به خواب می‌روند، اردشیر سر صندوق می‌رود و با شمشیرش کرم را می‌کشد و روز بعد قلعه را فتح می‌کند و به مناسبت آن کرم شهری که در آن‌جا بنا می‌شود کرمان نامیدند.[1]

چنار امامزاده صالح– می‌گویند درقدیم تجریش ده کوچکی بوده و پیرزن فقیری از اهالی آن‌جا با بچه‌های زیاد زندگی می‌کرده است شب عید نوروز همه ده چراغانی بوده و همه بچه‌ها لباس نو پوشیده بودند و خوراکی‌های خوب داشتند مگر خانه آن پیرزن که سوت و کور بود. یکی از آن بچه‌ها ازپیرزن لباس نو می‌خواهد پیرزن برای این که دلش نشکند می‌گوید غصه نخور فردا برای شما هم می‌آورند. دست برقضا پیرمرد همسایشان از روی بام می‌شنود دلش می‌سوزد و می‌رود مقداری شیرینی و پارچه می‌آورد و در دالان خانه پیرزن می‌گذارد. همین که پیرزن آن‌ها را می‌بیند دعا می‌کند که ان شاءِ الله هرکس این‌ها را آورده هزارسال عمر بکند.آن پیرمرد در همان روز یک قلمه چنار درخانه‌اش کاشته بود، سال‌ها می‌گذرد و آن قلمه بزرگ می‌شود و بعد خود آن مرد هم به مسافرت می‌رود. روزی یکی از اهالی تهران در خانه او مهمان بوده از تجریش و چنار بزرگ آن‌جا صحبت به میان می‌آید آن پیرمرد اقرار می‌کند که آن چنار را او کاشته و از دعای پیرزن او ودرخت هزارسال عمرخواهند کرد.

سیاه گالش– نام چوپان جنگی است که نیمه وحشی است و با سایر مردم آمیزش ندارد وگله گاو وحشی دارد و محلی که او زندگی می‌کند به این اسم معروف است

---

[1] کارنامه اردشیر بابکان ص۳۲– ٤٤ شاهنامه فردوسی چاپ خاور ج ٤ ص ١٠٤– ١١٤.

که پناه گاه جانوران می‌باشد و در آن‌جا نباید به حیوانی آزار برسانند و یا شکار کنند و کسی که جرأت این گستاخی را بکند سیاه‌گالش پاداش او را می‌دهد. چه بسیار دیده شده شکارچیان بی‌اعتقاد که به دنبال جانوری آزار رسانیده و بدبختی دامن گیرشان گشته. درضمن معروف است که روز جمعه‌بازار سیاه‌گالش به شکل پیرمردی درآمده و کره می‌فروشد هر کس از کره او بخرد هرگز تمام نمی‌شود و پیوسته آن کره ری می‌کند ولی به محض این‌که به کسی ابراز بکند که کره او ری می‌کند یا مال سیاه‌گالش است فوراً دبه‌ای کره او خشک می‌شود.

شهر نیریز– معروف است که شاگردان افلاتون از او می‌پرسند آیا دارویی هست که پس از مرگ انسان دوباره زنده بشود. افلاتون دستوری به آن‌ها می‌دهد که پس از مرگش آن داروها را به هم آمیخته روغنش را بگیرند بعد نعش او را در حمام ببرند و آن روغن را به تن او بمالندتا زنده بشود. بعد از مرگش افلاتون را شاگردانش می‌برند درحمام و مطابق دستور او رفتار می‌کنند. درآن لحظه‌ای که داشته دوباره جان می‌گرفته ندایی از غیب می‌آید که نریز ولی خود افلاتون می‌گفته بریز درین بین طاق حمام پائین می‌آید و خرابه آن حمام در نیریز واقع است و سالی یک بار از آن‌جا ندا می‌آید: نریز، بریز.

مورچه‌خور– می‌گویند وقتی که قشون اسلام به مورچه‌خور می‌رسد حکم به مورچه‌ها می‌شود که قشون کفار را بخورند.[1]

امیرالمؤمنین غذا خورده و سفره خودش را درمازندران تکان داده از این جهت مازندران با برکت است.

معروف است که مالک اشتر می‌خواسته جهنم بسازد، اعلان می‌کند که گرم‌ترین محل دنیا را به او نشان بدهند کاشان را به او معرفی می‌کنند و برای عذاب مردم می‌فرستد همه عقرب‌ها و مارهای دنیا را درآن‌جا جمع‌آوری می‌کنند ولی عمرش کفاف نمی‌دهد و از این جهت عقرب و مار درکاشان زیاد است.

---

[1] به قول یکی از رفقا Inferiority Complex رجوع شود به اصفهان نصف جهان ص۱۵.

اهالی کیگا (دهی است سر راه فرح زاد به امامزاده داود) چپ هستند و علتش این است که وقتی امامزاده داود فرار کرده به آن‌ها سپرده که مکان او را به دشمن نشان ندهند. کفار که می‌رسند از آن‌ها پرسش می‌کنند اهالی کیگا نشانی امامزاده داود را نمی‌گویند ولی چشمشان به همان طرف چپ می‌کنند و ازآن وقت چپ می‌ماند.

داستان شهربانو- بی‌بی‌شهربانو وقتی که از دست کفار فرارکرده به خاک ری رسیده خود او سوار ذوالجناح بوده و دخترش بی‌بی‌زبیده پشت او ترک اسب نشسته بود و آبستن بوده است.

کفار که نزدیک می‌شوند شهربانو به زبیده می‌گوید تو اهل بیت عصمتی دست کفار به تو دراز نمی‌شود تو پیاده شو تا ذوالجناح بتواند برود. او پیاده می‌شود و شهربانو فرار می‌کند تا به کوه می‌رسد و همین که نزدیک بوده به دست دشمن بیفتد، نصیحت شوهرش را به یاد می‌آورد که گفته بود همین که کفار به تو نزدیک می‌شوند بگو یاهو. مرا دریاب. ولی ازترس اشتباهاً می‌گوید: یاکوه مرا دریاب. درهمان دم کوه دهن باز می‌کند و شهربانو با اسب می‌رود در کوه، فقط یک تکه ازچارقدش ازکوه بیرون می‌ماند. کفار که می‌رسند آن را می‌بینند ولی چون تنگ غروب بوده سه تا سنگ روی آن تکه چارقد نشانه می‌گذارند تا فردایش کوه را بشکافند، ولی روز دیگر به قدرت خداوند تمام کوه سه سنگ روی هم گذاشته شده بوده به‌طوری که کفار نشانی خودشان راگم می‌کنند و هنوز هم زوار که می‌روند به بی‌بی‌شهربانو نیت که می‌کنند سه تا سنگ را روی هم می‌گذارند.

همین که کفار برمی‌گردند یک زن و شوهر سر غیب گاه بی‌بی‌شهربانو متولی می‌شوند به زن متولی ازغیب وحی می‌شود که هرشب جمعه یک دیگ آب تمیز و یک قطیفه و یک قالب صابون بدون این‌که کسی بداند پشت درمقبره بگذارد. آن زن این کار را می‌کند و صبح می‌بیند روی حوله یک مشت پول نقره گذاشته شده. آن زن پول‌ها را برمی‌دارد و هر شب جمعه این کار تکرار می‌شود و با این پول زندگی می‌کند. این زن یک پسر داشته که برایش عروسی می‌کند و درهنگام مرگ به عروسش وصیت می‌کند که هرشب جمعه دیگ آب و قطیفه را پشت مقبره

بگذارد. پس ازمرگ او عروسش این کار را ادامـه مـی‌دهد ولـی یـک شـب جمعـه شوهرش سرمی‌رسد و ازاین کار آگاه می‌شود. نصف شب دختر با شوهرش پشـت درمی‌ایستند وقتی که بی‌بی مشغول آبتنی بوده ملتفت می‌شود که پشت در مـرد است ندا می‌آید:آدمی‌زاد کور شو و مرا نبین. آن مرد فوراً کور می‌شود بعد از این قضیه آن زن این کار را ادامه می‌دهد و از قرار معروف هنوز زنده است. از ایـن‌رو مرد نباید وارد ضریح بی‌بی‌شهربانو بشود.

گنبد سبز– مقبره‌ای اسـت واقـع درمحلـه ارک مشـهد کـه حلقـه‌ی درویـش‌هـا و تریاکیان و حشیشی‌ها درآن‌جا تشکیل می‌شود و معروف اسـت کـه (مـؤمن) نـامی در آن‌جا مدفون است و درویش‌ها اعتقاد کامـل بـه آن‌جـا دارنـد. یکـی از حشیشـی‌هـا دروصف این مکان لاهوتی گفته است.

(حشیشستان مشهد گنبد سبز است.ای مومن!)

هارون ولایت– مقبره قدیمی است که دراصفهان که ازقرار معلـوم یـک نفر یهـودی در آن دفن است و محل اعتقاد عوام می‌باشد. مکرم اصفهانی اشعاری راجـع بـه آن گفته که چندبیت آن این است:

یا هارون ولایت معجزه روگر و گرش کن

خشت و لحد ملانصیر رو آجرش کن

این رودخونه یک معدن ریگس درش کن

که من هارون و لاتم که من لوطی و لاتم...

آن بزکه به پا قلعه بسی معجزه‌ها کرد.[1]

ای هارون ولات آن بزچی را شترش کن

آن زن که به دور حرم تو می‌زند لاس

از توی حرم مش نخوچی پر چادرش کن.

که من هارون و لاتم که من لوطی و لاتم...

---

[1] بز پا قلعه بزی بوده که دراصفهان شاخ او را طلا گرفته بودند و به آن خیلی احترام می‌گذاشته‌اند به‌طوری که آزادانه درخانه‌ها می‌رفته معروف بوده که این بز بست نشسته بوده.

طاق علی- محلی است نزدیک کرمان دربالای کوه که یاعلی بزرگ در سنگ حک شده پائین کوه چشمه‌ای است و درخت کهنی درآن‌جا است که به آن قندیل آویزان کرده‌اند و دخیل بسته‌اند. معروف است که علی آمده ازآن‌جا بگذرد با شمشیرش کوه را ازمیان دو نیم کرده.

سنگ سیاه- نزدیک مراغه سنگی به این اسم معروف است که زن‌ها برای این که بچه‌شان بشود از زیرآن رد می‌شوند و هرگاه مرادشان برآورده شود آن سنگ خود به خود می‌لرزد. تبریز درمحله چرندآب در امامزاده‌ای زنجیری آویزان است، زن‌ها نیت می‌کنند وآن زنجیر را می‌کشند هرگاه درموقعی که آن‌ها را رها می‌کنند به دور خودشان بگردند مرادشان داده می‌شود.

آب ماهی- قبر سعدی سیرگاه اهل شیراز است و درآن‌جا قناتی است که آب آن خواص بسیار دارد، باطل سحر می‌باشد و آب تنی کردن درآن طرف توجه عامه است.

دروازه تنگ الله اکبر- محل اعتقاد اهالی شیراز است و روز اول ماه همه مردم باید از زیر آن رد بشوند. دربالای آن قرآنی است که معروف خودآن ۱۷ من وزن دارد و هر ورق آن نیز ۱۷ من وزنش است.[۱]

چاه مرتاض علی- درشیراز قبری است که درگودال واقع شده برای مراد و سلامتی شب چهارشنبه درآن‌جا دیگ جوش می‌خورند و سنگی بغل دیوار است که روی آن مهر نماز می‌گردانند. اگر مهر روی سنگ چسبید مرادشان داده می‌شود.

باباکوهی- در شیراز واقع شده ومعروف است هرکس آن‌جا ساز بزنند صدمه می‌بیند.

---

[۱] یکی که قرآن مزبور را دیده می‌گوید به خط حسن بن بویه است (به همین سبب به اسم امام حسن نسبت می‌دهند) و سه چهار من هم بیشتر وزن آن نیست.

افسانه‌های عامیانه

گاوزمین- زمین روی شاخ گاو است[1] گاو روی ماهی است هنگامی که گاو خسته می‌شود زمین را از روی یک شاخش روی دیگری می‌لغزاند و همین سبب زمین لرزه می‌شود.

«... بعضی ذکر فرموده‌اند که زمین بر روی یک شاخ گاو است هروقتی که آن شاخ خسته می‌شود آن گاو سرخود را حرکت می‌دهد و می‌جنباند وزمین را می‌اندازد بر روی شاخ دیگر و هرموضع از زمین که بر روی شاخ گاو قرار می‌گیرد آن قطعه زلزله می‌شود...[2]

گاویست برآسمان قرین پروین	یک گاو دگر نهفته در زیر زمین
گر بینایی چشم حقیقت بگشا	زیرو زبر دو گاو مشتی خر بین

(خیام)

فرو شد به ماهی و برشد به ماه	بن نیزه و قبه‌ی بارگاه

(فردوسی)

من گاو زمینم که جهان بردارم	یا چرخ چهارمم که خورشید کشم؟

(معزی)

کهکشان راه مکه را نشان می‌دهد.[3]

قوس قزح- نوسه یا کمان از فنداک تیرکمان علی است ابوریحان بیرونی در کتاب الهند می‌گوید: «هندیان قوس قزح را کمان «اندر» Indra رئیس می‌دانند همچنان که عوام آن را کمان رستم می‌خوانند.» ابوالفرج رونی گفته:

---

[1] به عقیده یونانیان زمین روی دوش اطلس Atlas است. درافسانه‌های آریایی گاو نماینده‌ی قوت و نیرو است و مقدس شمرده می شود.

[2] مجمع النورین ص ۲۵۰

[3] مجموعه ستاره‌های کوچکی که مانند خط کاه پاشیده می‌باشد و به اسم کهکشان معروف است برطبق افسانه یونانی Galaxie راهی است که ازآن جا به کوشک ژوپیتر می‌روند. مردمان سیام کهکشان را «جاده فیل سفید» می‌دانند، اسپانیولی‌ها «جاده سانتیاگو» و ترک‌ها معتقدند که «راه زوار» است.

چون تیغ زند آفتاب رایت   برابر بگرید کمان رستم

هرگاه سرخی قوس قزح زیاد باشد نشان خونریزی است. اگرسبزی آن زیاد باشد علامت ناخوشی است. هرگاه در هنگام رؤیت آن سرشان را باز بکنند موی سر را پرپشت می‌کند.[1]

باران- با هر قطره‌ی باران یک فرشته همراه است. ملکی درآسمان است که هزار دست دارد وهردستی هزار هزار انگشت دارد وآن ملک مأمور شمردن چکه‌های باران است.[2]

آسمان غره- خدا به فرشته‌ها امر می‌کند که ابرها را برانید و آن‌ها تازیانه به ابرها می‌زنند و ابرها نعره می‌کشند و در موقع آسمان غره برق می‌زند همان تازیانه فرشته‌ها است وبه روایت دیگر خدا فرشته‌ها را شلاق می‌زند وآن‌ها فریاد می‌کشند و به روایت دیگر فرشته‌ها روی ابر ارابه می‌گردانند.

تیر شهاب- شیطان که کونه‌ی پاهایش را به هم می‌مالد الخناس می‌ریزد. این الخناس‌ها روی دوش یک دیگر سوار می‌شوند ومی‌روند به آسمان هفتم به‌بینند چه خبر است. خدا امر می‌کند یکی از آن‌ها را تیر بزنند آن وقت همه‌شان می‌ریزند.

ستاره زهره- «زنی فاحشه بوده که نزد هاروت و ماروت سحرآموخته و به قوه‌ی سحروجادو به آسمان بالا رفته و درآن‌جا خداوند او را به صورت زهره مسخ کرده.»[3]

---

[1] «عکس کوه قاف است که آن هفت قله است هر قله از یکی از جواهرات به رنگ آن‌ها است. پس اگر سرخی این قوس قالب باشد دال بر قتل و جنگ کند و اگر سبزی قالب باشد به ارزانی و اگر زردی بیماری حکم کند.» (جنات الخلود)

[2] ابونراس شاعر عربی زبان ایرانی که این عقیده را مسخره می‌کرده است عرب‌ها تکفیر کردند چون در هنگام شراب نوشیدن ساغر خود را زیر باران نگه می‌داشته و می‌گفته که می‌خواهم ملائکه به شراب من داخل شود.

[3] سه مکتوب یا صد خطابه ی میرزا آقا خان کرمانی.

نورباران- شهاب ثاقب امامزاده‌ها هستند که به دیدن یک‌دیگر می‌روند. درآن وقت هرنیتی که بکنند برآورده می‌شود.

ماه و خورشید- ماه مرد است و خورشید زن[1] ماه به خورشید گفته: توشب دربیا تا نامحرم تو را نبیند. خورشید گفته: هرکس مرا نگاه بکند گیسم را می‌زنم تو چشمش. یک روز دست ماه سوزن بوده و می‌خواسته با خورشید معاشقه بکند، خورشید گیسش را می‌زند درچشم ماه و او کور می‌شود. ماه هم سوزن‌هایی که در دستش بوده به صورت خورشید می‌پاشد و از آن وقت نمی‌شود به خورشید نگاه کرد چون سوزن به چشم می‌زند.

خسوف و کسوف- ماه یا خورشید که می‌گیرد برای این است که اژدها آن را دردهن خودش می‌گیرد[2]. برای این که اژدها بترسد و آن را قی بکند باید آتش بازی بکنند، ساز بزنند، تیرخالی بکنند، تشت بزنند آن وقت اژدها می‌ترسد و آن را رها می‌کند. اگردرموقع خسوف یا کسوف ماه یا خورشید سرخ یا ارغوانی بشوند درآن سال خون خواهد شد.

گوهر شب‌چراغ- جواهر گران‌بهایی است که درتاریکی می‌درخشد وآن چیزی است که به اندازه‌ی تخم مرغ که دربینی گاوی است که در دریا زندگی می‌کند. شب‌ها در خشکی می‌آید فین می‌کندوگوهر شب چراغ ازبینی او افتاده در روشنائی آن چرا می‌نماید. نزدیک صبح دوباره گوهر شب چراغ را دربینی خودش بالا کشیده و در دریا می‌رود.

بختک- بختک یا فرنجک کنیز اسکندر بوده وقتی که کلاغ نک زد به مشک آب زندگی و برزمین ریخت[3] بختک سر رسید یک مشت ازآن آب جمع کرد و خورد و اسکندر خشمناک شد فرمان داد بینی او را بریدند و بینی ازگل برایش درست

---

[1] درترانه ی عامیانه صفت خانم به خورشید داده شده. خورشید خانم افتو کن. (اوسانه ص۳)

[2] همی دون مادرم را مژدگان خواه — که رسته شد زدست اژدها ماه (ویس و رامین)

به روی بچه مسگر نشسته گرد زغالی — صدای مس به فلک می‌رود که ماه گرفته (فتح علی شاه)

[3] اشاره به افسانه رفتن اسکندر به ظلمات و آوردن آب حیوان.

کردند این بختک گنج سراغ دارد و کسی که درخواب به حالت کابوس می‌افتد همین بختک است که خودش را روی آن شخص می‌اندازد و کسی که خوابیده باید کوشش بکند تا درتاریکی بینی او را بگیرد، آن وقت بختک از ترس این‌که مبادا بینیش کنده شود نشانی گنج را خواهد داد[1] ولی به محض این که سرانگشت را تکان بدهند کابوس مرتفع می‌شود یعنی بختک فرار می‌کند.

غول بیابانی- دیوی است که دور از آبادی در کوه‌ها و بیابان‌ها زندگی می‌کند و به هر شکلی که بخواهد درمی‌آید و مردم را از راه درمی‌برد. کسی که در بیابان تنها بخوابد کف پای او را آن قدر می‌لیسد و خونش را می‌خورد تا بمیرد.

ذکر بعضی شیاطین- و مشهورترین ایشان غول است و گویند کسی که سفر کند و شب‌ها دربیابان تنها باشد معترض او شود و خواهد که او را هلاک کند و گویند که چون شیاطین استراق سمع کنند باری تعالی ایشان را دفع کند به شهب، بعضی بسوزند و بعضی به دریا افتند و نهنگ شوند و بعضی به بیابان‌ها غول شوند...

وکسانی که غول دیده‌اند ازسرتا ناف بر شکل انسان واز ناف تا آخر به شکل اسب و سم‌های او چون سم خر و بعضی از صحابه‌ی رسول گفت که غول را دیدم درسفره‌ی شام و دراخبار وارد است و مشهور است و او دیوی است برشکل زنان و در بیشه‌ها از آن بسیار باشد و اگر بر کسی ظفر یابد با او بازی کند چنان که گربه با موش اگر کسی را بیند که صورت خوب دارد بروی مفتون شود و او را زحمت دهد[2].

دوال‌پا- دوال‌پا پیرمردی است که دم جاده نشسته گریه می‌کند و هر رهگذری که می‌رسد به او التماس کرده می‌گوید مرا کول بگیر از روی نهرآب رد کن. هرکس او را کول بکند یک مرتبه سه ذرع پا مثل مار ازشکمش درآمده دور آن کس

---

[1] اصطلاح:دماغش را بگیری جانش درمی رود.

[2] عجایب المخلوقات.

می‌پیچد و با دست‌هایش محکم او را گرفته فرمان می‌دهد: کاربکن بده به من. برای این که از شر او آسوده بشوند باید او را مست کرد.[1]

« درکتاب عجایب البحار نقل ازیعقوب بن اسحق کرده که در جزیره‌ی سگ ساران می‌رفتم درختستان بسیار دیدم. نزدیک رفتم درزیرآن درخت‌ها مردمی را دیدم نشسته به صورت خوب نزدیک ایشان نشستم و زبان یکدیگر نمی‌دانستیم. یکی از ایشان دست برگردن من نهاده تا مرا خبر بود برگردن من نشسته بود و پای‌های برمن پیچیده و مرا برانگیخت و من قصد کردم او را ازگردن بیندازم روی مرا به ناخن بخراشید گفت او را می‌گردانیدم و ثمره‌ی آن درخت‌ها می‌چیدم و می‌خوردم و آن هم چیزی از ثمره‌ی درخت‌ها می‌خورد و با اصحاب خود می‌انداخت تا ایشان می‌خوردند و او را به زیر درخت‌ها گردانیدم چوبی از شاخ درخت درچشم او بگرفت و کور کرد قدری انگور بگرفتم و سنگی یافتم دراو حفره بود درآن‌جا عصیر کردم پس بدو اشارت کردم که بخورآن را بیاشامیدو مست شد و پاهایش سست شد بینداختمش و ازآن‌جا نجات یافتم.»[2]

هاروت و ماروت [3]– «چنین روایت کنند از رسول خدا که ملائکه عصیان بنی‌آدم مشاهده کردند و گفتند:

---

[1] به قصه سفرهای سندباد بحری درکتاب الف و لیلة و لیلة رجوع شود.

[2] عجایب المخلوقات

[3] «هاروت و ماروت اسامی دو بت قدیمی است که درقدیم الایام اهل ارمنستان آن‌ها را پرستش می‌نمودند زیرا در تصنیفات مورخین ارامنه ذکر این دومعبود یافت می‌شود که به تلفظ ارمنی هوروت و موروت نامیده‌اند چون که یکی از مصنفین ارمنی چنین نوشته است:«البته هوروت وموروت دلاوران اغری طاغ و آمینابیغ و شاید الهه‌ی دیگر نیز که هنوز برما معلوم نیست مددکاران اسپاندارمیت خدای ماده می‌بودند- آن‌ها هم معاونان برومندی و موجدان محسنیه زمین بودند و دربیابان این فقره باید معلوم گردد که اسپاندارمیت آن خدای ماده بود که در ایام قدیم در ایران نیز پرستیده می‌شد زیرا زرتشتیان او را روان زمین می‌انگاشتند و گمان می‌بردند که او جمیع محصولات نیکو را ازخاک می‌رویاند - واهل ارمنستان آمینابیغ را خدای تاکستان‌ها می گفتند و هوروت و موروت را مددکاران روان زمین می‌نامیدند زیرا که آن‌ها را ارواحی می‌پنداشتند که بر بادها مطلعند و بادها را مجبور می‌سازند که ابرهای آورنده باران را فراهم آورده و بر سر آن کوه

ما اقل معرفه هولاءِ به عظمه الله باری تعالی گفت: اگرشما دراین حالت باشید که ایشان هستند معصیت کنید. ایشان گفتند: کیف هذا ونحن نسح به حمدک. باری تعالی فرمود که دوملک اختیارکنید ایشان را به زمین بفرستاد و شهوت بنی آدم در ایشان آفرید و معصیت از ایشان ظاهرشد. پس ایشان را مخیر گردانید میان عذاب دنیا و آخرت یکی با آن دگر نظر کرد و گفت: چه می‌گوئی؟ او گفت: عذاب دنیا منقطع شود و عذاب آخرت نه پس عذاب دنیا اختیار کردند و در روایت دیگرآمده است از ابن عباس که هاروت و ماروت هردو مسلسل و معکوس آویخته‌اند در چاهی به زمین بابل تا روز قیامت و در روایت دیگر آمده است که باری تعالی ایشان را گفت که احتراز کنید از شرک و قتل و سرقت وزنان. کعب الاخبار گوید که یک روز برایشان نگذشته بودکه هر چهار معصیت از ایشان صادر شد.

خر دجال- دجال پالانی دارد که هرشب می‌دوزد و صبح پاره می‌شود روزی که دنیا آخر می‌شود خر دجال ازچاهی که در اصفهان است بیرون می‌آید هر مویش یک جور ساز می‌زند، از گوشش نان یوخه می‌ریزد و به جای پشگل خرما می‌اندازد هرکس به دنبال او برود به دوزخ خواهد رفت.[1]

«از همه‌ی الاغ‌ها بدتر خر دجال است که ملعون روز خروجش بر آن خر سوار می‌شود رنگ آن خر سرخ است چهاردست‌وپایش ازرق است سروکله‌ی او به قدرکوه بزرگی می‌باشد پشت او موافق سراوست. گامی که برمی‌دارد نزدیک شش فرسخ را طی می‌کند. این روایت زبده المعارف بود. ازموی مکار صدای ساز به گوش‌های مردم می‌رسد، سرگین که می‌اندازد انجیرو خرما به‌نظر می‌آید، قدخود دجال بیست ذرع است، درفرق سر دو چشم دارد و شکاف چشم‌ها به طول و درازی اتفاق افتاده، یک چشم او کور است صورت دراز و آبله برصورت دارد...[2]

بلند که اغری طاغ می‌گویند زده برزمین باراند... در کتب قدیمه اهل هنود نیزمرت‌ها اکثر اوقات مذکورند وهنود آن‌ها را خدایان طوفان‌ها و بادهای شدید می‌انگاشتند...» (ینابیع الاسلام ص۸۶-۸۷-۸۸)

[1] درمیدان کهنه اصفهان چاهی در دکان عطاری وجود دارد که معروف به چاه دجال است.

[2] مجمع النورین ص ۲۱۹.

نسناس- دیوهایی هستند به شکل آدمی‌زاد که نصف تنه ازطول بدن دارند وبریک پای جست می‌زنند و زبان‌شان زبان عربی است.[1]

«نسناس در نواحی عدن و عمان بسیار است وآن‌جانوری است مانند نصف انسان که یک دست ویک پا ویک چشم دارد و دست او برسینه‌ی او باشد و زبان عربی تکلم کند و مردم آن‌جا او را صید کرده می‌خورند[2] مؤید این سخن است آن چه امام علامه‌ی محقق زکریا بن محمدبن محمود قزوینی درآثار البلاد در خصوص نسناس ذکر می‌کند وآن این قرار است: شحر ناحیه‌ای است میان عدن و عمان بر ساحل دریا که عنبر شحری بدآن‌جا منسوب است زیراکه این جنس درسواحل آن‌جا پیدا می‌شود و درآن‌جا جنگل‌های زیادی است که درآن نسناس موجود است. یکی از اعراب حکایت کرد و گفت به شحر وارد شدم و پیش یکی از بزرگان آن‌جا منزل نمودم پس در باره‌ی نسناس از او پرسیدم گفت ما او را صیدکرده می‌خوریم و او حیوانی است مانند نیمه انسان و یک دست و یک پا دارد و هم‌چنین تمام اعضای دیگرش نصفه است. گفتم من میل دارم او را ببینم. پس به غلامان خود گفت یک نسناس برای ما شکار کنید. چو فردا شد یکی را آوردند که صورتش مثل صورت انسان بود جزآن که نیم صورت داشت و یک دست بر سینه‌اش داشت و هم‌چنین یک پا. چون مرا دید گفت: «انا بالله وبک» یعنی پناه من به خداست و به تو. پس گفتم او را رها کنید. گفتند هان به حرف او غره مشو که او غذای ماست ولی من دست‌برنداشتم و اصرارکردم تا او را رها کردند پس مثل باد گریخت در رفت. چون مردی که من پی او مهمان بودم بازآمد به غلامان خودگفت: مگرمن به شما نگفتم که چیزی برای ما صیدکنید؟ گفتند صید کردیم ولی مهمان تو او را رهاکرد. پس خندید و گفت. والله که تو را گول زده است. و به غلامان خود حکم کرد که روز بعد به شکار بروند وبا سگ‌ها رفتند و من هم با آن‌ها بودم تا در آخر شب به جنگی رسیدیم به ناگاه دیدم یکی به عربی می‌گوید: ای ابومجمر صبح درخشید وشب

---

[1] درقصه‌های عامیانه نیم سوار و درکتاب بوندهشن نیز اشاره به نیم‌آدم شده است.

[2] غیاث اللغات.

سپری شد به شتاب به پناه‌گاه. یکی دیگر جواب داد: بخور و باک مدار پس غلامان سگ‌ها را پی آن‌ها انداختند و دیدم ابومجمر را که دو سگ بدو آویخته‌اند... ولی آن دو سگ او را گرفتند و چون میزبان برحسب عادت خود حاضر شد ابومجمر را بریان شده آوردند. ونیز ابن الکیس النمری روایت کردی گفت که ما درقافله‌ای بودیم و راه را گم کردیم در جنگی افتادیم برکنار دریا که اول و آخرش پیدا نبود به ناگاه یک پیرمرد بلندبالایی را دیدم مانند درخت خرما که نصف سروتن و یک چشم ویک پا داشت ومثل اسب می‌دوید و شعر عربی می‌خواند.[۱]

یاجوج و ماجوج- مردمی هستند که قد کوتاه و گوش بزرگی مانند گوش فیل دارند که به زمین می‌کشند. این نژاد اسباب اغتشاش دنیا شد، اسکندر ذالقرنین سد محکمی جلو آن‌ها بست تا نتوانند خارج بشوند. این سد ازهفت جوش است. عرض دیوار هفت‌هزارسال راه است و کار یاجوج و ماجوج از سرشب تا صبح این است که دیوار آن سد را می‌لیسند دم صبح این دیوار کلفت به نازکی مو می‌شود ولی درهمان وقت خوابشان می‌گیرد و دوباره دیوار عرضش به همان کلفتی اولش می‌شود.[۲]

«یاجوج و ماجوج و ایشان قومی‌اند که عدد ایشان جز خداوند نداند و قامت ایشان به قدر قامت مردم بوده ایشان را اذناب ومخالف بود هم چون سباع یکی از ایشان بسیاری بزاید ومعاش ایشان چیزها باشد که ازدریا به کنار افتد... دیگر منسک و ایشان قومی‌اند درجهت مغرب به قرب یاجوج و ماجوج وگوش ایشان چون گوش فیل بوده، هرگوشی چون گلیمی یکی فرش سازند و دیگری لحاف»[۳].

جابلقا و جابلسا- «چنین روایت است که خدا دو شهرستان آفریده یکی به مشرق و یکی به مغرب و آن که به مشرق است جابلقا و آن که به مغرب است جابلسا[۴] و

---

[۱] اقتباس از مجله کاوه شماره ٤ و ۵ سال اول دوره جدید ص ۶.

[۲] به قول حمزه اصفهانی اسفندیار دیواری جلو ترک‌ها کشید.

[۳] عجایب المخلوقات.

[۴] سخن کز روی دین گویی چه عبرانی چه سریانی
مکان کز بهر حق جویی چه جابلقا چه جابلسا (سنایی)

درهر شهرستان دوازده هزار در است، از دری تا در دیگر یک فرسنگ است. درآن شهرستان چندان خلق‌اند که هر دری را ده‌هزار کس پاسبان بوده و نیز هرگز نوبت بدیشان نرسدو اگر چندین خلق به مشرق و مغرب نبودندی هرشبی که آفتاب بدان چشمه فرو شدی و بامداد که برآمدی همه خلق عالم بشنیدندی ولیکن ازبانگ و غلغله آن شهرستان بانگ برآمدن نشنوند و آن خلایق همه مؤمن‌اند و آن‌ها که در شهرستان مشرق‌اند از بقیت قوم عادند که برهود پیغمبر گرویده بودند و آنان که به مغرب‌اند ازقوم ثمودند که به صالح گرویده بودند و درپس آن شهرستان سه امت است یکی را منسک خوانند و یک را تافیل وسیم را تاریس و پس از ایشان یاجوج و ماجوج درشب معراج ایمان نیاوردند ولی ساکنین جابلقا و جابلسا ایمان آوردند. سه قوم دیگر نیز که پشت جابلقا و جابلسا سکنی دارند کافر ماندند.[1]

مطابق « سود گرنسک » کیکاوس هفت مکان ساخت[2] یکی ازطلا دوتا از نقره دوتا از پولاد و دو تا از بلور و در این دژ دیوان مازندران راحبس کرد تا به این وسیله از شرارت آن‌ها جلوگیری بنمایند. این هفت کوشک افسون شده بوده‌اند زیرا هرکس که پیرو ناتوان می‌شد و نزدیک به مرگ بوده هرگاه او را دور این دژها می‌گردانیدند دوباره نیروی نخست را به دست می‌آورده و جوان پانزده ساله می‌شده. در بوندهش ایرانی چاپ انگلساریا ص۲۱۰ می‌نویسد که مکان کیکاوس تشکیل یافته بود از یک کوشک طلایی که نشیمن‌گاه خودش بوده و دو خانه‌ی بلورین که برای اسب‌هایش بوده و دو تا از پولاد که برای گله و رمه‌اش بوده است. در همان‌جا می‌گوید:

«اوش هرومزک و خانیک انوشک اگر ازش تازذکی زرمان تروینند کوکه زرمان مرد پذین در اندر شوذ اپرتاک پانزده سالک بذان دربیرون آید و مرگی ازو بزد.» یعنی: و از آن هرچه چشیده شود و نیز «کسی که ازآن چشمه بچشد» چشمه بی‌مرگ

---

[1] تاریخ طبری.

[2] عدد هفت دارای خاصیت و اعتبار مخصوص است و در همه‌ی افسانه‌ها و قصه‌های قدیمی به آن برمی‌خوریم. در قصه‌ها هفت کفش آهنی و هفت عصای آهنی، هفت آسمان، هفت روزهفته، هفت گنبد بهرام، هفت خوان رستم، هفت سین، هفت دختران، هفت اختران، هفت کشور و غیره.

کند. اگر ازآن بگذرد کسی که سال او را ناتوان کرده یعنی که مـرد سـال خـورده از این در داخل شود جوان پانزده ساله ازآن در بیرون آید و مرگ ازو بگریزد.»[1]

گنگ دژ- در روایات پهلوی در بوندهشن و در یشتها (٥٤-٥١) آمده که ایـن قلعـه در شمال و درمیان کوه‌ها واقع شده و رودخانـه «چهرمیـان» از آن‌جـا مـی‌گـذرد و خورشیدچهر یکی از پسران زرتشت درآن‌جا منزل دارد. این قلعه همیشه بهـار روی سردیوان ساخته شده ولی کیخسرو آن را بر زمین اسـتوار کـرد و در آن‌جـا هفـت دیوارساخت، یکی ازطلا یکی از نقره، پولاد، برنج، آهن و بلور و سـنگ‌هـای گرانبهـا و درآن‌جا جاده‌هایی دارد که هفـت‌صـد فرسـنگ درازی آن اسـت و پـانزده دروازه به‌طوری که اگر بخواهند از دری به در دیگر بروند در ماه بهار ۲۲ روز راه است.

در روایت هفت‌دیوار را با تغییر کمی نوشته: یکی ازسنگ یک ازپولاد، یاقوت و غیـره در قلعه ١٤ کوه است که هفت رودخانـه از آن مـی‌گـذرد و زمـین آن بـه قـدری حاصل‌خیز است که هرگاه خری آن‌جا بشاشد در همان شب سـبزه بـه بلنـدی آدم سبز می‌شود. هرکدام از این پانزده در به بلندی پنجـاه مـرد اسـت و مسـافت ایـن درها به هم هفت‌صد فرسنگ می‌باشد. سیاوش گنگ‌دژ را روی «کامـار» بـه یادگـار کیانیان ساخت. کیخسرو آن را در تحت تصرف خودش درآورد و آن پادشاه پشوتن و بی‌مرگ شد و پیری و رنجوری از او زدوده گشت. مردمان گنـگ دژ خوشـبخت زندگی می‌کنند، پارسا و پرهیزکارند و به ایران‌شهر برنمی‌گردنـد مگـر زمـانی کـه پشوتن آن‌ها را راهنمایی بکند و بر ضد دشمنان ایران شهر برانگیزد وبه این وسـیله در روز رستاخیز کمک بزرگی در پیروزی غلبه هرمز و امشاش پنـدان بـر دیـوان خواهند شد.[2]

چنین به دست می‌آیدکه لنگدز قرینه قلعه کیکاوس در کوه البرز است و کوه البـرز همان کوه قاف است که در افسانه‌ها و قصه‌های شهرت تام دارد.

---

[1] از نسخه سلامان و ابسال.

[2] Christensen - Les Kayanides.

کوه قاف- «کوه قاف زمرد است در (میان) دنیا است و دنیا دو دشت است و یک کوه طرف یمین. کوه دشت افرتپان سیاهان که دشت گرمسیر می‌باشد طرف یسار این کوه دست سردسیر ترکان تنگ‌چشم مردم‌خوار می‌باشد وسط این کوه محل پریان است.[1]

«در عرائس المجالس (ص۷-۸) آمده: خدای تعالی کوهی عظیم از زبرجدی سبز آفرید که سبزی آسمان ازآن است،آن را کوه قاف می‌گویند، پس به آن تمام آن را (یعنی تمام زمین را) احاطه نمود و این آن است خدا به آن قسم خورده گفت: قوالقرآن المجید. و درقصص الانبیاء (ص۵) گفته شده است که روزی عبدالله ابن سلام از حضرت محمد پرسید: فراز زمین ازچیست؟ گفت: ازکوه قاف. گفت: کوه قاف ازچیست؟ گفت: از زمرد سبز و سبزی آسمان ازآن است گفت: بالای کوه قاف چه مقدار است؟ گفت: پانصد سال راه است - گفت: گرداگرد وی چند است؟ گفت: دوهزارساله راه است انتهی.»[2]

اژدها- گنج قارون که هفت خم خسروی بوده[3] به زمین فرو رفت و پاسبان آن اژدهایی است که روی آن خوابیده است. اژدها جانوری عظیم خلقت هایل منظر و فراخ دهان بسیار دندان و روشن چشم، دراز بالا است و دراوایل مار بوده و به مرور ایام اژدها شده وشکل گردانیده ودراین معنی گفته‌اند: که اژدها شود از روزگار یابد مار. صاحب عجایب المخلوفات گوید که چون مار را درازی به سی گزو عمر به صدسال رسد آن را اژدها خوانند و به تدریج بزرگ می‌شود تاچنان گردد که برخشکی حیوانات ازو ستوه شوند حق تعالی او را به دریا افکند وهیکلش دربحر بزرگ می‌شود چنان که بالایش به ده‌هزار گز رسد. دو پر مانند ماهی برآرد و حرکتش سبب موج دریا شود و چون ضررش دربحر نیزشایع گردد حق تعالی اورا به دیار یاجوج و ماجوج افکندتا خورش ایشان شود. حسن سیرت قوم یاجوج و

---

[1] بی‌شباهت به افسانه ظلمات و آب حیات اسکندر نیست.

[2] ینابیع الاسلام ص ۱۱۱.

[3] قارون هلاک شد که چهل خانه گنج داشت. (سعدی)

ماجوج را ازاین جا باید قیاس کرد که چون اجزای وجود ایشان ازگوشت حیوانی چنین سلیم بود لاجرم چنان نیکو سیرت باشند.

خوردن دل اژدها دلیری فزاید و حیوانات مسحر آکل او شوند پوستش برعاشق بندند عشقش زایل شود. سرش هرجا دفن کنند درحال آن موضع نیکو شود.[۱]

«اژدها مار بزرگ و لقب ضحاک است. مؤلف گوید ضحاک را اژدها می‌گفته‌اند نوشته‌اند: به بابل پرورش یافته و جادویی آموخته روی خود را بر صورت اژدهایی بر پدر می‌نمود پدر او از علم جادویی ممانعت کرده دیوی که معلم او بوده گفت اگر خواهی تو را جادویی آموزم پدر را بکش وی پدر خود را کشته و بسیار خون‌ها به ناحق ریخته و او را اژدها می‌خوانده‌اند پس عریان از دهاق خواندند و معرب کردند ضحاک شد.[۲]

ققنس- «معروف است به زمین هند می‌باشد منقار دراز دارد و دراو سوراخ‌هایی بسیار است و ازهریکی آوازی دیگر بیرون می‌آید. چون در صفیر آید از خوشی آوازش هیچ جانور نتواند گذشت و او را توالد نیست و ایشان نر و ماده می‌باشند به وقت رحیل بال‌های بی‌شمار به‌هم می‌زنند از صدمه بال‌هایشان آتش درافتد و مشتعل شود و هر دو سوخته گردند و باران در خاکستر افتد و کرم پیدا شود و ازآن خاکسترمی خورد تا بزرگ شود و ققنس دیگر گردد. ساز ارغنون را ازآواز آن مرغ اخراج کرده‌اند.[۳]

«ققنس مرغی است در بلاد هندوستان هیزم بسیار از برای آشیانه گرد کند و منقار بر منقار ماده ساید ازآن آتش افروخته شود و هر دو بسوزند آن‌گاه باران بر خاکستر ایشان بارد باز هر دو پدید آیند و جناح ازخاکستر برافشانند.»[٤]

---

[۱] نزهت القلوب ص ۱٤٦

[۲] فرهنگ انجمن آرا

[۳] نزهت القلوب. این افسانه از افسانه یونانی مربوط به مرغ فنیکس Phoenix گرفته شد و لفظ ققنس هم مأخوذ از فنیکس است.

[٤] عجایب المخلوقات

«و گویند آن فرشته که گردون آفتاب کشد به صورت اسپستآلوس نام[1] اما آلوس آن اسپست که گویند آسمان کشد و گویند دوربین بود و از دور جای بانگ سم اسبان شنود و به سختی شکیبا بود ولیکن به سردسیر طاقت ندارد و به داشتن خجسته بود ولیکن نازک بوده...»

سمندر- «جانوری معروف است که درآتش نسوزد بعضی گفته‌اند که درآن مکتون می‌شود و چون بیرون آید بمیرد وبعضی آن را به ترکیب موش دانسته‌اند و بعضی طایر پنداشته‌اند و آن را سامندر نیز گویند... درتحفه گفته که جانوری است شبیه به مار و دست و پا دارد اما دست‌های کوتاه و بطی الحر که است و ابلق از زردی و سیاهی و دنبالش کوتاه و تجربه کرده‌اند که پوست آن درآتش نسوزد و آتش درخود آن تأثیر نمی‌کند و اگر او را در تنور افروخته اندازند آتش تنور را افسرده کند و یک مثقال آن از سموم قتاله است. به غایت گرم و خشک و مقرح جلد او متعفن و یا زهر آن تخم سنگ‌پشت است و آن را به ترکی (ایلان اغوویرن) گویند ونام یونانی آن سالامندر[2] است و این که درپارسی مشهور شده مخفف آن اسم است.[3]

عوج بن عنق- به قدری بلند بوده که ماهی را از دریا در می‌آورده و جلو خورشید برشته می‌کرده و می‌خورده یک روز منیت کرد به خودش بالید و گفت: مخلوقی بلندتر از من نیست. هنگام شکارش که رسید دست کرد در دریا کمر ماهی را گرفت بیرون کشید و برد جلو خورشید وقتی که نگاه کرد دید سر و دم ماهی در دریاست ترسید و ماهی را ول کرد.[4]

سیمرغ- «درعجایب المخلوقات آمده (سیمرغ) مرغی قوی‌هیکل است چنان که فیل را به آسانی در رباید و آن را پادشاه مرغان گفته‌اند از جهت آن که صید کند، به قدر کفاف خود و باقی به حیوانات گذارد و باز سر نیم‌خورده خود نرود و این

---

[1] نوروزنامه ص۵۱

[2] Salamandra

[3] فرهنگ انجمن آرا

[4] رجوع شود به عجایب المخلوقات

صفت پادشاهان است و آن را یک‌هزاروهفتصد سال عمر گفته‌اند و بعد از سیصدسال خایه نهد و در بیست وپنج سال بچه ازخانه بیرون آید و در تفسیر کلینی آمده که عنقا دراول به میان مردم بودی وبه خلایق ایذا رسانیدی تا درزمان حنظله پیغمبر عروسی را با حلی وحلل در ربود پیغمبر درحق او این ادعا کرد: الهم خذها و اقطع نسلها وتسلط علیها افه: حق تعالی آتشی بفرستاد تا آن را بسوخت و از او جزنام نماند...»[1]

پس‌ازاین مقدمه‌ی مؤلف نزهت القلوب یک رشته اطلاعات عجیب وغریب وساختگی از سیمرغ می‌دهد که قابل ذکر نمی‌باشد ولی آن‌چه که در میان عوام شهرت دارد، در افسانه‌های ایرانی دو سیمرغ می‌باشد: یکی آموزگار و نگهبان رستم و دیگری مرغ بزرگی که اسفندیار او را کشت. مطابق شاهنامه سیمرغ نخستین روی کوه البرز (کوه قاف) دور ازمردم آشیانه داشته و با مردم آمیزش نمی‌کرده و درهنگام پروازش هوا تیره و تار می‌شده. زال که به دنیا آمد پدرش سام فرمان داد تا او را سر راه گذاشتند، سیمرغ زال را به آشیان خود برد، پرورانید و تربیت کرد. چون سیمرغ دارای قوه‌ی نطق بود به زال حرف زدن را آموخت و بعدها که زال را به پدرش رد کرد در موقعی که از او جدا شد یک چنگه از پرهای خودش به زال داد تا هر وقت محتاج کمک سیمرغ باشد ویا در امری درماند ازآن پرها آتش بزند.[2] یک بار درهنگام زادن رستم نامی و بار دیگر درهنگام جنگ رستم و اسفندیار روئین تن به وسیله‌ی سوزاندن پرسیمرغ او را حاضر کردند و هر دفعه سیمرغ از مشورت و کمک خودش دریغ نکرد. درمقابل این سیمرغ نیکوکار که شاه مرغان است[3] یک سیمرغ اهریمنی هم وجود دارد که اسفندیار در یکی از هفت خوان خودش او را به نیرنگ کشت چنان که شرح آن درشاهنامه مفصلاً نوشته شده است.[4]

---

[1] نزهت القلوب

[2] بر آتش بیفکن یکی پر من   به بینی هم اندر زمان فر من (فردوسی)

[3] شاهنامه چاپ فوارس ص ۱۳۳ - ۱۳۹ - ۱۹۱ - ۲۲۲

[4] همان کتاب ص ۱۵۹۷

گوناگون[1]

بچه که تازه به دنیا می‌آید در هنگـام گـرفتن نـاخن‌هـای او یـا بایـد پـول درکفـش بگذارند که متمول بشود و یا قلم به دستش بدهند که صاحب قلم گردد.

اگر زن آبستن مرده به‌بیند چشم بچه‌اش شور می‌شود.

اگر زن آبستن را درموقع وضـع حمـل تـا ده روز تنهـا بگذارنـد جـن‌زده یـا دعـایی می‌شود. اگر بچه ناخوش بشود وبه هیچ دارویی معالجه نشـود آن وقـت تشـخیص می‌دهند که بچه جن زده یا دعایی است وباید او را پیش دعانویس ببرند تـا بـرایش عزایم بخواند.

هرگاه زنی که وضع حمل کرده داخل حمام شـود و زن زاج دیگـری نیـز در همـان موقع داخل حمام شود هرکدام دیرتر ازحمام خارج شوند خـود و بچـه‌اش نـاخوش خواهند شد مگر این که او هم همـان زن را در موقـع دیگـر غافـل‌گیـر کـرده از او زودتر ازحمام خارج بشود.

شیر زن بچه‌دار را اگر درجای کثیف بریزند شیرش خشک می‌شود. پس بایـد آن را درآب روان و یا در گوشه‌ی سایه که آفتاب نمی‌گیرد بریزند.

ناف بچه‌ی تازه‌به‌دنیا آمده را اگر درسوراخ موش بگذارند آن بچه مـوذی خواهـد شد.

اگر کسی بخواهد بچه‌اش پا بگیرد و نمیرد یک دست جامه از بچه زنـی کـه چنـدین بچه زاییده و هیچ‌یک نمـرده‌انـد بگیـرد وبـه بچـه‌اش بپوشـاند آن کـودک بـزرگ می‌شود و نمی‌میرد.

اگر کسی خرده‌های نان میان کوچه را جمع بکند بچه‌اش نمی‌میرد.

اگر بچه را در طاقچه بگذارند عمرش کوتاه می‌شود ویا لاجون و لاغر می‌ماند.

پشت گردن بچه را نباید بوسید چون که بداخلاق و لج‌باز می‌شود.

---

[1] چون در ضمن چاپ مقداری از جمله‌ها و موضوع‌ها از قلم افتاد و بعضی دیگر تازه به دست آمد لهذا در زیر این عنوان آن‌ها را ضمیمه می کنیم. (صادق هدایت)

اگریک دست بچه را ماچ بکنند دست دیگرش را نیز باید ببوسند وگرنه بچه ناخوش می‌شود. وقتی که بچه به خودش می‌پیچد باید گیاهی که به پیچک معروف است دنبالش کنند.

گهواره خالی را اگر تکان بدهند گوش بچه درد می‌گیرد.

شیر پستان خود بچه را به خودش بدهند خوش آواز می‌شود.

هنگاهی که بچه زیرپستان غرغر می‌کند و شیر می‌خورد می‌گویند: «ممه لال است» زیرا اگر نگویند بچه ناخوش می‌شود.

بچه که بالا پایین بشود (شکم روش پیدا کند و قی بکند) عود و سلیم نر و ماده را به هم می‌بندند و روی بام سوت می‌کنند.

هر کس مهره‌ی مار همراه داشته باشد نباید بالای‌سر بچه چلگی برود زیرا که بی‌وقتی می‌شود.[1]

بچه که چیز از پدر و مادرش بدزدد خدا خنده‌اش می‌گیرد.

دایه عام که پستان دهن بچه‌ی سید بگذارد پستان او به آتش جهنم نمی‌سوزد.

بچه‌ای که سرهفت ماه به‌دنیا بیاید در هر کاری شتاب‌زده است وعجله می‌کند.[2]

اسم بچه را که بخواهند عوض بکنند آش می‌پزند و دسته‌ای را دعوت می‌کنند و بعد اسم او را عوض می‌کنند.

اگر بچه‌ای که به دنیا می‌آید بدحال باشد جفت او را روی آتش می‌اندازند بچه به حال می‌آید.

دندونی- وقتی که دندان بچه تاول می‌کند برای او به رسم خیرات «دندانی» درست می‌کنند به این ترتیب که از بنشن‌ها عدس، نخود،گندم پوست کنده، ماش، لوبیاقرمز و لوبیا چشم‌بلبلی را از هرکدام چهل دانه می‌شمارند وعلاوه برآن هر مقدار دیگر که به قدر وسع پزنده باشد توی دیگ می‌ریزند و با کمی آب آن را می‌جوشانند ومثل پلو دم می‌کنند. گاهی روغن و پیاز داغ هم به آن اضافه می‌کنند

---

[1] عقیق یمن نیز همین خاصیت را دارد.

[2] اصطلاح: مگر هفت‌ماهه به دنیا آمده‌ای؟

(همه‌ی این‌ها را خود پدر و مادر بچه می‌دهند ومثل آش نذری نیست که برایش گدایی بکنند) و ازآن جلو کبوتر امامزاده هم می‌ریزند.[1]

بعد از آن‌که پوست ختنه را جدا کردند آن را نخ می‌کشند و به گردن بچه می‌آویزند و پس از هفت روز آن را جلو خروس می‌اندازند.

عیادت زن درموقع وضع حمل تا ده روز خوب نیست مگر این‌که چادر یا چادر نماز روی دوشش بیندازند یا این که بچه را به اطاق دیگر ببرند.

اگر کسی چشم بشود «زمه» زاج سفید را به دور سرش می‌گردانند و دعای مخصوصی می‌خوانند آن‌وقت آن را روی آتش می‌اندازند اگر به شکل چشم بشود او را چشم کرده‌اند و خوب می‌شود واگر به شکل نامنظمی باشد جن‌زده شده و اگربه شکل چهارپایه‌ای بشود می‌گویند می‌میرد و این تابوت اوست بعد زمه را آب می‌کنند و پیشانی وکف دست وپا وسینه‌ی او را خال می‌کنند و سپس آب را در کاسه‌ای ریخته یکی آن را می‌برد سر کوچه می‌ریزد برمی‌گردد و سلام می‌کند یکی از اهل خانه می‌پرسد: ازکجا می‌آیی؟ می‌گوید: ازخانه دشمن، می‌پرسند: چه می‌کرد؟ جواب می‌دهد: جان می‌کند. می‌گوید: الهی جانش برآید!

درموقع مسافرت اگر سید باریک سیاهی با مسافرمصادف شود سفر او خوب نیست و برعکس مصادف شدن با قرشمال برایش میمنت دارد.

وقتی که مسافر به ساعت خوب حرکت می‌کند اگر دوباره برگردد خوب نیست و به‌اصطلاح اهالی دهات خراسان چپیک می‌شود وچپیک شدن خوب نیست.

وقتی‌که مسافر حرکت می‌کند اگرپشت سر او آب و جو بریزند زود برمی‌گردد.

اگر یکی از اهل خانه در سفر باشد و یک قسم کلاغ که در خراسان معروف به «کلنجدک» است بالای آن خانه صدا کند خبرخوش ازمسافر می‌آید.

هرگاه باران نیاید در دهات خراسان بچه‌ها دسته راه می‌اندازند وکله خری را به سر چوبی قرارداده دم خانه‌ها می‌برند و می‌گویند: «کله‌خر هیزم بخر» وبدین

---

[1] در دهات این خودش غذایی است که آن را دونی می‌گویند فقط وقتی که مخصوص دندان درآوردن بچه درست بکنند این تشریفات را دارد و «دندونی» نامیده می شود.

طریق مقدارزیادی هیزم جمع می‌کنند و در سر کوهی کله‌ی خر را آتش می‌زنند تا باران بیاید.

درخراسان هرگاه بخواهند باران نیاید طلسم مخصوصی را با مـوی سـگ و گربـه و نان و فضله‌ی انسان درآب می‌ریزند که باران بند بیاید و اگر طلسـم چهـل «ص» را به دیوار بچسبانند همین خاصیت را دارد.

درمازندران صبح زود که از خانه بیرون می‌آیند هرگـاه بـه زن بربخورنـد بـدیمن است.

عیادت ناخوش درشب چهارشنبه و یکشنبه برای مریض آفت است.

هرکس روز شنبه پول بدهد تا آخرهفته پول ازجیبش خـارج مـی‌شـود و بـرعکس هرگاه روز شنبه پول بگیرد تا آخرهفته پولدار است.

مهمان که شب چهارشنبه وارد مـی‌شـود نامبـارک اسـت، هـم‌چنـین شـب جمعـه اگرمهمانی برود بد است چون شب جمعگی خانه را می‌برد.

درخراسان شب چهارشنبه‌ی آخرصفر باید پلو بپزند و بالای خانه آتش برافروزند و تفنگ خالی بکنند و درکوزه‌ای سپند و نمک و پنبه‌دانه و جو پـیش‌رس (ولگـار) و آب کنند و از پشت بام به زمین زنند.

شب ۱۲ شعبان یا اول برات حلوا می‌پزند و برای آمرزش مردگان به گدا می‌دهنـد و شب دوم روغن جوش و شب سوم در هریک از دالان‌های اطاق‌ها فتیله‌ی روغنـی یا شمع روشن می‌کنند چـون مردگـان درآن شـب بـه دیـدن خانـه‌هـای خودشـان می‌آیند.

اگرکسی روز عاشورا نـان شـیرینی بپـزدو درمجـالس عـزا بخواهـد بخـورد خـون خواهدشد.

اگرزنی سه یا چهارمرتبه روز چهارشنبه به حمام برود شوهرش می‌میرد.

ناخن گرفتن و رخت‌شویی در روز چهارشنبه بد است. روز جمعه نباید رخت شسـت چون آب‌های روز جمعه همه روبه بهشت می‌رود و نباید کثیف بشود.

گوشه‌ی سفره بنشینند برکت کم می‌شود.

چراغ را نباید به شکل مثلث گذاشت.

هر کس چهل‌ویک شنبه پیاز بخورد حاجی می‌شود.
جمعه نباید پیاز خام خورد چون فرشته نمی‌آید بالای سر آدم.
اگر کسی دیگ یا ظرف سیاهی را ازهمسایه به عاریه بگیرد وآن را بخواهد شب رد بکند نباید قبول کرد به خصوص که در خانه ناخوش هم داشته باشند. هم‌چنین گرفتن آب و آتش نزدیک غروب ازخانه دیگر بداست ونباید گذاشت که این دو آخشیج را که روشنایی خانه است ازمنزل خارج کنند.[1]
نمک روی زمین بپاشند دعوا می‌شود.
اگر نزدیک غروب از بقال بخواهند نمک بخرند باید بگویند: طعام بده و کلمه‌ی نمک را به زبان نیاورند والا بقال نمک را نمی‌دهد.
در شب نباید ایستاده آب خورد.
وقت تحویل دست نباید به قلیان زد.
دست زیر چانه زدن بدبختی می‌آورد. چنباتمه نشستن نکبت می‌آورد.
کسی که برادرش زنده است نباید چشم گوسفند را بخورد.
کسی که تا چهل روز گوشت نخورد مسلمان نیست باید بیخ گوشش اذان گفت.
هر کس آب دراجاق (دیگران) بریزد جن زده می‌شود.
اگر سر جاروب را به سوی آسمان بگیرند دعوا می‌شود.
مگس سگ روی هر کس بنشیند پول دار می‌شود.
تار عنکبوت بند ساعت شیطان است.
هر کس پینه‌دوز (سوسک کوچکی که به این نام معروف است) بخورد پیش بازگرگ می‌رود.

---

[1] نریزد آب شب را ای برادر — که رنج و جرم باشد بی‌حد و مر
نمی‌باید کشیدن آب ازچاه — به شب گر غرض باشد ای نکو خواه
یکی اهنو بخواند پس کشد آب — چراغ آن جا به پیش آرند با تاب
پس آن‌گه برفشاند یا خورد نیز — وگرنبود غرض میکن تو پرهیز...
(فرضیات نامه داراب پالن ص ۱۹-۲۰)

اگر در سر سفره نان یا آب به گلوی انسان گیر کند یکی ازخویشان او گرسنه است، اگر پاره‌نانی راست قرار گیرد مهمان می‌آید.

اگرظرفی تکان بخورد یکی ازاهل خانواده خیال قهر دارد و به روایت دیگر روح بهشتی در سر سفره حاضر است.

اگر کسی تنها باشد و بترسد چهارمرتبه «والله خیر حافظاً و هو ارحم الراحمین » را بخواند و به‌دور خودش فوت کند همه‌ی بلایا و اجنه از او دور می‌شوند.

اگر گردباد سخت به انسان مصادف شود بگویند: «اعوذ بالله من الشیطان الرجیم» فوراً گردباد فروکش می‌کند.

اگر کسی میان درگاه بایستد و دست‌هایش را به دو طرف در بگذارد دعوا می‌شود برای این‌که دعوا نشود باید دست‌هایش را سه بار به هم بزنند.

در موقع الو کردن اگر ازمیان الو زبانه‌های آتش صدا کند و فرفر نماید می‌گویندکسی غیبت انسان را می‌کند.

هنگامی که ابزار کارگاه «تون» پارچه بافی را بخواهند عوض کنند درصورتی که هنوز یکی دو گز بیش بافته نشده باشد اگر از اهل خانه آن کرباس یا پارچه را ببرد یا ناخوش می‌شود و یا می‌میرد لذا باید یک نفر بیگانه این کار را انجام بدهد.

لوله‌های پنبه‌ای (گاله) که زن‌ها برای ریشتن آماه می‌کنند باید حتماً تا شب جمعه تمام شود و اگر گاله‌ای به روز شنبه بیفتد برای اهل خانه بد است.

گاوداران شیریا ماست را به کسی که بخواهد آن را برای مرهم روی زخم به کار ببرد نمی‌دهند و می‌گویند این امر سبب کم شدن شیرگاو می‌شود.

تابوت مرده را پیش ازچال کردن سه بار به زمین می‌گذارند و برمی دارند برای این‌که او را به گور آشنا بکنند.

در بعضی از دهات خراسان اگر شب جمعه پروانه سفید به دورخانه‌ای پروازکند می‌گویند روح یکی ازخویشان به دیدن آمده است.

حرف زخم‌های بد که بشود مثل سالک، خنازیر و غیره نباید با انگشت روی تن خودشان نشان بدهند چون ممکن است آن زخم را بگیرند.

برای این که در بازی برد بیاید قمار بازها به دست‌شان می‌شاشند.

مادرهرکس سید باشد اورا شریف می گویند.

به دانه‌های برنج قسم می‌خورند و می گویند: به همین دانه‌های نشمرده قسم.

اسفند در خانه سبز بشود آوارگی می‌آورد.

اگر آب روی قبر بپاشند روح مرده تازه می‌شود.

مرده اگر ثواب کار باشد فرشته‌ی نورانی درقبر به اوظاهر می‌شود، دستش را می‌گیرد و او را می‌برد به بهشت[1] وهرگاه گناهکار باشد با گرزآتشین اورا به دوزخ می‌برند.

معروف است که خانواده‌ای از ترک‌های قجر دارای دم کوتاهی (دمبلیچه) هستند.

هرروز هزار نفر می‌میرند و هزارویک نفر به دنیا می‌آیند.

چوب خدا صدا ندارد وقتی بزند دوا ندارد

ستاره سهیل اگر به روی دختر بخورد خوشگل و سرخ و سفید می‌شود و اگر به میوه بخورد خوش‌مزه و بی‌مضرت می‌شود و رنگ می‌اندازد.[2]

[پایان نیرنگستان]

---

[1] درکتاب‌های زرتشتی به طرز مفصل و شاعرانه‌ای شرح مرده درست‌کار و گناه‌کار را درقبر می‌دهد که درست‌کار سفیده‌ی صبح چهارم نسیم خشبو و ملایمی به مشامش می‌رسد و دختر دلربای درخشانی به او جلوه می‌کند. روح مرده با تعجب از او می‌پرسد که کیست او شرح می‌دهد که نتیجه اندیشه گفتار و کردار نیک تو هستم و برعکس این برای مرده گناه‌کار اتفاق می‌افتد (مینو خرد - دینکرت) آنچه که راجع به مسائل ماوراءِ طبیعی، زندگی روح پس از مرگ مانند پل صراط (پل چینود) سگ چهارچشم در دوزخ (سگ زری گوش) و غیره می‌باشد شباهت غریبی با همین مسائل در نزد زرتشتیان نشان می‌دهد که بحث آن جداگانه مبحث بی‌اندازه جالب توجهی خواهد بود.

[2] تعلیم معلم به کسی ننگ ندارد سیبی که سهیلش نخورد رنگ ندارد.

اوسانه

اوسانه[1]

«کودکان افسانه‌ها می‌آورند،
درج در افسانه‌شان بس راز و پند،
هزل‌ها گویند در افسانه‌ها:
گنج می‌جو در همه ویرانه‌ها»

مولوی

دیباچه

ایران رو به تجدد می‌رود. این تجدد در همه‌ی طبقات مردم به خوبی مشاهده می‌شود، رفته‌رفته افکار عوض شده، و روش دیرین تغییر می‌کند و آن چه قدیمی است منسوخ و متروک می‌گردد. تنها چیزی که در این تغییرات مایه‌ی تأسف است، فراموش شدن و از بین رفتن دسته‌ای از افسانه‌ها، قصه‌ها، پندارها و ترانه‌های ملی است که از پیشینیان به یادگار مانده و تنها در سینه‌ها محفوظ است، زیرا تا کنون این‌گونه تراوش‌های ملی را کوچک شمرده و علاوه‌براین که در گردآوری آن نکوشیده‌اند، بلکه آن‌ها را زیادی دانسته و فراموش شدنش را مایل بوده‌اند.

چه قدر شاعرانی که دیوان‌شان به چاپ رسیده، ولی امروزه کسی آن‌ها را نمی‌خواند و نمی‌شناسد؛ چون طبیعتاً به واسطه‌ی تغییر زمان و افکار از اهمیت گفتار آن‌ها کاسته و همه تشبهات و کنایات اغراق آمیز آن‌ها بی‌مزه و خنک شده. اما از طرف دیگر آثار ادبی که دارای فکر نیرومند و ارزش حقیقی است تازگی خود را از دست نداده و روزبه‌روز بر اهمیت آن‌ها افزوده می‌گردد. البته منظور ما مقایسه نیست ولی همین ترانه‌های عامیانه که به‌نظر مسخره‌آمیز نگاه می‌کنیم، در صورتی که هنوز ورد زبان‌ها است، که خودمان در بچگی خوانده‌ایم و حالا هم دوست داریم که بشنویم - هرگاه زیادی و بی‌خود بود تاکنون از بین رفته بود. پس نکته‌ای هست

---

[1] این نوشته نخستین بار به‌صورت جزوه‌ای در۳۶ صفحه درسال ۱۳۱۰ در تهران (آریان کوده) چاپ شد. هدایت درسال ۱۳۱۸ درشماره ششم و هفتم دوره اول مجله «موسیقی» مقاله‌ای با عنوان «ترانه‌های عامیانه» منتشر ساخت که تکمله‌ای بر«اوسانه» است.

که از آن‌ها نگهداری کرده و یا برای این است که مناسب و به فراخور روحیه مـردم درست شده و چون گوینده‌ی آن‌ها از توده عوام بوده بهتر توانسته است این کار را انجام بدهد.

برخی از آن‌ها به اندازه‌ای خوب و دلچسب است که نـه تنهـا در یـک شـهر، یـا یـک ولایت رواج دارد بلکه در سرتاسر ایـران در ده‌کوره‌هـا و همچنین در شـهرهای بزرگ به زبان‌های بومی با تغییر جزیی خوانده می‌شود، مـثلاً از [قصـه‌ی] «دویـدمُ دویدم...» سه نسخه‌ی مختلف از ولایات ایـران در دسـت داریـم و شـاید در سـایر شهرها هم متداول باشد - چیزی که آن‌ها را از سایر ترانه‌ها تمیز می‌دهد این است که همیشه یک فلسفه یا فکر اخلاقی در آن‌ها وجود دارد. در همین ترانه فکر احتیـاج به شرکت و داد و ستد در جامعه به خوبی نمایان است، ولی فرقی که با پند و نصایح خشک اخلاق‌نویسان دارد این است که با زبان ساده و طبیعی سـروده شـده و بـرای این‌که نتیجه‌ی قطعی نگیرد آخرش شلوغ می‌شود، لیکن تأثیر خـود را در فکـر بچـه می‌گذارد.

ترانه‌های کودکانه به اندازه‌ای با روحیه و زندگی بچه متناسب است که همیشه نو و تازه مانده و چیز دیگری نتوانسته جانشین آن بشـود. در ایـن گونـه ترانـه‌هـا بیشـتر جانوران در کار هستند، حرف می‌زنند، کار آدم‌ها را می‌کنند، بازی درمی‌آورند ولی همه‌ی آن‌ها با قیافه و حرکات خنده دار هستند، از بچه پشتی می‌کنند و هر کدام از آن‌ها فایده‌ای می‌رساند مثلا: کلاغ پدر بچه را بیدار می‌کند و سگ دزد را می‌گیـرد. این ترانه‌ها طوری ساخته شده که بچه بـا روح جـانوران مـأنوس مـی‌شـود و همـه آن‌ها را دوست دارد.

ترانه‌هایی که عمومیت نداشته یا به مناسبت اشخاص و موقع سروده شده تا مـدتی که مطلب تازگی داشته است، در سر زبان‌ها مانده، ولـی همـین کـه تـازگی آن‌هـا ازبین رفته چون ضبط نشده ناچار فراموش کرده‌اند مانند: «ای سال برنگردی» کـه برای سال قحطی شصت سال پیش سروده شده و اگر تا کنون مانده برای آن است که هنوز کسانی که در آن سال بوده‌اند به یاد دارنـد. بعضـی از ترانـه‌هـای عامیانـه متعلق به یک جرگه یا دسته‌ی مخصوصی است و تقریباً از مضمون تند و زننده آن‌ها

پیداست مثل: «آمدم وسمه کنم». این ترانه اثر طمع بازیگران و مقلدها است که در خیمه‌شب‌بازی و پهلوان کچل به مناسبت موقع می‌خواندند و آن را نمی‌شود از جمله‌ی ترانه‌های عامیانه شمرد.

دسته‌ای از این ترانه‌ها دارای ارزش ادبی است و با وجود مضمون ساده به قدری دلفریب است که می‌تواند با قصاید شاعران بزرگ همسری بکند مانند: «تو که ماه بلند در هوایی» دارای روح و فکر عشقی است و عاشق هرچه کوشش می‌کند از یار چیزی در دستش نمی‌ماند، همان سادگی تشبیهات بر ارزش آن می‌افزاید.

بی‌شک از مبدأ و گوینده‌ی این ترانه‌ها سندی در دست نمی‌باشد، معلوم نیست شعرای گمنامی آن‌ها را سروده‌اند و یا از قبیل اشعار بومی است که قبل از اسلام در ایران متداول بوده است، سپس تغییرات کم و بیش یافته و به صورت امروز درآمده، چه از مضمون و ساختمان بیشتر آن‌ها به دست می‌آید که به برخی از افسانه‌های بومی ایران باستان مربوط می‌شود.[1]

چیزی که آشکار است ساختمان این ترانه‌ها اثر تراوش روح ملی و توده‌ی عوام است که بدون تکلف و بدون رعایت قواعد شعری و عروض سروده‌اند. و مانند اشعار فارسی پیش از اسلام از روی (سیلاب) و آهنگ درست شده. می‌توان گفت که برخی از این ترانه‌های ملی بدون قافیه نمونه‌ای از طرز ساختمان قدیم‌ترین شعرهای فارسی و شاید از سرودهای ماقبل تاریخی نژاد آریاست. جای تعجب نیست که بگوییم ماقبل تاریخی، زیرا شعر اختراع تمدن نمی‌باشد بلکه نخستین تراوش روح بدوی است. هنوز خیلی از قبایل وحشی با جملات موزون و شعر مانند، احتیاجات محدود خودشان را به هم می‌فهمانند، چه شعر زاده‌ی احساسات، اسیر لفظ

---

[1] در بسیاری از عادات، مثل‌ها و قصه‌های امروزه‌ی عوام نشان اعتقادات، رسوم و افسانه‌های ایران باستان به خوبی دیده می‌شود. هنوز در اغلب شهرهای خراسان به عادت هخامنشیان جشن سده می‌گیرند و چراغانی می‌کنند (صفحه ۲۱۰ Spiegel Memorial Volume) مثل معروف خشک به خشک نمی چسبد، در اوستا آمده (وندایداد هدتم ۳٤) عادت سلام کردن به چراغ، قسم خوردن به سوی چراغ، آداب چهارشنبه سوری و غیره برگه‌ای از عادات باستان است و قصه‌ی سیمرغ و اژدها بازمانده‌ی افسانه‌های ماقبل تاریخی ایران می‌باشد.

و قافیه است و به همین جهت هرچه تمدن جلوتر می‌رود و دایره‌ی احتیاجات بزرگ‌تر می‌شود، از اهمیت شعر کاسته شده بر اهمیت نثر افزوده می‌گردد که دقیق‌تر و بیشتر به درد آثار فکری و علمی می‌خورد.

مطابق اسنادی که در دست است، می‌دانیم که بیشتر تکه‌های اوستا منظوم بوده و مانند سرود خوانده می‌شده. در اسناد مذهبی ترساییان آمده که کلیساهای مسیحی که در ایران بوده از حیث ساختمان، نظم، سرود و ساز بر سایر جاها برتری داشته، یعنی عده‌ای از ایرانیان که به کیش مسیحی گرویده بودند، ساز و ترکیب کلیسا را از روی آداب دین زرتشتی مرتب کرده بودند.

بنا به دستور «سَن بازیل» اسقف کاپادوس «سَن امبرواز» اسقف میلان، دو نفر هیربد مسیحی ایرانی را به سمت مستشار موسیقی به شهر میلان وارد می‌کند و آن‌ها به بهترین طرزی این کار را انجام می‌دهند به طوری که طرف توجه عام می‌شوند[۱]. « سن اوگوستن » می‌نویسد که ساز و سرود کلیسای میلان به اندازه‌ای در او تأثیر می‌کند که بی اختیار اشک از چشم هایش سرازیر می‌شود.[۲]

این تغییر مطابق سروده‌های اوستایی زمان ساسانیان بوده است. از طرف دیگری می‌بینیم که آهنگ سرودهای اوستا بدون قافیه و مانند همین ترانه‌های عامیانه است. مثلاً در این تکه از (گات‌ها) آهنگ جملات آن به خوبی نمایان است:

وهو خشترم وریم

باغم ابی بریستم.

سکیه و ثنای مزدا وهیستم

تت نه نو چیت ورشانه.[۳]

همه‌ی اشکال دانشمندان سر این است که اغلب اشعار اوستا دارای یک وزن و آهنگ معین نیست. یعنی آهنگ هر بیتی ممکن است با دیگری فرق داشته باشد. در این شعر مصراع اول دارای شش سیلاب [است]، دومی هفت، سومی هشت و چهارمی

---

۱ Mgr. Batiifol-Histoire du Breviaire Romain

۲ Confessions de St. Augustin

۳ Avesta Par C. de Harlez.

هفت سیلاب دارد. این آزادی قافیه و آهنگ عیناً درترانه‌های عامیانه دیده می‌شود. مثلاً ترانه‌ی ذیل دارای همین وزن و آهنگ است:

هاجسم و واجسم

تو حوض نقره جسم،

خانومی به قربونم شد

نقره نمکدونم شد.

دو نمونه دیگر از قدیمی‌ترین شعری که به زبان فارسی سروده شده در دست است که از همین ترانه‌های عامیانه می‌باشد. اولی آن‌ها ابیات معروف «ابن مفرغ» است که در حدود سنه ۶۰ یا ۶۴ هجری هنگامی که اورا به دستور خلیفه بند کرده بودند و در شهر بصره می‌گردانیدند می‌گفته:

آبست نبیذ است

عصارات زبیبست

سمیه رو سبیذ است.

و دیگری را طبری در ضمن حوادث ۱۰۸ هجری می‌نویسد که: ابومنذر اسدبن عبدالله القسری به ختلان لشگر کشید و با خاقان ترک جنگ کرد و شکست خورده به بلخ گریخت؛ اهل خراسان برای او این ابیات را ساخته و بچه‌ها می‌خواندند:

از ختلان آمذی

برو تباه آمذی

بیدل فراز آمذی.

جای دیگر نوشته:

از ختلان آمدیه

برو تباه آمدیه

ابار باز آمدیه

خشک نزار آمدیه.[1]

چنان که ملاحظه می‌شود در شباهت این ابیات با ترانه‌های ملی امروزه جای تردید نیست و همین نشان می‌دهد که توده‌ی مردم شیوه و قاعده شعری ایران پیش از اسلام را از دست نداده است و «آمذی» که درآخر این بیت‌ها تکرار شده حکم ردیف را دارد و نباید با قافیه اشتباه شود.

برای این که تحقیقات بیشتری راجع به این گونه گنجینه‌های ملی بشود باید کتاب‌های مفصل نگاشت و در یک دیباچه‌ی مختصر ذکر آن بی‌مورد است و نیز ناگفته نماند که این کتاب مشتمل بود بر دو قسمت: بخش اول، همین ترانه‌های عامیانه و بخش دوم، مجموعه‌ی مفصلی راجع به اعتقادات و عادات عوام که امیدواریم پشت بند همین کتاب به چاپ برسد. معلوم است این کتاب دارای نواقصی می‌باشد و برای گرد آوردن همه‌ی ترانه‌های ملی باید در سایر ولایات و دهکده‌های ایران حتی آن چه سابق بر این جزو ایران بوده کاوش جدی بشود.

در این جا تنها ترانه‌هایی ذکر می‌شود که اثر فکر عوام است و از درج اشعاری که به زبان عوام گفته شده و یا تقلید همین ترانه‌ها است خودداری کردیم. در چاپ سوم کوشش خواهیم کرد که مجموعه‌ی مفصل‌تری با همه اسنادی که در دست داریم به چاپ برسانیم و از کسانی که ما را در این جمع‌آوری کمک خواهند کرد قبلاً تشکر می‌نماییم.

---

[1] آقای میرزا محمدخان قزوینی می‌نویسد: «این ابیات اگرچه آن‌ها را شاید از قبیل شعر ادبی به معنی متعارفی مصطلح نتوان محسوب نمود بلکه ظاهراً از قبیل اشعار عامیانه است که اکنون «تصنیف» گویند ولی درهرصورت نمونه بسیار دلکش غریبی است ازاین جنس شعر در هزارودویست سال پیش از این در خراسان و وزن این اشعار را اگرچه می‌توان ازبعضی مزاحفات بحر رجز «مطوی مخبون» بروزن مستفعلن مفتعلن و مفاعلن مفتعلن و مفتعلن مفاعلن استخراج نمود ولی به یقین است که این توافق وزن از قبیل تصادف و اتفاق است، چنان که بعضی از اشعار انگلیسی یا فرانسه را هم مثلاً می‌شود به‌طور تصادفی بریکی از بحور عرب حمل نمود.» (مجله «کاوه» و «بیست مقاله قزوینی» ص۳۵)

در خاتمه از آقای ذ. بهروز که مرا در چاپ این کتاب تشویق نمودند نهایت امتنان را دارم و نیز سپاسگزار آقای جواد کمالیان می‌باشم کـه در گـردآوری ایـن مجموعـه کمک‌های گرانبها به این جانب کردند.

تهران – ۱۲ مهر ماه ۱۳۱۰

ترانه‌ی بچه‌ها

یکی بود یکی نبود
سر گنبد کبود		پیرزنیکه نشسته بود
اسبه عصاری می‌کرد		خره خراطی می‌کرد
سگه قصابی می‌کرد		گربه بقالی می‌کرد
شتره نمد مالی می‌کرد		پشه رقاصی می‌کرد
عنکبوته بمبازی می‌کرد		موشه ماسوره می‌کرد
فیل آمد به تماشا		مادر موشه ناله می‌کرد
پاش سرید به حوض شا		افتاد و دندونش شکس
گفت: چه کنم، چاره کنم		روم و به دروازه کنم
صدای بزغاله کنم:		اوم اوم اوم به...!
دنبه داری؟... نه!		پس چرا می‌گی: به؟

***

گنجیشکک اشی مشی		لب بوم ما نشی
بارون میاد و تر می‌شی		برف میاد، گندله می‌شی
می‌افتی تو حوض نقاشی		کی در میاره؟ فراشباشی
کی می‌کشه؟ قصاب باشی		کی می‌پزه؟ آشپزباشی
کی می‌خوره؟... (حکیم) باشی

***

مرغک خوبی داشتم		خوبش نگه نداشتم
شغاله آمد و بردش		سرپا نشس و خوردش

***

دویدم، [و] دویدم		سر کوهی رسیدم
دو تا خاتونی دیدم		یکیش به من آب داد
یکیش به من نون داد		نون و خودم خوردم، آب و دادم به زمین
زمین به من علف داد		علف و دادم به بزی

بزی به من پشکل داد پشکل و دادم به نونوا

نونوا به من آتیش داد آتیش و دادم به زرگر

زرگر به من قیچی داد قیچی و دادم به درزی

درزی به من قبا داد قبارو دادم به بابا

بابا به من خرما داد یکیش خودم خوردم، یکیش افتاد به زمین

گفتم: بابا خرما بده زد تو کلام، افتاد تو باغچه

رفتم کلام و بیارم

آتیش به پنبه افتاد سگ به شکنبه افتاد

گربه به دنبه افتاد[1]

***

قورباغه می‌گه من زرگرم طوق طلا به گردنم

هاجسم و واجسم تو حوض نقره جسم

نقره نمکدونم شد خانمی به قربونم شد

سگه واق واق می‌کنه گربه پیاز داغ می‌کنه

خره عرعر می‌کنه دنبشو یه ور می‌کنه

رقیه رق می‌زنه سرشو به صندوق می‌زنه

کلاغه غارغار می‌کنه آقا رو بیدار می‌کنه

***

کلاغه می‌گه: من غار و غار می‌کنم واست

آقا رو بیدار می‌کنم واست

گنجیشکه می‌گه: من جیک جیک می‌کنم واست

تخم کوچیک می‌کنم واست

---

[1] زن یشید آب می‌کشید نون و پنیر پیشم کشید

نخوردم و نخوردم از درخونه درم کشید

۱٤۹

خره می‌گه: من عر و عر می‌کنم واست
پشکل‌تر می‌کنم واست
سگه می‌گه: من واق واق می‌کنم واست
دزو بی دماغ می‌کنم واست

***

خورشید خانوم افتو کن — یه مش برنج تو او کن
ما بچه‌های گرگیم — از سرمایی به‌مردیم

***

رفتم به صحرا دیدم قورباغه — گفتم: قورباغه دماغت چاقه؟
رفتم به صحرا دیدم لاک پشت — گفتم: لاک پشت قرت مارو کشت!
رفتم به صحرا دیدم مارمولک — گفتم: مارمولک عیدت مبارک!

***

گنجشکک اِلیلی — بابای منو تو دیدی؟
بله بله من دیدم — کلنگکی دوشش بود
آبی ته دولش بود

***

گربه می‌گه: میو میو — سگه می‌گه: بدو بیو
آب چشمه هک شوره — ماهیای توش کوره
حالا که بلبل می‌خونه — حالا که بابا بیرونه
حسنی که باغ داره — بره‌ی چاق داره
بچه‌ها بیاین دس بزنیم
داروغه چکار دارد؟

***

رفتم به سوی صحرا — دیدم سواری تنها
گفتم: سوار کیستی؟ — گفتا: سوار یلل
گفتم: چه داری در بغل؟ — گفتا: کتاب پر غزل
گفتم: بخوان تا گوش کنم — گفت آسمان آراسته

آفتاب خوشست　　　　　مهتاب خوشست

می‌زنیم طبل علا　　　　می‌رویم پیش خدا

ای خدای خوشنام　　　　صد هزارت یک نام

کاشکی من مرغی بودم　　مرغ سیمرغی بودم

در هوا پر می‌زدم　　　　بر زمین سر می‌زدم

این درو واکن آش بیاد　　اون درو واکن آش بیاد

مرد قزلباش بیاد

***

هنبونه جونم هنبونه　　　هنبونه را بسیم بر شونه

رفتیم آسیاب دودندونه　　سلام علیکم هنبونه

دردت به جونم هنبونه　　آرام جونم هنبونه

کی هنبونه رو می‌جنبونه　　نمی‌دونم چرا می‌لنبونه

موش رفته تو هنبونه　　سرش و اون جا می‌جنبونه

خودش می‌گه رفیقتم　　اما منو می‌ترسونه

ای هنبونه،ای هنبونه　　دردم به جونت هنبونه

***

سوار این لاک نمی‌شم　　سوار اون لاک نمی‌شم

سوار لاک زاده می‌شم　　تا دم دروازه می‌رم

دروازه نگین داره　　　قلف عنبرین داره

عنبر بساییم ما　　　دور او بگردیم ما

ای شاه کمر بسته　　خنجر طلا بسته

خواهرش بالا خونه　　تنبون قرمزی پاشه

بندی قرمزی پاشه!

***

یخ کردم و یخ کردم　　گربه رو تو مطبخ کردم

گربه زن عموم شد　　دم پختک‌ها تموم شد

***

شاشو شاشو شرمنده   جارو به دمبش بنده

دور حیاط می‌گرده   بچه‌ها بیاین تماشا

شاشو زده به حاشا!

***

الک را و دلک رو   بر سنگ بزن گیلک رو

گیلک کناره داره   شاه نقاره داره

شاخانم تبرزی   انگشترش بلرزی

***

نون و پنیر و پسه   بربری‌ها نشسه

دستمال شا سوخته شده   از گلابتون دوخته شده

این درو واکن فریدون   اون درو واکن فریدون

قالی رو بکش تو ایوون

گوشه‌ی قالی کبوته   اسم بابام مموته

مموت بالا بالا   پیرهن زرد خالا

انگور بچین و شراب کن   بشین و زهرمار کن

وقتی که می‌ری به بازی   نکنی روده درازی

***

کچل کچل کلاچه   روغن کله پاچه

کچل رفته به اردو   برای نصف گردو

گردو رو آبش برده   کچله رو خوابش برده

***

کچلا جمع شویم تا برویم پیش خدا

یا علاج سر ما کن، یا بزن گردن شاه مگسا

جینگیلی کچل... جینگیلی کچل!

***

رفتم در باغ دو در   چیدم دو تا ترکه تر

زدم به کله کچل

زفت از سرش ور آمد   جیغ و دادش درآمد

***

بارون میاد قلقلچی   تو جیب بابام پر نخوچی

بارون میاد ریزه ریزه   تو جیب بابام پر فیروزه

***

بچه‌ها دس بزنیم پا بزنیم موش... داره

به زیر... آش چارپایه داره![1]

***

فرش اتاق خاله   پشم تن بزغاله

شم اتاق خاله   از پی پای بزغاله

مروارپای خاله   دندونای بزغاله

جاروی اتاق خاله   از ریشای بزغاله

مهمونیای خاله   از دولت بزغاله

***

خاله خاله   آشت کاله

در خونتون   قال مقاله

***

دختر خاله رو چه کردی؟   گل لاله رو چه کردی؟

***

سر نخا رو کسر چیدم   بدور هم پیچیدم

پتوی طاقچه چیدم

ننم بیاد ببینه   واسم جوراب بچینه

***

این کوچه رو کی ساخته؟   اوسای بنا ساخته

با چوب نعنا ساخته

***

---

[1] نقطه‌چین‌ها در متن اصلی است.

از اون بالا میاد یک گله دختر همه چادر به سر مثل کبوتر
ازون بالا میاد یه دسته حوری همه چادر به سر سینه بلوری

***

عدس عدس عدسی پس چرا حنا نبسی؟
مگه حنا گران بود قیمت زعفران بود؟

***

رفتم در باغ در شکسته دیدم ابولی اونجا نشسته
گفتم: ابولی روغن چطور شد؟ گفتا بخدا سناری گم شد!

***

بچه‌ها بگیریم بونه با هم بریم تو خونه
نون و پنیر و پونه ننه ننه گشنمونه

***

فریدون، اسبت و بکش تو میدون
بپا کسی نباشه خانمی می‌خواد سوار شه

***

ای داد و بیداد تخمه بو می‌داد
به همه می‌داد به من نمی‌داد
وقتی که داد پوساش و داد
منم بو دادم به او ندادم
وقتی که دادم پوساشو دادم

***

کفدر به هوا زنگوله به پاشه فاطمه گم شده رقیه به جاشه

***

این چیه؟ پوس بره　　　بزن تا بادش دره

***

راسی؟　　　جون خاله ماسی؟

تو بودی که ماس می‌خواسی؟　　　چارقد گارس می‌خواسی؟

یه دس لباس می‌خواسی؟

***

هلیله و بلیله　　　روغن میخ طویله

کاسه‌ی سرکه شیره

***

آفتاب زده گلی گلی　　　قدقد مرغ کاکلی

تخم سفید میزاره　　　جوجه شو درمیاره

***

ما سنگزن سینه زن آمورچه خانیم

حلوا شله زرد خوب می‌چپانیم

***

تلنبه　　　گوشت و پیاز و دنبه

گوش نمی‌خوام دنبه می‌خوام　　　یه زن...[1] گنده می‌خوام

***

قوری لب طلایی　　　نه قند داره نه چایی

عروس به این کوتاهی　　　دوماد به این سیاهی

هر دو به هم میایی

***

[1] نقطه‌چین‌ها در متن اصلی است.

یک، دو، سه
چار، پنج، شش
هفت، هشت، نه
ان، لن، کی و اذا
فتیله
لوبیا
عدسی

زنگ مدرسه
ناظم بیا پیش
یک قدم جلو
مش غلامحسین زنگ و بزن
فردا تعطیله
صبح زود بیا
فردا مرخصی

ترانه‌ی دایه‌ها و مادر ها

لالا، لالا گل پونه — گدا آمد در خونه
نونش دادیم بدش آمد — خودش رفت سگش آمد
لالا، لالا گلم باشی — تو درمون دلم باشی
بمونی مونسم باشی — بخوابی از سرم واشی
لالا، لالا گل خشخاش — بابات رفته خدا همراش
لالا، لالا گل فندوق — ننه ات آمد سر صندوق
لالا، لالا گل پسه — بابات رفته کمر بسه
لالا، لالا گل زیره — چرا خوابت نمی‌گیره؟
که مادر قربونت میره

***

دس دسی باباش میاد — صدای کفش پاش میاد
دس دسی ننه‌اش میاد — با هر دو تا ممه‌اش میاد
دس دسی عموش میاد — با جیب پر لیموش میاد
دس دسی دس دس و دس — گربه مندیلشو می‌بس
خونه‌ی قاضی ورمیجس
قاضی خندش می‌گرفت — باد زیر دندش می‌گرف

***

کلاغه می‌گه: غار غار — چاشت بندی قلمکار
پسر کی میره سر کار؟ — (نچ) حالا زوده (نچ) حالا زوده

***

بهرام خان قندی — اسبت و کجا می‌بندی؟
زیر درخت آلو — داغت نبینه خالو

***

بهرام خان درشتی — دیشب کجا می‌گشتی؟
زیر درخت نرگس — داغت و نبینم هرگس

***

قربونت می‌رم یه وقتی   اون وقت که روی تختی
قربونت برم چی میشه؟   انار طاقچه می‌شه
می‌افته و پاره می‌شه
آبش پیاله می‌شه   خوراک خاله می‌شه

***

به قربون سر تو   شیکر بار خر تو
خودم خر تو می‌رونم   به منزل می‌رسونم

***

من قربون و من قربون   مرغ جوجه دار قربون
اشتر با قطار قربون   دیک حلقه دار قربون
تایه با باباش قربون   خواهر شوهراش قربون

***

قربون سرت سرها   کوچه‌ها نری تنها
بچه‌های کوچه دزن   گردن طلاتو می‌دزن

***

خانوم خانوما می‌زام   خانوم دخترا می‌زام
چرا نزام یه دختری   سوار بشم بر استری
جلو بیفته نوکری   پس بروین، پیش بیآیین
مار خانوم آمده؟
چرا بزام یه پسری   تا بشینم پشت دری
هی بکشم جور خری   سوار بشم کره خری!
جلو بیفته مهتری   از درکه تو بیام بگن:
مزوری، حیله گری، جادوگری؟

***

چه دختری چه چیزی   دست می‌کنه تو دیزی
گوشتاشو درمیاره   نخوداشو جا می‌ذاره

***

به کس کسانش نمی‌دم به راه دورش نمی‌دم
به مرد پیرش نمی‌دم شا بیاد با لشگرش
برای پسر بزرگترش آیا بدم آیا ندم!

***

خاله خاله جون بله خاله جون
مرغه کجاس؟ تو زنبیل
چن تا تخ داره؟ یه غربیل
تخما چتو شد؟ حنا شد
حناش کجاس؟ دس عروسه
عروس کجاس؟ توی حمومه
آب حموم دیگه تمومه

***

آب حموم چتو شد؟ آب حموم و شتر خورد
شتره کجاس؟ پای چناره
چی چی می‌خوره؟ بلگ چنار

***

تو که ماه بلند در هوایی
منم ستاره می‌شم دورت و می گیرم
تو که ستاره می‌شی دورم و می گیری
منم ابر می‌شم روتو می گیرم
تو که ابر می‌شی رومو می گیری
منم بارون می‌شم تن تن می‌بارم
تو که بارون می‌شی تن تن می‌باری
منم سبزه می‌شم سر درمیارم
تو که سبزه می‌شی سر درمیاری
من گل می‌شم پهلوت می‌شینم
تو که گل می‌شی پهلوم می‌شینی

منم بلبل می‌شم چه چه می‌خونم

***

شیشم شیشه‌ی عمره   پنجم پنجه‌ی شیره

چارم چارپایه داره   سوم سه نهر آبه

دوم دو زلف یاره   یکم یک گل خاره

***

این شیش تا رو قلیه کنیم   توی طبقه نقره کنیم

ببریم پهلوی یار   او بخوره ما چه کنیم

***

آب اومد، آب اومد   کدوم آب؟

همون که تش خاموش کرد   کدوم تش؟

همون که چوب سوزونده   کدوم چوب؟

همون که سگ رو کشته   کدوم سگ؟

همون که مرغ و خورده   کدوم مرغ؟

اون مرغ زرد پا کوتاه   سینه سرخ دم طلا

سیاه و سفید گل باقلا   صد تمن دادن ندادمش!

اون سگه مفتی بردش   سر پا نشس و خوردش

***

دیشب نبودی خونه   دز رفته بالا خونه

کک برده و مک برده   یه جفت توله سگ برده

داماد با لحاف برده   عروس با دشک برده

***

بازی ها

روی پای بچه‌ها زده این ترانه را می‌خوانند و هر کدام به نوبت پای‌شان را کنار می‌کشند، کسی که پایش بماند باخته است:

اتل متل توتوله گاب حسن کوتوله
نه شیر داره نه پسون شیرشو بردن کردسون
یه زن کردی بسون اسمشو بزار ستاره
واسش بزن نقاره یه چوب زدم به بلبل
صداش رفت استنبل استنبلم خراب شد
بند دلم کباب شد!

***

هاچین و واچین یه پاتو ورچین

***

اتل متل توت متل پنجه به شیرمال شیکر
خانمی کجاس؟ تو باغچه
چی چی می‌خوره؟ آلوچه
برای کی؟ برای دختران کوچه
کی برود، کی نرود؟ غلام سیاه پیش برود

***

...[1] چیچی می‌چینه؟ آلوچه!
اردو سلندر شد کفش بگم‌تر شد
بگم بگم حیا کن از سوراخ در نگاه کن

***

---

[1] نقطه‌چین‌ها در متن اصلی است.

کف دست بچه را قلقلک می‌دهند و از انگشت کوچک او شروع کرده می‌گویند:

لیلی لیلی حوضک

۱- گنجیشکه آمد آب بخوره افتاد تو حوضک

۲- این دوید و درش کرد

۳- این ماچی بر سرش کرد

٤- این نازی بر پرش کرد

۵- (شست) - این کله گنده آمد گفتش بده ببینم

همین که دادن ببینه گنجشکه پرید رو چینه

***

۱- این کوچول کوچوله

۲- این ننه موچوله

۳- این عبا بلنده

٤- این قبا بلنده

۵- اینم کفش دوز کنده

۱- این گف بریم به صحرا

۲- این گف چی بیاریم؟

۳- این گف گون بیاریم

٤- این گف که گرگه اونجاس

۵- این کله گنده گفتا هستم شما را همرا

از کی دیگه می‌ترسین؟

***

دست‌های بچه را گرفته به جلو و عقب می‌برند و می‌گویند:

مشکی، دوغی، هراتی یه من کره نباتی

ببریم بازار بفروشیم پیرهن نو بپوشیم

***

چند نفر بچه دور هم نشسته انگشتان را روی قالی می‌گذارند، اوسا می‌گوید: «اوسا بدوش،زن اوسا به دوش، کلاغ پر، گنجشک...» بچه‌ها دستشان را بلند می‌کنند ولی

هرگاه اوسا نام جانور یا چیز دیگری را ورای پرنده بگوید و کسی دستش را بلند بکند مثلاً بگوید: «گاو پر...!» آن‌وقت او را به پشت خم کرده و با کف دست به پشتش زده می‌گویند:

تپ تپ خمیر   شیشه پر پنیر
پرده حصیر   توتک فطیر
دس کی بالاس

این کار تکرار می‌شود تا بچه که خم شده درست حدس بزنند.

***

بچه‌ها پاهای یکدیگر را گرفته اوسا می‌گوید:

یه دبه و دو دبه   سه دبه و سه دبه
سه سبد سیب رنگین   سه انار ترش و شیرین
آهو به چرا   برده بچه را
سبوری سبوری
ای مادر گلندون   آمدی قر بدی افتادی تو قندون
هلالی زمزمه کشک و بادمجون   به قربون سرت یه خورده بجنبون

***

بچه‌ها مشت خودشان را گره کرده روی هم می‌گذارند و اوسا می‌گوید:

جمجمک بلگ خزون   مادرم سیمین خاتون
گیس داره قد کمون   از کمون بلندتره
از شبق مشکی تره   گیس او شونه می‌خواد
شونه فیروزه می‌خواد   حموم هر روزه می‌خواد

***

پشگ – در بازی‌های دسته‌جمعی یک نفر اوسا لازم است که شروع و ترتیب بازی به دست آن‌ها است. برای یاد گرفتن پیش از این که انگشتان‌شان را بشمرند می‌گویند:

سر از من آخر از تو. یه نخود، دو نخود، سه نخود، چاری چنبر، مشک و عنبر تازی، توزی حقاً روزی، و یا می‌گویند:

کاشکی من گربه بودم، میو میو کرده بودم، یه قاب پلو خورده بودم.

***

مثلاً در بازی گرگم به هوا، گرگ و اوسا این طور گفتگو می‌کنند:

گرگم و گله می‌برم	چوپون دارم نمی‌ذارم
من می‌برم خوب خوبشو	من نمی‌دم پشکلشو
کارد من تیزتره	دنبه من لذیذتره
خونه خاله از کدوم وره	از این وره، از اون وره

***

اشتر اشترم	لب اشترم
اشتر کجاس؟	مازندرون
چی چی می‌خوره؟	بلگ خزون
چی چی می‌بره؟	قند و شکر

راه گذرش، از این طرف از اون طرف...

***

برای زبان بندان معلم می‌گویند:

از در درایی در شوی	مرا بینی خر شوی
سرت سبد زبونت نمد	به حق الله و صمد

دو بچه که از یکدیگر می‌رنجند یکی از آن‌ها می‌پرسد:

س: رو زمین چیه؟	ج: خاک	حساب من و تو شد پاک

در موقع آشتی می‌گویند:

س: رو زمین چیه؟	ج: ریگ	ج: من و تو رفیق
س: تو دیگ چیه؟	ج:آش	ج: من و تو داداش

***

در موقع تهدید روی زمین خط کشیده می‌گویند:

این خط، این نشون	اینم کلاه درویشون

***

برای این که حدس بزنند در دست رفیق‌شان چیست می‌گویند:

در داره غنچه داره کلید صندوقچه داره

درش و واکن این تو داره

***

یا درینه یا درونه خواجه رو میلش بر اونه

رمزها

ماه

در بسته و بوم بسته   قلندر تو حیاط جسته!

قوطی کبریت

چل قوطی چلبند قوطی   چهل عروس تو یه قوطی

قلیان

دالان دراز ملا باقر   قر قر می‌کند تا طبل آخر!

نیام قداره

دالان دراز تنگ و تاریک   آقا خوابیده دراز و باریک!

موی سر

بافتم، و بافتم   پشت کوه انداختم

ماهی

قالی لب تافته   گل به گل انداخته

قدرت پروردگار   خوب به هم انداخته!

ترازو

عجایب صنعتی دیدم در این دشت

که بی جان پی جان دار می‌گشت

عجایب صنعتی دیدم که شش پا و دو سم داشت

عجایب‌تر از آن دیدم که یک دم در میان داشت

زنبور عسل

یوز پلنگ بی دم   نه جو خورده نه گندم

گشت زند بیابان   نفع دهد به مردم

سر

پایین سنگ و بالا سنگ   بالاش دو لوله تنگ

بالاش دو شمع روشن   بالاش کمون هندی

بالاش سریر شاهسون بالاش بازار ریسمون

زردک

زردم، زبرم، زیر زمین، معتبرم

انار

صندوق ملک معصوم آورده به نخلسون

لا به لاش طلا کاری دونه هاش چو مرواری!

ترانه‌های عامیانه

ترانه‌های عامیانه

بادا بادا ایشالا مبارک بادا!

آمدم وسمه کنم   نیامدم وصله کنم

ایشالا مبارک بادا!

عروسی شاهونه   عیش بزرگونه نه

ایشالا مبارک بادا!

خونه بابا نون و انجیر   خونه شوهر چوب و زنجیر

ایشالا مبارک بادا!

***

گل درین باغه   سنبل درین باغه

شادوماد را بگو   عروس درین باغه

گلم به دسم باقیه   سنبل به دسم باقیه

شادوماد را بگو   چه وقت نومزد بازیه؟

بادا بادا ایشالا مبارک بادا!

***

امشب چه شبست؟   شب وصال است

این خانه پر از چراغ و لاله س!

***

آمدیم باز آمدیم از خونه دوماد اومدیم

همه ماه و همه شاه و همه چشما بادومی

آمدیم باز آمدیم از خونه عروس آمدیم

همه کور و همه شل و همه چشما نم نمی

***

عروس خاتون بیا بنشین به مجلس

به دور خود بچین نارنج و نرگس

***

عروسک چادر به سر کن حالا وقت رفتنه
نمیرم، من نمیرم من، خونه بابام بهتره

***

مادر دوماد خیک پر باد
مادر عروس بشین و بسوز

***

مادر شوور ماره بچش مارمولک
خواهر شوور خاره بچش خارخسک

***

مادر شوورم غرید و لندید، من حوصله کردم
یک چارقت مشمش به سرم تیکه پاره کردم

***

مادر شوور غر غری تا کی می‌کنی چغلی؟
سماور وردار با قوری گوشه حیاط نشسته باش
مقاش به دست داشته باش مژه تو بکن یواش یواش
کار به عروس نداشته باش

***

روزی که منو دیدی ... خوردی پسندیدی
بابام و بگی، باباتو می‌گم ننم و بگی، ننت و می‌گم

***

مادر شوور خنشتی   دیشب چه دردی داشتی

افتبه ورمی‌داشتی   دور حیاط می‌گشتی؟

***

ای دلم ای کمرم   از دست مادر شوورم

بسکه غر غر می‌کنه   دل و جگرمو پر می‌کنه

***

شوهرم تریاکیه   مثال کرم خاکیه

شب که میاد به خونه   از من می‌گیره بونه

باد تو هاونگ نکوفتی   زیر سبیلم و نروفتی

***

یل من یراق می‌خواد   یراق نمی‌دهی، طلاق می‌خواد

طلاق نمی‌دی، ددر می‌رم   از کوچه دو در می‌رم

با کل ممد جفر می‌رم   با لاله و فنر می‌رم

ددرم سر پولکه   پول دارم تو قلکه

***

تنباکو رو پرنم کن   آتیش سرو کم کن

مهمون بگیره دودی   آواره بشه زودی

یه سیر گوشت دارم   زنیکه تو بار کن

مهمون دارم   آبشو زیاد کن

قوت ندارم   یه سیخ کباب کن

چراغ ندارم   دنبه شو آب کن!

***

مردی که نون نداره   آن قدر زبون نداره

***

هر که عروس عمه شد   سرخ و سفید و پمبه شد

هر که عروس خاله شد   سوسک و سیا و جزغاله شد

***

پسر زاییدم به آه و هوس بزرگش کردم به آه و نفس
دادمش به دست خرمگس خرمگس ورداشت و رفت کنج قفس

***

هر جا نقل و نواله اس   اونجا نه جای خالس
هر جا گریه و زاری اس   برین خاله رو بیارین

***

یه تیکه نون بربری   من بخورم یا اکبری؟

***

هم گل مگلونه   هم سفره نونه
هم لنگ حمومه
هم حسنی به سر می‌پیچه   هم دور کمر می‌پیچه
هم دخل فروشش هس   هم لحاف دوشش هس

***

مال از خودم، زمین از خدا   نه رییس می‌خوام نه کدخدا

***

ای خدا سوخته جونم   از این فرش اتاقت
از این بلبل باغت   از این شم چراغت
از این آش سماقت   از این چادر تافتت
از این کفش شلختت   اهه اوه، اهه اوه
چه لنده لنده واری   چه...[1] گنده داری!

***

یه چارک برنج جوشوندم   خلق خدارو نشوندم
چه خوردن و چه بردن   چه خونه‌ها سپردن

***

دنیا به این بزرگی   کوره نصیب ما شد
باغ به این بزرگی   غوره نصیب ما شد

---

[1] نقطه‌چین‌ها در متن اصلی است

***

سفید سفید صد تمن — سرخ و سفید سی صد تمن

حالا که رسید به سبزه — هرچی بگی می‌ارزه

***

سیا باشه سوخته باشه — نمدی به کول داشته باشه

یه خورده پول داشته باشه

***

بی‌اوسا به کار رفتم — بی‌سگ به شکار رفتم

آش کشک پر عدس — شاباجی به فریادم برس

***

پری پری وربپری — دیشب کی بود تو پنج دری؟

آجیل فروش کوچمون — دسمال آجیل آورده بود

آجیل رو من پسش دادم — وعده به امشبش دادم

***

بی بی زبیده بانو، آخ اوخ — قر اومده تو زانو، آخ واخ

زن... حسنم — صاحب طاس و لگنم

***

صد کله و صد پاچه و صد دیگ پلو مزه مزه کردم

هنوز صبح نشده ناشتا می‌گردم

***

دهن داره چو گاله — دماغ داره نواله

چشما داره نخوچی — ابرو نداره هیچی

***

بیا بریم باغ پودونک — شراب ما دوغ بی نمک

کباب ما نون و جیگرک — دلبر ما فاطمه کورک

***

سید آل کوفته — دشمن مال مفته

***

پلو و چلو و مسما | ته دیگ و آبگوشت و تر حلوا
ای آشپز دلاور | ته دیگ و زود بیاور
ای خانم دلخسته | ته دیگ هنوز نبسته

***

شاباجی خانم رسیده | بالای اتاق خوابیده
ماباجی خانم رسید | هسه هلو سابیده
شاباجی خانم بچه‌ات کو | قیچی و ماماچه‌ات کو؟
بچه نبود باد بود | اسمش خداداد بود

***

فالت فاله | مردنت امساله
کفنت پوس شغاله | قبر کنت خرچنگاله

***

سر کوه بلند جنگ می‌کنم جنگ | قبای میخکی رنگ می‌کنم رنگ
قبای میخکی آبی نمی‌شه | دلم از درد و دو خالی نمی‌شه
الهی رنگرز رنگت نجوشه | خودم رنگ می‌کنم یارو بپوشه

***

دل هادم، دل هاگیدم بنده
گردیدم، | باباش خانوم جون
چون او به پای گل وراگرده
گردیدم، | باباش خانوم جون[1]

***

هالوک مردم، کره مردم | والله به خدا کاری ندارم
زنجیر به گردن | گوشه نشینم
هروله، هروله بی ملوره | زرد هوچه وقت خووه؟

***

[1] دل دادم و دل گرفتم و بنده شدم | چون آب به پای گل پراکنده شدم.

سگ استخوان سوخته را بو نمی‌کند

کاری که چش می‌کوند، ابرو نمی‌کوند

***

بالای بونی یار کفدر پرونی یار
شستت بنازم‌ای صنم خوب می‌پرونی یار

***

بالات بلنده ابروت کمونه
میان هر دو ابروت خال سمنده

***

اگر یار منی من همون یارم صد جفا کنی من وفادارم
دسمال حریر تو به دس داری از حال دلم چه خبر داری؟
امروز دو روزه فردا سه روزه یارم نیومد، دلم می‌سوزه

***

دیشب که بارون اومد یارم لب بوم اومد
رفتم لبش ببوسم نازک بود و خون اومد
خونش چکید تو باغچه یه دسه گل دراومد
رفتم گلش بچینم پرپر شد و وراومد
رفتم پرپر بگیرم کفتر شد و هوا رفت
رفتم کفتر بگیرم آهو شد و صحرا رفت
رفتم آهو بگیرم ماهی شد و دریا رفت

***

یه دیگ دارم چهار گوشه چهار کله‌ی بز می‌دوشه
حلقه دیگم شیکسه زرگر پایش نشسه
رفتم بازار زرگرا دیدم خانوم چادر سرا
گفتم خانوم خونت کجاس؟
گفت: خونمون خیابونه پشت خونمون آب روونه
وقتی بیا که وقت باشه بچه هام تو مدبخ باشه

***

سکینه مست و من مست سکینه   صد و پنجاه تومن دادم جریمه

برای خاطر موی سکینه

***

که پس از من اگر یار بی وفا بود؛ فلک ای داد!

چه پر جور و جفا بود؛ فلک‌ای داد!

های دلی دلی آخ از دل من

دل هیچ کافری و هیچ بت پرستی

نشد مثل دل دیوانه من، فلک‌ای داد

چه پر جور و جفایی، فلک‌ای داد...!

***

اشتر به چراست در بلندی

کله‌اش به مثال کله قندی

گوشش به مثال تیر کمند و باد بزند و کله قندی

چشماش به مثال دوربینند و تیر کمند و بادبزند و کله قندی

دماغش به مثال دود کشند و دوربینند و تیر کمند و بادبزند و کله قندی

دهنش به مثال غاز غلند و دود کشند و دوربینند و تیر کمند و بادبزند و کله قندی

دندونش به مثال خاکنند و غاز غلند و دود کشند و دوربینند و تیر کمند و بادبزند و کله قندی

سینش به مثال لخته سنگ و خاکنند و غاز غلند و دود کشند و دوربینند و تیر کمند و بادبزند و کله قندی

شکمش به مثال طبل جنگ و لخته سنگ و خاکنند و غاز غلند و دود کشند و دوربینند و تیر کمند و بادبزند و کله قندی

پاهاش به مثال چار پایند و طبل جنگ و لخته سنگ و خاکنند و غاز غلند و دود کشند و دوربینند و تیر کمند و بادبزند و کله قندی

***

ای سال برنگردی   به مردمان چه کردی

۱۷۸

زن‌ها رو شلخته کردی   دکون‌ها رو تخته کردی
ای سال برنگردی
***
شاه کج کلا   رفته کربلا
نون شده گرون   یه من یه قرون
ما شدیم اسیر   از دس وزیر
***
ای سلی جانم، سلی جانم، سلی   آخر نچیدم ز وصالت گلی
این ور بازار دویدم   اون ور بازار دویدم
پیرهن توری خریدم   به تن سلی ندیدم
ای سلی جانم، سلی جانم سلی   آخر نچیدم ز وصالت گلی
***
تو بودی که پارک می‌ساختی   سر در و لاک می‌ساختی؟
زر اومدی قرمه سبزی...
***
میرزا رضای رشیدم   واست کوفته کشیدم
نیامدی سر کشیدم
***
دیزی بازاری شوره   چشم مستبد کوره
***
ممد علیشا قرت کو؟   توپ شنیدرت کو؟
***
آقای سردار مرد زرنگه   ده تیر کاشون کار فرنگه
از تهرون می‌گن جوندار میاد ایشالا دروغه
سوسک سیاه پردار   کی...[1] سپهدار
ممد علی شاه تو وردار

ببین به دارش زدن   آتیش به مالش زدن

**

رییس بابی‌ها عباس افندی   افتاد تو خلا چرا نمی‌خندی؟

**

سیراب شیردون و نگاری   بافوری غیرت نداری

**

ای عرق خورها   عرق شده گرون

بطری سه قرون   ما نمی‌خوریم

**

خانم شلخته   نخوری به تخته

آقای تمیز   نخوری به میز

بدری کوتوله   نخوری به لوله

**

می‌خواهی عدس بیارم   تو رو به هوس بیارم؟

دیدی که عدس آوردم   تو رو به هوس آوردم؟

می‌خواهی لبو بیارم   سر تو هوو بیارم؟

دیدی که لبو آوردم   سر تو هوو آوردم؟

**

بشکن   من نمی‌شکنم - بشکن

این جا تهرونه، بشکن   قر فراوونه، بشکن

برای تاجرا، بشکن   روی آجرها بشکن

**

روزگاری به سرپست آژان مس کردم

دست به هفت تیر زدم، هفتا فشنگ در کردم

آژان راسه بازار سوت زد آمد به جلو

تو عرق خوردی، مس کردی، زود بیفت جلو

**

۱۸۰

آقای فکل - چه چه		تو لاله زار - چه چه
سنار سیرابی - چه چه		تو کاسه آبی - چه چه
ته سیگار داری – چه چه

***

قصه‌ی ما به سر رسید		غلاغه به خونش نرسید

ترانه‌ی لیلی لیلی جان

بالای درگاه		درآمده ماه
یارم را دیدم		الحمدالله
لیلی لیلی جانم
من ترا قربانم
من بر تو مهمانم
بالای پشتی		عاشق را کشتی
از خون عاشق		نامه نوشتی
لیلی لیلی جانم
من ترا قربانم
من بر تو مهمانم
بالای چینه		سینه به سینه
عاشقت بی پول		شبدر می‌چینه
لیلی لیلی جانم
رفتیم و بردیم		داغ تو بر دل
وادی به وادی		منزل به منزل
لیلی لیلی جانم

تهران - ۱۳۱۰

ترانه‌های عامیانه[1]

«با دقت به ترانه‌های ملی گوش فرادار،
آن‌ها سرچشمه‌ی بی‌پایان قشنگ‌ترین
ملودی‌ها می‌باشند و چشم ترا به صفات
مشخصه‌ی ملل گوناگون باز می‌کنند»
شومان (اندرز به موسیقی‌دان‌های جوان)

ترانه‌های عامیانه را می‌توان مرحله‌ی ابتدایی شعر و موسیقی دانست.گویا مردمان اولیه که حس الحان و اوزان را داشته‌اند، برای بیان احساسات خود این سبک ساده و بی‌تکلف را اختیار نموده‌اند. برای مللی که هنوز پرورش کامل نیافته‌اند ترانه‌های عامیانه در عین حال وظیفه‌ی دوگانه شعر و موسیقی را انجام می‌دهد. هر چند این دو هنر نزد بعضی از ملل، از ترقی و پیشرفت فوق‌العاده‌ای که در کشورهای متمدن نموده محروم مانده است، لکن می‌توان ثابت کرد که ملت و قبیله‌ای وجود ندارد که - گرچه به صورت آوازهای بدوی - از این تراوش ابتدایی هنری بی بهره باشد.

امروزه، از روی علوم به ثبوت رسیده که در زمان‌های پیشین، حتی قبل از مهاجرت خانواده‌های هند وآریایی، انسان توانسته است الفاظ را در تحت قانون اوزان شعری در بیاورد. از طرف دیگر، مشاهده شده در کشورهای دوردست که به هیچ وجه وسیله‌ی ارتباط بین آن‌ها وجود نداشته است، اشعار عامیانه‌ای وجود داشته و دارد که از حیث مضمون و سبک کاملاً شبیه یکدیگر می‌باشند - پس حدس زده‌اند که ترکیب اولیه‌ی این اشعار به زمانی می‌رسد که خانواده‌های گوناگون این ملل با هم زیسته و هنوز از یکدیگر جدا نشده بودند.

راجع به موسیقی نیز برگه‌هایی در دست می‌باشد که از حیث آهنگ پرده و تونالیته (Tonalite) در نزد مردمان کشور دور از هم یکسان است. بی‌آن‌که عجالتاً به شرح فرضیات گوناگون بپردازیم، و یا این موضوع را به یکی بودن اصل این آوازها و یا

---

[1] این مقاله نخستین بار در شماره‌ی ششم و هفتم دوره‌ی اول مجله‌ی «موسیقی» در شهریور ۱۳۱۸ منتشر شد.

تغییر ناپذیر بودن نبوغ انسانی که در همه‌جا به یک طرز ظاهر نموده نسبت بدهیم، فقط مشابهت آن‌ها را متذکر می‌گردیم و از این نکته بـه‌دسـت مـی‌آیـد کـه ایـن تظاهرات ابتدایی هنر یـک جنبـه‌ی باسـتانی حقیقـی دربـردارد و شاید مربـوط بـه زمان‌های ما قبل تاریخ می‌شود.

از این‌قـرار سرچشـمه‌ی ترانه‌هـای عامیانـه بسـیار قـدیمی و هـم زمان نخسـتین تراوش‌های معنوی بشر است. ولی باید اقرار کرد کـه ایـن هنـر ابتـدایی بـه قـدری نیرومند و دارای قوه‌ی حیاتی به خصوصی است که از بین نرفته است. هر چند شعر و موسیقی در اثر تمدن در همـه جـای دنیا پیشـرفت فـوق‌العـاده‌ای نمـوده، ولـی ترانه‌های عامیانه تقریباً بی‌آنکه تغییر بنماید در محیط‌های اولیه باقی مانـده است و اساس قریحه‌ی غزل‌سرایی انسان به‌شمار می‌رود. از این قرار برازنده است کـه در پرستشگاه هنر مقام بسزایی داشته باشد و امروزه قبل از این کـه بـه‌کلـی خـاموش بشود، باید رفت و آن را از هر جایی که پنهان است – یعنی مردمان عوام و دهاتی‌ها که سنت خود را محفوظ داشته‌اند، و آخرین نگاهبان این گنجینه می‌باشـند – بیـرون آورد.

پس ترانه‌های عامیانه را باید طبق روش و اصول مخصوصـی کـه مربـوط بـا تـاریخ موسیقی و شعر نیست، مورد مطالعه قرار داد. در پیش اشاره کردیم که این ترانه‌ها بازمانده‌ی ازمنه‌ی «ما قبل تاریخی» است – این ادعا شاید اغراق‌آمیز تلقی شود، زیرا قدیمی‌ترین اثری که از ترانه‌های عامیانه به‌دست‌آمده آن قـدر کهنـه نیسـت کـه بتوان چنین نسبتی را به آن داد. اما بی‌شک برخی از آن‌ها هرگز فراموش نشـده، از آن‌چه در موسیقی علمی به طور تواتر باقی مانده است خیلی قدیمی‌تر می‌باشند.

هر گاه تصور بکنیم که آثار موسیقی برای انتقال به آیندگان یک رشته تواتر پی‌درپی را طی نموده بود، از آثار مصنفین پیشین چیزی باقی نمی‌ماند. به علاوه آثار بسیاری از مصنفین بزرگ زمان‌های گذشته در کنج فراموشی مدفون شده و اغلب مصنفین پس از مرگ گمنام بوده‌اند و یا آثار آن‌ها دستخوش حوادث ایام گردیده است.

ولی ترانه‌های عامیانه‌ی اروپایی که در قرن پانزدهم و در قـرون وسـطی خوانـده می‌شد، شش یا هشت قرن دوام آورده، بی‌آن که روی کاغذ آمده باشد هنوز هـم

فراموش نشده است، در صورتی که فقط سینه به سینه انتقال یافته و به توسط مردم عوام به نسل‌های بعدی داده شده است. از این لحاظ عوام به وسیله‌ی سنت افواهی و قوت حیاتی محفوظات خود امتحانات شگفت آوری از خود بروز داده‌اند.
زیرا باید این مطلب مهم را متذکر شد: هرگاه ترانه‌ها قرون متوالی را طی نموده، سینه به سینه انتقال یافته و فقط توسط سنت ملی و حافظه، بدون هیچ‌گونه وسیله‌ی تصنعی، حتی معمولی‌ترین آن‌ها یعنی:نوشتن، حفظ و نگهداری گردیده است.البته در این زمینه مجموع سنت عوام که شامل عادات، اعتقادات، امثال، متل‌ها[1] و افسانه‌ها و غیره می‌شود و تشکیل توده شناسی (Folklore) را می‌دهد شریک می‌باشند.
پس ترانه‌های عامیانه خاصیت به خصوصی دارد که موسیقی علمی فاقد آن می‌باشد. از این قرار درخور آن است که هم دوش و هم پایه‌ی آن مقامی احراز بکند. البته نه از لحاظ توسعه و زیبایی، زیرا از این جهت برتری موسیقی علمی انکارناپذیر است ولی این ترانه‌ها کیفیت به خصوصی دارند: در آن‌ها نیروی حیاتی است، به اضافه در مقابل فقدان زیبایی‌های با شکوه و ریزه‌کاری‌های دلفریب، خواص قابل توجهی نشان می‌دهند که در اطراف قرون و سرزمین‌ها شناخته شده: لطف و گیرندگی طبیعی، صداقت در احساسات، سادگی تشبیهات و طراوت شاعرانه و گاهی نیز ملهم از افکار شاعرانه‌ی حقیقتاً عالی می‌باشند که مقام جداگانه‌ای احراز می‌نمایند.
البته خواهندگفت:در صورتی که تا کنون کتاب جامعی راجع به این موضوع نوشته نشده، چگونه ممکن است این اسنادآن قدرپراکنده و دوراز دسترس رامورد مطالعه قرار داد؟
برای این منظور باید به کتاب طبیعت مراجعه کرد، و اسناد زنده را مطالعه نمود. این اسناد نزد عوام می‌باشد و برای به‌دست‌آوردن اسرار عوام باید ملتجی به ملت شد. بسیاری از جستجو کنندگان از یک قرن پیش تاکنون، با جدیت هرچه تمام‌تر در همه جای دنیا مشغول کاوش می‌باشند. ایشان در ولایات و دهکده‌ها، از مردم دهاتی

---

[1] متل: کلمه‌ی فارسی به معنی قصه، متلک – قصه‌ی کوچک.

پرسش نموده، آن‌ها را به خواندن وادار کرده‌اند، آهنگ‌ها و وزن‌هایی که از ذهـن آن‌ها شنیده‌اند یادداشت نموده‌اند، به این وسیله آهنگ‌هـای افـواهی روی کاغـذ ضبط شده است و کتاب‌های بسیار تألیف کرده‌اند، به طوری کـه امـروزه مـی‌تـوان گفت یک دهکده در سرتاسر کشورهای متمدن وجود ندارد که دانش عوام خود را بروز نداده باشد.

صفات مشخصه‌ی ترانه‌های عامیانه

ابتدا در نظر داشته باشیم که مجموع آثار هنری ترانه‌های عامیانه با اصول موسیقی علمی امروزه متفاوت است. روشن‌تر بگوییم این هنر عوام است.

واضح است که ترانه‌های عامیانه متعلق به ملت و توده‌ی مـردم مـی‌باشـد، ولـی بـا وجود این هنر کاملی است که شرایط کلی هنر را دارا می‌باشد. عموماً به خطا هنر را منحصر به یک دسته مردمان برگزیده و منورالفکر تصور می‌کنند. احتیاج هنـر در طینت بشر بـه ودیعـه گذاشـته شـده. انسـان ابتـدایی و حتـی وحشـی گـاهی تهییج مخصوصی حس می‌کند که به وسیله‌ی آواز ظاهر می‌سازد. شاید آواز او خشـن و خیلی ساده باشد، ولی نماینده‌ی حس زیباپرستی اوست. مثلاً: چوپانی کـه در کـوه و دشت گله می‌چراند یا زنی کـه دوک مـی‌ریسـد، بـرای تفـریح آوازهـایی زمزمـه می‌کنند، و یاخانم تربیت شده‌ای که پای پیانو نشسته آهنگ‌های علمـی دلپسـندی را می‌نوازد. ما نمی‌خواهیم بگوییم لذتی که در اثر این تفریح هنری حاصل می‌گردد کم و بیش عالی است، ولی می‌توانیم مطمئن باشیم که لذت هنری آن‌هـا یکسـان اسـت. ترانه‌های عامیانه کاملاً با احتیاج هنری ملت تطبیق می‌کند.

حس هنر و زیبایی انحصار طبقات عالی و تربیت شده نیست، نابغه‌های سـاده‌ای نیـز وجود دارد که در محیط‌هـای ابتـدایی تولـد یافتـه، احساسـات خـود را بـی‌تکلـف بـا تشبیهات ساده، به شکل آهنگ‌ها و ترانه‌های عامیانه بیان می‌کنند. گـاهی بـه قـدری ماهرانه از عهده‌ی این کار برمی‌آیند که اثر آن‌ها جاودانی می‌شود. این نابغه‌هـای گمنام مؤلفین ترانه‌های عامیانه می‌باشند.

امروزه ترانه‌های عامیانه همه‌ی کشورهای متمدن با دقت هرچه تمام‌تر جمع‌آوری شده،آهنگ آن‌ها به وسیله‌ی نت یادداشت گردیده ومصنفین بزرگ موسیقی روی آن‌ها کار کرده‌اند، به‌طوری که مقام به خصوصی احراز نموده است.

در آلمان ترانه‌های عامیانه (Volkslied) رونق وا عتبار بسزایی دارد و حتی مصنفین بزرگ مانند: موزار، وبر، شوبرت و شومان بسیاری ازآهنگ‌های آن را پایه تصنیفات خود قرار داده‌اند. در روسیه از زمان قدیم ترانه‌های عامیانه شالوده‌ی پرورش معنوی ملت را تشکیل می‌دهد و در برخی کشورها مانند مجارستان اساس موسیقی ملی به‌شمار می‌رود. این ترانه‌ها، آوازها، متل‌ها و افسانه‌ها نماینده‌ی روح ملت می‌باشند و از طبقات مردم گمنام بی‌سواد گرفته می‌شوند؛ صدای درونی هر ملتی است، در ضمن سرچشمه‌ی بکری برای تصنیف‌های موسیقی می‌باشد و هرگاه طبق اصول و قواعد موسیقی علمی تنظیم و موضوع کمپوزیسیون قرار بگیرد، چون با روحیه‌ی ملت تناسب مستقیم دارد، بیشتر طرف توجه و مؤثر واقع خواهدشد. مثلاً مصنفین سرشناسی مانند موسرسکی، برودین، ریمسکی کورساکوف و چایکوفسکی که از ترانه‌های شرقی الهام گرفته‌اند و تصنیف‌های موسیقی دنیاپسندی از خود گذاشته‌اند، در عین‌حال موسیقی شرق و غرب را به هم اتصال داده و نام خود را جاویدان کرده‌اند.

باید متذکر شد که از لحاظ مطالعه، اختلاف اساسی بین موسیقی علمی و ترانه‌های عامیانه وجود دارد. زیرا اساس موسیقی علمی روی نت‌های خطی یا چاپی اسناد قدیمی قرار گرفته، ولی توده‌شناس اسناد خود را از احادیث افواهی می‌گیرد. هرگاه دانش عوام به وسیله‌ی اسناد خطی یا چاپی تایید بشود، می‌توان آن را به طور شاهد مثال ذکر کرد.

اما در توده‌شناسی این مطلب چندان اهمیت ندارد. سند توده‌شناسی براساس آثار زنده است که در حافظه‌ی مردم باقی مانده و توده‌ی عوام نگاهبان این گنجینه می‌باشد. پس برای به‌دست‌آوردن این هنر ابتدایی در گذشته و آن چه تا کنون برجامانده است باید به آن‌ها مراجعه شود.

در این جا منظور ما بحث در اصل و منشأ ترانه‌های عامیانه نیست.فقط باید تذکر داد ترانه‌هایی هستند که درشهرها ساخته شده و بین عوام رواج یافته‌اند. ترانه‌های دیگری توسط اشخاص باسواد و یا نیمچه سواددار سروده شده، برای این که در زبان عوام بیفتد، مانند: ترانه‌های محلی که عموماً به زبان بومی سروده شده یا دوبیتی‌هایی که دراغلب ولایات ایران وجود دارد. این ترانه‌ها اغلب قابل توجه و شهرت بسزایی پیدا کرده‌اند، ولی هیچیک از آن‌ها را نمی‌توان ترانه‌های عامیانه حقیقی دانست و از موضوع ما خارج می‌باشد.

ترانه‌های عامیانه را می‌توان به آسانی از حیث مضمون، سبک و روحیه‌ی گوینده از سایر آثار موسیقی یا شعری تشخیص داد. پس نظریاتی که ذیلاً نگاشته می‌شود مربوط به این ترانه‌ها می‌باشد.

البته باید در نظر داشت که ترانه‌های عامیانه به توسط اشخاص سروده شده البته نمی‌خواهیم ادعا بکنیم که این ترانه‌ها خودبه‌خود ایجاد گردیده است، ولی آثار مرموزی وجود دارد و ترانه‌های عامیانه از آن جمله است. معهذا می‌توان تصریح کرد که هیچ ترانه‌ی عامیانه‌ای وجود ندارد که گوینده‌ی آن شناخته شود. نه‌تنها اسم مصنف، بلکه اغلب محل و زمان تقریبی آن‌هم مجهول می‌باشد. هیچ چیز به‌اندازه‌ی ترانه‌های عامیانه محل و تاریخش مجهول نیست؛ و اغلب به اشتباه می‌روند که ایجاد این ترانه‌ها را به محل یا زمان مشخصی نسبت می‌دهند. زیرا باید اقرار کرد که همه‌ی کاوش‌ها و تحقیقات جدی در این زمینه انجام گرفته بی نتیجه مانده و عقیده‌ای که عموماً شایع است که فلان ترانه‌ی عامیانه را به ولایت مخصوصی نسبت می‌دهند کاملاً به خطا می‌باشد.

ساختمان ترانه‌های عامیانه فوق‌العاده ساده است و از لحاظ موسیقی فقط برای آواز یک‌صدایی به کار می‌رود. در این هنر ابتدایی هارمونی به کلی وجود ندارد، وزن‌های آن مختلف می‌باشد، برخی از آوازها آهنگ‌های آزاد دارد، اغلب ناقص و به میل خواننده کوتاه و بلند می‌شود بعضی دیگر برعکس دارای وزن معین و ساختمان کامل می‌باشند. عموماً این آوازها برای رقص یا مارش ساخته شده.برخی از آن‌ها کند، ملایم، غمناک و یکنواخت است. ژان ژاک روسو راجع به این ترانه‌ها

می‌گوید «آهنگ‌ها ورزیده نیست ولی یک قدرت افسونگر باستانی با خـود دارد کـه به‌تدریج مؤثر واقع می‌شود.»[1]

تا کنون به‌هیچ‌وجه توجهی در جمع‌آوری ترانه‌هـای عامیانـه‌ی ایرانـی نشـده و اگـر مختصری جسته‌گریخته در بعضی کتب ضبط گردیده، بسیار نـاقص و ناچـار مغلـوط می‌باشد و چون آهنگ آن‌ها به وسیله‌ی نت یادداشت نشده، مانند جسمی بـی روح است و فقط ممکن است از لحاظ ادبی مورد استفاده قرار گیرد. به علاوه از آن‌جایی که این ترانه‌ها سینه به سینه انتقال یافته، هرگاه فلان ترانه در قـرن دوم هجـری یـا قبل از اسلام سروده شده، طبیعی است که در عبارات آن دخل و تصرف شده باشد. به اضافه حافظه‌ی عوام بدون لغزش نمی‌باشد. همچنین تغییر زبان دریـن موضـوع دخیل است، نیز ممکن است این لغزش‌ها مربوط بـه گوینـده‌ی ترانـه باشـد، زیـرا مردمان گمنامی که به واسطه‌ی یک نوع احتیاج مرموز این اشعار حقیقتـاً بـی‌مـرگ سروده‌اند، از طبقه‌ی عوام و ایجاد کننده‌ی هنر عامیانه می‌باشند؛ در این که نابغـه بوده‌اند شکی نیست، لکن لا ابالی بوده قوانین عروض و قافیه را مراعات ننموده‌انـد. چون محرک دیگری به جز میل غریزی خود نداشـته همـه‌ی تشـبیهات و اسـتعارات خود را از محیط ابتدایی و احساسات بی تکلف خود گرفته‌اند، تاکنون یک نفر از آن‌ها شناخته نشده است.

هرچه می‌خواهد باشد، ولی این شعرای گمنام و طبیعی درعین‌حال که قادر بوده‌انـد زیبایی‌ها و لطافت‌های موشکافی را به رشته‌ی نظم در بیاورند، سستی و سهل انگاری در آثار آن‌ها ملاحظه می‌شود.

ترانه‌های عامیانه‌ی فارسی

پس از ملاحظات کلی و مقدماتی کـه راجـع بـه ترانـه‌هـای عامیانـه ذکـر شـد، حال بی‌مناسبت نیست که ترانه‌های عامیانه‌ی فارسی را اجمالاً مورد مطالعه قرا دهیم.

ادبیات، شعر و هنر در همه جای دنیا موجب اتحـاد حماسـه، تـراژدی، درام، کمـدی، مغازله، افسانه، متل(قصه) و غیره گردیـده اسـت. همـه‌ی ایـن مزایـا و آثـار آن در

---

[1] Encyclopedia de la Musique , Tome 5.(La chanson populaire, Par Julien Tiersot)

ترانه‌های عامیانه وجود دارد که خود به خود یک هنر کامل می‌باشد - هنر مردمان ساده و توده‌ی عوام - و موسیقی آن همیشه پابند کلام است.

دراین‌جا فقط نمونه‌ای ازترانه‌های عامیانه‌ی فارسی رابه طور مثال می‌آوریم. ولی چنان‌که قبلاً اشاره شد، تاکنون کمترین توجهی در گردآوری ترانه‌های عامیانه‌ی زبان فارسی نشده. به استثنای مختصری توسط خاورشناس مشهور: ژوکووسکی[۱] و مختصری در رساله‌ی موسوم به «اوسانه». (ترانه‌های اخیر را مستشرق سرشناس هانری ماسه در کتاب خود راجع به اعتقادات و عادات ایرانی به زبان ساده و ادبی فرانسه ترجمه کرده و برای اولین بار به دنیا معرفی نموده است.)[۲]

واضح است چنین مجموعه‌ی مختصری، با وجود استعداد سرشار ایرانیان برای جمل موزون و سرود و الحان، چنان که در امثال، ترانه‌های بچگانه، قصه‌ها، متلک‌ها و افسانه‌های فارسی نیز نظیر آن به حد وفور مشاهده می‌شود، از بسیار یکی و از هزار اندکی به‌شمار نمی‌رود. تحقیق راجع به‌هرکدام از این‌ها به جای خود بی‌اندازه مهم و قابل توجه می‌باشند، ولی این کار به‌دست توده‌شناسی سپرده شده است. در این زمینه هنوز سر چشمه‌ی بکری برای این وجود دارد که تاکنون دست نخورده مانده است؛ و هر گاه در جمع‌آوری دقیق و علمی آن مسامحه شود بیم آن می‌رود که هنوز باقی مانده است به زودی فراموش شده و به کلی از بین برود.

حماسه نمونه‌ی ابتدایی شعر است، موضوع آن عموماً شرح گیرودارهای رزمی به مناسبت بازگشت پهلوان، رئیس قبیله، سرباز و یا یک نفر از اهالی شهر به وطن خودمی باشد. یا ترانه‌های غم‌انگیزی است که در عزای پهلوان کشته شده، اشخاص مخصوصی می‌خوانند و نوحه‌سرایی می‌کنند. متأسفانه از نمونه‌ی جدید این قبیل ترانه‌ها به فارسی برگه‌ای در دست نداریم، ولی به طور یقین در نزد قبا یل و ایلات

---

[۱] مستشرق مزبور در کتاب خود موسوم به «نمونه‌ی آثار ملی ایران» مقدار زیادی از تصنیف‌های رایج سال‌های ۱۸۸۹-۱۸۸۳ (میلادی) ایران را گردآوری نموده، در ضمن نمونه‌هایی از ترانه‌های ملی ایران را ضبط کرده است.

[۲] H.Masse, Croyances et Coutumes Persanes, Paris 1938 Tome 2p 491.

وجود داشته است.فردوسی در چندین جا اشاره به چکامه‌سـرایانی مـی‌کنـد کـه بـه مناسبت موقع فی‌البدیهه اشعاری سروده و به همراهی آن چنگ می‌نوازند.

مثلاً در ضمن حکایت «رفتن بهرام گور به نخجیر و خواستن دختر برزین دهقان»:

یکی چامه گوی و دگر چنگ زن   سوم پای کوبد شکن برشکن

بتان چامه و چنگ برساختند   یکایک دل از غم بپرداختند... الخ[1]

جای دیگر «در کشتن بهرام شیران را و رفتنش به خانـه‌ی گـوهرفـروش و خواسـتن دختر او»:

بدو گفت: بنشین وبردار چنگ   یکی جامه باید مرا بی‌درنگ[2]

در بلوچستان نیز مداحانی معروف بـه «شـاعر» وجـود دارنـد کـه سـابقاً در هنگـام کامیابی یا ظفر سران قبیله و یا اشخاص معروف دعـوت مـی‌شـده‌انـد و اشـعاری فی‌البدیهه سـروده بـه همراهـی آلـت موسـیقی مخصوصـی موسـوم بـه «عـژک» می‌خوانده‌اند.

در مراسم سوگواری نیز در کوه‌کیلویه زن‌هایی هستند که تصنیف‌های خیلی قدیمی را با آهنگ غمناکی به مناسبت مجلس عزا می‌خوانند، و ندبه و مویه مـی‌کننـد. ایـن عمل را سوسیوش (سوگ سیاوش) می‌نامند. نظیر همـین در جزیـره‌ی کـرس بـه توسط زن‌ها صورت می‌گیـرد کـه Voceri نامیـده مـی‌شـوند. ایـن زن‌هـا اشـعاری می‌خوانند که فی‌البدیهه نیست و قبلاً وجـود دارد، گیـرم بـه مناسـبت موقـع تغییـر می‌دهند. عادت مزبور نزد یونانیان نیز معمول است.[3]

لحن ترانه‌هایی که به منظور کمدی ساخته شـده، بـا طـراوت و تـازگی مخصوصـی است، و موضوع طوری به‌هم افتاده که باعث تفریح می‌شود.

این ترانه‌ها عمومـاً توصیفی می‌باشند و گاهی بـه صـورت قصـه بـرای بچـه‌هـا نقـل می‌شود:

یکی بود یکی نبود

---

[1] شاهنامه فردوسی، جلد هفتم، تصحیح آقای سعید نفیسی، ص۲۱۶۳.

[2] شاهنامه فردوسی، جلد هفتم، ص ۲۱۷۱

[3] Encyclopedia de la Musique دیده می شود.

سر گنبـــد کبود	پیرزنیکه نشسته بود
اسبه عصاری می‌کرد	خره خراطی می‌کرد
سگه قصابی می‌کرد	گربه بقالی می‌کرد
شتر ه نمد مالی می‌کرد	
پشه رقاصی می‌کرد	کارتونه بمبازی می‌کرد
موشه ماسوره می‌کرد	مادر موش ناله می‌کرد
فیل اومد به تماشا	پاش سرید به حوض شا
افتاد و دندونش شیکس	
گف:ننه جون دندونکم	از درد دندون دلکم
اوسای دلاک را بگو	مرد نظر پاک را بگو
تا بکشه دندونکم ۱	

این ترانه‌ها عموماً خیلی قدیمی است. موضوع و لحن آن‌ها اغلب تغییر می‌کند، حتی نظیر بعضی از آن‌ها عیناً در نزد سایر ملـل نیـز مشـاهده مـی‌گـردد. مـثلاً ترانـه‌ی مشهور:

«آب اومد، آب اومد، کدوم آب؟

همون آب که تش خاموش کرد - کدوم تش؟... الخ» ۲

شبیه این مضمون به زبان ارمنی قدیمی نیز وجود دارد:

«کی بره خورده؟ -گرگه خورده

کی گرگه خورده؟ -خرسه خورده...الخ» ۳

بعضی اوقات متل‌ها و یا ترانه‌های عامیانه وجود داشته که بعد اشـخاص بـی‌اسـتعداد آن‌ها را به رشته نظم درآورده‌اند، مانند قصه‌ی «شنل و منگل» یا «خاله سوسکه».

برخی از این ترانه‌ها بی‌اندازه کهنه، و با وجود این‌که در سرتاسـر کشـور رواج دارد مضمون و زبان خود را حفظ نموده است:

---

۱ در اوسانه متن این ترانه متفاوت آمده است

۲ اوسانه ص ۱۵

۳ Komikas,Chansons Rustiques

خورشید خانم آفتو کن　　　　　یه مش برنج تو آو کن

ما بچه‌های گرگیم　　　　　از سرمایی بمردیم

خورشید در افسانه‌های اغلب ملل مؤنث است.[1] نزد اسلاوها «مادرخورشید سرخ» نامیده می‌شود، و عین افسانه‌ی ایرانی نزد ارمنی‌ها وجود دارد.

و یا ترانه که در ضمن قصه‌ی پسری که به تحریک زن بابا، پدرش او را می‌کشد و بلبل می‌شود، تکرار شده است. در زبان‌های آلمانی، فرانسه، ایرلندی و انگلیسی این ترانه موجود است:

منم بلبل سرگشته　　　　　از کوه و کمر برگشته

مادر نابکار مرا کشت　　　　　پدر نامرد مرا خورده

خواهر دلسوز استخوان‌های مرا با هفتا گلاب شسته

زیر درخت گل چال کرده

منم شدم یه بلبل　　　　　پر... پر...[2]

مباحث عاشقانه سبک عالی‌تری دارد. مثلاً ارزش ادبی و مضمون شاعرانه و دلفریب این ترانه‌ی معمولی و مشهور به‌قدری گیرنده و دلرباست، که می‌تواند با بهترین غزل شعرای بزرگ همسری بکند:

همین ترانه در «اوسانه» چنین ضبط است:

تو که ماه بلند در هوایی

منم ستاره می‌شم دورت و می‌گیرم،

تو که ستاره میشی دورم و می‌گیری؟

---

[1] نیرنگستان، ص ۱۲۵

[2] ترجمه‌ی انگلیسی این قصه در P. Lomrier, Persian Tales ۸۹ و کتاب گریم Grimm دیده می‌شود. متن اسکاتلندی ترانه‌ی بالا به قرار ذیل است:

Song of the phoenix
Pew, pew, my minnie me slew,　My daddie he chew,
My twa little sister they　Pickit my banes,
And put them between twa　Milk-white stanes,
And they grew and grew　To a milk-white doo,
And it took to its wings　and away it flew.
(F.T Corrie,"The Times" 28/7/38)

منم ابری می‌شم روت و می‌گیرم
تو که ابر می‌شی روم و می‌گیری؟
منم بارون می‌شم تن تن می‌بارم،
تو که بارون می‌شی تن تن می‌باری؟
منم سبزه می‌شم سر در میارم،
تو که سبزه می‌شی سر در میاری؟
منم گل می‌شم و پهلوت می‌شینم،
تو که گلی میشی پهلوم می‌شینی؟
منم بلبل می‌شم چه چه می‌خونم.

دیشب که بارون اومد	یارم لب بوم اومد
رفتم لبش ببوسم	نازک بود و خون اومد
خونش چکید تو باغچه	یه دسه گل در اومد
رفتم گلش بچینم	پرپر شد و هوا رفت
رفتم پرپر بگیرم	کفتر شد و هوا رفت
رفتم کفتر بگیرم	آهو شد و صحرا رفت
رفتم آهو بگیرم	ماهی شد و دریا رفت

چیزی که غریب است، این ترانه در اغلب زبان‌ها وجود دارد. درفرانسه معروف به Chanson des Metamorphoses است که براساس موضوع ابدی تعاقب و فرار معشوقه می‌باشد. برگه‌ی آن را محققین در قدیمی‌ترین اشعار سانسکریت پیدا کرده‌اند، و شاعر معروف فرانسوی میسترال (Mistral) همین مضمون را در Chanson de Magali پرورانیده است. در این ترانه معشوقه عاشق را تهدید می‌کند که به صورت آهو، ماهی، گل سرخ و ستاره دربیاید. حتی می‌توان گفت که ترانه‌ی فارسی با فکر لطیف‌تری درست شده، زیرا عاشق خود را به یادگار شاعرانه‌ی معشوقه راضی می‌کند و آن را دنبال می‌نماید، ولی چیزی در دستش نمی‌ماند.
ترانه‌های عاشقانه عموماً لطیف و غم‌انگیز می‌باشند. در ترانه‌های مغازله‌ای و احساساتی موسیقی مقام مهمی را عهده‌دار است:

ای ماه بلند در هوایی!

تو که ماه بلند در هوایی

منم ستاره می‌شم دورت رو می‌گیرم

تو که ستاره می‌شی دورم رو می‌گیری

منم ابری می‌شم روتو می‌گیرم

تو که ابری می‌شی رومو می‌گیری

منم بارون می‌شم تن تن می‌بارم

تو که بارون می‌شی تن تن می‌باری

منم سبزه می‌شم سر در می‌یارم

تو که سبزه می‌شی سر در میاری

منم بزی می‌شم سر تو می‌خورم

تو که بزی می‌شی سرمو می‌خوری

منم قصاب می‌شم سرتو می‌برم

تو که قصاب می‌شی سر مو می‌بری

منم پشم می‌شم می‌رم تو شیشه

تو که پشم می‌شی میری تو شیشه

منم پنبه می‌شم در تو می‌گیرم

تو که پنبه می‌شی درمو می‌گیری

منم دشک می‌شم تو اتاق می‌افتم

تو که دشک می‌شی تو اتاق می‌افتی

منم عروس می‌شم رویت می‌شینم

تو که عروس می‌شی رویم می‌شینی

منم دوماد می‌شم پهلوت می‌شینم

تو که دوماد می‌شی پهلوم می‌شینی

منم ینگه می‌شم درها رو می‌بندم

***

شب که می‌شه من و یار روز که می‌شه من و یار
رو می‌کنم به دیوار
زاز و زار زار گرییم بی اختیار گرییم
از فراق یارجونی چون ابر باهار گرییم
پیرهنت چیت گلییه ترا می‌خوام، چرا نخوام؟
بدنت مرواریه ترا می‌خوام، چرا نخوام؟
سخ با ما همچی کردی؟ جانم خوب کردی
زلفاتو قیچی کردی؟ جانم خوب کردی

***

امشب شب مهتابه، حبیبم نیومد حبیبم اگه خواب طبیبم نیومد
خواب است و بیدارش کنید مست است و هشیارش کنید
بگویید فلانی اومده اون یار جونی اومده
حالتو احوالتو بپرسه

***

بلند سیر عالم می‌کنم من، یار جونی
نظر بردوست و دشمن می‌کنم من، یار جونی
یکی شب دیگر ما را نگهدار، یار جونی
که فردا دردسر کم می‌کنم من، یار جونی
به قربونت می‌رم تو که نمی‌دونی
سر دو دو می‌رم خونه‌ی فلونی، یار جونی
صدای نی میاد ناله‌ی جوونی، عزیز من، دلبر من
ازین گوشه‌ی لبات کن منزل من، یار جونی[1]

***

دختر و نون می‌پزی، نونی به من ده
میون نون پختنت بوسی به من ده، دوی بلال

---

[1] ترانه‌ی جهرمی

دویه دویه جونم دوی بلال

بردهای ایمونم دوی بلال

خود گل و نومت گل ودماغت[۱]، دوی بلال

من بشوم بلبل بگردم دور باغت، دوی بلال

دویه دویه جونم دوی بلال

بردهای ایمونم دوی بلال

دخترو دسم گرفت بردم تو دالون، دوی بلال

گفتمش: «بوسی به من ده» گفت: «برو نادون»، دوی بلال

دویه دویه جونم دوی بلال

بردهای ایمونم دوی بلال[۲]

***

می دس دس نزن، دستبند طلایی — میدس دس نزن مال ریکایی

زبیده حالا لا بند از مارو خوبیته — زبیده یارو بیته

وی چشمی رو برو بیته — همین ماه تو بیته

زبیده تی چشمه قربون، مارو خوبیته[۳]

ترانههایی که مربوط به زناشویی و یا به مناسبت روابط زن با خانوادهی شوهر سروده شده، اغلب لحن زننده و مضحک دارد:

عروس میبریم کوچه به کوچه

واسش آش میپزیم آش آلوچه

کوچه تنگه؟ بله، عروس قشنگه؟ بله

دس به زلفاش نزنین مرواری بنده؟بله

***

[۱] گویا مقصود شکوفه ای است که زن های ایلات در پردهی بینی می گذارند.

[۲] ترانهی ممسنی

[۳] ترانهی کجور

کالسکه‌ی سر طلا　　توش نشسته قرص ماه
آقا جونیم پیشکش کن　　گل می‌یاد خونه‌ی شما[1]

ای خدا سوخته جونم　　ازین فرش اتاقت
از این بلبل باغت　　از این شم چراغت
از این نیم تنه فاقت　　از این چشمای زاغت
از این وسمه‌ی سیرت　　از این لب‌های زیرت
از این نیم تنه تافتت　　از این کفش شلختت
از این تنبون آهاری　　چطوری رفتی تو بخاری؟
مگه خدای نخواسه　　حاجی شما رو نخواسه؟
اگه حاجی کوره و موره　　جیبش پر پول و موله

***

ننه رشید خان　　داغت رو نبینه سلطان
این اتاق گچکاری　　نه فرش داره نه قالی
جای رشیدم خالی
اسب رشید و جو دادم　　دور قلعه دو دادم
رشید خانم چه مرده　　سوار اسب زرده
تیر وتفنگ می‌بنده　　با صد سوار می‌جنگه

ترانه‌هایی که مربوط به عروسی یا جشن نوروز است بسیار زیاد و در هر شهر و دهکده‌ای به زبان محلی وجود دارد. نزد ایلات با رقص و ساز توأم می‌باشد. اولین آوازی که به گوش بچه می‌خورد لالایی Berceuses است. آهنگ آن اغلب یکنواخت وخواب‌آور می‌باشد. در زبان‌های بومی به‌طور مختلف وجود دارد. موسیقی‌دان‌های اروپا اغلب قطعات قابل توجهی از لالایی ساخته‌اند.در این‌جا چند نمونه از لالایی ایرانی که البته ناقص است می‌نگاریم:

---

[1] ترانه‌ی آباده

لالالالا گل پونه		گدا اومد در خونه
نونش دادیم خوشش اومد		خودش رفت و سگش اومد
چخش کردیم بدش اومد
لالالالا گل خشخاش		بابات رفته خدا همراش
لالالالا گل فندق		ننه ات اومد سر صندوق
لالالالا گل پسه		بابات رفته کمر بسه
لالالالا گل سوسن		بابام اومد چشم روشن
لالالالا گل زیره		چرا خوابت نمی‌گیره
که مادر قربونت می‌ره

ترانه‌ی «لالالالا گل پونه» در «اوسانه» چنین است:

لالا، لالا گل پونه،		گدا اومد در خونه،
نونش دادیم بدش اومد،		خودش رفت و سگش آمد.
لالا، لالا گلم باشی،		تو درمون دلم باشی،
بمونی مونسم باشی،		بخوابی از سرم واشی،
لالالالا گل خشخاش،		بابات رفته خدا همراش،
لالا، لالا گل فندق،		ننه ات آمد سر صندوق،
لالا، لالا گل پسه،		بابات رفته کمر بسه،
لالا، لالا گل زیره،		چرا خوابت نمی‌گیره؟
که مادر قربونت میره.

***

لالالالا نمونت باد		ممو قربون جونت باد
بابو بنده غلومت باد		بابو حیرون نومت باد[۱]

***

لالالالات که لالات می‌کنم من		نگا بر قد و بالات می‌کنم من
لالالالا که لالات بی بلا بود		نگهدار شب و روزت خدا بود

---

[۱] از مقاله‌ی دکتر بیلی H.W.Baily در .B.S.O.S جلد هشتم، قسمت ۲ و۳ راجع به لهجه‌ی یزدی.

***

لالالالا جانمی | امشب تو مهمانمی
میخوام بیام خونتون | از سگ تون می‌ترسم
اسم سگم براقه | جاش گوشه‌ی اتاقه

***

برو لولوی صحرایی | تو از بچه چه می‌خواهی؟
که این بچه پدر داره | دو قرآن زیر سر داره

دو شمشیر بر کمر داره

***

لالاییت می‌کنم با دس پیری | که دس مادر پیری بگیری
لالاییت می‌کنم خوابت نمی‌یاد | بزرگت می‌کنم یادت نمی‌یاد[1]
لالالالا عزیز الله | قلم دس گیر برو ملا

بخون جزو کلام الله

***

لالالالا گل نسری[2] | کوچم کردی درو بسی
منم رفتم به خاکبازی | دو تا هندو مرا دیدن

مرا بردن به هندسون

به صد نازی بزرگم کرد | به صد عشقی عروسم کرد
پسر دارم ملک جمشید | دختر دارم ملک خورشید
ملک جمشید به شکاره | ملک خورشید به گهواره
به گهوارش سه مرواری | کمربندش طلاکاری
بیا دایه، برو دایه | بیار این تشت و آفتابه
بشور این روی مهپاره | که مهپاره خدا داده

تهران – ۱۳۱۸

---

[1] لالایی شیرازی از کتاب ژوکووسکی، ص ۱۶۲.
[2] گل نسرین

متل‌های فارسی

متل‌های فارسی

متل‌های ایرانی یکی از گران‌بهاترین و زنده‌ترین نمونه‌ی نثر فارسی است که از حیث موضوع، تازگی و تنوع درخور معرفی به دنیا می‌باشد و قادر است با بهترین آثار ادبی برابری بکند. ولی متأسفانه تاکنون به استثنای مجموعه‌ی لوریمر [1] که قصه‌های عامیانه‌ی کرمانی و بختیاری را به انگلیسی ترجمه نموده، متن صحیح و قابل توجه فارسی آن‌ها در دست نیست.در مجموعه‌ی آقای کریستن سن با متن فارسی، بیش‌تر متلک‌های زبان فارسی جمع‌آوری شده است.[2] در مجموعه‌ی آقای هانری ماسه[3] نیز متلک بر قصه غلبه دارد، مگر دو سه قصه که متن خراسانی آن هم ضمیمه می‌باشد.

در این متل‌های لاابالی و ابدی، تمام موضوع‌هایی که به فکر انسان رسیده مختصر شده است، و از کهن‌ترین و عمیق‌ترین آثار بشر به‌شمار می‌رود. این قصه‌ها مملو از ایما و اشاراتی است که تأثیر خود را در روحیه‌ی هر کس می‌گذارد. در صورتی‌که علم و عقل انسان را از دنیای ظاهری پیوسته دور می‌کند، این افسانه‌ها با قدرت مرموزی انسان را با همه‌ی آفرینش بستگی می‌دهد و مربوط می‌سازد. از این لحاظ، متل‌های عامیانه به‌خصوص برای بچه‌ها مناسب است که احتیاج دارند گرچه به‌وسیله‌ی خیال و از روی تفریح، ولی در تاریخ بشر زندگی کنند و زندگی را از آغاز زمان‌ها، از آن‌جایی که نیاکان ابتدایی انسان شروع کرده‌اند در خودشان حس بنمایند.

پس از جمع‌آوری قصه‌ها و تحقیقاتی که توسط برادران گریم (Grimm) تقریباً در یک قرن پیش انجام گرفت، این موضوع مورد توجه علما و ادبا واقع گردید. امروزه نه تنها برای تشویق خردسالان قصه‌های عامیانه را با چاپ و با تصاویر دل‌پذیر در

---

[1] Lorimer, Persian Tales, London, 1919

[2] A. Christensen, Contes Persanes, en Langue Populaire, Kobenhaven, 1918

[3] H.Masee, Contes en Persan Populaire, Paris, 1925

دسترس آنها میگذارند که با روحیهی بچه توافق کامل دارد و نویسندگان بزرگی از جمله‌اندرسن (Andersen) دانمارکی به همین شیوه حکایات دنیاپسندی به‌وجود آورده‌اند، بلکه ممکن است موضوع آثار هنری و ادبی فوق‌العاده زیبا قرار بگیرد. مثلاً فیلم مشهور «سیمین بر» (Blanche Neige) که یکی از شاهکارهای بی‌مانند هنری این عصر به‌شمار می‌رود، از یک قصه‌ی عامیانه گرفته شده است؛ و نابغه‌ی بزرگی مانند والت دیسنی (Walt Disney) که با دست جادویی خود به هر چیزی اشاره می‌کند جان می‌بخشد و معنی می‌دهد، از یک مشت رنگ‌ها، صداها و خطوط، دنیای جدیدی به وجود آورده و این اثر ابدی را از خود به یادگار گذاشته است.

موضوع و سبک متل‌ها بی‌اندازه متنوع و مانند موضوع و سبک ادبیات امروزه‌ی دنیا می‌باشد. در این قصه‌ها موضوع: کمیک، دراماتیک، تفریحی و غیره وجود دارد. بعضی مربوط به اتفاقات روزانه یا ناشی از کنایه‌ی فلسفی است. دخالت جانوران و اشیاء، همچنین موضوع خارق‌العاده از جمله دخالت موجودات خیالی مانند، جن و پری و دیو یا عملیات جادوگری در آن‌ها مشاهده می‌شود. یعنی مادر و سرچشمه‌ی رومان و نوول‌های جدید و براساس حس ابدی افسانه‌پرستی (Mythomanie) بشر قرار گرفته است.

مانند ترانه‌های عامیانه مصنف،متل‌ها مجهول، با زبان ساده، لطیف، و زنده‌ای ساخته شده و به توسط عوام سینه به سینه انتقال یافته است. عین قصه‌های فارسی اغلب به زبان‌های اروپایی نیز وجود دارد. برای جمع‌آوری آن‌ها نیز باید به مردمان قدیمی و بی‌سواد مراجعه کرد و الفاظ و کلمات آن‌ها را بدون کوچک‌ترین دخل و تصرف، ضبط نمود؛ و البته از هر متل فارسی باید چند نسخه‌ی مختلف، به‌دست‌آورد تا بتوان راجع به متن اصلی آن قضاوت کرد.

اینک به طور نمونه دو قصه‌ی فارسی نقل می‌شود:

آقا موشه

یکی بود یکی نبود، غیر از خدا هیشکی نبود!

یه موش بود، تو سوراخ نمی‌رفت، جارو به دنبش بست؛ اومد بره تو سولاخش، دنبش ور اومد.

موش رفت پیش دولدوز گفت: «دولدوز، دنب منو درز وادرز ده.»

دولدوز گفت: «از جولا نخ بسون بیار، تا من دنب تو درز وادرز دم.»

موشه رفت پیش جولا گفت: «جولا نخی ده، نخی دولدوز ده، دولدوز دنب من درز وادرز ده.»

جولا گفت: «یه تخم مرغ واسه‌ی من بیار تا بهت نخ بدم.»

موشه رفت پیش مرغه گفت: «برو از علاف ارزن بسون بیار، تا بهت تخم بدم. تو تو تخی ده، تخی جو لا ده، جولا نخی ده، نخی دولدوز ده، دولدوز دنب منو درز وادرز ده.»

موشه رفت پیش علاف،گفت: «علاف ارزن ده، ارزن تو تو تخی ده، تخی جو لا ده، جولا نخی ده، نخی دولدوز ده، دولدوز دنب منو درز وادرز ده.»

علافه گفت: «برو از کولی غربیل بگیر بیار تا بهت ارزن بدم.»

موشه رفت پیش کولی گفت: «کولی غربیل ده، غربیل علاف، ده، علاف، ارزن ده، ارزن تو تو تخی ده، تخی جو لا ده، جولا نخی ده، نخی دولدوز ده، دولدوز دنب منو درز وادرز ده.»

کولی گفت: «برو از بزی روده بگیر بیار، تا برات غربیل ببافم.»

موشه رفت پهلوی بزی گفت: «بزی روده ده، روده کولی ده، «کولی غربیل ده، غربیل علاف، ده، علاف، ارزن ده، ارزن تو تو تخی ده، تخی جو لا ده، جولا نخی ده، نخی دولدوز ده، دولدوز دنب منو درز وادرز ده.»

بزی گفت: «برو از زمین علف، بگیر من بخورم، ان وخت سرم را ببر، روده‌هام را دربیار بده به کولی.»

موشه رفت پهلوی زمین گفت: «زمین علف، ده، علف، بزی ده، بزی روده ده، روده کولی ده، کولی غربیل ده، غربیل علاف، ده، علاف، ارزن ده، ارزن تو تو تخی ده، تخی جو لا ده، جولا نخی ده، نخی دولدوز ده، دولدوز دنب منو درز وادرز ده.»

زمین گفت: «برو آب از میراب بگیر به من بده تا علفت بدم.»

موشه رفت سر جوب دید قورباغه تو آب بالا و پایین می‌ره، به گمون این‌که قورباغه میرابه گفت: میراب آبی ده، آبی زمین ده، زمین علف، ده، علف، بزی ده، بزی روده ده، روده کولی ده، کولی غربیل ده، غربیل علاف، ده، علاف، ارزن ده، ارزن تو تو تخی ده، تخی جو لا ده، جولا نخی ده، نخی دولدوز ده، دولدوز دنب منو درز وادرز ده.»

قورباغه جوابی نداد، هی غور کرد رفت بالا، رفت پایین. موشه اوقاتش تلخ شد، جست زد رو قورباغه، آب بردش.

قصه‌ی ما به سر رسید کلاغه به خونه‌اش نرسید.

شنگول و منگول

یکی بود یکی نبود، غیر از خدا هیچ کس نبود!

یه بزی بود سه تا بچه داشت، یکی: شنگول، یکی: منگول، یکی هم: حبه انگور.

روزی از روزها، بزه به بچه هاش گفت: «من می‌رم برای شما علف، بیارم، مبادا شیطونی بکنین؛ اگر گرگه اومد در زد، در را رویش را باز نکنین، اگه گفت: من مادر شمام، بگین دستت را از لای درز در تو بکن. اگه دیدین دستش سیاه است در را باز نکنین، اما اگه قرمز بود می‌فهمین که مادرتون برگشته.»

نگو که گرگه گوش وایساده بود؛ هم‌چین که بزه رفت، دستش را با حنا رنگ کرد، اومد در زد، بچه‌ها پرسیدند: « کیبه؟»

گرگه گفت: «در را واز کنین واسه‌ی شما علف آوردم.»

بچه‌ها گفتند: «دستت را به ما نشون بده.» گرگه دستش را از لای درز در تو کرد. همین که دیدند قرمز است، در را به رویش باز کردند.گرگه هم پرید شنگول ومنگول را جلو کرد برد، اما حبه انگور دوید قایم شد.

بزه که برگشت، دید در باز است و هیچ‌کس خانه نیست. بچه‌هایش را صدا زد، حبه‌ی انگور که صدای مادرش را شنید، از آن‌جایی که قایم شده بود بیرون اومد و برای مادرش نقل کرد که چه‌طور گرگه برادرهاش را ور داشت و برد. بزه گریه کرد و با خودش گفت: «پدر گرگه را در می‌آرم!» اومد رفت بالای پشت بام خانه‌ی گرگه، دید که آش بار کرده. با سمش خاک تو آش گرگه پاچید. گرگه فریاد زد:

«این کیه تاپ و تاپ می‌کنه؟ آش منو پر از خاک می‌کنه؟»

بزه جواب داد:

«منم منم بزک زنگوله پا — ور می‌جم دو پا دو پا
دو سم دارم به زمین — دو شاخ دارم به هوا
کی برده شنگول من؟ — کی برده منگول من؟
کی می‌یاد به جنگ من؟»

گرگه گفت:

«من بردم شنگول‌تو — من بردم منگول تو

من می‌یام به جنگ تو.»

بزه رفت یک انبانه گیر آورد، پر کرد از شیر و سرشیر و ماست و کره و برد پیش چاقو تیزکن و گفت: «بیا شاخ‌های منو تیز کن.»

گرگه رفت یک انبانه ورداشت و باد کرد تا پر شد، و برد پیش دلاک و گفت: «اینو بگیر، دندون‌های منو تیز کن.» دلاکه در انبانه را که باز کرد بادش در رفت. به روی خودش نیاورد، پیش خودش گفت: «بلایی به سرت بیارم که توی داستون‌ها بنویسن.»

گاز انبر را ورداشت، همه دندون‌های گرگه را از ریشه بیرون آورد و جایش دندون‌های چوبی گذاشت.

بعد بزه اومد و با هم رفتند تا جنگ بکنند.رفتند کنار یک جوب آبی، بزه گفت: «بیا اول آب بخوریم.» خودش پوزه‌اش را توی آب فرو برد اما نخورد.گرگه تا تونست آب خورد، شکمش باد کرد و سنگین شد.

بزه گفت: «حالا من برای جنگ حاضرم.» رفت عقب و اومد جلو، شاخ‌هایش را زد به شکم گرگه. همین که گرگه خواست پشت بزه را گاز بگیرد، همه‌ی دندون‌هایش که چوبی بود ریخت و شکمش را بزه پاره کرد و کشتش.

بعد رفت شنگول و منگول را از خانه‌ی گرگه در آورد و برد خانه‌شان پیش حبه‌ی انگور.

بالا اومدیم ماست بود پایین رفتیم دوغ بود
قصه‌ی ما دروغ بود!
بالا رفتیم دوغ بود پایین اومدیم ماست بود
قصه‌ی ما راست بود!

آبان ماه ۱۳۱۸

لچک کوچولوی قرمز

یکی بود یکی نبود،یک دختربچه‌ی دهاتی بود مثل یک دسته‌ی گل که عزیزدردانه‌ی ننه‌اش بود و مادر بزرگش از تخم چشمش او را بیشترُ دوست داشت و برای او یک لچک قرمز درست کرد که روی خوشگلیش افتاد. و همه‌ی مردم ده او را «لچک قرمز» اسم دادند.

یک روز ننه‌اش نان شیرمال پخت به او گفت:

«برو احوال ننه جونت را بپرس، به من گفته که ناخوش است. این نان شیرمال و این کوزه‌ی روغن را هم برایش ببر.»

لچک کوچولوی قرمز هم رفت تا مادربزرگش را ببیند که خانه‌اش در ده دیگر بود. همین که خواست از جنگل بگذرد برخورد به بابا گرگه که خیلی دلش می‌خواست او را بخورد، ولی چون چند نفر هیزم‌شکن آن‌جا بودند ترسید. گرگه از او پرسید: «کجا می‌روی؟» بچه که نمی‌دانست نباید وایستاد و به حرف،گرگه گوش داد به او گفت:

«می‌روم ننه‌جونم را ببینم، یک نان شیرمال و یک کوزه‌ی روغن که مادرم برایش فرستاده به او بدهم.»

گرگ گفت: «آیا خانه‌اش خیلی دور است.»

لچک کوچولوی قرمزگفت: «آره، خیلی دور است، آن ور آسیاست که می‌بینی، آن‌جا اولین خانه‌ی ده.»

گرگه گفت: «خیلی خوب، من هم می‌خواهم بروم او را ببینم. من از این راه می‌روم و تو از آن راه.ببینم کدام یکی‌مان زودتر می‌رسیم.»

گرگه از راهی که نزدیک‌تر بود با شتاب هرچه بیشتر روانه شد و دخترک از راه دورتررفت، سر راهش فندق می‌چید، دنبال پروانه‌ها می‌دوید و از گل‌هایی که در سر راهش بود دسته‌گل درست می‌کرد. گرگه رفت در خانه‌ی مادر بزرگ و در زد.تق، تق.

«کیه؟»

گرگه صدایش را نازک کزد و گفت: «دخترت، لچک کوچولوی قرمز هستم که یک نان شیرمال و یک کوزه‌ی روغن که مادرم داده برایت آوردم.»

ننه بزرگ سرش درد می‌کرد و توی رختخواب خوابیده بود فریاد زد:

«چفت در را بکش کلون می‌افتد.»

گرگه چفت را کشید در باز شد، پرید به جان مادر بزرگ که یک لقمه‌اش کرد، چون سه روز بود که چیزی گیرش نیامد بود.

بعد در رابست و رفت توی رختخواب ننه بزرگ در انتظار لچک کوچولوی قرمز خوابید. دختر کمی پس ازآن رسیده در زد.تق، تق.

«کیه؟»

لچک کوچولوی قرمز که صدای گرفته‌ی گرگ را شنید اول ترسید. اما گمان کرد که مادربزرگش چایمون کرده جواب داد:

«دخترت لچک کوچولوی قرمز یک نان شیرمال و یک کوزه‌ی روغن که مادرش داده برایت می‌آورد.»

گرگه صدایش را نازک کرد و گفت:

«چفت در را بکش کلون می‌افتد.»

لچک کوچولوی قرمز چفت در را کشید در باز شد. گرگه همین که دید دارد می‌آید خودش را زیر لحاف، پنهان کرد و گفت:

«نان شیرمال و یک کوزه را روی رف بگذار، بیا پهلویم بخواب.»

لچک کوچولوی قرمز که لحاف، را پس زد از هیکل مادربزرگش ترسید و گفت:

«ننه‌جون، چه دست‌های درازی داری!»

«بچه‌جون، برای این‌که بهتر بغلت بگیرم.»

«ننه‌جون بزرگه، چه ساق‌های درازی داری!»

«برای این‌که بهتر بدوم.»

« ننه‌جون بزرگه، چه گوش‌های گنده‌ای داری!»

« برای این‌که حرفت را بهتر بشنوم.»

«ننه‌جون، چه چشم‌های درشتی داری!»

«برای این‌که بهتر ترا ببینم.»

« ننه‌جون، چه دندان‌های تیزی داری!»

«بچه‌جون، برای این که بهتر ترا بخورم.»

همین که این را گفت گرگه پرید و لچک کوچولوی قرمز را خورد.

اردیبهشت ماه ۱۳۱۹

سنگ صبور[1]

یکی بود یکی نبود غیر از خدا هیچ کس نبود، هر چه رفتیم را بود، هر چه کندیم چاه بود، کلیدش دست سید جبار بود.

یک مردی بود یک زن داشت با یک دختر.این دختره را روزها می‌فرستاد به مکتب پیش ملا باجی. هر روز که می‌رفت مکتب، سر راه صدایی به گوشش می‌آمد که: «نصیب مرده فاطمه!»

اسم این دختره فاطمه بود. تعجب می‌کرد، با خوش می‌گفت: «خدایا خداوندا، این صدا مال کیه؟»چیزی به عقلش نمی‌رسید، ترسش می‌گرفت. یک روز آمد به مادرش گفت: «ننه‌جون هر روز که از کوچه رد می‌شم، یک صدایی بگوشم می‌آید که: «نصیب مرده فاطمه!» آن‌وقت پدر و مادرش گفتند که: «ما می‌گذاریم از این شهر می‌رویم.» هرچه اسباب زندگی و خرت‌وخورت داشتند فروختند و راهشان را کشیدند رفتند.

رفتند و رفتند تا به یک بیابانی رسیدند که نه آب بود نه آبادانی نه گلبانگ مسلمانی. این‌ها تشنه‌شان شده بود، گشنه‌شان شده بود، هر چه نان و آب داشتند همه تمام شده بود. در آن نزدیکی دیوار یک باغ بزرگی دیدند که یک در هم داشت. گفتند: «ما می‌رویم این‌جا در می‌زنیم، یکی می‌آد آبی چیزی بهمون می‌ده.»

فاطمه رفت در زد، فوراً در واز شد، تا رفت تو ببیند کسی هست یا نه، یک مرتبه در بسته شد و در هم غیب شد، انگاری که اصلاً در نداشت. مادرش پدرش آن‌ور دیوار ماندند و دختره توی باغ ماند. مادر پدرش گریه و زاری کردند، دیدند فایده ندارد، گفتند: «این‌جا حالا شب می‌شه گاس باشه حیوانی، جک و جانوری بیاد، چرا بمانیم؟ تا تاریک نشده می‌رویم به یک آبادی برسیم.» با خودشان گفتند: «این‌که می‌گفت: نصیب مرده فاطمه، شاید همین قسمت بوده!»

---

[1] ظاهراً معلوم نیست «سنگ صبور» مربوط به کدام اعتقاد عوام است. مترجم انگلیسی «قصه‌های فارسی» اشتباهاً «سنگ سمور» ترجمه کرده، در کتاب «ویس و رامین» (ص ۲۵۸ چاپ تهران) گویا اشاره به همین داستان شده است و می‌گوید:

بنالم تاز پیشم بترکد سنگ   بگریم تا شود برف ارغوان رنگ.

دختره آن طرف دیوار گریه و زاری کرد، بیش‌تر گشنه‌اش شد و تشنه‌اش شد، گفت: «بروم ببینم یک چیزی پیدا می‌شه بخورم.» رفت مشغول گشت و گذار شد، دید یک باغ درندشتی بود با عمارت و دم و دستگاه. رفت توی این اطاق، آن اطاق، هر جا سر کرد دید هیچ‌کس آن‌جا نیست. بالاخره، از میوه‌های باغ یک چیزی کند و خورد، بعد رفت گرفت خوابید. فردا صبح زود، بیدار شد و باز رفت این ور و آن ور را سرکشی کرد، دید توی اطاق‌ها فرش‌های قیمتی، زال و زندگی، همه چیز بود. دید یک حمام هم آن‌جاست، رفت توی حمام سر و تنش را شست. تا ظهری کارش گردش بود، هیچ‌کس را ندید. هر چه صدا زد،کسی جوابش را نداد. باز رفت توی اطاق‌ها سر کرد، هفتا اطاق تو در تو را گشت. دید تویش پر از خوراک‌های خوب، جواهر و همه چیز آن‌جا بود. آن‌وقت شو به اطاق هفتمی که رسید، درش را باز کرد، رفت تو اطاق دید یک نفر روی تخت خوابی خوابیده. نزدیک رفت، پارچه روی صورتش را پس زد، دید یک جوان خوشگلی مثل پنجه‌ی آفتاب آن‌جا خوابیده. نگاه کرد، دید روی شکمش مثل این که بخیه زده باشند سوزن زده بودند.

یک تیکه کاغذ دعا روی رف، بالای سرش بود، ورداشت دید نوشته: «هر کس چهل شب و چهل روز بالای سر این جوان بماند، روزی یک بادام بخورد و یک انگشتدانه آب بخورد؛ این دعا را بخواند به او فوت بکند، و روزی یک دانه از این سوزن‌ها را بیرون بکشد، آن وقت روز چهلم جوان عطسه می‌کند و بیدار می‌شود.»

دختره، دعا را خواند و یک سوزن از شکمش بیرون آورد. چه دردسرتان بدهم، سی‌وپنج روز تمام کار این دختر همین بود که روزی یک بادام بخورد و یک انگشتدانه هم آب بخورد و دعا را بخواند به اون جوان فوت بکند، و یک دانه از سوزن از شکمش بیرون بیاورد. اما از بس بی‌خوابی کشیده بود و گشنگی خورده بود، دیگر رمق برایش نمانده بود؛ همین‌طور از خودش می‌پرسید: «خدایا خداوندگارا، چه بکنم؟ کسی نیست به من کمک بکند!»

از تنهایی داشت دلش می‌ترکید.

یک مرتبه شنید از پشت دیوار باغ صدای ساز و نی‌لبک بلند شد. رفت پشت بام، دید یک دسته کولی آمده‌اند اون‌جا پشت دیوار بار انداخته‌اند؛ می‌زدند و می‌کوبیدند و

می‌رقصیدند. دختر صدا کرد: «ای باجی، ای ننه، ای بابا، شما را به خدا یکی از این دخترهای‌تان را به من بدهید، من از تنهایی دق می‌کنم، هرچه بخواهید بهتان می‌دهم.» سرکرده‌ی کولی‌ها گفت: «چه از این بهتر، بهتان می‌دهم، اما از کجا بفرستیم راه نداریم.» دختره رفت، یک طناب برداشت با صد تومان پول و جواهر و لباس و این‌ها را آورد روی پشت‌بام و انداخت پایین برای کولی‌ها. اون‌ها هم سر طناب را بستند به کمر دختر کولی، فاطمه کشیدش بالا.

دختره که اومد بالا، فاطمه داد لباس‌هایش را عوض کرد، رفت حمام، غذاهای خوب بهش داد و گفت: « تو مونس من باش که من تنها هستم.» بعد سرگذشت خودش را برای دختر کولیه نقل کرد، اما از جوانی که توی اطاق هفتمی خوابیده بود چیزی نگفت. خود دختره باز می‌رفت تو اطاق در را می‌بست، دعا می‌خواند به جوانه فوت می‌کرد، یک سوزن از روی شکمش بیرون می‌کشید. این دختر کولیه از بس که حرامزاده بود، می‌دید این دختره می‌رود توی اطاق در را روی خودش چفت می‌کند ویک کارهایی می‌کند، شستش خبردار شد، آن‌جا یک چیزی هست که دختره از اون پنهان می‌کند. یک روزسیاهی به سیاهی این دختره رفت، از لای چفت در دید که فاطمه یک دعاهایی را بلند بلند می‌خواند و مثل این‌که یک کارهایی کرد. دو سه روز دیگر هم رفت گوش وایساد تا این دعا را از بر کرد.

روز سی و نهم که فاطمه هنوز خواب بود، صبح زود، دختر کولیه بلند شد رفت در اطاق را باز کرد، رفت تو، دید یک جوانی مثل پنجه‌ی آفتاب آن‌جاروی تخت خوابیده. دختر دعا را که از بر بود خواند دید یک سوزن روی شکمش است، آن را بیرون کشید. فوراً تا کشید جوانه عطسه کرد، بلند شد نشست وگفت: « تو کجا؟ این‌جا کجا؟ آیا حوری، جنی، پری هستی یا دختر آدمی‌زادی؟» دختر کولیه گفت: «من دختر آدمی‌زاد هستم.» جوان پرسید: «چه‌طور این‌جا آمدی؟ »

دختر کولیه تمام سرگذشت فاطمه را از اول تا آخر به اسم خودش برای او نقل می‌کند و خودش را به اسم فاطمه جا زد و فاطمه که خوابیده بود گفت کنیز من است.

جوان گفت: «خیلی خوب، حالا می‌خواهی زن من بشوی؟» دختره گفت: «البته که می‌خواهم، چه از این بهتر.»

آن‌ها مشغول صحبت و ماچ و بوسه بودند، فاطمه بیدار شد دید که هر چه ریشته بود پنبه شده، آه از نهادش برآمد. دست‌هایش را طرف آسمان برد گفت: «خدایا خداوندگارا، تو به سر شاهدی! همه‌ی زحمت‌هایی که کشیدم همین بود؟ پس آن صدایی که می‌گفت: نصیب مرده فاطمه، همین بود؟» بعد بی‌آن‌که «آره» بگوید یا «نه» کلفت دختر کولیه شد، و دختر کولیه شد خانم و خاتون و فاطمه را فرستاد توی آشپزخانه.

جوانه فرمان داد هفت شبانه روز شهر را آیین بستند و دختر کولیه را گرفت. فاطمه هیچ چیز نمی‌گفت، کلفتی خانه را می‌کرد.تا این‌که زد و جوانه خواست برود سفر، وقتی خواست حرکت کند، به زنش گفت: «دلت چه می‌خواهد تا برایت سوغاتی بیاورم؟» دختر کولیه گفت: برای من یک دست لباس اطلس زری شاخه بیار». بعد برگشت به فاطمه گفت: «تو چی می‌خواهی که برایت سوغاتی بیاورم؟»

فاطمه گفت: «آقاجون من چیزی نمی‌خواهم، جان‌تان سلامت باشد.» جوانه اصرار کرد، اونم گفت: «پس واسه من یک سنگ صبور و یک عروسک چینی بیاورید.»

جوانه شش ماه سفرش طول کشید. دختر کولیه هم هی فاطمه را کتک می‌زد و می‌چزاندش و این هم همه‌اش گریه می‌کرد.

جوانه از سفر برگشت و همه سوغاتی‌های زنش را خریده بود، اما سنگ صبور را یادش رفته بود. نگو تو بیابان که می‌آمد پایش خورد به یک سنگی، فوراً یادش افتاد که دختر کلفته ازش سنگ صبور خواسته بود.با خودش گفت: «خوب، این دختره گفته بود، برایش نبرم بد است». برگشت، رفت توی بازار، پرسان‌پرسان، یک نفر دکان‌دار را پیدا کرد که گفت: «من یکی برایتان پیدا می‌کنم.» فرداش که برگشت آن را بخرد، دکان‌دار ازش پرسید: «کی از شما سنگ صبور خواسته؟» جوان گفت: «تو خانه‌مان یک کلفت داریم از من سنگ صبور و عروسک چینی خواسته.»

دکان دار گفت: «شما اشتباه می‌کنین، این دختر کلفت نیست.»

جوانه گفت: «حواست پرت است، من می‌گویم که کلفت است.»

دکان دار گفت: «ممکن نیست، خیلی خوب حالا این را می‌خری یا نه؟»
جوانه گفت: «بله.»
دکان‌دار گفت: «هرکس سنگ صبور می‌خواد، معلوم می‌شه که درددل داره، حالا که برگشتی سنگ صبور را به دختر کلفت دادی همان شب، وقتی که کارهای خانه را تمام کرد، می‌رود کنج دنجی می‌نشیند و همه‌ی سرگذشت خودش را برای سنگ نقل می‌کند؛ بعد از آن که همه‌ی بدبختی‌های خودش را نقل کرد می‌گوید:

«سنگ صبور، سنگ صبور
تو صبوری، من صبورم
یا تو به‌ترک، یا من می‌ترکم.»

آن‌وقت، باید بروی تو اطاق کمر او را محکم بگیری، اگر این کار را نکنی او می‌ترکد و می‌میرد.»
چه درد سرتان بدهم، جوان همان کاری را که او گفته بود کرد و سنگ و عروسک چینی را به دختر کلفته داد. همین‌که کارهایش تمام شد، رفت آشپزخانه را آب و جارو کرد، یک شمع روشن کرد کنج آشپزخانه گذاشت، سنگ صبور و عروسک چینی را هم جلو خودش گذاشت و همه‌ی بدبختی‌های خودش را از اول که چه‌طور سر راه مکتب صدای بغل گوشش می‌گفت :«نصیب مرده فاطمه!» بعد فرارشان، بعد بی‌خوابی و زحمت‌هایی که کشید، بعد کلفتی و زجرهایی که تا حالا کشیده بود، همه را برای آن‌ها نقل کرد.آن‌وقت گفت:

«سنگ صبور، سنگ صبور
تو صبوری، من صبورم
یا تو به‌ترک، یا من می‌ترکم.»

همین که این را گفت، فوری جوان در را باز کرد، رفت محکم کمر فاطمه را گرفت، به سنگ صبور گفت: «تو به‌ترک.» سنگ صبور ترکید و یک چکه خون ازش بیرون جست. دختره غش کرد، جوان او را بغل زد و نوازش کرد و ماچ و بوسه کرد، برد تو اطاق خودش خوابانید.

فردا صبح فرمان داد گیس دختر کولی را به دمب قاطر بستند و هی کردند میان صحرا، بعد هفت شبان و روز شهر را چراغانی کردند و آیین بستند و فاطمه را عروسی کرد و به خوشی و شادی با هم مشغول زندگی شدند.

همان طوری که آنها به مرادشان رسیدند، شما هم به مراد خودتان برسید!

قصه‌ی ما به‌سر رسید   کلاغه به خونه‌اش نرسید

مهرماه ۱۳۲۰

فلکلر یا فرهنگ توده

فلکلر یا فرهنگ توده[1]

(نمونه‌ها و دستور جمع‌آوری و تدوین آن)

نخستین بار آمبرواز مورتن Ambroise Morton در ۱۸۸۵ میلادی آثار باستان و ادبیات توده را Folklore نامید، یعنی دانش عوام. در آلمان و هلند وکشورهای اسکاندیناو لغت Volkskunde معادل آن را پذیرفتند، اما در کشورهای لاتینی زبان ابتدا مقاومت بیشتری نشان دادند و پس از کش‌مکش‌ها و وضع لغات دیگر، بالاخره، به این نتیجه رسیدند که فُلکُلر جامع‌ترین لغتی است که شامل تمام دانش عوام می‌شود و مشتقات این لغت را نیز وارد زبان خود کردند.

به‌موجب تعریف سن تیو (Saint Yves) فلکر به مطالعه‌ی زندگی توده‌ی عوام در کشورهای متمدن می‌پردازد؛ زیرا در مقابل ادبیات توده، فرهنگ رسمی و استادانه وجود دارد، به این معنی که مواد فلکلر در نزد مللی یافت می‌شود که دارای دو پرورش باشند: یکی مربوط به طبقه تحصیل کرده و دیگری مربوط به طبقه عوام، مثلاً در هندوچین فلکلر وجود دارد اما نزد قبایل وحشی استرالیا که نوشته و کتاب ندارند فلکلر یافت نمی‌شود؛ زیراکه همه‌ی امور زندگی این قبایل مربوط به علم نژادشناسی است.

نژادشناسی نه تنها وضع سیاسی و مذهبی و عادات و اخلاق آن‌ها را ضبط می‌کند، بلکه مثل‌ها، ترانه‌ها، قصه‌ها و افسانه‌های آن‌ها را نیز جمع‌آوری می‌نماید. فلکلر نزد قبایل بدوی وجود ندارد، چنان‌که در ملتی که همه‌ی افراد آن دارای پرورش عالی

---

[1] این مقاله نخستین بار در شماره‌ی سوم تا ششم سال دوم مجله‌ی «سخن»، اسفند ماه ۱۳۲۳ تا خرداد ۱۳۲٤ به چاپ رسید. هدایت بعدها یادداشت‌هایی در حاشیه صفحات این مقاله می‌افزاید تا در چاپ‌های بعدی از آن‌ها استفاده کند، اما این فرصت پیش نمی‌آید و چون محل این یادداشت‌ها دقیقاً مشخص نیست لذا نمی‌توان آن‌ها را در متن مقاله منظور کرد. این یادداشت‌ها به طور مستقل در مقدمه‌ی «نوشته‌های پراکنده» که توسط حسن قائمیان تدوین شده، منتشر شده است.

معنوی بوده و از اعتقاد به اوهام و خرافات برکنار باشند نیز یافت نخواهد شد. ولی چنین ملتی تاکنون وجود ندارد. بهطور اجمال فلکلر آشنایی به پرورش معنوی اکثریت است در مقابل پرورش مردمان تحصیل کرده در میان یک ملت متمدن. امروزه فلکلر توسعه‌ی شگفت‌آوری به هم رسانیده، ابتدا محققین فلکلر فقط ادبیات توده مانند: قصه‌ها، افسانه‌ها، آوازها، مثل‌ها، معماها، متلک‌ها و غیره را جستجو می‌کردند.کم کم تمام سنت‌هایی که افواهاً آموخته می‌شود و آنچه مردمان در زندگی خارج از دبستان فرا می‌گیرند جزو آن گردید. چندی بعد جستجوکنندگان اعتقادات و اوهام، پیشگویی راجع به وقت، نجوم، تاریخ طبیعی، طب و آنچه دانش توده نامیده می‌شد مانند گاهنامه، سنگ‌شناسی، گیاه‌شناسی، جانورشناسی و داروهایی را که عوام به‌کار می‌بردند به این علم افزودند. سپس اعتقادات و رسومی که وابسته به هریک از مراحل گوناگون زندگی مانند تولد، بچگی، جوانی، زناشویی، پیری، مراسم سوگواری، جشن‌های ملی و مذهبی و عاداتی که مربوط به زندگی عمومی می‌شود از جمله تمام پیشه‌ها و فنون توده، جزو این علم به‌شمار آمد، زیرا هر پیشه‌ای ترانه‌ها و اوهام و اعتقادات مربوط دارد، مثلاً فلکلر شکار یا ماهیگیری جداست و هر شغلی ممکن است نزد محقق این فن بایگانی علیحده داشته باشد، همچنین کتاب‌هایی که از دست توده‌ی مردم بیرون آمد همانند: بهرام و گلندام، خاله سوسکه، عاق والدین و غیره را باید جمع‌آوری و مطابق تاریخ طبقه‌بندی شود. هنر و ادبیات توده به منزله‌ی مصالح اولیه‌ی بهترین شاهکارهای بشر به‌شمار می‌آید. به خصوص ادبیات و هنرهای زیبا و فلسفه و ادیان مستقیماً از این سرچشمه سیراب شده و هنوز هم می‌شوند. این سرچشمه‌ی افکار توده که نسل‌های پیاپی همه‌ی اندیشه‌های گرانبها و عواطف و نتایج فکر و ذوق و آزمایش خود را در آن ریخته‌اند گنجینه‌ی زوال‌ناپذیری است که شالوده‌ی آثار معنوی و کاخ باشکوه زیبایی‌های بشریت به‌شمار می‌آید.

ترانه‌های عامیانه و آوازها و افسانه‌ها نماینده‌ی روح هنری ملت می‌باشند وفقط از مردمان گمنام بی‌سواد به‌دست می‌آید. این‌ها صدای درونی هر ملتی است و در ضمن سرچشمه‌ی الهامات بشر و مادر ادبیات و هنرهای زیبا محسوب می‌شود. به

همین مناسبت امروزه در کشورهای متمدن اهمیت خاصی برای فلکلر قائل می‌باشند. شاید ایرانی تحصیل کرده به زندگی اجتماعی اروپاییان بیش از وطن خود آشنا باشد. دراین‌حال چگونه می‌تواند اظهار وطن‌پرستی بکند؟ و حال آن‌که از رموز زبان، ترانه‌ها، قصه‌ها، اعتقادات، اندوه و شادی و به‌طور خلاصه از زندگی مادی و معنوی هم‌میهنان خود آگاه نیست و نمی‌تواند با آن‌ها همدردی داشته باشد و یا دردهای آنان را چاره بکند.

کم کم در همه‌جا تاریخ تمدن جانشین تاریخ رسمی سیاسی و جنگی شده است و در هر دوره شمه‌ای از وضع علوم و هنرهای زیبا و ادبیات را می‌نگارند. اکنون موقع آن رسیده است که تاریخ شامل عادات و رسوم زندگی توده به انضمام ترانه‌ها و اوهام و افسانه‌های هر دوره‌ای باشد. باید تآثر ملت را در هر زمان تعیین کرد تا مقاومت توده در مقابل کش‌مکش‌ها و شرکت او را در بهبود وضع عمومی آشکار گردد. به‌طور خلاصه باید گروه نیاکان گمنام هر ملتی با اندوه و شادی وبدبختی‌ها و سستی‌ها و کوشش‌ها و فداکاری‌هایش جلو او مجسم بشود.

قسمت عمده‌ی زندگی روزانه‌ی ما از عاداتی که به‌ارث برده‌ایم تشکیل یافته و سرچشمه‌ی آن‌ها ملی نیست بلکه بشری می‌باشد؛ زیرا تظاهرات گوناگون زندگی توده حاکی از عمومیت و قدمت است. این عادات هر جا که بشر هست خودنمایی می‌کند و می‌توان حدس زد که تمام آن‌ها از ابتدای بشریت آغاز می‌شود و یا لااقل مربوط به دوره‌های بسیار باستانی است. افزارهای یکسان که در مناطق گوناگون پیدا شده نه تنها دلیل ارتباط اقوام است بلکه مؤید این نظر می‌شود که همه‌ی آن‌ها از افزارهای ماقبل تاریخ منشعب شده است. عادات و رسوم نیز از همین قرار است. خوش‌آمد گفتن به کسی که عطسه می‌کند در همه‌ی سرزمین‌ها و بین همه‌ی قبایل مرسوم می‌باشد.

آتش کردن به وسیله‌ی سایش چوب در سرتاسر زمین معمول بوده. ادبیات توده چه از حیث موضوع قصه‌ها وترانه‌ها و چه از جنبه‌های دیگر عمومیت زندگی توده را می‌رساند. اغلب کشورهای دور از هم که به‌هیچ‌وجه وسیله‌ی ارتباط بین افراد آن وجود نداشته، اشعار عامیانه‌ای هست که از حیث مضمون و آهنگ همانند می‌باشند.

اسنادی در دست هست که آدم عصر حجر می‌رقصیده. آیا می‌توانیم مدعی بشویم که شب‌ها در کنار آتش قصه نمی‌گفته یا آواز نمی‌خوانده است؟

از مقایسه‌ی تمام قصه‌های ملل گوناگون که در سرتا سر زادبوم نژاد هند و اروپایی و همچنین میان نژادهای سرخ و سیاه رواج دارد چنین برمی آید که بسیاری از آن‌ها با جزیی تغییر در همه‌جا یافت می‌شود. چوپان اسکاتلند، ماهیگیر جزیره‌ی سیسیل، دایه ژاپنی، موجیک روسی، برزگر هندی و شتر چران بربر که همه‌ی آن‌ها بی‌سواد و نادان هستند و هرگز راجع به یکدیگر چیزی نشنیده‌اند و یک وجهه‌ی مشترک دارند و آن عبارت از قصه‌های عجیب و یا خنده‌آوری است که گاهی ساختمان ظاهری آن‌ها فرق می‌کند ولی موضوع آن‌ها همه‌جا یکی است. مثلاً قصه‌ی «ماه پیشانی» ایرانی با جزیی تغییر نزد فرانسوی‌ها،آلمانی‌ها وایرلندی‌ها وجود دارد و از حیث موضوع با قصه‌ی نروژی نزدیک‌تر می‌باشد. این اختلاف کوچک در مضمون یک قصه که از نواحی مختلف یک کشور جمع‌آوری شود نیز مشاهده می‌گردد، به همین مناسبت چنین تصور کرده‌اند که ترکیب اولیه‌ی ترانه‌ها و قصه‌ها و اعتقادات بشر به زمانی می‌رسد که خانواده‌های گوناگون این ملل با هم می‌زیسته هنوز از یکدیگر جدا نشده بوده‌اند.

آن‌چه درباره‌ی قصه‌ها گفته شد، درباره‌ی اعتقادات و رسوم دیگر صدق می‌کند. شالوده‌ی مشترک مذاهب اولیه و پرسش‌های توده به طور خلاصه از سه سرچشمه ناشی می‌شود: پرستش مردگان، پرستش طبیعت و موجودات آن، رسوم و جشن‌های موسمی که مربوط به پیوند بین انسان و طبیعت می‌شود، رابطه‌ی میان ستارگان و فصل‌ها که ازتأمل احوالات ملل گوناگون در طبیعت به دست آمده است. از این رو عادات و اعتقادات ما نه تنها از جانب پدر و یا کسانی که در سرزمین هم‌نژاد نیاکان می‌زیسته‌اند به ما رسیده بلکه از تمام نژادهای دیگر این عادات و اعتقادات را گرفته‌ایم. فلکلر دشمنی با بیگانگان را زایل می‌کند و همبستگی نژاد بشر را نشان می‌دهد؛ از این قرار اساس زندگی توده عمومیت دارد ولی مطلب مهم دیگر این است که این اساس مشترک به زمان‌های ماقبل تاریخ می‌رسد.

چنان که ملاحظه می‌شود فلکلر علم نوزادی است، ولی جمع‌آوری مصالح آن بسیار لغزنده و دشوار می‌باشد؛ زیرا این گنجینه فقط از محفوظات اشخاص بی‌سواد و عامی به دست می‌آید و وابسته به پشت‌کار و همتی است که اهالی تحصیل کرده‌ی یک ملت از خود نشان بدهند؛ زیرا هر گاه در جمع‌آوری مسامحه و غفلت بشود، بیم آن می‌رود که قسمت عمده‌ی فرهنگ توده‌ای فراموش گردد.

این جنبش در ایران پس از چاپ کتاب «نیرنگستان» ۱۳۱۲ آغاز شد و معلوم نیست به چه علت کتاب نام برده توقیف گردید[۱] ولی زمامداران وقت متوجه شدند که از این راه می‌توانند وسیله‌ی نمایشی فراهم بیاورند. اسم بکر «مردم‌شناسی» اختراع شد، موزه‌ای به این نام گشایش یافت که بر اشخاص بی‌سابقه پیدا نیست مقصود موزه‌ی Ethnographie یا Sociologie یا Anthropologie و یا اداره‌ی جاسوسی است. متأسفانه این تقلید هم مانند همه تقلیدهای بی‌اساسی که...[۲] انجام گرفت به صورت کاریکاتور وازده‌ای از آب درآمد. یعنی مقداری البسه و اشیاءِ فراهم شد و بدون رعایت اصول Museographie مرتب گردید؛ به‌طوری که تماشا کننده بی‌آن‌که رابطه‌ی این اشیاءِ و افزار اشخاصی که در زمان و مکان معینی آن را به کار می‌برده‌اند و یا می‌برند بتواند دریابد و یا دنباله‌ی تحولات مادی و معنی آنان را درک کند، مشتی اشیاءِ و افزار و جامه‌هایی را درهم و برهم در آن‌جا می‌بینند. از این گذشته موزه‌ی نام برده فاقد بسیاری از آلات و افزارکار و اسباب بازی و پیرایه و طلسم و غیره می‌باشد که جمع‌آوری آن‌ها کار بسیار آسان و با مخارج کم میسر

---

۱ کتاب «نیرنگستان» را نخست بار کتاب‌فروشی دانش چاپ کرد و بلافاصله توقیف شد. مجتبی مینوی گفته است که چون ناشر از پرداختن حق‌التحریر خودداری می‌کرده است هدایت، در اقدامی تلافی جویانه، نسخه‌ای از «نیرنگستان» را که چند جای آن زیر کلمات به قلم خودش خط های سرخ و آبی کشیده بوده، به مینوی می‌دهد تا او کتاب را نزد بررس و ناظر ممیزی وزارت فرهنگ ببرد و جاهایی را که خط کشیده است به آن‌ها نشان بدهد و بگوید که کلمات و مطالب دور از ادب و خلاف عرف در آن وجود دارد. آقای مینوی چنان می‌کند و کتاب، همان‌گونه که هدایت خواسته بود، توقیف می شود. پس از این ماجرا ناشر کتاب حقی را که می بایست به هدایت بدهد می پردازد، و بعد ازآن تلاش هدایت و ناشر برای آزاد کردن کتاب نتیجه نمی‌دهد.

۲ نقطه‌چین در متن اصلی است.

بوده است. بر عکس به معرض نمایش گذاشتن لباس سلاطین قاجاریه و یا لباس‌هایی که به موجب دستور زری آن جداگانه در ولایات خریداری و به تقلید لباس مردمان بومی دوخته شده بیشتر به درد موزه‌ی بالماسکه می‌خورد.

مقداری اسناد نیز گردآمده که به‌نظر می‌آید بیشتر از لحاظ رفع تکلیف جمع شده باشد و کاملاً فاقد ارزش علمی است. به این معنی که بخش‌نامه‌هایی به فرهنگ استان‌ها فرستاده‌اند و از رؤسای فرهنگ محل هر کدام جدیت بیشتری به خرج داده‌اند و به عنوان تکلیف در دبستان‌ها از شاگردان تقاضای قصه و افسانه کرده‌اند و به این ترتیب اسنادی جمع‌آوری شده است.ولی آن‌هایی که به علت سهل‌انگاری از این اقدام غفلت ورزیده‌اند حتی برای نمونه کوچک‌ترین اثری از فلکلر ناحیه‌ی خود نفرستاده. به‌طوری که بسیاری از جاها و حتی ازاستان‌های بزرگ هیچ سندی در دست نیست. گرچه این اسناد ارزش علمی ندارد یعنی اغلب بدون تاریخ است و نویسنده یا گوینده‌ی اصلی آن‌ها معلوم نیست و لغات محلی به طور دقیق ضبط نشده و نقص‌های دیگر... معهذا بعضی از آن‌ها قابل استفاده و برای مطالعات بعدی کمک گرانبهایی بوده است. بدبختانه در موزه بسیاری از این اسناد گوناگون را که روی کاغذهای بی‌قواره بوده یک نفر که البته آشنایی به تمام زبان‌های بومی نداشته، پاکنویس کرده و اصل سند از بین رفته، به علاوه بسیاری از این اسناد دست اشخاص متفرقه افتاده و مفقود گردیده است. (از جمله مجموعه‌ی گرانبهایی که یکی از معلمین ایزد خواست فراهم کرده بود.) آن‌چه از این اسناد استفاده شده، بعضی دوبیتی‌ها و چند قصه است که به صورت ادبی درآمده و حتی درآن‌ها دخل و تصرف شده است.

البته ایرادهای بیشتری به این بنگاه وارد می‌باشد که از موضوع ما خارج است. اما مطلبی که مهم است این که عجالتاً برای جمع‌آوری آثار و فرهنگ توده یک مرکز وجود دارد که هرگاه اصلاحات اساسی در آن شود ممکن است بعدها صورت جدی و علمی به خود بگیرد.

تاکنون تحقیقاتی که درباره‌ی فلکلر ایران انجام گرفته، بسیار محدود و ناقص می‌باشد، چون به هیچ وجه متکی به روش دقیق علمی نبوده است، فقط می‌توان

ازآن به عنوان طرح مقدماتی کار جدی و علمی استفاده کرد. در این زمینه کتاب‌ها و رساله‌های بی‌شماری که در کشورهای متمدن دیگر وجود دارد، راهنمای گرانبهایی خواهد بود.

آن‌چه به زبان فارسی به چاپ رسیده، عبارت است از:

- ژوکووسکی؛ نمونه‌ی آثار ملی ایران، پترزبورگ ۱۹۰۲
- کریستنسن؛ مجموعه‌ی قصه‌های فارسی، کوپنهاون ۱۹۱۸
- ه. ماسه؛ قصه‌های فارسی، پاریس ۱۹۲۵
- گالونو؛ زورخانه، لنینگراد ۱۹۲۷
- گالونو؛ خیمه‌شب‌بازی، لنینگراد ۱۹۲۹
- ص. هدایت؛ اوسانه، ۱۳۱۰ - نیرنگستان، ۱۳۱۲
- کوهی کرمانی؛ هفت صد ترانه - چهارده افسانه ۱۳۱۶
- مجله‌ی موسیقی سال اول ۱۳۱۸، شماره‌های ۶-۷-۸

اسناد چاپ نشده که در این موضوع وجود دارد عبارت است از پرونده‌های موزه‌ی مردم‌شناسی و پرونده‌های قصه متعلق به آقای صبحی مهتدی.

به زبان خارجه جامع‌ترین کتابی که تاکنون راجع به فلکلر ایران نوشته شده، تألیف آقای هانری ماسه است که تقریباً تمام «نیرنگستان» و «اوسانه» و «چهارده افسانه‌ی کوهی» را با اسناد و شواهد دیگری که به‌دست‌آورده و یا از روی سفرنامه‌های اروپاییان که به ایران آمده‌اند یادداشت کرده، در دو جلد به چاپ رسانیده است.[1]

خانم دونالدسون در The Wild Rue چاپ ۱۹۳۸ فلکلر ایران را بیش‌تر از لحاظ اسلامی تحت مطالعه قرار داده‌اند و با وجود این‌که از «نیرنگستان» اقتباس کرده‌اند، گویا به‌عمد اسم آن را از قلم انداخته‌اند. فقط در یک جا (ص ۱۷۳) این کتاب را «نارنجستان» می‌نامند. مطالعات دیگر راجع به فلکلر ایران از این قرار است.

- بریکتو، قصه‌های فارسی، لییژ ۱۹۱۰
- لوریمر، قصه‌های فارسی، لندن ۱۹۱۹

---

[1] H.Masse Croyanances et Coutumes Persanes, Paris 1938

- راماسکوویچ، دو بیتی‌های ملی فارسی، پتروگراد ۱۹۱۶-۲۹
- زاروبین، فلکلر و افسانه‌های بلوچ، لنینگراد ۱۹۳۰-۳۲
- کریستنسن، قصه‌های فارسی، ینا ۱۹۳۹

به‌غیر از تحقیقات علمی که برخی از ایران‌شناسان درباره‌ی بعضی از زبان‌های بومی ایران کرده‌اند، مقالات دیگری در باره‌ی فلکلر ایران وجود دارد که از ذکر آن‌ها چشم پوشیدیم. و نیز تحقیقات آقای لسکو راجع به فلکلر کردها و بدربف درباب فلکلر تاجیک‌ها را می‌توان در ردیف فلکلر ایران به‌شمار آورد. چنان که ملاحظه می‌شود نسبت به تحقیقاتی که حتی در کوچک‌ترین نواحی بلغارستان یا قفقاز یا هندوستان درباره‌ی فلکلر انجام گرفته تحقیقات راجع به فلکلر ایران بسیار ناچیز است. مثلاً در سرتاسر رمانی یک دهکده هم پیدا نمی‌شود که تمام ترانه‌های عامیانه آن‌جا یادداشت نشده و آهنگ آن‌ها را به نوت موسیقی ننوشته باشند. یا در کشور ایرلند تاکنون وزن کاغذهایی که روی آن‌ها این‌گونه آثار را جمع کرده و نوشته‌اند، به شصت خروار رسیده است. بدیهی است که آثار فرهنگ توده‌ی ایرانی اگر جمع شود، ازاین مقدار بیش‌تر خواهد بود.

گرچه سرزمین ایران در این زمینه از خیلی جاهای دیگر بیش‌تر مایه دارد ولی این گنجینه هنوز دست‌نخورده مانده است و هرگاه اقدام فوری و جدی در این راه انجام نگیرد، ممکن است که قسمت عمده‌ی فلکلر آن از بین برود. چنان‌چه در اثر فقر و گرسنگی کوچ دادن و تخت قاپو دادن ایلات و سهولت وسایل حمل ونقل و تغییرات و تحولاتی که به سرعت در جامعه انجام می‌گیرد، بسیاری ازعادت ورسوم دهات و ایلات دوردست فراموش شده است و اگر امروزه با تمام وسایل جمع‌آوری نشود، دیری نمی‌کشد که بسیاری ازاین گنجینه‌های ملی را از دست خواهیم داد.

طرح کلی برای
کاوش فلکلور یک منطقه

طرح کلی برای کاوش فلکلور یک منطقه

مطالبی که از «فرهنگ توده» باید مورد تحقیق قرار گیرد از این قرار است:

اول- زندگی مادی

الف- وسایل اقتصادی

۱. **زمین یا شهر:** آب و هوا و طبیعت زمین. برای برومند چه وسایلی به کار می‌برند؟ طرز تهیه کود، برج کبوتر (کفترخوان). وسایلی که برای پرورش جانوران اهلی و کشاورزی به کار می‌روند. وسایل آبیاری: قنات، رودخانه، گریز - جنگل و معدن آن‌جا. مرزبندی، چپر، نگهبانان جنگل، راه و جاده‌ها، پاسبان، امنیه. تمایل شهر که کشاورزی، تجارتی و یا صنعتی است. سازمان راه‌ها و جاده‌ها، وسایل ارتباط و غیره.

۲. **ساختمان‌های عمومی:** مسجد، شهرداری، دبستان‌ها، گردشگاه عمومی، بیمارستان، زورخانه، قدمگاه، زیارتگاه، امامزاده، سقاخانه، تکیه، خانقاه، بتکده، گورستان، کلیسا، جاهای مهم و دیدنی. آثار باستانی محل و افسانه‌هایی که در مورد آن‌ها می‌گویند: (منار سربرنجی در اصفهان - خاتون قیامت در شیراز - سنگ سیاه در مراغه - سنگ شیر [شیرسنگی] در همدان...) چگونه نگهداری می‌شوند؟

۳. **خوراک:** غذا و مشروب: تهیه خوراک (آشپزی)، خوراک غالب اهالی و غذاهایی که در هنگام عروسی و عزا یا مهمانی صرف می‌شود. طرز خوردن غذا، (روی میز یا سر سفره، با دست یا با قاشق صرف می‌شود؟) آش، شوربا، ماهی، نان، گوشت، حلیم، پنیر، ماست، بلغور، کشک، قره قروت، دوغ، شیره، شراب، عدسی، لبو، یخنی، لرزانک، قاووت، آجیل، شیرنی خانگی، کلوچه، ترشی، مربا، شربت، پلو و چاشنی‌هایی که تهیه می‌کنند.

٤. **پوشاک:** جامه زنانه و مردانه، تراشیدن یا گذاشتن قسمتی از موی سر، (پاشنه نخواب، کامل). بافتن یا بستن موی سر زن. جبه، لباده، ردا، شال، ستره... پوستین،

عبا، دستار، شالمه، کلاه، عرقچین، شبکلاه دستکش، جوراب، پوزار، چارق، نعلین، گیوه، آجیده، کمربند، تنبان، زیر جامه، شلوار، آرخلق، سنبوسه، پیرهن، کلاغی، لچک، چادرنماز، چاقچور، پیرایه‌ها، لباس کار، لباس پلوخوری، لباس جشن و عروسی و عزاداری. هر کدام از قسمت‌های آن‌را شرح بدهند. اسم مخصوص آن‌ها به زبان بومی. طرز برش و دوختن لباس را نیز توضیح بدهند.

۵. **منزل:** به طور کلی نقشه اتاق‌های مختلف را رسم کنند: خوابگاه، ایوان، مهتابی، آشپزخانه، مستراح، زیرزمین، بادگیر، دالان، انبار، استبل [اسطبل]، تنور، حوض، آب‌نما، مصالحی که در ساختمان به کار رفته توضیح دهند. شکل و عده در و پنجره، کلون در، ارسی و رف را یادداشت کنند. پشت‌بام و زینت‌نمای خانه را تعیین نمایند و همین کار را برای خانه‌هایی که به سبک گوناگون است انجام دهند، زیرا در یک ناحیه ممکن است چندین نوع خانه وجود داشته باشد. نقشه تقریبی حصار شهر، خندق و قصر خان یا رییس قبیله را برج و بارو به پیوست اضافه کنند. در صورتی که گالی پوش است نقشه آن‌را بدهند و هرگاه چادرنشین است. اُبه، شرح داخل چادر را بدهند و خط سیر گرمسیر و سردسیر منطقه را تعیین کنند.

۶. **اسباب خانه:** ظروف چینی و شکستنی، اسباب آشپزخانه: پاتیل، دیگ، کماجدان، دیزی، سه‌پایه، آبکش، دست آس (آسیای دستی)، چمچه، کفگیر، ترازو، قپان، بخاری، کرسی، منقل، کلک، بادیه، سینی، تاس، هاون، تشت، تاپ، آفتابه، لگن، ابریق، سماور، لاوک، غربال، تغار، تله، اینه، قلیان، جام چهل‌کلید، تنگ، مرتبان، کوزه، خمره، کندو (مخزن گندم). شمعدان مردنگی، پیه‌سوز، چراغ، چراغ موشی، جار، غرابه، کپ، بستو، دوستکامی، افشره خوری، اسباب رختخواب: بستر، پتو، شمد، متکا زیرگوشی، لحاف، ملافه، تشک، میز، صندلی، نیمکت، رختدان، خورجین، صندوق، مجری، سفره، نمد، قالی، زیلو، گلیم و غیره...

۷. **وسایل حمل و نقل:** پیاده‌روی چارپایان بارکش چارپایانی که شیر می‌دهند و آنهایی که به کشتارگاه فرستاده می‌شوند. الاغ، گاو، اسب، شتر، استر. ارابه‌ها:

گاری، سورتمه، تخت، روان، دلیجان، پالکی، درشکه، دوچرخه، قایق، کشتی، اتومبیل، راه آهن. توضیح بدهند که تا چه اندازه از این وسایل استفاده می‌شود.

ب- کار یا وسایل معیشت

۱. کار در دهکده:

۱.۱- برای خوراک و نیازمندی‌های گوناگون: شکار، ماهی‌گیری (موقع مجاز و ممنوع) وسایلی به کار می‌برند. چوپانی، چراگاه، پرورش چارپایان، کرم ابریشم، زنبور عسل، کشت گندم، برنج، جو، باقلا، لوبیا، ذرت، سیب‌زمینی، انگور، میوه‌ها، پنبه، تنباکو، تریاک، زعفران، شاهدانه، کتان، ارزن. (اسم مخصوص آلات خرمن و برنجکاری، پادنگ، بوجار و غیره) عصاری، سرکه و شراب‌اندازی. طرز نگاه‌داری غلات و میوه‌ها و غیره...

۱.۲- برای تهیه لباس: چگونه پشم یا پنبه را می‌ریسند؟ نساج دهاتی، ماشین بافندگی، خیاط، کفش‌دوز، پنبه‌دوز، چرخ نخ‌ریسی، دوک و غیره...

۱.۳- برای خانه: هیزم‌شکن، درودگر، چلینگر، آهنگر، بنا، سنگ‌تراش، اسم افزار کار هر کدام از آن‌ها قید شود.

۱.٤- برای مبادله: تجارت کوچک ده: جمعه بازار، دوشنبه بازار، چهارشنبه‌بازار و بازار دایمی. (تاخت زدن، چانه زدن). بستان‌ها، واردات و صادرات (یوغ، خیش، بیل، کلنگ، کارد، افزار، گونی، بوریا، جاجیم، گیوه، کفش و غیره که برای فروش ساخته می‌شود). صنایع مخصوص حمل.

۲. وضع کار در شهر:

۲.۱- زندگانی کارگر:کارخانه کارگاه بنگاه‌های صنعتی - کارگران و صنعت‌گران زن و مرد و بچه: تأثیر پیشه روی زندگی اقتصادی و معنوی و اجتماعی ایشان.

۲.۲- کارمندان: تجارتخانه‌ها، مغازه‌های بزرگ، سوداگران، ادارات دولتی.

۲.۳- پیشه‌وران کوچک شهر: خرده‌فروش، دست‌فروش، عطار، درودگر، دلاک، سمسار، نعلبند...

۲.٤- شغل‌های کوچک و طبقات مخصوص: مرده‌شور، معرکه‌گیر، آخوند، گدا، کلاه‌بردار، دلال، چاقوکش، پرده‌داری، ولگردی، قلندری و درویشی، تفریحات، اصطلاحات، اشعار و اعتقادات مخصوص چاقوکش‌ها و زندانیان، داش‌ها و عادات و رسوم مخصوص آنها، پاتوقی که جمع می‌شوند و ترانه‌هایی که می‌خوانند. علامات مخصوص: (وصله لوطی: ۱- زنجیر یزدی، ۲- جام کرمانی، ۳- چاقوی زنجانی، ٤- پاشنه کش، ۵- چپق سر و ته نقره، ۶- کیسه توتون ترمه، ۷- شال جوزه‌گر. همچنین درویش‌هایی که طومار یا مثنوی می‌خوانند). بوق، تبرزین، کشکول...

۳. **تفریح و آسایش:**

۳.۱- مهمان خانه، کاروانسرا، چایی خانه، پاتوق.

۳.۲- گفتگوها و موضوع‌های عادی راجع به سلامتی خوبی و بدی هوا کارها حاصل زمین یا سیاست. چیزهایی که صرف می‌شود: چایی، قلیان، چپق، مشروب، شیره، تریاک، چرس... سرگرمی ها: قمار، ورق، تخته نرد، آس، گنجفه،شرط بندی، معرکه گیر: نقال، شاهنامه خوان، بازار خوان، ره گوی، قوچ باز، حقه باز، لوطی، جنگ انداختن خروس، خرس باز، عنتری، کبوتر بازی، (اصطلاحات) خیمه شب بازی، پهلوان کچل، ساززن‌های دوره گرد (ارومیه)، بندباز (آهنگ ساز یادداشت شود). ترکه بازی در موقع عروسی (سمیرم) و غیره...

۳.۳- ورزش ها: اسب سواری، الاغ سواری، شکار، پیاده روی، گوی بازی، دو، کشتی، شنا (زورخانه) و غیره...

۳.٤- خواب: ساعت‌هایی که معمولا می‌خوابند و بر می‌خیزند.

پ- درآمد - تمول

۱. **محصول کار:** مزد و انواع آن. بیکاری، پس‌انداز کارگران، منافعی که از کشاورزی و یا سوداگری به‌دست‌می‌آید، زمین، خانه، سهام، خرید و فروش املاک، بهره‌کشی مأمورین دولت: حق چراگاه، چوپانی مشترک، دروگر مشترک مالیات، رباخواری، خوشه چینی...

۲. **دارایی منقول:** طرز برآورد چگونه اندوخته و نگهداری می‌شود؟ شرایط بهداری، پرورش چارپایان و آغل‌ها.

۳. **املاک:** املاک خالصه موقوفه و شخصی خرده مالکین. (چکنه) شرایط زندگی رعیت در هر کدام از این املاک. مزدوری، بیگاری. تقسیم آب، سهم رعیت. آیا رعیت روی مالک خرید و فروش می‌شود؟ رفتار مالک نسبت به رعیت. سالارده. طرز اجاره دادن باغ و خانه. ساختمان‌ها و نگهداری آنها. کشت‌کاری در باغ و مزرعه. دیمی کاری.

دوم- زندگی معنوی

الف- زبان: لهجه‌ها و زبان‌های بومی

مطالعه زبان عادی، محل اسماءِ ذات و معنی اسم اشیاءِ، افکار فلسفی، جادوگری و مذهبی. مختصات زبان و اصطلاحات، مثل‌ها، تشبیهات، استعارات. زبان‌های فنی، زبان‌های ساختگی: (زرگری، مرغی)، زبان داش‌ها، زبان مذهبی و زبان عوام (اسم اعضای بدن، اسم جانوران اهلی و درندگان و آلات کشاورزی را به زبان بومی یادداشت کنند و اختلاف همین لغات را به طور دقیق با الفبای صدادار لاتینی بین اهالی شهر و دهکده‌های اطراف بسنجند و تعیین کنند).

افسانه‌هایی که راجع به اسامی خاص و یا امثال وجود دارد: (خونسار در اصل: «خون ساربان» بوده، یا سمیرم در اصل: «سام آرام» بوده چون در موقع لشکرکشی سردرد سام آن‌جا آرام می‌شود - سرسام؟) سحر بیان قدرت کلام اهمیت سجع و قافیه در جملات. لغات ممنوع که نباید به زبان آورد لغات حفظ کننده و فورمول‌هایی که در موقع دعا یا ورد خواندن و یا جادو گری به کار می‌رود و غیره. (بسم‌الله که بگویند جن و غول و شیاطین می‌گریزند. قسم ها: به خدا، سبیل، شاه چراغ، تیغ آفتاب، برکت... لغات: انشاءِالله به سلامتی... دشنام: روبکوه سیاه، مرده شور، تعارفات و القاب: پیرشی، خدا قوت، زاغی، خرگردن، خاله کوکومه، لغت نحس «سیزده» که به جایش «زیاده» می‌گویند و غیره...)

ب- دانش عوام

۱. علم توده راجع به اشیا و موجودات:

۱.۱- **نجوم ساختمان زمین و ستارگان:** نفس کشیدن زمین (نفس دزده و آشکارا). زمین روی شاخ گاو است. فصل‌ها: چله تابستان (چله بزرگ، چله کوچک، چارچار، سرما پیرزن، سرما لوطی‌کش...) هفت طبقه‌ی آسمان و زمین (توی هفت آسمان یک ستاره ندارم!) خورشید و ماه (خورشید زن و ماه مرد است، افسانه‌ی آن.) ستارگان، خسوف و کسوف (اژدها مار را در دهان خود می‌گیرد، باید تشت زد و شلیک کرد تا ماه را رها بکند.) ابر، آسمان غره، باران، برق، تگرگ، قوس و قزح، تیر شهاب، چشمه‌ها، کوه قاف، زمین‌لرزه، کهکشان، تشبیه دنیا به تخم مرغ، طلوع و غروب آفتاب (زنبورک خانه، نقاره خانه).

۱.۲- **ساختمان انسان:** پیدایش انسان، آدم آبی، (آدم= آه + دم). تاریخ طبیعی انسان و نژادهای بشر، تشریح، اعضای بدن، هفت اندام: (دو دست، دو پا، سر، شکم، آلت تناسل). علامات بدن (ماه‌گرفتگی، خال، ککمک...) مژه (پریدن مژه): ناخن، موی سر، رگ و پی، غده‌ها، سق (سق سیاه)، چاقی و لاغری (تاثیر گاودارو، موی گربه، نال قلم). بادهایی که در بدن می‌ریزد. عطسه، سکسکه، خمیازه. طبقه‌بندی مزاج‌ها: (گرم و سرد وتر و خشک) دندان ۱۲۰ سالگی، بیماری‌ها و درمان آن‌ها.

۱.۳- **سنگ شناسی و معادن:** سنگ‌ها و سنگ‌های قیمتی: (عقیق، الماس، فیروزه، یاقوت، مهره‌ی مار...) خاصیت آن‌ها. فلزات: روی، آهن، طلا، نقره، جمبور، مس. خاصیت و افسانه راجع به آن‌ها. نمک، مومیایی و غیره...

۱.٤- **گیاه شناسی:** گیاه‌ها، بته‌ها، درخت‌ها، میوه‌ها، دانه‌ها و خاصیت آن‌ها: خربزه، سیاه دانه، اسفند، برنج، ریواس، انار، مهرگیاه، گل محمدی،گل زبان پس قفا، درخت‌هایی که محترم هستند (درخت مراد). ترسانیدن درخت

میوه برای این‌که بار بیاورد. بریدن درخت‌های کهن گناه دارد. عروسی نارنج (شیراز).

۱-۵ **جانور شناسی:** گزندگان، خزندگان، پرندگان، چارپایان، درندگان، خاصیت و افسانه مربوط به آن‌ها: خرخاکی، کارتنک، ماهی، سقنقور، غریب گز، موریانه، قورباغه، جغد، مرغ حق، ابابیل، گنجشک، هما، کچل کرکس، حاجی لک‌لک، اسب، میمون، شتر، کفتار، سگ، خرس، گرگ... (گربه از دماغ شیر افتاده، قاطر و بوزینه و لاک پشت نفرین شده و مسخ گشته‌اند. فیل پادشاه هندوستان بوده. ببر به قدری خودپسند است که ماه را بالای سر خود نمی‌تواند ببیند و غیره). تفائل و تطیر از حرکت و یا آواز جانوران، جانورانی که محترم شمرده می‌شوند: شپش، کبوتر، چلچله، مار خانگی، خروس، علت آن؟

۱-۶ **گاهشماری و هواشناسی و اوزان و مقادیر:** روزها، ماه‌ها، فصل‌ها، پیش‌گویی سال‌های خوب و بد. پیش‌گویی هوا (خشک یا بارانی). جشن‌های روستایی: نوروز، جشن سده (در کرمان)، مراسم ماه دیدن و زن‌ها (کلیه، پیمانه، نگاره و سنگ برای آب)، مقیاس طول (گزف جریب، دید زدن)، زمان (شبگیر، پگاه، خروس خوان، پاس، آفتاب زردی).

۲. علم پیشینیان و موضوع‌های تاریخی:

تاریخ (ماه تاریخ: تیر خوردن شاه شهید). یادبود سال‌های خوب و بد (فراوانی یا خشک‌سالی برای قحطی سال ۸۸ گفته‌اند: ای سال برنگردی. به مردمان چه کردی! زن‌ها رو شلخته کردی. مردها رو اخته کردی. دکان‌ها رو تخته کردی...) یاد بود بلاها و ناخوشی ها: (به سال هفتاد، برفی بیفتاد. به حق این پیر. به قد این تیر!) آتش سوزی یادبود جنگ‌ها. کش مکش‌ها. انقلابات (مطلع این ترانه کردی از ویران شدن مزگت‌ها و کشته شدن آتش‌ها حکایت می‌کند: هاوار! مزگان رمان. آثران کوژان) اشخاص افسانه‌ای. پیران (پوریای ولی) و پهلوانان باستانی: ماقبل تاریخ. شرح افسانه‌آمیز آن. آثار عجیب.

۳. رساله‌های فنون توده:

تقویم عامیانه: سال‌نماها، کتاب‌های طبی یا قدیمی: نزهت‌القلوب، عجایب‌المخلوقات، حیات‌الحیوان، فرس‌نامه، کتاب‌های بیطاری، اسکندرنامه، قصص‌الانبیا، کتاب الملائکه و غیره.

پ– حکمت عامیانه

۱. فلسفه توده:

روح، ماده، جان، زندگی و مرگ، زندگی پس از مرگ، تناسخ، اعتقاد به جاندار بودن اشیای بی‌جان، شخصیت‌های اساطیری: (همزاد، ازما بهتران، شاه پریان، بختک، یاجوج ماجوج، غول بیابانی، دوالپا، اژدها، هاروت و ماروت، سیمرغ، خر دجال، نسناس، عوج‌بن‌عنق). روح طبیعت، روح مردگان، سایه (سایه زدگی) و مردگانی که روحشان روی زمین برمی‌گردد، احضار ارواح، خدا، گرداننده‌ی چرخ قضا و قدر، مسئله خیر و شر، شیطان (قدرت شیطان، تخم نابسم الله حلول شیطان در بدن مرده، شب گدای زن شیطان است)، فرشتگان، جن‌ها، پریان، شکل آن‌ها و کارهایی که از ایشان ساخته است. روز قیامت، پل صراط، قسمت (قسمت را سیمرغ هم نمی‌تواند به هم بزند. افسانه‌ی آن). آنچه روی زمین هست در دریا هم هست. کوچک شدن نژاد انسان نزدیک روز قیامت. بنداز بالا نبرد، بنداز پیش خدا نبرد. (به اصطلاح شیرازی ته بند را جوید = خودکشی کرد. سر بند را ول کرد = مرد) گل بی عیب خداست. هر کس یک ستاره روی آسمان دارد.

۲. جامعه‌شناسی و اخلاق عامیانه:

زندگی اخلاقی امثال‌وُحکمی که درباره استفاده شخصی یا گذشت و پشت پا به مال دنیا وجود دارد، تکالیفی که به عهده بشر است، افتخار، دلیری، بی‌وفایی دنیا، ترقی، خوشبختی، خودخواهی، زرپرستی، ولخرجی. نظر عوام راجع به کار و درآمد. عدالت اجتماعی، نظم یا بی‌نظمی در اخلاق و عادات. خوبی و بدی، وطن پرستی، بشر دوستی. احترام به خویشاوندان. (کلید بهشت زیر پای مادر است. خدا کوهی را به مویی می‌بخشد. هر که دهن می‌دهد روزی هَم می‌دهد. دروغگو کله کلاهش

سوراخ است. مرده دستش از دنیا کوتاه است. هفتاد بیفتاد. خدا میان گندم را خط گذاشته. زن کاری مرد تا بگردد روزگاری. آدم پولدار سر سبیل شاه نقاره می‌زند. آدم پول داشته باشد کوفت داشته باشد! خرده‌گیری‌های عوام: (همه ماه‌ها خطر دارد بدنامیش صفر دارد. شب چهارشنبه یکی پول گم کرده یکی پول پیدا کرده.)

۳. کتاب‌های مربوط به اخلاق و امثال:

مجمع الامثال، کتاب: «امثال و حکم» تالیف آقای ع. دهخدا، در چهار جلد و غیره.

ت – هنرشناسی

۱. هنرهای زیبای توده:

نقاشی، منبت‌کاری، سنگ‌تراشی، خاتم‌سازی، قلم‌زنی، قلم‌زنی مس و نقره، چشمه‌دوزی، گل‌دوزی، قلاب‌دوزی، منجق‌دوزی، زردوزی، قالی‌بافی و پارچه‌های ابریشمی – افزارها: ظروف قلمدان، لباس‌ها، ساختمان خانه، تزیین، جواهرات، تصویرها – هنر: آواز،موسیقی (وزن‌ها و مقام‌هایی که به کار می‌رود) صدا – شاهنامه‌خوان – قاری. آلات موسیقی: چغانه، سرنا، کرنا (قرهنی)، نی‌انبان، تار، کمانچه، دهل، چگور. انواع رقص‌ها، (آهنگ آن‌ها) رقص‌های تنها و دسته‌جمعی (چوبی).

۲. ادبیات توده:

مثل‌ها، متلک‌ها، معماها، لغزها (چیستان: دم داره و نم داره. دیگی به شکم داره. ما میلی به او داریم. او میلی به ما داره – گرمابه) دوبیتی‌ها. فهلویات. تقلید از زبان‌جانوران. ترانه‌ها. آوازها. قصه‌ها: (متل – راز) حکایات راجع به جانوران. افسانه‌ها: (گوهر شب چراغ، جابلقا و جابلسا. تاتر و نمایش‌های توده. تقلید. پهلوان کچل. خیمه‌شب‌بازی). تعزیه. آهنگ ضربی زبان و آوازها. تصنیف‌های عامیانه. کتاب‌های تفریحی توده: (رموز حمزه: حسین کرد، امیر ارسلان، چهل‌طوطی، اسکندرنامه، شنگل و منگل، خاله‌سوسکه، خسرودیوزاد، کلثوم‌ننه، بهرام و گلندام، عاق والدین و غیره). رومان‌های پهلوانی: طومارهایی که در قهوه‌خانه می‌خوانند. ترانه‌هایی که به مناسبت بازگشت پهلوان یا رییس قبیله یا سرباز به شهر و ده خود سروده‌اند یا در

مرثیه پهلوان کشته شده گفته‌اند اشخاصی که این اشعار را نوحه‌خوانی می‌کنند. (آتون - آخوندزن) قصه‌های جادو و دیو و پری. نقالی. مرثیه در مرگ اشخاص سرشناس. اشعاری که به مناسبت عید نوروز خوانده می‌شود.

ث- زندگی اسرار آمیز

جادوگری عوام، در جستجوی قدرت

۱. جادوگری:

۱.۱- **جادوگر:** گدا. مرتاض. کیمیاگر. درویش. چوپان و ماما. قدرتی که به آن‌ها نسبت می‌دهند. خانواده جادوگر و پیروان او. محل اجتماع آنها. مثل سرگذر. چهارسو یا اینکه گوشه‌نشین یا دوره‌گرد هستند.

۱.۲- **افسون و گداز:** اعتقاد به افسون: چگونه افسون می‌کنند؟ وسیله دفع آن. دنبه گداز و انواع آن. (آدمک مومی. موش زنده یا روشن کردن شمع در قبر...)

۱.۳- **زهرها و نوش‌داروها:** زهردارو (برای نابود کردن رقیب) مهردارو (برای تولید عشق و محبت) داروی بیهوشی. پادزهرها. کتاب‌هایی که از آن‌ها استفاده می‌شود. (اسرار قاسمی. مجمع‌الدعوت و غیره.) مهره‌ی مار. مهرگیاه. افسانه آنها. طلسم سفیدبختی و سیاه‌بختی. (گذاشتن نعل در آتش). باطل سحر (قلیاب سرکه). چله نشستن.

۱.٤- **تسخیر جانوران:** مارگیر. رام کننده‌ی گرگ و یا درندگان. برای دفع جانوران زیانکار. ساس. غریب‌گز. موریانه. موش. گراز و غیره چه وسایلی به کار می‌برند؟ طلسم سن. طلسم عقرب. ماربست.

۱.۵- **ارواح نیکوکار و زیانکار:** مار صاحبخانه. پرستو. خروس سفید و مرغی که کارد را بر روی آن‌ها حرام می‌کنند. گربه‌ی سیاه. احضار ارواح. تعویذ و دعاها. عقیقه. حمام‌های جنی. دره‌ها و تپه‌های جنی. خانه‌های جن‌زده (سایه و سایه‌زدگی. شب نباید در آینه نگاه کرد...)

۱.۶- **روی‌گردانیدن جادوگر:** چگونه و چرا جادوگران به شکل گرگ یا غول و یا جانوران در می‌آیند؟ چرا جادوگری نکبت می‌آورد؟

۲. پیشگویی:

۲.۱- فالگیری و مرد خواب‌گو. خواب‌نما شدن و تعبیر خواب‌ها - پیشگویی از روی نخود، کف دست، سرب و یا زاج آب کرده، لرد قهوه. پیشگویی از روی ستارگان. منجمین. رمالی.

۲.۲- جامزن، جن‌گیر، آینه‌بین: طرز پیشگویی آن‌ها و اشیای گمشده‌ای که پیدا می‌کنند.

۲.۳- کسانی که چشمه آب یا گنج و یا معادن را کشف می‌کنند.

۳. تفائل خانوادگی برای گشایش کار و درمان بیماری‌ها:

۳.۱- تفائل از اشکال اشیاءِ (سلام کردن و جستن آب در گلو)، بدقدم و خوش‌قدم. قدم سبک و سنگین. عطسه، خمیازه، سق سیاه، نفوس، خیر و شر، استخاره، فال حافظ،آمد نیامد، مواقع و چیزهای خوش‌شگون و بدشگون، چشم زخم، چشم شور، احترام به چراغ و نمک (آب و نمک مهر فاطمه زهر است)، سبیل، گیس (گیس بریده)، آفتاب و نان. تخم مرغ شکستن. اسفند دود کردن، شرح آن. سوزاندن یک تکه نخ از لباس کسی که چشمش شور است. دود کردن پشگل ماچه الاغ. بخت‌گشایی. نذر پسر (عقیقه، حیدری) نزله بندی (به وسیله‌ی نی و ابریشم هفت‌رنگ) نوبه‌بندی آش ابودردا: سمنو. شله‌قلمکار. حلوا. خشت چهارشنبه‌سوری. برای گشایش کار: سفره سبزی (در کرمان)، آجیل مشکل‌گشا سفره بی‌بی سه‌شنبه، احضارخواجه خضر، سفره فاطمه زهرا و ختم امیرالمومنین، سفره بی بی حور و بی‌بی نور، سنجی‌شکن (در مازندران).

۳.۲- دعاها و آدابی که برای کار و یا شگون انجام می‌گیرد: آداب مسافرت (دعا، حلقه یاسین، اقرایی،آش پشت پا....) شروع به کار جدید خرید. پی‌ریزی ساختمان خانه. قربانی (قربانی کردن درخت خرما در کرمان). مراسم

رخت نو بریدن، ناخن گرفتن، ماه دیدن، دندان افتاده و موی سر نذر و نیاز (درخت خواجه خضری).

۳.۳- دعاها و افسون‌هایی که برای حمایت از شر دزد یا آفت‌ها و یا ناخوشی‌ها به کار می‌رود

۳.٤- (آیت الکرسی) طلسم، دعا، انگشتر و اشیایی که برای حمایت با خود دارند: (نظر قربانی، ببین و بترک، هفت مهره، چشم بابا قوری، دندان ببر، نمک ترکی، سم آهو، کجی آبی و غیره). شهر و یا خانه‌ای که طلسم می‌شود. (به تیر اتاق می‌نویسد: گشاده باد به دولت همیشه این درگاه - به حق اشهدُ ان لا اله الا الله - بارالهی کم مگردان چند چیز از این اتاق، نان گرم و آب سرد و چایی و قلیان چاق.)

٤. جشن‌ها و افسون‌های کشاورزی

٤.١- **افسون گاه‌شماری:** جشن‌ها و مراسمی که در موقع معین سال و یا زندگی روستایی انجام می‌گیرد: (جشن سده، نوروز، شب چله...) و اغلب مراسم مذهبی در دنباله آن به جا می‌آورند. روز اول سال (تبریک عیدی، سفره هفت‌سین) چهارشنبه آخر سال (چهارشنبه سوری در آذربایجان، پریدن از روی بته آتش، نیت قاشق‌زنی، چشم‌چین، شکستن کوزه). آتش افروز (لباس مبدل آوازها). عید قربان (شتر قربان). قتل ابن ملجم و عمر، ۲۷ رمضان، ۱۳ صفر، ۱۳ نوروز، شب شام غریبان، شب قدر، شب برات، چهارشنبه آخر صفر و ماه رمضان (کلوخ اندازان) عید غدیر (مولودی، تشت زدن و آوازهایی که می‌خوانند) و ماه‌ها و روزهای بدیمن و خوش یمن.

٤.٢- **مراسم گذرنده:** مثلاً برای آمدن و یا بند آمدن باران (برای بند آمدن باران می‌گویند: اجلا! مجلا! به حق شاه کربلا! به حق نور مصطفی، به حق گنبد طلا! ابرو ببر کوه سیاه، آفتاب بیار به شهر ما.) مصلی، نماز جماعت.

سوم- مذهب عامیانه - در جستجوی الوهیت

۱. خداشناسی عامیانه- خدا و فرشتگان:

۱.۱- خدا و اشکال انسانی که به خود می‌گیرند.

۱.۲- **ارواح طبیعت:** آن‌هایی که در آب‌ها یا جنگل‌ها و یا سنگ‌ها مسکن دارند.

۱.۳- **ارواح آن دنیا:** فرشتگان و دیوان، جن‌ها و شیطان.

۱.٤- **ارواح مردگان:** روح و مراتبی که طی می‌کند، ثواب‌کاران و گناه‌کاران، مقدسین.

۱.۵- **آن دنیا:** بهشت، برزخ، زمهریر، دوزخ، پاداش، شکنجه، نیستی پس از مرگ (کسی از آن دنیا با نیم سوز برنگشته!)

۲. پرستش‌های عامیانه:

۲.۱- نیایش مردگان پس از دفن، نگاه‌داری قبرها، موقوفات، بازدید گورستان، ادعیه و مراسمی که سالیانه انجام می‌دهند، ارواحی که روی زمین بر می‌گردند - چگونه آن‌ها را تسکین می‌دهند؟ چگونه روح نیاکان خود را راضی می‌کنند؟

۲.۲- **پرستش ارواح طبیعت:** خورشید، ماه، ستارگان، چشمه‌ها، سنگ‌ها، (قدمگاه) درخت‌ها (درخت مراد،) مراسم خرافاتی از مراسم مذهبی تفکیک شود.

۲.۳- **پرستش امامزاده و مقدسین (پیر):** عقیده مردم نسبت به آن‌ها زیارت ضریح و حدودی که امامزاده پرستش می‌شود تعیین کنند. دخیل بستن به ضریح و نیت (پارچه قفل). اشیاءِ مقدس: تصویر، خرقه، جانماز، معجزات آن‌ها، امامزاده‌هایی که از یکدیگر دیدن می‌کنند (نورباران)، نذرها، قربانی‌ها، عقیده‌ی عوام راجع به ظهور حضرت صاحب، (علامات و پیش آمدها!)

۲.٤- آدینه و روزهای جشن و سوگواری چگونه برگزار می‌شود؟

۲.۵- سوگواری‌ها و مراسم آن، (دسته و علاماتی که برمی‌دارند، سینه‌زن، زنجیرزن، شاخ حسینی، روضه‌خوان، تعزیه‌خوان، نخل‌تکیه، حجله قاسم، تنورخولی.)

۲.۶- **برای آمرزش:** زیارت (خانه‌ی قیامت)، مراسم آن (چاوش)، سبک شدن استخوان؟ سوغات (کفن متبرک، تربت، تسبیح) در موقع بروز خشکسالی، زمین لرزه و ناخوشی‌های واگیر دار. (مصلی - نماز جماعت).

۳. میانجیان بین خدا و انسان:

۳.۱- -شاه، رییس قبیله، ریش‌سفید، آخوند و حاکم و کدخدا. قدرتی که بهبودی ناخوشی‌ها یا تغییر هوا را به آن نسبت می‌دهند. عقیده مردم در باره‌ی آن‌ها. درجه‌ی احترامی که برای آن‌ها قائلند؟ القاب و القاب هجوآمیز، ترانه‌ها و مثل‌هایی که درباره ایشان وجود دارد، (با سه کس سودا مکن: مال جدم، لاتکم، ورمنه - کدخدای شهر که مرغابی باشه، در اون شهر چه رسوایی باشه!)

۳.۲- قوانین شرعی و قبیله‌ای که به قوت خود باقی است: حدس زدن،تنبیه زنان بدکار (آن‌ها را با سر تراشیده وارونه سوار الاغ می‌کنند و در شهر می‌گردانند)، شمع‌آجین، سنگ‌ساران، گچ گرفتن، آلات شکنجه: (کند، زنجیر، تازیانه، بخو، داغ و درفش زندان...) قسم دادن و شرایط آن. خریدن نماز و روزه و حج، صدقه، پاک کردن گناهان.

٤. رساله‌های مذهبی:

٤.۱- کتاب دعا، شرح زندگی مقدسین، جودی، زادالمعاد، پیش‌گویی شاه نعمت‌الله - تعبیرنامه‌های خواب، فالنامه و غیره...

چهارم- زندگی اجتماعی

الف- پیوند هم خونی: خانواده

۱. خویشی و زناشویی:

زن. صیغه، عقدی، هوو، سفید بخت و سیابخت. تعدد زوجات، جاهایی که فقط یک زن می‌گیرند، بردگی. روگشایی و روگیری به رسم محلی. قدرت و فرمانروایی زن در بعضی از ایلات، کارهایی که به عهده زن است. زن کارگر و روستا، بزک، (هفت قلم آرایش، بند انداختن، وسمه جوش...) پیرایه ها: (گوشواره، النگو،سینه ریز، شکوفه، انگشتر...) منافعی که از زناشویی درنظر می‌گیرند.

۲. عادات مربوط به سن‌های مختلف و مواقع باریک زندگی:

۲.۱- شب‌پاسی (در گیلان) بخت‌گشایی، شب شش (اسم‌گذاران. انتخاب اسم) ختنه‌سوران، بچه‌ی کورزا - کور مادرزاد، وجه فرزندی برداشتن (مراسم از یخه پایین انداختن بچه)، خواهر خواندگی، برادر خواندگی.

۲.۲- **تولد و بچگی:** زن آبستن (چله بری - قفل کردن شکم - بچه خوره، ویار، پیش‌گویی که بچه پسر یا دختر است). زن زائو، پرهیز برای دفع شر و نظر زدن، آل، جلوگیری از خطر آل، چیزهایی که برای زن آبستن غدغن است، ماما، زایمان، کاچی، غیغناغ، فرق دختر و پسر. (پسر در خانه را باز می‌کند و اجاق را روشن می‌کند و زنی که پسر بزاید گوهرشکم است). بریدن بند ناف، حمام زایمان، روشن کردن شمع در اتاق بچه، پیرهن قیامت، قنداق، گهواره، ننو، جلوگیری از چشم شور، خوابانیدن بچه، لالایی، شیر دادن و مراسم از شیر گرفتن بچه، وسایلی که برای زیاد یا کم شدن شیر به کار می‌برند (شیرزا، شنبلیله...) راه افتادن بچه (آلت مخصوص روروک) عروسک، جغجغه، بازی‌های بچه: (چیستان، نی نی، جو جو، غاغالیلی، پیشی...) ترانه‌هایی که مادران و دایگان برای بچه‌ها می‌خوانند، دندان درآوردن بچه (آش دندونی)، بیماری‌های بچه و طرز درمان آن‌ها: (بچه‌غشی، بی‌وقتی

شدن، کچلی، سیاه سرفه، سرخک، سالک، زگیل،چشم درد، باد سرخ...)، جوشانده‌ها و داروهایی که به کار می‌برند.

۲.۳- **پرورش:** رفتار پدر و مادر نسبت به بچه: کتک زدن، ترسانیدن (از لولو خورخوره)، مدرسه، مکتب خانه، معلم سرخانه، بازی‌های بچه: (دوزبازی، الک دولک، اکردوکر، گرگم به هوا، ماچالس وغیره) را شرح بدهند.

۲.٤- **خواستگاری:** نامزد کردن بچه‌های کوچک، شیرینی خوران، ربودن نامزد در بعضی ایلات، شرایط خواستگاری، آداب مخصوص آن، طرز قبول یا رد پیشکش‌ها، نامزدبازی، رونما، انگشتر، جشن (ترانه‌ها).

۲.۵- **عروسی:** استخاره، ساعت خوب و بد، حمام عروسی و دامادی، وسیله‌انداختن مهر عروس به دل داماد، دعوت، عقد، خطبه، چشم‌روشنی، مراسم عقد (آینه بخت سفره جلو عروس و چیزهایی که در آن می‌گذارند) حرکت از خانه‌ی پدری، تفائل، شلیک تفنگ، شاباش، ساقه‌دوش، آوازهایی که در عروسی خوانده می‌شود، زیرلفظی، شب عروسی، حجله‌ی عروس، پاتختی.

۲.۶- **خانه:** روابط زن و شوهر. مادرشوهر، روابط با خویشان، هجو مادرشوهر.

۲.۷- **آداب نشست و برخاست:** طرز سلام، برداشتن کلاه، دست دادن، جملات عادی که رد و بدل می‌شود (اقربه خیر)، زمانی که از جانور یا چیز مکروهی گفتگو می‌شود (گلاب به روی شما)، مهمانی و طرز پذیرایی سفره‌انداختن و خوراکی‌هایی که صرف می‌شود، شوخی‌ها، برای تفریح (شاهنامه خوانی) چرت بعداز ظهر تابستان، خداحافظی.

۲.۸- **آمد و شد با همسایه:** صحبت‌های دوستانه، برخورد، شب‌نشینی، شب‌چره، درددل، کمک در موقع سختی و ناخوشی، حضور در مجلس جشن یا عزاداری.

۲.۹- **سستی‌ها و بیماری‌ها:** ناتوانی و پیری (احترام به پیرها: برکت خانه)، بیماری: (نوبه، مخملک، باد ثقل، غمباد، زردی...) حکیم باشی‌های زن و مرد،

تشخیص مرض، داروهایی که به کار می‌برند: (پرسیاوش، بادیان، پرزفا، سنبل طیب، حجامتچی (زالو، بادکش)، شکسته بند، دلاک دوره گرد (کشیدن دندان)، ناخوشی‌ها و زخم‌های واگیر دار: تراخم، سفلیس، خوره، سیاه زخم، اعتقاد عوام نسبت به آن ها و طرز پرهیز. ۹-۲)مرگ: نشان مرگ: جان کندن (مرده‌ی ثوابکار و گناهکار)، پیرایش مرده: (بستن چشم و دهن)، سوزاندن شمع در اتاق مرده، شب زنده داری، گوشت و شربت و حلوا که در اتاق مرده می‌گذارند، آیا پنجره‌ها را می‌بندند؟ آیا روی سطل آب و اینه را می‌پوشانند؟ عزاداری خانه، مرده خورها، رفتن هفت قدم دنبال تابوت، مرده شور (سدر،کافور)، قبرستان، پاشیدن آب روی قبر، مجلس ختم.

۲.۱۰- عزرائیل، نکیر و منکر، جریدتین، کاسه العفو، سنگ لحد، مرده‌هایی که به امانت می‌گذارند، اماکن مقدسه (ملک نقاله)، شب جمعه مرده‌ها آزادند، آیا به دیدن خویشان خود می‌روند؟ رابطه بین استخوان و روح (گوشت هم را بخورند استخوان هم را دور نمی‌ریزند.)

۲.۱۱- عزاداری، لباس مخصوص، مدت عزاداری، پرستش اموات، بازدید قبر و خطاب به مرده، شب هفت، چله، سر سال، سوزانیدن، شمع، خرج دادن و خیرات برای مردگان.

پیوست (پرونده‌ی محرمانه فلکلر)

ترانه‌ها، متلک‌ها، قصه‌ها و مثل‌های هرزه، فحش‌ها، نفرین‌ها.

رابطه‌ی بین عاشق و معشوق، رابطه‌ی زناشویی.

رندی و قلندری، فاحشه‌خانه، زندگی شهوانی.

بیماری‌های مقاربتی و طرز درمان آن‌ها.

شروع به کار

در صفحات پیش طرح کلی برای کاوش فلکلر یک منطقه را به طور اجمال شرح دادیم، البته امثالی که در طرح نامبرده آمده کامل نبوده و مقصود این نیست که از این امثال تجاوز نکنند. مثلا هرگاه «حنا» و خواص طبی و استعمال آن در زینت و یا

۲٤۷

در بعضی مراسم مانند «حنابندان» ذکر نشده دلیل این نیست که باید از توضیح در باره آن چشم پوشید. برعکس خیلی موضوع‌های محلی قید شده که متعلق به یک ناحیه بخصوص می‌باشد و در جاهای دیگر یافت نمی‌شود. اینک خلاصه نظریات سن تیو[1] را برای آسان کردن کار کسانی که خواهان جستجوی فلکلر محلی می‌باشند اقتباس کرده می‌افزاییم تا با درنظر گرفتن شرایط زیر شروع به کار کنند وگرنه زحمت ایشان بیهوده خواهد بود.

چنانکه ملاحظه می‌شود دامنه فلکلر ایران به علت قدمت تاریخی، شرایط مختلف زندگی، آب و هوا و مناطق گوناگون، بسیار وسیع و متنوع است، به‌طوری که راجع به فلکلر کوچکترین دهکده یا مطالعه در احوال قبیله‌های مخصوص مانند یزدی‌ها در کرند و فرقه‌های مختلف درویش‌ها یا اقلیت‌های مذهبی و یا ایلات (شاهسون، قشقایی، کرد، بختیاری، ترکمن، بویراحمدی، لر...) می‌شود کتاب‌های بسیار جالب فراهم کرد. ولیکن مطلب عمده اینجاست که در هر علمی باید ابتدا محصول واقعی آن‌را درنظر گرفت. این مسئله درباره فلکلر نیز صدق می‌کند؛ زیرا حقایق علمی به منزله مصالح اولیه علوم به کار می‌رود وگرنه حدسیات و تخیلات دلربا خشت بر آب است. از این قرار باید به جمع‌آوری دقیق فلکلور نقاط گوناگون کشور دست زد، سپس به مقابله و مطالعه و مقایسه آن‌ها پرداخت؛ زیرا این موضوع قابل توجه خواهد بود که فلکلر سرتاسر کشور در دسترس باشد و بتوان نتایج علمی از مقایسه آن‌ها بدست آورد. از این رو هر گونه شتاب‌زدگی یا قضاوت قبلی ممکن است که نتیجه زحمات را منحرف بکند.[2]

---

[1] P. Saint Yves. Manuel de Folklore; Paris; 1963

[2] مثلاً طایفه‌ی «کولی» که لولی یا لوری و یا سماوانی (Tziganes) که به ترکی «چینگنه» می‌گویند.
پس از تحقیق کامل راجع به هر قبیله و مقایسه‌ی آن با کولی‌های دیگر که در تمام دنیا پراکنده می‌باشند، ممکن است که ازلحاظ جامعه‌شناسی نتیجه‌ی بسیار قابل توجهی دربر داشته باشد؛ زیرا این طایفه پای‌بند به زبان و نژاد و مذهب به خصوصی نیست ودرهرسرزمین به رنگ محل درمی‌آید. به این معنی که ظاهراً مذهب محیط را می‌پذیرد اما به آن معتقد نمی‌باشد. نژاد ثابتی ندارد ؛ زیرا بچه‌هایی که می‌دزدند، جزو تیره می‌شوند و خوی آن‌ها را می‌گیرند، هم‌چنین زبان مخصوصی

در زمینه فلکلور یک نفر مشاهده کننده هر چند زیرک و تیزبین باشد، باز هم ناچار باید به تحقیقات دیگران مراجعه بکند که به جای او دیده و شنیده و یادداشت کرده‌اند، زیرا یک نفر به تنهایی نمی‌تواند همه چیز را ببیند و بشنود و بدون جستجو عملاً جمع‌آوری فلکلور میسر نمی‌باشد. پس این کار به عهده دیگران محول شده است.

دو نوع جستجو وجود دارد: یکی کاوش مستقیم که محدود به یک ده یا یک شهر کوچک و یا یک محله شهر بزرگ می‌شود. دیگر کاوش غیر مستقیم است که شامل یک استان و یا یک کشور می‌گردد. در صورت دوم، جستجوکننده متوسل به تحقیقات عده زیادی از پژوهندگان دیگر می‌شود که شاید شخصاً هم آن‌ها را ندیده و نمی‌شناسد.

شیوه کار

دامنه فلکلر به قدری فراخ است که حتی عمر یک نفر کفاف نمی‌دهد که بتواند فلکلر یک شهر بزرگ یا یک ناحیه را کاملاً جمع‌آوری بکند. پس گردآورنده باید دامنه تحقیقات خود را به یک دهکده یا شهر کوچک و یا محله کارگری شهر بزرگی محدود بکند و یا بهتر از همه شهر و یا ناحیه‌ای را انتخاب بکند که درآن‌جا تولد شده، زیرا آشنایی به زبان محلی شرط مهمی می‌باشد. جستجوی فلکلر کار تفریحی نیست و نباید آن را سرسری گرفت، برای این کار صبر و کارآگاهی و فکر دقیق و همچنین اطلاعات علمی لازم است. سندی که درآن دست برده‌اند، یا جملات آن را ادبی و از حال طبیعی خارج کرده‌اند و یا گردآورنده مطابق سلیقه خود افکار اخلاقی

ندارند وبه زبان محیط خود سخن می‌گویند. از مشخصات آن‌ها این است که زن‌های کولی لباس مخصوص می‌پوشند، از راه دزدی، فالگیری، کف‌بینی، رقاصی و گدایی زندگی می‌کنند، مردها عموماً آهنگر دوره‌گرد دهات هستند و درمناطق گرمسیرو سردسیر معینی کوچ می‌کنند. چیزی که مهم است، سالیان درازی می‌گذرد که این طایفه توانسته است با تمام مختصات تیره‌ای خود را میان اقوام و درسرزمین‌های گوناگون نگاه دارد. اما از آن جا که دراین زمینه هنوز هیچ‌گونه تحقیقات در ایران صورت نگرفته، عجالتاً در قدم اول لازم است اسناد و مدارک راجع به آنان فراهم گردد تا بتوان نتیجه کلی گرفت.

یا مذهبی یا پند و اندرز حکیمانه در آن گنجانیده باشد، هیچ ارزش علمی نخواهد داشت. شرط اول کار بی‌طرفی کامل می‌باشد، زیرا در تحقیقات فلکلور نباید هیچ‌گونه تعصب نژادی، اخلاقی، زبانی و مذهبی راه بیابد، بلکه فقط عین واقعیت باید یادداشت شود.

طرز مشاهده

مشاهده دقیق زندگی توده به آسانی میسر نمی‌شود. زندگی در یک دهکده وابسته به یک رشته وقایع است و تشکیل حقیقت بزرگی را می‌دهد که مبهم و درهم و پیچیده می‌باشد، به طوری که کسی که قبلاً مهیا نشده باشد، نمی‌تواند به آسانی در آن رخنه کند. باید این فکر را دور کرد که زندگی توده روی‌هم‌رفته واضح و آشکار می‌باشد، برعکس تشخیص و تفکیک وقایع این زندگی اغلب دشوار است و پس از جستجوی دقیق به‌دست می‌آید.

برای فراهم کردن کار – اطلاعات خصوصی و عمومی: اگر در دهکده یا شهری که می‌خواهند کاوش بکنند به دنیا نیامده‌اند، لااقل باید مدت درازی در آن‌جا اقامت و با مردمانش آمیزش داشته باشند، مخصوصاً زبان بومی را به خوبی بدانند. از طرفی دیگر گردآورنده باید به حد کافی معلومات داشته باشد و همچنین دارای حس کنجکاوی بوده به چگونگی مردمان و گذشته ایشان آگاه باشد.

برای این کار پزشک، آموزگار، وکیل عدلیه که در محل متولد شده و در آن‌جا اقامت داشته باشد بسیار مناسب خواهد بود. تمام اشخاص تحصیل کرده که علاقه به تحقیقات تاریخی و ادبی و یا علمی دارند. ممکن است در گرد آوردن فلکلر شرکت بکنند، از جمله مهندسین، دانشمندان، استادان دبستان‌ها و دبیرستان‌ها و دانش‌سراها می‌توانند کمک‌های شایان بنمایند. هرگاه کتابی راجع به فلکلر بخوانند و یا به پرسش‌نامه جامعی مراجعه کنند، به زندگی توده تا حدی آشنا خواهند شد. مطالعه یک طرح دقیق برای تحقیقات فلکلر، مشاهدات را آسان‌تر می‌کند و راهنمایی می‌نماید.

چه بسا اتفاق می‌افتاد که پیش‌آمدهای زندگی عادی از نظرمان پنهان می‌ماند. از این قرار اتفاقات کمیاب و یا آن‌هایی که در خفا می‌گذرد، به آسانی کشف

نخواهدشد. در این گونه موارد باید احساسات نهانی و عقاید مردم را به وسیله پرسش به دست آورد. طرز روش گردآورنده در این کار بسیار موثر می‌باشد. باید پرسش‌ها با احتیاط و زبردستی انجام بگیرد.

انتخاب گردآورنده- بهتر است که این اشخاص در همان دهکده یا شهر به دنیا آمده و بزرگ شده باشند. ضمنا باید دارای فکر باز بوده و با مردم محل معاشر باشند و به زبان آن‌ها حرف بزنند.

اولین شرط داشتن حافظه قوی است. بستگی به دهکده و یا شهر وبه سنت و عادات و جشن‌های اهالی نیز لازم می‌باشد. کسی که عادات پیشینیان را مسخره می‌کند، به آسانی نمی‌تواند به عقاید مردم پی‌ببرد، به علاوه شهادت او بی‌طرفانه نخواهد بود. تحقیر و یا تمسخر در این گونه موارد بسیار زیان‌آور خواهد بود.

هم‌چنین کسانی که تعصب ملی دارند و نه تنها وقایعی که به‌نظر آن‌ها خجالت‌آور است پنهان می‌کنند بلکه بسیاری از آن‌ها را تغییر می‌دهند تا بیشتر جالب توجه بشود، به همان اندازه طرف اطمینان نخواهند بود.

تحقیق‌کننده و گردآورنده باید همیشه نظر دقیق داشته باشد و اسناد خود را کاملاً بی‌طرفانه فراهم کند. اما این‌گونه اشخاص را به‌ندرت می‌توان یافت. به‌همین مناسبت برای تحقیق و تتبع در هر موضوع باید به چندین نفر مراجعه کرد و در صورت لزوم بازرسی محلی انجام داد، زیرا شهادت یک نفر کافی نمی‌باشد.

برای هر قسمت از مطالعات باید به کسی رجوع شود که مناسب است. مثلاً برای آنچه به بچه‌ها مربوط می‌شود، باید به مادران و دایگان و نمایندگان فرهنگی و دانش‌آموزان مراجعه کرد. برای آگاهی از زندگی سپاهیان به افراد ارتش و برای اصطلاحات فنی و توضیح خواستن راجع به افزارها باید از آهنگر و نساج و بنا و نانوا و درودگر و غیره توضیح خواست.

جای مناسب برای ملاقات

نباید فراموش کرد که رفتن یک نفر «آقای غریبه» در خانه یا کشتزار برزگر یا دهقان آن‌ها را ناراحت می‌کند. اگر مهمان تازه وارد به‌نظر آن‌ها خوش‌آیند باشد، جلو او هوای خودشان را دارند، به علاوه آن‌ها همیشه با هم گفتگو نمی‌کنند. پس

بهتر این است که آن‌ها را در خانه خود و یا در خانه یکی از اهالی شهر بیاورند و به آن‌ها چایی بدهند و برایشان چپق و قلیان چاق کنند تا «سردماغ» بیایند و چانه‌شان گرم بشود. بعد از آنکه یک محیط «خودمانی» تولید شد، می‌شود از آن‌ها پرسش کرد. اما پرسش‌ها باید بسیار زیرکانه و طبیعی باشد، زیرا اطمینان یک برزگر یا دهقان را به آسانی نمی‌توان جلب کرد، مگر وقتی که به یقین بداند که او را مسخره نمی‌کنند. پرسش‌ها باید با زبر دستی انجام بگیرد، اگر جواب پرت بدهند نباید به سادگی آن‌ها خندید؛ بلکه برعکس باید با احساسات آن‌ها اظهار همدردی کرد و خود را علاقه‌مند نشان داد. موهومات و خرافاتی را که نقل می‌کنند، نباید ردکرد، بلکه باید همه مطالب آن‌ها را با کنجکاوی علمی پذیرفت.

پرسش مستقیم صلاح نیست، زیرا ممکن است بدگمان بشوند. ابتدا باید موضوعی را به میان کشید، آن‌وقت حضار هرکدام به نوبت خود اطلاعاتی می‌دهند. مثلاً کافیست که یک قصه نقل بکنند، دیگران در دنباله آن قصه‌های دیگر نقل خواهند کرد.

راجع به اعتقادات، اول یکی دو مثل می‌آورند و می‌پرسند آیا در این‌جا هم معمول است؟ برای این‌کار باید به آداب و رسوم محل آشنایی داشت و از ابراز عقیده شخصی خودداری کرد. پرسش‌ها باید جنبه گفتگوی طبیعی داشته باشد تا صورت استنطاق به خود نگیرد. برای این‌که بتوانند دل یک نفر برزگر را به دست بیاورند، باید همسایه و یا اقلاً همشهری او باشند.

موقع شناسی- گردآورنده‌ای که می‌خواهد همه قسمت‌های زندگی عامیانه را یادداشت بکند ناگزیر باید خرده خرده جلو برود نه این‌که یک نقشه معین داشته باشد و نخواهد که از متن آن خارج بشود - باید هر موقع مناسب را غنیمت شمرد. برای به‌دست آوردن اطلاعات راجع به تولد، عروسی، ختنه‌سوران، شب چله، جشن‌های کشاورزی، مرگ و غیره باید در همان موقع به تحقیق پرداخت تا پرسش‌ها صورت طبیعی به خود بگیرد.

در پرسش شتاب‌زدگی نباید کرد و مدت درازی پشت سر هم نباید پرسید، زیرا که طرف بدگمان می‌شود و یا برای از سر باز کردن، جواب پرت می‌دهد و هرگاه در

مجلس اول خسته شد، در مجلس دوم به زحمت خواهد آمد. پرسش‌ها باید دقیق و با زبان ساده و بی‌پیرایه باشد و از جملات پیچیده و یا ادبی باید پرهیز کرد.

آشنایی به زبان بومی- عموماً کلماتی که عوام یا کارگران یا برزگران به‌کار می‌برند به‌ندرت دارای همان مفاهیم کلمات یک نفر تحصیل کرده شهری است. پس کسی که زبان بومی را نمی‌داند، قادر نخواهد بود که مطالعات جامعی در زندگی عامیانه یک ناحیه بکند، از این‌رو وظیفه یک گردآورنده فلکلر آشنایی بومی محل می‌باشد.

در هر قسم تحقیقات به خصوص در سنگ‌شناسی، گیاه‌شناسی و جانورشناسی عامیانه باید از زبان بومی اطلاع داشت و ضمناً لغات فارسی معمولی و یا علمی آن را هم در مقابلش باید افزود.سپس باید اصطلاحات، مثل‌ها و افسانه‌هایی که راجع به هرکدام از آن‌ها رواج دارد، اضافه کنند.

ارزش تحقیقات فلکلور بیش از همه‌چیز منوط به صفات گردآورنده و میزان آشنایی او به زبان بومی و انتخاب مناسب گردآورندگان دیگر و طرز راهنمایی آنان است. شرط اساسی ذوق طبیعی، پیروی روش علمی، پشتکار و اطلاع از روانشناسی می‌باشد.

فراهم آوردن اسناد

اولین شرط انجام کار خوب دقت است. اگر ممکن نیست که در محل عین‌الفاظ و کلمات عامیانه یادداشت شود، اقلاً باید در همان روز یادداشت کنند تا فراموش نگردد. مخصوصاً در مورد جمع‌آوری افسانه‌ها، ترانه‌ها، قصه‌ها، مثل‌ها و آهنگ سازها، پژوهنده باید کوشش کند که فی‌المجلس عین عبارات و الفاظ و یا آهنگ‌های مردم عوام را به دقت ضبط بکند. سبک ساده و روشن نیز شرط مهمی است، واضح است که تحقیقات نباید خشک و به شکل صورت مجلس باشد اما تا ممکن است باید از عبارت پردازی و جملات ادبی بپرهیزند.

بی‌طرفی- در شرح فلکلور یک دهکده یا محله‌ی کارگری شهر بزرگی نویسنده باید کاملا بی‌طرف باشد و از ذکر عقاید شخصی کاملاً خودداری نماید، نه این‌که سود و زیان عقیده‌ای را در نظر بگیرد. گردآورنده باید عین وقایع را بی‌کم‌وزیاد

شرح بدهد. هر گاه توضیحی لازم باشد، ممکن است در پاورقی بیفزاید. زیرا یک نفر طبیعی‌دان از خودش نمی‌پرسد که فیل مهمتر است یا پشه، بلکه با نهایت بی‌طرفی به شرح زندگی هر دو می‌پردازد، مثلاً راجع به شرایط زندگی ارباب و رعیت، گردآورنده باید عین واقع را بنویسد و از دلسوزی به حال رعیت و یا طرفداری از ارباب خودداری بکند.

در زمینه فلکلر انتخاب و یا بد و خوب کردن موضوع‌ها بسیار مضر است. گردآورنده باید کاملا بی طرف باشد، چون تشخیص این موضوع را نمی‌شود به نظریه یک یا دو نفر واگذار کرد، زیرا هر سندی ارزش خود را داراست. توده ملت نه فقط افکار اشتباه آلود و بی ارزش دارد، بلکه بسیاری از افکارش صحیح و بسیار قابل ستایش است.

دقت در تعداد- در تحقیقاتی که راجع به اشیا انجام می‌گیرد، همیشه شمارش و میزان آن‌ها را باید در نظر گرفت. مانند: افزار، اثاثیه و غیره. هرگاه عکس یا طرح و در مورد زمین و خانه و مساحت و طول و عرض آن را بیفزایند بهتر است. درباره اعتقاداتی که مطالعه می‌شود باید حتی المقدور شهرت طبیعی و میزان رواج آن را گوشزد کرد.

تجزیه دقیق- آنچه به دست می‌آورند تا ممکن است باید کامل باشد و لازم است که تمام جنبه‌های آن‌را توضیح بدهند و روشن کنند. متاسفانه این کار به آسانی میسر نمی‌شود، باید جزئیات هر واقعه را به وسیله تجزیه دقیق مجسم کرد. مثلاً در اقلید (کیلیل) بالای سر اغلب خانه‌ها طلسم چهارگوشی به دیوار دیده می‌شود. این طلسم تشکیل یافته از «اسفند مریم» که به شکل چهارگوش دانه‌کشی شده، وسط آن به وسیله چوب نازکی قطع گردیده و دعای مخصوصی زیرش آویزان است. این طلسم به طوری بالای در خانه نصب شده که هر کس وارد شود آن‌را می‌بیند. باید ابتدا شکل، و سپس اجزای این طلسم را شرح بدهند. اسفند مریم و جای روییدن آن‌را، اسم علمی و اعتقادات مردم درباره آن‌را توضیح بدهند، بعد خاصیت این طلسم که آیا برای دفع چشم زخم یا دزدو یا ناخوشی است ویا فقط برای شگون

می‌باشد، بنگارند و نیز کسی که آن را تعبیه می‌کند، و عقیده مردم را درباره آن بیفزایند و شکل طلسم را نیز به پیوست بفرستند.

هر امر واقع اجتماعی وابسته به یک رشته احتیاجات مادی و معنوی و یا اجتماعی می‌باشد و معنی حقیقی آن به دست نمی‌آید مگر زمانی که این احتیاج روشن بشود. مثلاً در موزه‌ها اشیایی وجود دارد که مورد استعمال آن را نمی‌دانند. این اشیا فقط عجیب و غریب و انمود می‌کنند تا زمانی که مورد استعمال و علت آن شناخته شود. دانستن مورد استعمال یک ابزار و یا یک عادت و عقیده کافی نیست. باید وظیفه آن‌را با مجموع روابط وسیع‌تری که آن‌را به وجود آورده سنجید. مثلا برای تهیه فلکلر کامل و جامع ارومیه، بندرعباس و یا خندق باید شمه‌ای از وضع طبیعی زمین و طرز زندگی مادی آن‌جا را شرح بدهند. البته طرز آبیاری، بناها و یا مذاهب و فرق رابطه مستقیم با فلکلر ندارد. ولی به طور غیرمستقیم وابسته به فلکلر محل می‌باشد و بدون دانستن آن فلکلر محل یک ناحیه ناقص است؛ زیرا محیط و آب و هوا در اعتقادات و فلکلر تاثیر دارد. مثلا در مازندران شاید مردم دعا و یا رسومی برای آمدن باران نداشته باشنددر صورتی که در مناطق کویر و خشک، طلسم‌ها، وردها و رسومی برای آمدن باران وجود دارد.

استعمال دستگاه‌های مخصوص– برای تحقیقات فلکلر یک استان و یا منطقه بزرگ در موقع لزوم طرح، نقاشی و یا عکس باید دنباله اسناد باشد؛ به خصوص زمانی که به مطالعه یک نژاد مخصوص که در اقلیت واقع شده می‌پردازند. مانند «گودارها» در مازندران، در این صورت با شرح مختصات نژادی و عادات و اعتقادات مخصوص آن‌ها باید عکس‌هایی از قیافه زن و مرد آن‌ها اضافه کنند. برای ضبط آوازها و آهنگ‌ها تاحدی که ممکن است باید صفحه و نوت موسیقی را به تحقیقات خود بیفزایند. برای رقص‌ها، جشن‌ها و سوگواری‌ها، فیلم سینما و هر کدام از این اسناد باید یک صورت مجلس با توضیح تاریخ و محل به همراه داشته باشد. در مورد افکار و اعتقادات، نویسنده بایدکوشش کند که با بی‌طرفی و دقت یک دستگاه دوربین عکاسی آن‌ها را توضیح بدهد.

۲۵۵

نشانی اطلاع دهندگان– هر سندی باید دارای ذکر نام و محل و تاریخ بوده باشد. همچنین گردآورنده باید کسانی که اطلاعات خود را از آن‌ها گرفته معرفی بکند. در اول و یا آخر یادداشت همیشه باید شرح حال مجمل هر یک از اطلاع دهندگان با ذکر نام و نام خانوادگی و نشانی و محل تولد، سن تقریبی، مذهب و شغل او ذکر بشود و نیز قید کنند که باسواد یا بی‌سواد است و از اقوامی بومی به دنیا آمده یا نه و چه مدتی است که در آن محل اقامت دارد. همچنین مقام او در ده و عقیده مردم راجع به او و نیز درجه زرنگی و هوش او را یادداشت کنند. بدون این مشخصات اسناد جمع‌آوری شده فاقد ارزش علمی خواهد بود.

الفبای صوتی– الفبا علامت اصوات است و کلمات از اصوات تشکیل می‌شود. هر الفبایی که علامت اصوات آن کامل‌تر باشد، اصوات را کامل‌تر و دقیق‌تر ضبط می‌کند. اشکال بزرگی که در نقل اسناد و زبان‌های بومی وجود دارد، همانا الفبای کنونی فارسی است که برای نقل دقیق ترانه‌ها و زبان‌های بومی و صداهای مخصوصی که دارد به هیچ وجه شایسته نیست. لذا یکی از اولین وظایف جستجو کننده فلکلر یاد گرفتن الفبای صوتی لاتینی می‌باشد تا اسنادی که فراهم می‌آورد بتواند مورد استفاده قرار گیرد. اما برای کسانی که فرا گرفتن آن دشوار می‌باشد، بهتر است که اسناد خود را به الفبای فارسی، با خط نسخ خوانا و گذاشتن اعراب بنویسند.

در زبان‌های اروپایی که حرکات جزو حروف است، باز در نوشتن لهجه‌های محلی به این اشکال برخورده‌اند؛ زیرا بعضی حرکات وحروف در لهجه‌ای هست که در زبان‌های رسمی وجود ندارد و به این سبب در الفبای متداول علاماتی برای آن‌ها قرار نگذاشته‌اند. از این‌رو، در همه زبان‌های اروپایی کسانی که در فنون زبان‌شناسی و تحقیق در لهجه‌های محلی کار می‌کنند الفبایی جز الفبای متداول رسمی به کار می‌برند.

اینک الفبای صوتی بسیار ساده‌ای که آقای دکتر خانلری به کمک آقای روژه لسکو R.Lescot برای همین منظور ترتیب داده پیشنهاد می‌کنیم. الفبای نامبرده فقط شامل علامت‌های حرکات و حروف اصلی است که تقریبا درهمه لهجه‌های زبان

فارسی وجود دارد. البته این جا مقصود آن نیست الفبایی که از هر حیث کامل باشد پیشنهاد بکنیم تا آثاری که از فرهنگ توده جمع‌آوری می‌شود بتوان با آن نوشت؛ زیرا به کار بردن چنین الفبایی مستلزم اطلاع کامل از فن زبان‌شناسی و لهجه‌شناسی است. و به علاوه برای نوشتن هر لهجه ممکن است علامت‌هایی لازم باشد که در نوشتن لهجه‌های دیگر به کار نمی‌آید.

البته نوشتن همه مطالب با این الفبا ضرورت ندارد و در صورتی که برای گردآورنده اشکال داشته باشد، ممکن است با حروف معمولی خوانا که دارای اعراب باشد همین کار را انجام بدهد. آنچه لازم است با الفبای صوتی نوشته شود به قرار زیر است:

۱. تمام لغات و اصطلاحات لهجه‌ها و زبان‌های بومی.
۲. در ذکر عقاید و اوهام و رسوم- کلمات و عباراتی که با زبان ادبی و رسمی فارسی فرق دارد و اگر با الفبای فارسی بنویسند ممکن است در خواندن اشتباه شود.
۳. در امثال- عبارات و کلماتی که به یکی از لهجه‌های گوناگون زبان‌هایی که در ایران رایج است مانند: لری، ترکی، کردی، گیلکی، مازندرانی و غیره... یا به لهجه عامیانه باشد، به طوری که آن عبارات و کلمات را در فرهنگ‌ها و کلمات فارسی نتوان یافت.
٤. در ترانه‌ها و لالایی‌ها- همه شعرها و عباراتی که به زبان ادبی فارسی نیست و در همه این‌ها البته باید عین تلفظ عوام نوشته شود.
۵. در افسانه‌ها و اوهام مربوط به مکان‌ها و چیزها- عبارت‌هایی که به لهجه‌های محلی یا به زبان عامیانه است.
۶. در قصه ها- اگر قصه به لهجه عامیانه یا یکی از زبان‌های بومی ایرانی است، بهتر است که با دقت همه آن را به این الفبا بنویسند وگرنه فقط کلمات عامیانه یا محلی یا اصطلاحات مخصوص که در زبان فارسی ادبی نیست با این الفبا نوشته شود. ترجمه تحت لفظی این متن‌ها یا لغات مشکل ممکن است با الفبای معمولی فارسی باشد.

الفبای صوتی

V	و	3	ز+ذ+ض+ظ	A	اَ
H	ه+ح	Z	ژ	Â	آ
Y	ی	C	ش	B	ب
O	اُ	'	ع+ء+أ	P	پ
Ô	او (نو)	Q	غ+ق	T	ت+ط
U	اُو (سو)	F	ف	S	ث+س+ص
E	اِ (کوتاه)	K	ک	J	ج
e	اِ (کشیده)	G	گ	Ç	چ
I	ای	L	ل	X	خ
W	واو معدوله	M	م	D	د
		N	ن	R	ر

توضیحات کلی

۱- حرکات

e) صدای زیر (کسره) ولی زیر کوتاه که اغلب در وسط کلمه واقع می‌شود مانند حرکت «پ» در کلمه پدر (Pedar) یا حرکت «ن» در کلمه (Nemune).

e) صدای زیر ممتد و بلند- که بیشتر در آخر کلمات فارسی واقع می‌شود، مانند: کوچه (Kuçe).

a) صدای زیر فارسی- مانند حرکت دال در پدر (Pedar).

a) صدای «آ» در فارسی- چه در اول، چه در میان و چه در آخر کلمه باشد، مانند آفتاب (Aftab).

o) صدای پیش در فارسی- مانند حرکت «پ» در پُر (Por) یا حرکت «خ» درخورشید (Xorcid).

u) صدای اُو (واو) در فارسی- کشیده - مانند حرکت «ز» در زور (3or) یا حرکت «خ» در خون (Xun).

Ô) صدای میان «اَ» و «اُ» در فارسی- مانند حرکت «ن» در نوروز (Noru3).

i) صدای «ای» در فارسی- مانند حرکت «ز» در کلمه‌ی زیر (3ir).

۲- حروف ساکن

b و p) همان ب و پ فارسی است.

t) به جای «ت» و «ط» به کار می‌رود، مانند: تابوت (Tabut) و خراطی (xarrati).

s) به جای «س، ث، ص» نوشته می‌شود. مانند: لوس (Lus)، وارث (Wars) و قصاص (Qassas).

j) به جای «ج» مانند: عاج (Aj).

ç) به جای «چ» مانند: گچ (Gaç).

x) به جای «خ» مانند: خواب (xab).

ʒ) به جای «ز، ذ، ض، ظ» مانند: باز (Baʒ)، ذات(ʒat)، ضرر(ʒarar) و ظهر (ʒohr).

c) به جای «ش» مانند: شب (Cab).

,) به جای « ع+ء+أ» مانند: اعتماد (E,temad)، سؤال (So,al) و مـأنوس (Ma,nus).

q) به جای «ق، غ» مانند: زاغ (ʒaq)، طاق (Taq).

y) به جای «ی» ساکن مانند: می(Meyy) و ری (Rey).

۱. این حروف برای نشان دادن تلفظ کلمات است. بنابراین حروفی را که در خط فارسی نوشته می‌شود و خوانده نمی‌شود، نباید با این الفبا نقل کرد. مثلا در کلماتی که به های غیر ملفوظ ختم می‌شود، نوشتن حرف «ه» (h) درست نیست، مانند کلمه خانه که باید چنین نوشته شود: (xane) و نوشتن (xaneh) خطا است.
۲. اما اگر در بعضی لهجه‌ها حروف مزبور خوانده می‌شود، باید آن‌ها را ثبت کرد. مثلا «و» معدوله چنانکه در کلمات «خواهر و خواب و خورشید» فارسی هست ممکن است در بعضی لهجه‌ها به تلفظ درآید. در این صورت برای نشان دادن واو معدوله حرف(w) را باید نوشت به این طریق: (xwab, xwahar).
۳. حروف مشدد مانند «ر» در «اره» و «خراطی» و حروف دیگر باید مکرر نوشته شود. مثال (Arre و xarrati و Abbas).

٤. کسره اضافه مانندحرکت « ر » درترکیب «پدر من»با خط فاصله به کلمه قبل مربوط می‌شود: Pedar-eman و همچنین حرکت پیش درعطف مانند: man.oto.

نکات قابل ذکر

این الفاظ نه به قصد آن ساخته شده که برای نوشتن زبان ادبی فارسی به کار رود و نه برای ثبت دقایق و خصایص همه لهجه‌های فارسی کافی خواهد بود.

از نکاتی که در قرار دادن این الفبا منظور بوده، یکی این است که با حروف موجود در چاپخانه‌های ایران بتوان نمونه‌هایی را که به دست می‌آید، چاپ کرد و دیگر آن که حتی‌الامکان اشکال آن‌ها برای ایرانیان مانوس‌تر باشد. بنابراین نباید تصور شود که نویسنده این مقاله می‌خواهد این الفبا را به دیگران تحمیل کند.

به علاوه در ثبت کلمات فارسی یا لهجه‌های مختلف ایران به مواردی برمی‌خوریم که در این‌جا پیش‌بینی نشده است تا موجب تشتت فکر خوانندگان یا پژوهندگان فرهنگ توده نشود. حرف صامت در بعضی از لهجه‌ها به اشکال گوناگون تلفظ می‌شود. یعنی مثلا تلفظ «کاف» گاهی خشن و گاهی نرم است. اما در این‌جا برای نشان دادن این دو نوع تلفظ فرقی قائل نشده‌ایم. همچنین حرف «ح» که از حلق ادا می‌شود و حرف «ر» خشن در بعضی لهجه‌ها هست که عجالتاً علامات خاصی برای آن‌ها قرار نمی‌دهیم. در حرف «i» نیز میان یای مجهول و یای معروف فرقی نگذاشته‌ایم. این نکات و بسیاری از نکات دیگر که وابسته به زبان فارسی است، البته در الفبای کامل صدادار مورد توجه واقع شود. ولی فعلاً تذکار آن‌ها موجب زحمت گردآورندگان خواهد شد.

باید در نظر داشت که مراد از طراحی که در این مقالات پیش‌بینی شده، تحقیق در فن لهجه‌شناسی ایرانی نیست، بلکه فقط جمع‌آوری مواردی از فرهنگ توده در نظر است. برای تحقیق در لهجه‌های آشنایی با علوم مربوط به زبان‌شناسی لازم است که از عموم نمی‌توان توقع داشت، معهذا مسلم است که همین تحقیقات ممکن است در آینده برای فن لهجه‌شناسی مورد استفاده واقع شود و زمینه‌ای برای محققین آن فن به دست بدهد.

نمونه نوشتن با الفبای صوتی

(۱)

Dicô ke barun umad,	دیشو که بارون اومد،
Yar-am lab-e bun umad!	یارم لب بون اومد!
Rftam lab-ec be-busam,	رفتم لبش ببوسم،
Xun-ec çekid tu baxçe,	نازک بود و خون اومد،
Xun-ec çekid tu baxçe,	خونش چکید تو باخچه،
Ye dasse gol darumad,	یه دسته گل دراومد،
Raftam gol-eç-be-çinam,	رفتم گلش بچینم،
Par-par cod-o hava raft!	پرپر شد و هوا رفت!
Raftam par-par be-giram,	رفتم پرپر بگیرم،
Kaftar cod-o hava raft,	کفتر شد و هوا رفت،
Raftam kaftar be-giram,	رفتم کفتر بگیرم،
Âhu cod-o sahra raft,	آهو شد و صحرا رفت،
Raftam âhu be-giram,	رفتم آهو بگیرم،
Mâhi cod-o daryâ raft!	ماهی شد و دریا رفت!

(۲)

Lala, lala, gol-e pune,	لالا،لالا گل پونه،
Geda umad dar-e xune,	گدا اومد در خونه،
Nun-ec dadim, bad-ec umad,	نونش دادیم، بدش اومد،
Xod-ec raft-o sag-ec umad.	خودش رفت و سگش اومد.

(۳)

Xorcid xanum âfto kon,	خورشید خانم، آفتو کن،
Yé moc berenj tu âw kon,	یه مشت برنج تو آو کن،
Ma baçeha-y-e gorgim,	ما بچه‌های گرگیم،
Aз sarmagi be-mordim!	از سرماگی بمردیم!

(٤)

Anni jaзçi-ye'ta anni vaз babe	انی جز چیه، تا انی وز ببه.

(مثل رشتی: جزش چیست تا وزش باشد!)

۲۶۱

نوشتن با این الفبا فقط برای کسانی است که می‌خواهند کارشان بسیار دقیق باشد. البته باید به دقت این نمونه‌ها را ملاحظه کنند و بکوشند که الفبا را خوب یاد بگیرند و درست به کار ببرند.

کاوش عمومی

برای جمع‌آوری منظم فلکلور همه مناطق کشور، دولت باید به وسیله بخش‌نامه دانشمندان، هنرمندان و کارمندان فرهنگ و ادارات دولتی را دعوت بکند که در این کاوش شرکت بکنند. هم‌چنین باید توضیح بدهند که این تحقیقات منحصراً جنبه علمی دارد و هیچ ربطی با سیاست، مذهب و غیره در بر نخواهد داشت.

شاگردان دبستان‌ها و دبیرستان‌ها می‌توانند اطلاعاتی از خانواده و اطراف خود به‌دست بیاورند. باید حس کنجکاوی آن‌ها را تحریک کرد، زیرا به وسیله تشویق و راهنمایی برخی از آن‌ها می‌توانند کمک‌های شایانی دراین زمینه بکنند. اشخاص تحصیل کرده ادارات دولتی هرکدام در رشته خود و نسبت به تماسی که با مردم دارند ممکن است اطلاعات گرانبهایی به دست بیاورند و بالاخره هر کس در اطراف خود و خانواده‌اش با کسانی معاشر است که می‌تواند محفوظات آن‌ها را یادداشت بکند؛ زیرا در این موقع که تغییرات و تحولات عمیق در جامعه بشر انجام می‌گیرد، هر فرد تحصیل کرده باید پی به اهمیت مطالعات اجتماعی برده و نه تنها تکلیف بلکه وظیفه خود بداند که در این زمینه آنچه از دستش بر می‌آید فروگذار نکند. موضوع فلکلور مخصوصاً نتیجه پرورش و فعالیت دسته‌جمعی یک ملت است که ناچار مربوط به روانشناسی و جامعه‌شناسی می‌گردد.

روزنامه‌ها و مجلات محلی نیز می‌توانند به نوبت خود مردم را تشویق کنند و قسمتی از روزنامه یا مجله خود را به چاپ فلکلر محلی اختصاص بدهند و بخش نامه‌ها و پرسش نامه‌ها را به اطلاع عموم برسانند.

باستان‌شناس، ستاره‌شناس، گیاه‌شناس، متخصصین اقتصاد و دادگستری و کشاورزی، پزشک، زبان‌شناس، جغرافی‌دان و مهندس هر کدام به نوبت خود می‌توانند تحقیقات علمی بسیار جالب توجه در فلکلور بکنند. مثلا ضبط لغات محلی و زبان‌های بومی، هم‌چنین جمع‌آوری افسانه‌ها و قصه‌ها و ترانه‌ها نه تنها کمک گرانبهایی به

علوم و فرهنگ فارسی خواهد بود، بلکه ممکن است زمینه‌های تازه و بکری در شعر و هنر و ادبیات فارسی ایجاد بکند. برای موضوع‌های مفصل ممکن است تقسیم کار قائل بشوند و دیری نخواهد کشید که در هر محلی اشخاص باذوق و کارشناس به وجود بیایند.

اسناد و مدارکی که جمع‌آوری می‌شود، تمام آن‌ها باید به دقت نگه‌داری و با ذکر نام گردآورنده چاپ و منتشر گردد. زمانی که همه این اسناد چاپ و در دسترس متخصصین گذارده شد، می‌توان فلکلور سرتاسر کشور را به طور دقیق مطالعه و مقایسه و طبقه‌بندی کرد.

مجله «سخن» در نظر دارد پرونده‌ای برای جمع‌آوری فلکلور ایران تخصیص بدهد، و ضمناً چند صفحه را در اختیار نمونه‌های فلکلور ایران بگذارد. کسانی که از شهرستان‌ها در یکی از قسمت‌ها که در «طرح کلی جمع‌آوری فلکلور» (شماره۴ ص۲۶۵-۲۷۵) ذکر شده، تحقیقاتی بکنند و به اداره مجله بفرستند، در صورتی که دارای شرایط بالا باشد به چاپ آن اقدام خواهد شد و هرگاه مطالعات دقیق و کاملی راجع به فلکلوریک دهکده یا شهر و یا قبیله‌ای به‌دست بیاید مجله چاپ جداگانه آن را به عهده خواهد گرفت و هم‌چنین جوایزی برای گردآورنده تعیین خواهد شد.

شیوه نوین در تحقیق ادبی

جلد هفتم از خمسه نظامی

جلد هفتم از خمسه نظامی

دنیا پیوسته روبه کمال می‌رود و درتمام شئون علمی و ادبی و اجتماعی هرروز شیوه‌ای نو پدید می‌آید و قدمی بلند به جانب اصلاح و تکمیل برداشته می‌شود و البته افتخار همیشه نصیب کسانی است که نخستین بار راه تازه را گشوده و دراصلاح کار پیشینیان پیش قدم بوده اند.

در تحقیقات ادبی و شیوه سخن و بحث در معانی و ریشه کلمات دانشمندان تاکنون طرقی اختیار کرده بودند که در نظرهمگان درست می‌آمد. اما از آن‌جا که درسیرترقی سکون وجود ندارد، به تازگی دانشمندانی پیدا شده‌اند که درنتیجه سال ها رنج و مرارت و کوشش بافکر سلیم و ذوق مستقیم خود شیوه‌های کهن را زیرپا گذارده و از تقلید رسوم دیرین چشم پوشیده و خود طریقه‌های تازه‌ای در این گونه مباحث اتخاذ کرده‌اند که راستی شایان توجه و قدرشناسی است!

هفت جلد خمسه نظامی (۱) که اخیراً تصحیح و تنقیح و توضیح شده باشرح حال و بحث در شیوه سخنوری این شاعر بلند پایه و فرهنگ لغات مشکل دیوان که برای مزید فایده برآن افزوده‌اند نمونه بارزی از پیشرفت‌های شایان در فنون تحقیق است.

البته معرفت نفس مقدمه معرفت است و بزرگان عالم همیشه خود به عظمت خویش و اهمیت کاری که انجام داده‌اند متوجه بوده‌اند. چنان که اپیکتیطوس حکیم به طریق اندرز به طور کلی فرماید: «آن که خود را شناخت خدا را شناخت.»[1] این دانشمند محقق مدقق نیز بدین نکته التفات فرموده و خود آن را متذکر شده‌اند.

از صفحه «عج» جلدهفتم خمسه نظامی: «نظامی درعالم مکاشفه گوئی پیش‌آمدهای غلط‌کاری و الحاق تصحیح و تشریح ما و دور کردن اشعار مهمل الحاقی را از دفاتر

---

[1] این گفتار حکیمانه را به سقراط و بقراط (منظور از بقراط ارسطو است لیکن برای مراعات داءالسجع این کلمه را درمعنی ارسطو وضع کردیم) نیز نسبت داده‌اند اما به سبک اپیکتطوس نزدیک‌ترست چنان‌که دانشمند زیرین در کتاب خود اشاره کرده است.

Potatovshaya, A Comarativestudy of literaria charivaria

وی در همان زمان می‌دیده و از این چند بیت در آغاز خسرو و شیرین بدین وقایع نظرداشته است:

کمر بستم به عشق این داستان را — صلای عشق در دادم جهان را
مبادا بهره‌مند از وی خسیسی — به‌جز خوشخوانی و زیبانویسی
زمن نیک آمد این اربد نویسند — نه شعر من که شعرخود نویسند

«پس ازخسیس مقصود غلط‌کاران و از خوشخوان و زیبانویس منظور «ما» بوده‌ایم...»

اما برای کسانی که همت بلند دارند و دست به کارهای بلند می‌زنند مشقات طاقت‌فرسا، حتی در مناطق سردسیر سهل می‌نماید به این سبب دانشمند محترم به سادگی تمام ازرنج مالا کلام خود گفتگو می‌فرمایند:

ازصفحه «عه»: «مخصوصاً هرسال سه چهار ماه تابستان را در سردسیر شمیران (قریه سوهانک) با فراغت خاطر مشغول کار بوده تا در ظرف مدت ده سال این وظیفه بزرگ و خدمت عظیم را به انجام رسانیدم.»

دراین مدت قصه فداکاری‌های ایشان درتصحیح نظامی حتی به گوش دوره گردان هم رسیده بوده است:

از صفحه «عه»: «کتاب‌فروشان تهران هم خاصه دورگردان چون از قضیه آگاه بودند هر نسخه نظامی را اول برای من می‌آوردند.»

درباره شیوه‌ای که درتصحیح این کتاب‌ها « برخلاف مقلدان سبک اروپا» پیش گرفته‌اند، برای آن‌که شنوندگان اغراءِ به جهل نشوند درجواب حاسدان» چنین گفته‌اند:

ازصفحه عه: «اولاً تقلید در هر کار ناروا و غلطست:

«خلق را تقلیدشان برباد داد — کای دوصد لعنت براین تقلید باد»

از صفحه «عو»: ثالثاً — اگرمی‌خواستیم تمام غلط‌ها را در حاشیه جای دهیم کار بیهوده و باعث تضییع وقت همه کس می‌شد زیرا هر صفحه دارای دو بیت شعر و بیست سی سطر نسخه بدل می‌گردید.

«این‌که اروپائیان در پاره‌ای از کتب این کار را کرده‌اند برای آن است که به سبب بیگانگی با زبان، صحیح را ازغلط تمیز نمی‌توانند و نسخه بدل‌ها هم معدودی بیش

نبوده پس همه را ضبط کرده‌اند و هم آنان اگر کتب کهن‌سال زبان خودشان را تصحیح کنند البته چنین کاری نخواهند کرد...»

چنان که مصحح محقق مدقق فرموده‌اند شیوه‌ای که تاکنون در تصحیح دیوان‌ها و کتب قدیم متداول بود طریقه ناپسندیده‌ای است؛ زیرا هم کاری دشوار و مستلزم صرف وقت بسیار می‌باشد و هم بر کمال فضل مصحح دلالت نمی‌کند. اما هر محقق فاضلی طبعاً کتاب یکی از بزرگان را برای تحقیقات عمیق خود انتخاب می‌کند. پس آسان‌ترین و درست‌ترین روش تحقیق آنست که اشعارو عبارات را با ذوق سلیم خود که بدان نیز ایمان دارد بسنجد و هر شعر یا عباراتی که نپسندید یقین کند که ازآن مؤلف یا شاعر نیست. دانشمند محترم نیز همین روش را ابتکار کرده و به کار برده‌اند چنان‌که خود می‌نویسند:

از صفحه «نه»: «در تمام بیست وهشت هزار بیت مثنوی نظامی یک بیت سست دیده نمی‌شود و اگر اتفاقاً یک ترکیب سست یا یک معنی نامناسب یافت شد از نظامی نیست و الحاقی است یا آن که تصرف کاتب و غلط نویسنده در آن راه یافته.»

اما این که بعضی از محققان عمر عزیز خود را در بحث سخن‌سنجی و تعیین ارزش و مقام شعراءِ و نویسندگان تلف کرده و بیهوده با اصول وقواعد علمی در این راه می‌کوشند کاری باطل و ضایع است زیرا شاعرانی هستند که گفتارشان معجز است و در معجز جای گفتگو نیست. شیوه مصحح مدقق محقق در انتقاد اشعار نظامی نیز همین است:

از صفحه «نه»: «بسیاری ازابیات نظامی معجزه است و هرگاه جن و انس جمع شوند نمی‌توانند نظیر یک بیت آن را بیاورند و اینک نموداری از آن معجزات... این یک بیت وی باصد دفتر برابر است:

زمین عجم گورگاه کی است　　　در او پای بیگانه وحشی پی است

البته مراد دانشمند محترم صد دفترچه سفید بوده است به علاوه بهتر بود مؤلف نمونه‌ای از اشعار اجنه درج می‌نمودند تا معیاری به دست خواننده داده باشند.

ازصفحه «نه» و «نو» هیچ کس چنین نیارد گفت:

پیر بخت‌آزمای تاج پرست　　　　تاج بنهاد و زیر تخت نشست

در کشته شدن زنگی و افتادن سر وی فرماید:

سرزنگی نخل بالا فتاد　　　　چو زنگی که از نخل خرما فتاد.

درمقایسه میان فردوسی و نظامی می‌نویسد:

از صفحه‌ی «نح»: «ما اینک اشعار هردو را در همین واقعه نقل و ذوق سلیم و فکر مستقیم را هر کجا باشد حکم قرار می‌دهیم تامعلوم گردد مقام شاعری نظامی کجا و فردوسی کجاست».

هرچند این حقیر به ذوق سلیم خود چندان بدبین نیست متأسفانه چون در اشعاری که از فردوسی نقل کرده‌اند بعضی بیت‌ها افتاده و سخنان اسکندر و دارا با هم مخلوط شده بود نتوانست در این باب حکمی بکند. البته مصحح مدقق محقق خود متوجه این نکته بوده و عمداً اشعار فردوسی را به این صورت چاپ کرده‌اند تا قضاوت چندان آسان نباشد.

تمام ابیات دشوار نظامی در این هفت جلد کتاب دانشمندانه شرح و تفسیر شده است و اینک ما یک نمونه ازآن می‌آوریم. در خسرو و شیرین آن‌جا که شاپور به فرمان خسرو برای به دست آوردن شیرین عازم است به خسرو می‌گوید:

اگر دولت بود کارم به دستش　　　　چو دولت خود کنم خسرو پرستش

محقق محترم در ذیل صفحه چنین توضیح داده‌اند : «یعنی اگرکار من به دست او دولت باشد...»

دانش‌آموزی می‌گفت معنی شعر این است که «اگر بخت باشدکه او را به دست بیاورم...» ولی البته هزار البته به زعم این ضعیف قول دانشمند محترم اصح است.

همانا علماء و حکماء انسان را به حیوان ناطق تشبیه کرده‌اند چه امتیاز او بر سایر حیوانات از لحاظ سخن است، و هرزبانی کامل‌تر باشد به ویژه تأثرات درونی خود را بهترمی تواند بیان کند ازاین رو مؤلف توجه خاصی نسبت به لغات مشکل سبعه نظامی مبذول داشته‌اند و این کتاب که با داشتن لغات مشکل خواندنش خالی از اشکال نبود با زبردستی کامل و به وسیله فقه الغه عامیانه این اشکالات را کاملاً مرتفع

نموده اند. عجالتاً به واسطه ضیق اوقات و تراکم امور به تذکر چند نکته که دانشمند محترم درفرهنگ نظامی با ذوق سلیم خود معنی کرده‌اند قناعت می‌کنیم:

آذرنگ – به معنی آتش‌رنگ و مخفف آذررنگ می‌باشد.

سیه را سرخ چون کرد آذرنگی　　　　چوبالای سیاهی نیست رنگی

عقیده بعضی براینست که آذرنگ به معنی جرقه و اخگر و برق و آتش است چنان که دراین شعر:

«که ازغم به جانم رسید آذرنگ» و در شعرنظامی هم دارای همین معنی می‌باشد ولی البته این‌گونه ذوق‌ها سلیم نیست.

آلان – این ناحیه را درکتاب «تحفه الافاق» نیافتیم[۱]

ازخر افتادن – کنایه از مرگ است:

به هندوستان پیری ازخر افتاد　　　　پدر مرده ای را به چین گاو زاد

این جا دانشمند محترم لغت مشکل «گاوزادن» را که کنایه از زادن شترست معنی نفرموده اند.[۲]

اغانی – سازی که افلاطون اختراع کرده است:

نشاندند مطرب به هر برزنی　　　　اغانی سرائی و بربط زنی

خوب بود مؤلف محترم تذکر می‌دادند که اغانی به موجب این شعر سازی بوده که در آن می‌سرائیده‌اند و شاید همین بوق باشد و درآن آواز می‌خوانده‌اند.

افرنجه – شهری است در کنار نیل که گویند انوشیروان آن را بنا کرده:

---

[۱] به عقیده باخترشناس مشهور لسکوت آمریکایی نام قبیله ای ازآل بوده است که به طرف فلات غربی برزیل مهاجرت کرده اند. برای اطلاعات بیشتر به کتاب ایشان مراجعه شود:

R.Lescot ,Chinoiseries des language astuceennes , Alep 1877

[۲] برای مطلب بالا به مقاله دانشمند محترم روتاباگوس مراجعه شد به عنوان زیر:

Rutabagus, Traite des calembours et Jeux de mots demodes

که درمجله ایگدرازیل Yggdrasill شماره ٤٣ سال ۳۹ درج شده بود، لکن این لغت را نیافتیم. ضمناً از شاعر شیرین سخن آقای ناطل تشکر را واجب می‌شمارم که دوره مجلات نام برده را برای مطالعه در اختیار این حقیر گذاشتند. به علاوه در کتاب تحول و تطور زبان دری که در دست تألیف است به این نکته اشاره خواهم کرد.

«نه مصر و نه افرنجه ماند نه روم   گدازند از آن کوه آتش چو موم»

چنین به نظر می‌آید که مردم این شهر بعد به اروپا کوچ کردند و به این سبب اروپا
به «فرنگ» موسوم شد.[1]

باج برسم – برسم کتابی است درکیش بهی مقدس و باج برسم چنانست که هنگام
خوان گستردن مؤبد به حال خواندن نسک و به دست گرفتن برسم خورش‌ها را
چاشنی کرده و آن‌گاه خسرو می‌خورد:

«به هر خوردی که خسرو دستگه داشت   حدیث باج برسم را نگه داشت»

از مزایای این فرهنگ آنست که گاهی این‌گونه شوخی‌های ملیح را نیز در آن
گنجانده‌اند و در عین حال کتابی ادبی و فکاهی تألیف کرده‌اند تا طبع خوانندگان را
که ازخواندن تحقیقات دقیق علمی ملالت یافته استنباطی دست دهد و این شیوه
اخیراً بسیاری مقلد پیدا کرده است. و گرنه محقق مدقق البته می‌دانند که برسم
کتاب نیست و ترکه‌های انار وگز است که زردشتیان در موقع دعا خواندن به دست
می‌گرفته‌اند و باج یا واج[2] یا باژ گرفتن دعا خواندن است و درآئین زردشت پیش از
غذا دعا می‌خوانده‌اند و آن‌گاه دست به خوردن غذا می‌برده‌اند.

براد – با زیر اول کلمه نفرین است: (سیلاب غمش براد حالی)
این ضعیف گمان داشت که براد صیغه تمنی از فعل بردن است ولی خوشبختانه این
اشتباه برطرف شد.

بردع و ابخاز – درلغات مشکل فرهنگ دیده نشد.

برنائی – با زیر اول دوره‌ی بعد از جوانی که دیگر نمو و برآمدن برای بدن نیست...

---

[1] برای اطلاعات بیشتری مراجعه شود به کتاب زیر:
Karapitapan, speculations morphologiques des sado masochists.
این حقیر مطالب فوق را در کتاب تحول و تطور زبان دری که مشغول تألیف می‌باشم متذکر شده‌ام.
[2] معنی غیرعلمی این لغت در رساله «راهنمای زبان فارسی باستان» توضیح داده شده و مؤلف لغت
واج شناسی را برای Phonetique پیشنهاد نموده است و نیز کتاب:
Zigouillard, L` agonie du bon sens.
دیده شود.

بنابراین «برآئی» نیز به معنی دوره جوانی است که برآمدن برای بدن هست. تاکنون نگارنده گمان داشت که درکلمه «برنا» حرف ب مضموم است و درزبان پهلوی نیز آن را به صورت «اپرنای» دیده بود و هیچ به این نکته دقیق توجه نداشت.

برومند – با زبر اول کامیاب و محترم مخفف آبرومندست:

«برومند باد آن همایون درخت   که در سایه آن توان برد رخت»

این‌جا منقح مدقق را مختصر اشتباهی دست داده که البته از قدر و منزلت تحقیقات دقیق ایشان نمی‌کاهد و آن اینست که برومند مخفف آبرومند نیست بلکه مرکب از دو کلمه «بر» به معنی میوه وادات «مند» می‌باشد یعنی «میوه‌دار» و کلمه «مند» در زبان پهلوی « اومند» بوده و در فارسی به «مند» تخفیف یافته و فقط در بعضی کلمات مانند همین برومند و حاجتومند و نیازومند به صورت نخستین مانده است.

از اشعارمنوچهری است:

من نیازومند تو گشتم و هرگوشه چنین   عاشق ناز تو می‌زیبدش صدگونه نیاز

پراویز – در وجه تسمیه پرویز فرهنگ‌ها مهملات خنده‌آور بسیار گفته‌اند...

جای بسی خوشوقتی است که این مهملات خنده‌آور در نتیجه کوشش دانشمندانی مانند مصحح جلد هفتم خمسه نظامی به تحقیقات جدی تبدیل می‌گردد.

پرده داران – مطربان خواننده.

«مطربان پرده را نوا بستند   پرده داران به کار بنشستند»

جای آن بود که توضیح می‌دادند که پرده‌داران خوانندگانی هستندکه صوت بسیار زیر دارند به‌طوری که آوازشان پرده صماخ را می‌درد.

تپانچه – سیلی و در اصل ته پنجه بوده بعد تپنچه شده و اکنون تپانچه می‌خوانند. تپنچه هنوز درنسخ قدیم دیده می‌شود.

زنم چندان تپانچه بر سروری   که یا رب یا ربی خیزد زهر سوی

ازاین قرار «سرخچه» دراصل سرخنجه بوده به این مناسبت که دراثر ناخوشی سرخک تن به خارش می‌افتد و با سرخنجول (تک ناخن) تن را خارش می‌دهند.

این‌گونه تحقیقات را در باره ریشه لغات به زبان فرنگی «اطیمولوجیا» می‌خوانند.

جناب – با پیش‌بازی و قمار معروف که عوام جناق می‌گویند و جناق بستن و شکستن معروف است و برنده می‌گوید مرا یاد و ترا فراموش:

جنابی که با گل خورم نوش باد   مرا یاد و گل را فراموش باد

این ضعیف سابقاً این کلمه را دراین شعر «جلاب» می‌خواند که به معنی شربت «گلاب» است ولی در نتیجه تحقیقات دانشمند معظم این اشتباه رفع گردیده و نیز ثابت شد که در زمان نظامی استخوان جناق را نیز می‌خورده‌اند.

حصرم – به فتح اول و ثالث غوره.

این کلمه درزبان عربی به کسر اول ثالث است ولی معلوم می‌شود که در زمان نظامی هردو به فتح بوده است.

دبیر – نویسنده و کاتب و دراصل چنان که صاحب محاضرات می‌نگارد «دووير» بوده یعنی دارای دو فکر و دو خاطر که یکی صرف نگارش و خوش‌نویسی می‌شود و دیگری مصروف مطالب شیوا و دراصل فارسی است.»

نظرکسانی که از ذوق سلیم عارِیند اینست که، دبیر ازریشه اوستایی به صورت «دپی» وجود داشته اما خطای ایشان آشکارشد[1] و نیز معلوم می‌شود که کلمه سفیر نیزدراصل «سه ویر» بوده زیرا واو وفاءِ به هم مبدل می‌شوند و سفیر از آن‌رو گفته‌اند که یکی ازفکرهای خود را صرف سفر کردن و دیگری را صرف اجرای

---

[1] در رساله «راهنمای زبان فارسی باستان» مؤلف لغت دیبا را از ریشه دب می‌داند و درمقابل عربی متن انتخاب می‌کند و ضمناً توضیح می‌دهد دیبا پارچه‌ای بوده که روی آن نوشته و نقش و نگار داشته است. و لغت «دیبای درنویس‌ها » را که سال‌ها بود قلیه انتظارش بودند بالاخره به وجود می‌آورد . لکن دیبا در اصل دیپا و به معنی پارچه ابریشمی ساده است در صورتی که پرنیان پارچه ابریشمی منقوش می‌باشد و مناسب‌تر بود پرنیان برای متن انتخاب می‌شد. کتاب‌های:

Greensalt , Me`galomanie ou ne`o-cre`tinisme, Princeton.
Rickshaw , L`Art de fabriqucr des mots surre`alistes.

دیده شود.

مأموریت و سومی را مصروف بازگشتن می‌کند. بنابراین کلمه سفیر در اصل فارسی است ولی متأسفانه صاحب محاضرات دراین باب چیزی نمی‌نگارد.[1]

دستکش – گدا که پیش همه کس دست دراز می‌کند و نیز نوعی ازنان:

دستکش کس نیم ازبهر گنج   دستکشی می‌خورم از دسترنج

دستکش نانی است که کنجد و سیاه دانه با خمیر آن آمیخته باشند و پاپوش نیز به همین معنی است که اکنون نان یا درازی می‌گویند.

دمن – به فتحین – جمع دمن به کسر دال به معنی آثار خانه است. در عربی دمن به کسر اول و فتح ثانی جمع دمنه به کسر اول است ولی در زبان نظامی البته به طوری است که دانشمند محترم نوشته‌اند.

زرافه – بالضم – شترگاوپلنگ.

در این‌جا محقق دانشمند به کشف مهمی در حیوان‌شناسی توفیق یافته‌اند زیرا شترگاوپلنگ که صاحب عجایب المخلوقات آن را «یوزپلنگ دریایی» نیز می‌خواند همان جانوری است که داروین مدت‌ها در جستجوی آن بود و کتاب اصل الانواع خود را نیز در باره آن نوشته است. به زعم این ضعیف ممکن است همان جانور ماقبل تاریخی Pterodactyle باشد.

ستودان – دخمه و عمارتی که بر گور گبران سازند و به ظاهر در اصل ستون دان بوده است و بعد بر گور غیرگبر هم اطلاق شده.

در این‌جا به مناسبت این کلمه بجاست تذکر بدهیم که تاقدیس نام تخت خسروپرویز نیز در اصل از طاق و دیس مرکب است و آن تختی بوده به شکل دیس (بشقاب) که روی طاقی گذاشته باشند.

سمیرا – نام مادر شیرین همان Signorita اسپانیولی است که مؤلف ازقلم انداخته است.

شبگیر – رفتن و مسافرت در شب است چنان که ایوار مسافرت در روز است.

---

[1] از شاعر معظم و دوست محترم آقای نیما یوشیج سپاسگزارم که این قسمت از کتاب محاضرات را از بر کرده برای بنده قرائت نمودند.

چنان کز گوسفندان شام و شبگیر به حوض آید به پای خویشتن شیر

این کلمه تا آذر ماه ۱۳۱۸ به معنی سحرگاه و سپیده بوده است.

گیله – به زبان گیلانی ده و روستا.

گویا گیلاس هم به زبان گیلانی باشد.

مداین – پایتخت شاهان ساسانی... فرهنگ‌نویسان به فتح میم ضبط کرده‌اند ولی گمان می‌رود به کسر میم باشد و دراصل مد آئین بوده به نام پادشاهان مدوابدا ربطی به مداین عربی ندارد.

گویا دراصل مرکب از لغت Mode و «این» یا «Made in» بوده. درباره وجه تسمیه این شهر قرار بود یکی از دوستان دانشمند من تحقیقات گرانبهایی بنمایند ولی متأسفانه اجل مهلتش نداد، شربت وصال نوشید و سربه منزل مقصود رسید.

میوه – با زبریکم معروف و تلفظ با زیر میم در شهرنشینان غلط مشهور است و شاید وجه تسمیه آنست که بیشتر با می‌خورده می‌شده.

این نکته بسیار دقیق است که محقق مدقق بدان پی‌برده‌اند و برای مزید فایده می‌افزائیم که ابتدا در زبان فارسی میوه به معنی نقل و شیرینی بوده که با می می‌خورده‌اند و ثمر را برمی‌گفته‌اند بعدها که ده‌نشینان خوردن اثمار را با می معمول کردند میوه برای ثمر علم شد و ازآن پس به نقل و شیرینی هیچ نمی‌گویند.

امیدوارم که محقق دانشمند خرده‌گیری‌های این حقیر را که در نتیجه زحمات و مشقات بسیار تهیه شده به نظر عفو و اغماض بنگرند و در آینده پیوسته جمله معارف پژوهان را از پرتو معلومات خود مستفیض بنمایند، زیرا محقق محترم از تعریف و تمجید بی‌نیاز است و فداکاری‌ها و مشقات ایشان در راه علم و ادب بر عالمیان آشکار و محتاج به تذکر نمی‌باشد.

درپایان از کلیه دوستان فاضل و دانشمندان محترمی که این بنده ناچیز را در تألیف این مقاله به طور مستقیم و غیرمستقیم کومک نمودند از صمیم قلب متشکر و سپاسگذارم.

تهران – اسفند ماه ۱۳۱۹

درپیرامون لغت فرس اسدی

درپیرامون لغت فرس اسدی[1]

صفحه ۲۱- پایاب در پهلوی به شکل پادیاوندآمده است.

صفحه ۲۹- آذرگشسب یا گشنسپ نام یکی از آتش‌های مقدس سه گانه می‌باشد.

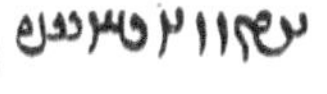

صفحه ۳۵- فرهست، پازند «فرایست» به معنی فراوان‌تر و زیاده‌تر می‌باشد و هیچ ربطی با جادو ندارد؛ چنانکه در تعریف فره (ص ٤۲۵) و لغت فرابسته «فرایسته» (ص ٤۹۰) همین کتاب اشاره شده است.[2]

صفحه ۳۹- پیخشت، احتمال می‌رود تحریف لغت بنیشت به معنی بنیاد بوده است.

صفحه ٤۵- دهشت، ربطی با بیگانگی ندارد، شاید لغت دهشت بوده است.

صفحه ٤۸- کوست و کوس به معنی جانب و طرف (به فرانسه ی قدیم Costé) می‌باشد.

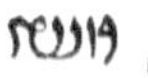

در شاهد به معنی کمر آمده است و کستی کمربند زرتشتیان از این لغت مشتق می‌شود.

صفحه ۵۹- آخشیج ظاهرا ریشه یونانی دارد، پهلوی آن هیر به معنی عنصر و هیران جمع است.

صفحه ۱۰۰- پازند- تعریفی که مؤلف می‌دهد کاملاً برعکس است به علاوه «زند» به معنی تفسیر اوستا می‌باشد نه پازند.

صفحه ۱۲٤- بهار به معنی بتخانه ص ۳۶۰- چندن ص ۳۶۹- شمن و ص ٤۰۲- لکهن از سانسکریت گرفته شده است.

---

[1] این نوشته که درتکمیل مقاله «لغت فرس اسدی» (شماره ششم وهفتم مجله موسیقی) نوشته شده نخستین بار در شماره هشتم، سال دوم آبان ۱۳۱۹ مجله موسیقی منتشر شد.

[2] G. Messina Ayatkar -î -zamaspîk, Roma ۱۹۳۹ صفحه ی ۵۰ فقره ۱۱ دیده شود. در کتاب‌های زرتشتیان «پرایست» نیز آمده است.

صفحه ۱۳۵- سمندر (به لاتن و یونانی Salamandra) مؤلف تعریف غلط ققنس Phénix را می‌دهد.

صفحه ۱۵۸- اوبار اوپاردن یا هوپاردن به معنی بلعیدن، ضد لغت گواریدن می‌باشد.[1] لغات عوامانه هپرو کردن و هپول هپال از همین لغت می‌آید.

صفحه ۱۸۸- ستخیز «ریست آخیز» (ریست = مرده) یعنی برخاستن مردگان یا روز قیامت و به این شکل غلط می‌باشد.

صفحه ۲۰٤- هرمس Hermés نام یکی از خدایان مصر قدیم و حکیم مشهور می‌باشد ولی در اینکه سازنده بربط Barbitos باشد جای تردید است. در پهلوی (بربوت) بربت سرای نیز آمده است[2] گویا نوعی از چنگ یا رود باشد.

صفحه ۲۰٤- سرکس، از شاهد لغت چنین استنباط می‌شود که مقصود سرکش یا سرگیس خنیاگر معروف ساسانی است و نه مرغ خوش آواز.[3]

صفحه ۲۱۱- هوش، به زبان پهلوی به معنی مرگ، وائوش[4] یا انوشه به معنی جاودان و بی مرگ می‌باشد.

صفحه ۲٤۷-۲٤۸- زیف- زیفان به معنی جفنگ و بی منطق آمده است.[5]

صفحه ۲۸۲- دژآهنگ- دش آهنگ و دال بضم می‌باشد. همچنین ص ۳٤۱ در اصل دش خیم بضم دال به معنی بدطینت و جلاد است زیرا دز و دژ یعنی قلعه و دژخیم

---

[1] اغلب لغات پهلوی دو دسته می شود: اورمزدی و اهریمنی مانند: درگذشتن، مردن- گفتار، درایش (در فارسی جدید به شکل مرکب : هرزه درایی مانده است) هجسته، گجسته. دهان- زپر و غیره در فارسی جدید نیز اینگونه اضداد وجود دارد مانند: بنشین، بتمرگ- میل کردن، ماشرا کردن- بخواب، بکپ (کپه مرگت را بگذار). در اصطلاح شیراز یکپیدن به جای خوابیدن استعمال می شود.

[2] J. M. Unvala, King Husrav and his boy, é8-79.

[3] در برهان قاطع نیز عین معانی لغت اسدی بدون کوچکترین انتقاد ضبط شده است.

[4] B. T. Anklesaria, Zand–t- Vohuman Yasn, Bombay, 1919

[5] J. Asana and West, Shikand – Gumanik vijar, Bombay

با دال زیرین از جمله اغلاط مشهور به شمار می‌آید، چنانکه در پهلوی پزشک در اصل «بزشک» و پنهان «به نهان» می‌باشد.

صفحه ۳۰۵- بابک در اصل پاپک است.

صفحه ۳۳۱- سندل به لاتین Sandalium و به فرانسه Sandale می‌باشد.

صفحه ۳۴۷- دژم- خشمناک و ترشروی است نه پژمان و اندوهگین.

صفحه ۳۵۸- برروشنان - در زمان پهلوی ویرویشنیکان، مؤمنین (گرویدگان) یا ویرویشنی Varôishnî می‌باشد در اسناد پهلوی تورفان اسم مصدر وروشن Varavîshn و در یادگار جاماسپ لغت: ورروشن Varavîshn که به فارسی: برروشن نیز خوانده می‌شود به این معنی آمده است[1] و به هیچ وجه معنی بدروشن که در پاورقی توضیح داده شده ندارد.

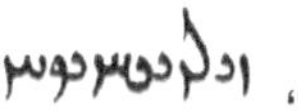

صفحه ۲۷۳- برزین، برزین مهر نام یکی از آتش‌های مقدس سه گانه می‌باشد و به معنی مطلق آتشگاه نیست.

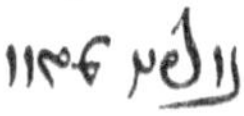

صفحه ۳۸۸- مرزبان، مرزپان است.

صفحه ۳۹۶- سخوان، در پهلوی است (لاتن so و یونانی Osteon) به معنی استخوان می‌باشد.

صفحه ۳۵۶- ستودن - استودان به معنی جای استخوان است و لغت استومند نیز از این لغت مشتق می‌شود.

صفحه ۴۰۳- پیون و اپیون، لغت یونانی (Opion) است که به زبان لاتن (Opium) به معنی شیره (عصاره) آمده است.

صفحه ۴۱۲- نیو به معنی نزدیک و خوبست نه مرد دلیر.

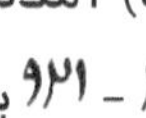

صفحه ۴۱۸- ژو - زریه یا زاریه به معنی دریاست.

صفحه ۴۳۷- آلغونه - همان آلگونه یعنی سرخگون است.

مهره آل نیز مهره‌های رنگارنگ می‌باشد و در اصطلاح آل پلنگی آمده است.

---

[1] W. Jackson Researches in Manichaeism M. Y. 138

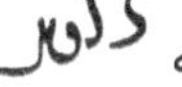

صفحه ٤٥٧- بیغله و بیغوله و در معنی کنج (ص ٥٩) در اصل پیغوله به معنی ویرانه می‌باشد.

صفحه ٤٧٢- بهمنجه معرب بهمنگان است.

صفحه ٧٢- مهراج همان مهاراجه است.

صفحه ١٨٢- ١٩٥- برجیس لغت برزاسپ لقب مشتری می‌باشد.

صفحه ١٨٥- پدواز یا پدواچ به پهلوی یعنی جواب به پرسش.

صفحه ١٩٩- کیموس Chumos و کیلوس Chulos لغت یونانی به معنی Chylification است (برهان قاطع دیده شود).

صفحه ٤٩٥- چگامه غلط و چکامه درست است.

***

برخی از لغات که تحریف شده و یا طبق اصول و قاعده لغوی به مناسبت اختلاف زبان و یا لهجه‌های بومی تغییر یافته است:

ص ۶- ٢٥١ - نغوشا و نغوشاک ظاهرا مقصود: مجوس- مگوش (لاتن Magus) می‌باشد.

ص ١٢- غوشا ١١٧- غوشاد ٢٦٨- غاوشنگ ٤١٥- غشغاو ٤٧٣- غوشته گویا همه این لغات از لغت گاو مشتق شده. در تبدیل گ به غ ص ٢١٠- پیلغوش (پیلگوش) ص ٤٣٩- غوزه (گوزه)

ص ٤٨٧- چاغوزه (چلگوزه) ص ١٧٢ بتفوز به جای پک و پوز و یا کلماتی که شدید شده‌اند مانند ص ٢٢٤ سطر ٥- دوخ به جای دوغ ص ٢٣٧- گریغ (گریز)[1] و ص ٥٠١- پیغاله (پیاله؟)

ص ٢٤- یافه در لغت غاب و (ص ٤٩٣) به جای یاوه ص ١٤٨- گرنج در تعریف معنی سر به جای برنج[2] ص ٣٠١- زفان در لغت کاک به جای زبان[3] ص ۵۶- نشکنج به جای نیشگان ص ۶۲- ٤٨٦- غلغلیج به معنی غلغلک ص ٤٨٥ باشگونه به جای واژگونه

---

[1] مروزی- مرغزی

[2] کتاب التفهیم ص ٣٣٧ دیده شود.

[3] التفهیم ص ٣٨۶

ص ۷۳- بنجشگ به جای گنجشک. ص ۷۱ سطر ۱۶- فام به جای وام و ص ۳۲۱- برغول به جای بلغور[1] و سطر ۱۳ هگرز به جای هرگز؛ از تغییرات منطقی قواعد لغوی است.

برخی از لغات اصیل و مهجور پهلوی که با معنی صحیح آمده است: ص ۵- مروا- مرغوا. ۱۰- چلیپا. ۴۶- ۵۲۸- مست و مستی (با میم پیشین). ۷۰- پسیچ ۸۷- اروند ۱۰۶- چکان ۱۱۲- کهبذ ۱۷۲- هیز (به معنی دلو در پاورقی) ۱۸٤- گمیز ۲۱۳- گرزش ۲۱۸- بش ۳۳۵- پدرام ۳۵۸- برروشنان ۳۹۷- مان ۴۱۶- آهو ۴۲۶- براه (برازندگی) ۴۳۵- باره- پتیاره ۴۶۲- فرهخته ۴۷۷- پذیره ۵۱۸- کستی.

از مطالعه لغت فرس چنین برمی‌آید که مؤلف چندان تبحری در لغت و اشتقاق آن نداشته و معنی خیلی از لغات را به قرینه حدس زده است.

شواهدی که از اشعار شعرا می‌آورد اغلب یا تحریف شده و یا برخی از آن شعرا اطلاع کافی در زبان نداشته‌اند و فقط برای اظهار فضل لغات مشکل را استعمال کرده‌اند، یا طبق لهجه محلی خود و یا به علت تنگی قافیه آنرا مسخ نموده‌اند.

بسیاری از لغات عجیب و غیر مأنوس بومی و محلی نقل شده و رونویس کنندگان در مغشوش کردن این نسخه هیچ کوتاهی نکرده‌اند. به طور تصادف لغات فارسی و پهلوی با معنی صحیح دیده می‌شود ولی با وجود نقایص بالا فرهنگ نامبرده یکی از اسناد معتبر لغات فارسی به شمار می‌رود.

تهران- آبان ماه ۱۳۱۹

---

[1] اینگونه پس و پیش شدن حروف (قلب) در زبان فارسی سابقه دارد چنانکه لغات پهلوی: بخل- تخل- بفر- چخر- سخر- در فارسی جدید بلخ- تلخ- برف- چرخ- سرخ شده است.

شیوه‌های نوین در شعر فارسی

«باطل اباطیل، همه چیز باطل است.»

تورات کتاب جامعه- ۲

می‌گویند شعر آینه‌ی دل است، اما اگر گرد و غباری بر روی آن بنشیند و آن را کدر کند محتاج صیقلی است، این همان صیقل تجدد است که شعرای معاصر پدید آورده‌اند و البته این معنی دل و جگر را تر و تازه می‌سازد.

نقص مهمی که ادبای متجدد برای شعر فارسی قدیم شمرده‌اند آن است که از حیث صورت و معنی تنوعی نداشته و بیشتر شاعران همان شیوه‌های کهن را پیروی می‌کرده‌اند، اگر این ایراد بجا باشد به جرأت می‌توان گفت که شعر جدید فارسی از این نقیصه بری است، زیرا هم از حیث لفظ و قالب شعر و هم از حیث معنی شاعران جدید از تقلید چشم پوشیده و شیوه‌های تازه یافته به کار برده‌اند به طوری که شعرای جدیدالحق لایق برابری با اسلاف نامدار و بزرگوار خود می‌باشند.

چون در این مقاله مجال تطویل سخن نیست، ما اینک به ذکر بعضی از شیوه‌های نوین که در شعر فارسی به وجود آمده و بیشتر اهمیت دارد با آوردن نمونه‌ای از آثار سخن‌وران سخن سنج نامدار اخیر اکتفا می‌کنیم.

گروهی از شاعران بزرگ اخیر معتقدند که شاعر باید موضوع‌های تازه و نو برای آزمایش طبع به کار برد، البته سلاست و انسجام الفاظ قدما را باید حفظ کرد و حدود قوانین ادبی را محترم شمرد، یعنی معانی نو را در همان لباس فاخر کهنه جلوه‌گر باید ساخت. ابیات زیر از قصیده‌ی غرایی است که یکی از شاعران زبردست در موضوع بسیار تازه و بی‌سابقه‌ای ساخته و نمونه‌ی کاملی از این شیوه به شمار می‌رود:

در نعمت سرکه شیره و این که باید جوانان مهذب اخلاق باشند:

ز سرکه شیره که گوید ترا زیان خیزد،

ز ترش و شیرین کس را زیان چسان خیزد؟

اگرچه مایه‌ی نفخ است غم مدار از آن،

که نفخ نیز به یک لحظه از میان خیزد.

۲۸۷

عصیر دانه ی انگور را سه خاصیت است،
بگویمت به یقین کز میان گمان خیزد:
یکی که باشد شیرین و آن دو دیگر را
تو خود بنوش و بدان کان دو ز امتحان خیزد[1]

یکی دیگر از شاعران بزرگ که اشعارش در السنه و افواه خاص و عام است در عین آنکه همیشه معانی لطیف تازه می‌جوید، به روانی و سلاست اهمیت بسیار می‌دهد. هر چند این شاعر پیش قدم دبستان «بابا شملیسم» و Skatophilisme شمرده می‌شود معهذا از غور و تفحص در مطالب سودمند اخلاقی و اجتماعی خودداری نمی‌کند حتی در تحت تأثیر دبستان فلسفی Cruditariens واقع می‌شود. اینک نمونه‌ای از آثار او:

قصه شنیدم که اشتری به چراگاه — ذات بنات نبات را ز خود آزرد
لیک چو دندان او ز پیری فرسود — چند کدو ساربان به آخور او برد
چون که شتر آن کدو بدید برابر — اشک تحسر ز هر دو دیده بیفشرد
گفت کدو را چرا خیار نگشتی — تا بتوان سهل بر تو گاز زد و خورد
هر چه بود سبز و ترد خورده شود زود — هر کدویی را شتر خورد چو بود ترد

گروهی دیگر از شاعران اخیر (پیرو دبستان Fadisme) برای آن که در قالب شعر تجددی ایجاد کنند به پاره کردن آن پرداخته و هر یک شعر را چهر پاره یا پنج پاره (خماسی) یا پاره پاره و منقطع ساخته‌اند و البته همه‌ی ایشان در ابداع معانی جدید نیز کوشش فراوان نشان داده‌اند و مضامین ایشان در اشعار قدما به کلی بی‌سابقه است. از آن جمله چهارپاره‌ی زیر را از منظومه‌ی «روی بام مطبخ» برای نمونه ذکر می کنیم:[2]

---

[1] این شعر دارای صنعت جدید «تعارف الجاهل» است و این صنعت را خود شاعر در مقابل تجاهل العارف قدما ابداع کرده است.

[2] این جانب مدتهاست که در نظر دارد سبک جدیدی ابداع کند و نام آنرا «خمپاره» بگذارد که جدیدتر خواهد بود زیرا چهارپاره را شکارچیان در قدیم بسیار استعمال کرده اند. اما هنوز متأسفانه طبعم یاری نکرده است.

چیست دل درد؟ آن که در روده / اندکی از خوراک گیر کند
وز فشارش چو روده شد سوده / آدمی را ز عمر سیر کند.

قطعه‌ی ذیل نیز نمونه‌ای از پنج پاره یا خماسی است و الحق معنی آن بسیار مبتکرانه و جدید است:

راجع به قلمکار و تشویق جوانان به سعی و عمل:

کاری که نکو بود نمودار بود / وآن را به همه جای خریدار بود
هر کس که قلمکار نکو بافته است / بس سود که از بافته اش یافته است
هر کار نکو همچو قلمکار بود.

بعضی دیگر از شاعران بزرگوار پیرو دبستان Vomitisme معتقدند که مضامین شعر باید با زندگی جدید وفق بدهد. بنابراین البته شاعر باید از این پس به جای شمع و پروانه باید از چراغ برق و پروانه گفتگو بکند و خود ایشان این شیوه‌ی مرضیه را با زبردستی تمام به کار بسته‌اند:

چراغ برق را پروانه‌ای گفت: / که آخر از چه با گرمی نئی جفت؟
جوابش داد آن معشوق روشن: / نمی‌سوزم ترا، بد می‌کنم من؟

بعضی از جوانان نورس هم با آن که فخامت الفاظ قدما را حفظ و حتی تفاوت دال و ذال را نیز مراعات می‌نمایند در ابداع معانی جدید معرکه می‌کنند این ابیات نمونه‌ی هنرهای یکی از این جوانان است:

ناخورده‌ها

چند پرسی که چرا جان من از غم فرسود
خوردنی چون نبود راستی از عمر چه سود
بوستانی ست از آن سوی جهان سخت فراخ
که پرست از هلو و سیب و به و شفتالود
چاشنی هاست در آن میوه کز آنجا آرند
که نه آن را تو در انجیر بیابی و نه تود...

اما پیروان دبستان چرندیسم Dévergondisme در تجدد شعر فارسی وظیفه‌ی مهمی انجام داده و قدم‌های بزرگتری برداشته اند. شاعران نوظهوری هستند که

معتقدند بیان را به کلی باید تغییر داد. به عقیده‌ی این دسته چون اشعار پیشینیان همه دارای معنی بوده مهمترین وظیفه شاعر متجدد آنست که معنی را به کلی از میان بردارد تا اشعارش تازگی حقیقی داشته باشد.

عالی‌ترین شاهکار این گروه سبک جدید «شترمرغ» است که شاعر در آن تجدد را به نهایت رسانیده چنان‌که در مقدمه‌ی «شترمرغ شماره ۱» می‌نویسد:

معنی شل است، لفظ لغت است.

«لفظ نباید شل بشود تا هرچه بیشتر پیرو ساخت و آیینه ی معنی باشد.» این شاعر بزرگوار همه‌ی نویسندگان و جوانان پرشور را به تکمیل این سبک تازه دعوت کرده و البته در اینجا شکسته نفسی کرده‌اند و گرنه از آنچه ایشان ساخته‌اند کامل‌تر نمی‌توان ساخت. ولی این ضعیف که جوان پرشوری می‌باشم در نظر دارم که سبک جدیدتری به نام «لاشخور» اختراع نمایم و امیدوارم در انجام این خدمت توفیق بیابم. اینک چند سطر از کتاب «شترمرغ شماره‌ی یک» برای نمونه ذکر می‌کنم:

آه ای دلم، آه ای خدا، دکتر کمک!! ای وای! ای وای!

ای جوش شیرینا! بیا!   کن راحتم! کن راحتم!

دل درد، دردی مشکل است   درد دل است![1]

شاعر بزرگ دیگری که پیرو دبستان Dedalo abyssalisme می‌باشد و از همین گروه شمرده می‌شود اما البته از حیث تجدد و تازگی در رتبه‌ی دوم قرار دارد. در مقدمه‌ی کتاب «خانواده بزاز» ضمن بیان سبک خود و دشواری‌هایی که برای هر متجددی در شیوع دادن نظریات تازه پیش می‌آید می‌گوید:

«شاعر جفتک می‌انداخت، جرأت نداشتند به او حمله کنند».

شاهکار این شاعر منظومه‌ی ذیل است که مختصری از آن نقل می‌شود:

فرحناک روز

هنگام روز سایه ی هرچیز مختفی است

و در اتاق

---

[1] Beati paupers spiritu .

از رنگ‌های تلخ که بویی دهند تند
بس غول ها
خیلی بلند بالا
از دور می‌رسند چو موجی ز کوه ها
تا
فریاد برکشند.[۱]

شاعر جوان دیگری که اخیراً ظهور کرده و در بعضی مجله ها آثار نوین او دیده می‌شود از گروه دبستان Bandétombanisme به شمار می‌آید. این شاعر عقیده دارد که باید مضامین شعر را از زندگی عادی گرفت و خود او که در این کار پیش قدم می‌باشد اشعار آبداری در این زمینه ساخته که نمونه ی آن ذیلاً نقل می‌شود:

یادبود

یاد داری که شبی کشک و لبو می‌خوردیم
عکس تو نیز ز بالین من آویخته بود
اندکی کشک و لبو بر سر آن ریخته بود
ما به انگشت خود از عکس تو آن بستردیم؟[۲]

امیدواریم که این شاعر خوش قریحه موفق شود که درباره‌ی «ماست و خیار» و «لنگه کفش یار» و این گونه مضامین دلپذیر جدید نیز اشعار شیوایی بسراید و ما را از پرتو قریحه‌ی خود مستفیض نماید.[۳]

---

[۱] Invita Minerva

[۲] Taedium Vitae

[۳] علاوه بر طبقه‌بندی زبرین شعرای واح الشعری Monopoemistes هستند که در مدت عمر خود فقط یک قطعه شعر سروده و گوی سبقت را ربوده‌اند چنان‌که هر حروف چین چاپخانه در ابتدای کار خود شعر یگانه‌ی ایشان را چیده است و در اینجا تکرار شعرشان لزومی ندارد. و طبقه‌ی دیگر به عنوان کثیرالشعر Polypoemistes سزاوارند زیرا از خود سخنی نسروده‌اند و گفته‌های دیگران را از بر کرده و در مجالس با آب و تاب قرائت می فرمایند.

اما این شاعران بزرگ با آن که هر یک در مقام خود فرید عصر می‌باشند و ادبیات فارسی را با ابیات غرای خود زینت داده‌اند، نمی‌توان گفت که به آخرین مرحله‌ی کمال رسیده‌اند.

این افتخار بزرگ در ادبیات جدید نصیب شاعر بزرگ دیگری است که متأسفانه هنوز قدرش چنان که باید آشکار نشده است. دیوان این نابغه‌ی خوش قریحه با ترجمه‌ی اشعار چاپ شده و خوشبختانه نسخه‌ای از آن به دست این ضعیف افتاده است. در پشت کتاب نام و نشان شاعر چنین ذکر شده است:

«حکیم میرزا فضل الله رهبر نیریزی که طبیب دندان»[1]

شاعر شهیر! مرام خود و سبب تألیف کتاب را در این ابیات بیان می‌کند:

اکثر قصد و مرامی چون به تالیف کتاب این بوده،

بر تألیف قلوب و دیگرش سهل معاشر بوده

بوده و هست تمنی و دگر مقصد اقصایی من

که در آغوش کشند جمله امم دست اخوت بوده

بوده رهبر مترجی و تمنی به خداوند علیم

چه که او هست مؤلف و سبب ها به اخوت بوده.

درباره ی تنگدستان و دلسوزی به حال آنان می‌فرماید:

گر جیب فقیر و داخلش[2] می‌دیدی

تهی ز همه چیز و سوراخش می‌دیدی

در لبس درونش و دیگر وصله‌هاش

ای کاش عزیزان کمکی[3] می‌دیدی

---

[1] نسخ معدودی از این کتاب هنوز باقی است و در کتاب فروشی‌های بسیار معتبر به بهای ۲۵ ریال به فروش می‌رسد.

[2] به زعم این فقیر، شاعر کلمه «درونش» به کار برده و در حین استنساخ به صورت فوق ظاهرا اصلاح گردیده است. والله اعلم بالصواب.

[3] مقصود «کم» مصغر است نه کمک به معنی مساعدت، قارئ محترم به این نکته ی باریک توجه فرمایند.

ایضاً

در پخت و پز جمیع بیچاره ببین

نه هیمه و نه ذوغال همش کاغذ بین

در چشم و گلویش و دیگری جسمش را

گردیده پر از دخان و هم چرکش بین[1]

دسته‌ی دیگری از شعرا و نویسندگان تردست هستند که طرفدار دبستان Gangsterisme گانگستریسم می‌باشند. تردستی طرفداران این دبستان این است که گفته‌های دیگران را به قالب دیگری درآورده به نام خود منتشر می‌سازند. یکی از استادان قلچماق این دبستان (که تابه حال چندین پیس تآتر: تراژدی- کمدی- درام- کمدی درام- تراژدی مسخره- مسخره درام... به جامعه تقدیم کرده است) روزی یک سن از پیس دون ژوان (Don juan) مولیر را که اقتباس کرده بود در حضور چند نفر به نام خود می‌خواند. یکی به او گفت: «این موضوع از مولیر است.» جواب داد: «عجب! شاید مولیر هم چنین موضوعی داشته باشد ولی من خبر ندارم و پیسی را که می‌خوانم به قلم این جانب است.»

تهران- خرداد ماه ۱۳۲۰

---

[1] این جانب نسخه‌ی این کتاب را در دسترس دارد و حاضر است در مقابل دستمزد شایان منتخباتی از آن تهیه کرده در معرض استفاده عموم بگذارد.

چند نکته درباره ویس و رامین

داستان «ویس و رامین»[1] که فخرالدین گرگانی در حدود ٤٤٦ هجری از زبان پهلوی اقتباس کرده و در ۸۹۰۵ بیت سروده است،شاید بازمانده‌ی یکی از قدیمی‌ترین رومان‌های عاشقانه باشد و بی‌شک یکی از شاهکارهای بی‌مانند ادبیات فارسی به شمار می‌آید.

مقصود از رومان عاشقانه به مفهوم ادبی جدید می‌باشد زیرا نه تنها به زبان سانسکریت و یونانی و غیره کتاب‌هایی وجود دارد که ممکن است آنها را هم ردیف رومان دانست، بلکه در ادبیات قبل از اسلام ایران نیز چندین داستان به زبان پهلوی موجود است مانند: رومان اساطیری «یادگار زریران» و رومان توصیفی «کارنامه‌ی اردشیر پاپکان».همچنین نویسندگان یونانی و رومی و مورخین بعد از اسلام نام بسیاری از داستان‌های عاشقانه را می‌برندکه مثل وامق وعذرا اصل آنها از میان رفته است.مثلاً کتزیاس Ctesias اشاره به داستان عاشقانه‌ی شاهزاده مادی Stryaglios با ملکه‌ی Zarinaia می‌کند که اصل کتاب در دست نیست، به علاوه نه تنها داستان‌هایی مانند: رستم و سودابه، منیژه و بیژن، شیرین و فرهاد از زمان باستان به جا مانده است بلکه بسیاری از داستان‌های عاشقانه‌ی عامیانه مانند: بهرام و گلندام به طور یقین از یادگارهای پیش از اسلام می‌باشد.

اما، آنچه ویس و رامین را از سایر رومان‌های عاشقانه‌ی باستان ممتاز می‌سازد، نخست موضوع کتاب است، زیرا برخلاف پهلوانان داستان‌های عشقی قدیم که عموماً از افسانه و یا اشخاص تاریخی گرفته شده‌اند و داستان‌سرا کوشیده که از جزئیات زندگی آنها به خواننده درس اخلاق و دلاوری و گذشت و غیره بیاموزد، موضوع ویس و رامین بسیار گستاخانه انتخاب شده و گویا به همین علت پهلوانان آن خیالی است و با افسانه و یا با تاریخ وفق نمی‌دهد.گرچه هر کدام از پهلوانان داستان به موقع از دادن پند و اندرز دریغ نمی‌نمایند ولیکن نویسنده شخصیت خود را تحت‌الشعاع قرار می‌دهد و ازین‌رو تناقض افکار و احساسات پهلوانان بهتر جلوه‌گر می‌شود. اما در همه جا ستایش از عشق سرکش جوانی آشکار است.

---

[1] ویس و رامین،فخرالدین گرگانی.چاپ مجتبی مینوی.تهران١٣١٤.

به طور اجمال موضوع داستان ویس و رامین از این قرار است: ویس دختر شهر و رامین برادر مؤبد عشق سوزان، شهوانی افسارگسیخته به هم ابراز می‌دارند. اما در کامیابی آنها موانع بسیاری در پیش است: ابتدا ویس نامزد برادر خود «نویرو» است. در دنباله‌ی گیر و دارهایی شاه پیری «مؤبد» نام شیفته‌ی او می‌شود ویس را به زنی می‌گیرد. دایه‌ی ویس شاه موبد را افسون می‌کند و بعد میانجی می‌شود و وسیله‌ی نزدیکی ویس و رامین را فراهم می‌آورد.

ازین به بعد، موضوع اساسی کتاب که داستان عشق ویس و رامین است شروع می‌شود. مانع بزرگ شاه مؤبد است و عاشق و معشوق از جدایی‌های که میان آنها می‌افتد پیوسته گله‌مند هستند. شاهکار شاعر بیش‌تر در توصیف این پیش‌آمدها و تجزیه‌ی روحی اشخاص و تشریح سستی‌ها و احساسات و افکار پهلوانان داستان می‌باشد، که هریک به طرز دقیق مجسم می‌شود زمانی عشق و مرگ مانند رومان تریستان و ایزولت به هم آغشته می‌گردد و کتاب لحن ناامیدی تلخ و شاعرانه به خود می‌گیرد و هنگامی در توصیف عشق سرکش جوانی هم‌پایه با رومان معروف لورنس می‌شود. بالاخره پس از یک رشته ماجرا و کامجویی و ناکامی رقیب که شاه موبد است در اثر پیش‌آمدی در شکارگاه در می‌گذرد و عاشق و معشوق به مراد می‌رسند و در آخر داستان پیش از مرگ ویس، رامین در آتشکده‌ای معتکف می‌شود.

چیزی که مهم است این که در تمام این منظومه شاعر هنرنمایی‌هایی از خود بروز داده است. مثلاً با زبردستی سرودها، خواب‌ها، معما و نامه‌نگاری را در آن گنجانیده. اصطلاحات عامیانه و امثال و همچنین اعتقادات و رسوم و افسانه‌ها را به موقع می‌آورد. زبان او گرچه نسبتاً قدیمی است، لیکن به فارسی ساده‌ی روان و بی‌پیرایه می‌باشد و در سرتاسر این کتاب به اندازه‌ای مهارت به‌کار رفته که شاعر را در ردیف داستان‌سرایان سرشناس قرار می‌دهد.

این داستان از لحاظ بسیاری از جنبه‌های ادبی که دربردارد شایان مطالعات دقیق می‌باشد. در این جا موضوع داستان و مقایسه‌ی قهرمانان و تجزیه‌ی حوادث و افکار مورد بحث ما نمی‌باشد، بلکه فقط به طور اختصار به مطالعه‌ی چند نکته خواهیم

پرداخت. از جمله توضیح راجع به متن اصلی کتاب، اطلاعات شاعر، لغات پهلوی، عقاید شخصی شاعر و عقاید زرتشتی که نقل می‌کند و هچنین به موادی از فلکلر که درین داستان به کار رفته اشاره خواهد شد.

۱- متن اصلی داستان ویس و رامین

شاعر مطابق معمول، پس از ستایش یزدان و محمد مصطفی و همچنین فرمانروایان زمان خود که سلطان ابوطالب طغرلبک و خواجه ابو نصر بن منصور بن محمد و عمید ابوالفتح مظفر بوده‌اند توضیحاتی درباره‌ی داستان ویس و رامین می‌دهد:

مرا یک روز گفت آن قبله‌ی دین
«چه گویی در حدیث ویس و رامین؟
که می‌گویند چیزی سخت نیکوست،
درین کشور همه کس داردش دوست.»
بگفتم: «کان حدیثی سخت زیباست،
زگرد آورده‌ی شش مرد داناست؛
ندیدم زان نکوتر داستانی،
نماند جز به خرم بوستانی،
ولیکن پهلوی باشد زبانش،
نداند هر که برخواند بیانش.»
(۲۶-۳۳)[۱]

شاید مؤلف شالوده‌ی داستان خود را روی متن پهلوی قرار داده، اما چیزی که یقین است این متن بی‌شک ترجمه‌ی آزاد و مغلوطی (با لغات اوزوارشن) به پازند بوده است:

بپیوستند از ینسان داستانی، درو لفظ غریب از هر زبانی
(۲۷-۵۲)

[۱] برای پیدا کردن ابیات ابتدا صفحه و سپس شماره‌ی بیت را نقل می کنیم.

گرچه معلوم نیست که ترجمه‌ی متن اصلی تا چه اندازه دقیق بوده ولیکن چنان‌که از مطالعات بعد به دست خواهد آمد، شکی نیست که شاعر نه تنها از متن منحرف شده. بلکه به خود می‌بالد که به وجه بهتری قصه را پرورانده است:

کجاانـد آن حکیمان تا به بینند، که اکنون می‌سخن چون آفرینند؛
معانی را چگونه برگشادند، برو وزن و قوافی چون نهادند

(۲۶-۳۸)

هر چند نگارنده وقایع داستان را ظاهراً تاریخی جلوه می‌دهد و در یک جا اشاره به پیمان‌شکنی قیصر روم و لشکرکشی او به ایران می‌کند (۱۳-۲۲۹) ولیکن هیچ‌یک از این پیش‌آمدها با حقیقت تاریخی وفق نمی‌دهد و نیز اسم‌های خاص که ذکر می‌شود درین موضوع هیچ گرده‌ای به دست نمی‌دهد.این نام‌ها از ین قرار است: شاه موبد، شهرو، ویس، رامین، قارن(کارن)، زرد(زریر)، ویرو، آذین، گل، فیدا، ارغش، کوسان، به گوی، گهر، بهروز، شیرو، نریمان، بهرام، رهام، سام کیلو، نوشروان (خسرو اول)، فغفور (بغ پور)، قیصر روم، خاقان و غیره...

نام پادشاه که موبد است می‌رساند که شاعر این اسم را به علت ضرورت شعری جانشین نام دیگری کرده است. و یا نام «موبد» را به طور کنایه برگزیده، زیرا این نام متعلق به طبقه‌ی روحانیون زرتشتی است به طور یقین در زمان ساسانیان اسم خاص نبوده است. اسم‌های جغرافیایی نیز به شکل بعد از اسلام ضبط شده است و املای قدیمی و یا شهر گمنامی که در زمان ساسانیان معروف بوده ذکر نمی‌کند. اگر اتفاقاً به اسم‌های قدیمی مانند «دهستان» برمی‌خوریم دلیل کهنه بودن اسناد کتاب نیست، زیرا در کتاب‌های قدیم بعد از اسلام (حدود العالم) نیز ذکر شده است، این اسم‌ها از این قرار است:

اران، ارمن، مکران، گرگان، موصل، خوزان، شیراز، ششتر، روم، خراسان، عموریه، قندهار، کهستان، همدان، مرو، اروند (الوند)، آذربایگان، ری، دهستان، دیلم، چین، بربر، ماه‌آباد (زمین‌ماه، بوم‌ماه، کشورماه)، خوارزم، سپاهان، اصطرخ (استخر)، گیلان، خوزستان، نهاوند، دماوند، قاف، دینور، جیحون، البرز، هند، غور، گوراب،

کومش، اهواز، بغداد، خرخیز، سمندور، فنصور، تبت، شام، ساوه، آمل، سغد، چغان، مصر، قیروان...

پس چنان که ملاحظه می‌شود، این‌گونه مواد قدمت اصل کتاب را ثابت نمی‌کند. مگر این‌که تصور شود که شاعر برخلاف فردوسی عناوین و اسم‌هایی را انتخاب کرده که مصطلح زمان خود او بوده است.

۲- اطلاعات عمومی و شخصیت شاعر

از اشاراتی که در ضمن داستان شده چنین برمی‌آید که شاعر نه تنها از متن پهلوی رومان منحرف گردیده، بلکه افکار و اطلاعات زمان خود را در آن گنجانیده است.مثلاً شاعر اشاره به داستان خسرو وشیرین می‌کند:

بدان تا مهر تو بخشد بر امین،	پس او خسرو بود نا را تو شیرین
(۱٤۷-۲۳۰)	
گرفتنش جام زرین دست سیمین	چنان چون تاج خسرو دست شیرین
(٤۷۲-۱٤)	

نام داستان خسرو و شیرین در کتاب المحاسن ذکر شده است و نیز طبری و بلعمی به افسانه‌ی شیرین و فرهاد که شاید در اواخر دوره‌ی ساسانی مشهور بوده اشاره کرده‌اند. ولیکن این‌گونه اشارات بعد از اسلام مرسوم شده است.

افسانه‌ی اسکندر و رفتن او به ظلمات و آوردن آب زندگی (اسکندرنامه) گرچه آثاری از ترجمه‌ی متن پهلوی آن به زبان سریانی وجود دارد ولیکن این شخص در زمان ساسانیان به علت غارت کتابخانه‌ی استخر و سوزانیدن کتاب‌های دینی زمان هخامنشیان منفور و ملقب به ملعون (گجسته) بوده و بعد از اسلام پهلوان اسرارآمیز معرفی شده است:

زبوی ویس آب زندگانی،	بخورد و ماند نامش جاودانی.
(۱۵۷-۳۲)	
نه او را جان بکوهی باز بستست.	و یا در چشمه‌ی حیوان بشستت
(۲۰۷-۳۲)	
برآمد لشگر گردون زخاور،	چنان کامد زتاریکی سکندر.

(۵٤-٤۹۲)

از اشاراتی که شاعر به افسانه‌های (یهودی و اسلامی) سلیمان و بلقیس و یوسف و لیلی ومجنون و نوح و قارون می‌کند پیداست که در زیر تأثیر عوامل ادبی بعد از اسلام قرار گرفته بوده: مشهور است که حضرت سلیمان زبان وحوش و طیور را می‌دانسته و مانند تهمورث دیوان در زیر فرمان او بوده‌اند:

هر آوازی بداند چون سلیمان　　　هزارن دیو را دارد بفرمان
(۱۶-۱۸)

ببام کوشک شد با سیمتن ویس،　　　نشسته چون سلیمان بود و بلقیس
(۱۰-۱۷۱)

گهی رامین چو یوسف بود در چاه،　　　گهی مانند عیسی بود بر ماه
(۲۰۰-۲۵۳)

گهی با آهوان بودی بصحرا،　　　گهی با ماهیان بودی بدریا
گهی با گور بودی در بیابان،　　　گهی با شیر بودی در نیستان
(۱۲۵-۲۸۹)

زگوهر شاخ‌ها چون تاج کسری　　　به پیکر باغ‌ها چون روی لیلی
(۲۹۳-۶)

اگر جان هزاران نوح دارم،　　　یکی جان را از بیرون نیارم.
(۱۰۶-٤۳)

منم درویش با رنج و بال جفت،　　　توی قارون بی‌بخشایش زفت.
(۲۸۳-۳۶۳)

از این مطالب چنین به دست می‌آید که فخر گرگانی معلومات ادبی زمان خود را به خوبی می‌دانسته و مطابق ذوق زمان اشاره به سابقه‌ی ذهنی خوانندگان می‌کرده است - در چندین مورد شاعر اقرار می‌کند که عاشق پیشه و می‌پرست می‌باشد:

ترا گفتار من امروز پندست چو می تلخست ولیکن سودمندست
(۱۷۹-۸۶)

شاعر جوان اشعار خود را می‌ستاید و طلب آمرزش می‌کند:

چو این نامه بخوانی ای سخندان، گناه من بخواه از پاک یزدان؛
بگو: «یا رب بیامرز این جوان را که گفتست این نگارین داستان را»
(۵۱۲-۵۹)

بگفتم داستانی چون بهاری درو هر بیت زیبا چون نگاری
(۵۱۲-۵۳)

افسانه‌ای در باره‌ی زندگی فخرالدین گرگانی مشهور است که بعضی از تذکره‌نویسان نقل کرده‌اند و خلاصه‌ی آن این‌که وی معشوقی داشته و پس از رنج بسیار، شبی وصال او دست می‌دهد و شاعر از کمال عشق بر بالین معشوق خفته نشسته و گرداگرد او شمع‌ها افروخته. از بخت بد، ناگهان شمعی می‌افتد و خانه آتش می‌گیرد و معشوق وی در آن آتش می‌سوزد. از این پس، همه‌ی عمر شاعر در سوز و گداز یادبود این عشق ناکام گذشته است.

در این جا شاعر گله از روزگار دارد و به عشق ناکام خود اشاره می‌کند:

چه خوش باشد چنین عشق و چنین حال، گر آید مرد عاشق را چنین فال
به عشق اندر چنین بختی بباید، که تا پس کار عشق آسان برآید،
بسا روزا که من عشق آزمودم چنین یک روز از او خرم نبودم،
زمانه زان‌که بود اکنون بگشتست، مگر روز بهیش اندر گذشتست!
(۴۶۸-۷۳)

در مکالمات و تشریح احساسات، شاعر هنرنمایی و زیرکی‌های به‌خصوص نشان می‌دهد. در یک جا معمایی از زبان کوسان می‌آورد (ص۲۹۳) سپس جزو نامه ویس (ص ۴۳۱) همین معما را حل می‌کند. ولیکن در همه جا این مطلب صدق نمی‌کند و گاهی ابیات سست و مضامین مکرر نیز دیده می‌شود و بعضی اوقات لغزش‌هایی در توصیف و یا تجزیه‌ی احساسات وجود دارد:

جهان خوش گشت و کم شد برف و سرما، درآمد باز پیش آهنگ گرما.
(۴۶۹-۲)

در چند بیت بعد از زبان شاه موبد می‌گوید:

کنون باری زمستان است و سرماست، نباید روز و شب جز رود و می‌خواست.

(۴۴-۴۷۱)

۳- عقاید اسلامی

از آن‌جا که مکرر اشاره به افسانه‌های سامی: یهودی، مسیحی و اسلامی می‌کند و آداب و رسوم آنها را جزو آداب و رسوم زرتشت می‌آورد، پیداست گرچه شاعر مضامین و یا مطالبی را از متن اصلی گرفته ولیکن در سرتاسر این اثر به میل خود و به موجب مقتضیات زمان تصرف کرده و نتوانسته مثل فردوسی موضوع را با اسناد صحیح تطبیق بدهد. مثلاً فریب خوردن آدم خاکی و سقوط ابلیس، (Diabolos) اصل آن یهودی و اسلامی است و به هیچ وجه در افسانه‌ی آفرینش زرتشتی سابقه ندارد:

گنه کرد آدم اندر پاک مینو. هر آیینه منم از گوهر او،

(۲۶۲-۴۲۸)

به گوهر نه خدایی نه فرشته، یکی ای همچو ما از گل سرشته،

(۴۲-۱۵۴)

دل رام آن گهی بشکیبد از ویس، که از کردار بد بشکیبد ابلیس!

(۱۸۳۰۲)

در ضمن کتاب اشاره به فردوس (Pairidaeza) [1] حور (huraodha) [2] و رضوان[3] می‌شود. گرچه این لغات از فارسی گرفته شده ولیکن شاعر به مفهوم اسلامی آورده است:

چنان بایسته کرد آن بافرین را، که در فردوس رضوان حورعین را

(۴۴-۴۲)

توی بانوی ایران ماه‌توران، خداوند بتان خورشید حوران

(۶۱۹-۱۳۷)

بهشتی بود گفتی کاخ و ایوان، مرو را حور و یس و دایه رضوان.

---

[1] A.Jeffery, The Foreign Vocabulary of the Qur'an,1938, p:223-4

[2] A.Jeffery, The Foreign Vocabulary of the Qur'an,1938, p:119-20

[3] آقای دکتر م. مقدم حدس می‌زنند که از لغت اوستایی Raodha به معنی رستنی آمده و رضوان به معنی باغبان می باشد.

(۲٤-۱۵۶)

چه سودست او به خوبی حور عینست، که با من مثل دیو بد به کینست؟

(۹-۲۸۳)

اگر صد سال بینی او همانست، نه حور العین و ماه آسمانست.

(۸۵-۳۰۰)

گلی بابوی مشگ و رنگ باده، فرشته کشته رضوان آب داده.

(٤٤-۳۲۶)

تو گفتی حور بی‌فرمان رضوان، زناگه از بهشت آمد به گیهان.

(۱۰-٤۵۱)

هم آتش گاه و هم دخمه چنان بود، که رضوان را حسد بر هر دوان بود.

(۳۸-۵۰۸)

گرچه افسانه‌ی یاجوج و ماجوج اصل قدیمی دارد و به علاوه در اسکندرنامه سریانی آمده و لغت عبری هم دارد، ولیکن شاعر از سنت اسلامی ملهم شده است.[۱]

تو گفتی سد یاجوجست لشکر هم ایشان باز چون ماجوج بی‌مر.

(۵۹-۱۸۸)

همچنین اشاره به چشمه‌ی زمزم و حوض کوثر و درخت طوبی[۲] می‌شود:

چو پیش ویس او را دژم دید، زگریه در کنارش آب زم دید.

(۱-۱۵۲)

تو گفتی رود مروش کوثر آمد، همان بومش بهشتی دیگر آمد.

(۸-۱۷۱)

تو گفتی شیر ومی بودند در هم، ویا بر هم فکنده خز وملحم.

(۲۰۱-۲۲٤)

[۱] A.Jeffery, The Foreign Vocab. of the Qur'an, 1938, p:288

[۲] زند و همن یسن، چاپ تهران ۱۹٤٤ ص ۵۸ یادداشت ۲ دیده شود.

تو گفتی یک سر از دوزخ برستند، بزیر سایه طوبی نشستند.
(۵۰۳-۵۰)

در آیین زرتشت بهشت ودوزخ جاودان نیست و پس از تصفیه‌ی گناهکاران، همه یکسان خواهند شد:

اگر رامین همه نو شست وشکر، بهشت جاودان زو هست خوشتر
(۱۶۷-۸۲)

شاعر دوزخ زرتشتیان را که مانند زمهریر سرد است ود رجانب شمال واقع شده با دوزخ مسلمانان اشتباه می‌کند:[1]

بدین سر ننگ ورسواییش بی مر؛ بدان سر آتش دوزخ برابر؛
(۱۳۱-۱۳۱)

اگر کاری کنم بر کام دیوم؛ بسوزد مر مرا گیهان خدیوم.
(۱۳٤-۱۳۱)

مدان دوزخ بدان گرمی که گویند، نه اهریمن بدان زشتی که جویند؛
(۱۹۳-۹)

اگر صد سال گبر آتش فروزد، هم او روزی بدان آتش بسوزد؛
(٤٤۳-۵۲۹)

رو گیری زنان را نیز مطابق اسلام امری مسلم می‌دانسته:

نهفته روی او گه گاه دیدی، به نزد شاه یا در راه دیدی.
(۱۶۲-۱۷)

کسان شاه و سر و پوشیدگانش، به زاری سوخته کردند جانش.
(۱۷۵-۲۶)

بپرده در تو بانو باش و خاتون، که من باشم شه شاهان ز بیرون
(۳۰۲-۱۰)

پس آن گه چون زنان پوشیده چادر، به پیش ویس بانو شد بر استر

---

[1] L.Casartelli, Phil.Relig. du Mazdeismo. p:177-81

(۲۲-٤۹۰)

چهل جنگی همه گرد دلاور، کشیده چون زنان در روی چادر

(٤٥-٤۹۱)

در آیین مزدیسنا سگ جانور محترم و قابل ستایش بوده است. بعد از اسلام ناگهان جانور نجس ومنفور می‌شود:

بگیتی نی ز تو نا پارساتر، ز سگ رسواتر وزوبی بهاتر؛

بیارید این پلید بد کنش را، بلایه گند پیر سگ منش را.

(۱۷-۱۶۳)

چو دایه پیش تو آمد براندی، سگ وجادو و پردستانش خواندی.

(۳۰٤-٤۳۰)

از آنجاکه اشاره به افسانه‌ی عمر می‌کند که خاک او را به خود نگرفته و در خواب «سبزپوش» ظاهر می‌شود می‌رساند که شیعه بوده است:

تن من گر بدین حسرت بمیرد، بگیتی هیچ گورش نه پذیرد.

(۸-٤۹٥)

بخواب اندر فراز آمد سروشی، جوانی خوبرویی سبز پوشی.

(۱٥۹-۲۹۱)

در صفحه ۳۷۶ تشبیهاتی که از حروف الفبا می‌آورد برای حروف فارسی جدید است که از عربی اقتباس شده:

خط نامه چون بخت من سیاهست، همان نونش چو پشت من دو تا هست

(٥۰۲-۳۷۶)

من وتو هر دو خواهم مست وخرم، بسان لام الف پیچیده در هم.

(٥۰٥-۳۷۶)

٤- زبان شاعر

به نظر می‌آید که فخر گرگانی اطلاع دقیق از لغات فارسی و معانی آن داشته است؛ زیرا شعرای قدیمی‌تر از او هستند که یا لغات را مسخ کرده و یا به معنی مجازی به

کار برده‌اند: (لغت فارس اسدی دیده شود)[1]. از این رو استعمال لغات به جای خود و با مفهوم اصلی، همچنین اطلاع وسیع شاعر در اصطلاحات و لغات عامیانه و امثال به ارزش کتاب می‌افزاید. در این داستان به سه دسته لغات کهنه بر می‌خوریم:

۱- لغاتی که به شکل اصلی پهلوی استعمال شده وتغییرات بعدی لهجه‌های فارسی را نپذیرفته مانند: زمی (۳-۳۲)[2] Zamik=زمین. گیا (۲۷-۶۸) gya=گیاه. گسی (۴۸-۶۸) vosi=گسیل. نفریدن (۸۵-۱۴) nifritan=نفرین کردن. اومید (۱۳۰-۱۰۴)=امید. پول (۱۷۴-۵۵) puhl=پل. کاوین (۳۲۰-۸۰) kaven=کابین وغیره.

۲- لغاتی که بشکل زبان بومی ویا به لهجه‌ی محلی ضبط شده است مانند :یافه (۶۹-۱۰) یاوه. همچنین لغت «واژگونه»که به سه شکل گوناگون آمده است: باژگونه (۴۲۲-۱۵۶) واشگونه (۴۹۸-۶) باشگونه (۵۰۶-۲) خسوران (۵۱-۲۱) و غیره...

۳- لغات مهجور فارسی – پهلوی که با معانی صحیح بکار رفته است. از این لغات بسیار است و مکرر استعمال شده، برای نمونه به چند مثال اکتفا می‌شود: افسوس (۴۳۹-۴۵۳) آهو (۳۲-۲۸) آهیختن (۶۶-۲۱) باره (۵۳-۲۰) باژ (۲۵۳-۲) برز (۱۴۶-۲۲۶) بزه (۳۴۰-۱۷) بوختن (۲۲۳-۱۷۳) پالودن (۴۶۸-۶۶) پتیاره (۱۲۴-۱۰) پدرام (۱۲۷-۶۲) پذیره (۱۶۲-۱۳) پسیچیدن (۱۷۶-۳۹) خسته (۲۵۲-۱۹۵) خوار (۹۵-۴۶) خوی (۵۵-۳) خویش‌کام (۱۳۰-۱۱۲) درویش (۱۷۴-۵۳) دژ-دژخیم (۵۲-۸) دژآگاه (۴۹۲-۶۵) دژکام (۳۴۶-۱۱۸) دژمان (۱۷۳-۴۰) دشخوار (۲۲۳-۱۸۴) دوال (۷-۲۱) دهش (۳-۴۳) رامش (۱۶-۱۳) روسپی (۱۶۳-۲۰) سپنج (۴۲۵-۲۱۹) کستی (۲۷۹-۹۲) کوشش koxshishn (۴۹۵-۱۴)مست most

---

[1] مجله موسیقی سال دو شماره ۶ و ۷ ص ۲۶-۳۰ و شماره‌ی ۸ ص ۳۱-۶ دیده می‌شود.

[2] برای احتراز از تکرار شعر، ابتدا صفحه وسپس شماره بیت به دنبالش تکرار می‌شود.

(۲۶۶-۴۰) منش menishn (۱۱۸-۱۷۵) نخچیر (۱۶۱-٤) نشست (۱٤-۸۶) نماز (۱۰۹-۲۳) نواگر (۲۹۳-۱۲) نمایش (۴۶۹-۱۲) نیرنگ (۳۲-۲۱) ویوکان (۵۱-۲۱) هفتورنگ (۷۹-۷) همال (۳۵۲-۱۰۹) همداستان (۱٤۷-۲۳۷) هوش aush (۳۶٤-۳۰۳). و غیره.

برای کتاب ویس و رامین شایسته است که فرهنگی جداگانه فراهم شود و در قسمت‌های مختلف می‌توان لغات واصطلاحات آن زمان را بدست آورد مثلا راجع به موسیقی برای مطرب لغات: رامشگر، رود ساز و نواگر[1] آمده است.آلات موسیقی :نای،کوس،طبل،گاودم،تبیره،سنتور،طنبور،رود،چنگ، بربط وغیره می‌باشد واختراع چنگ رامتین (۵۰۵-۸۷)را به رامین نسبت می‌دهد گویا بعضی از لغات واصطلاحات را شاعر ترجمه کرده است.مثلاًچهار عنصر (هوا،خاک،آب،آذر)را به چار مادر(امهات)ترجمه می کند(۳-۶٤)همچنین دب اکبر و دب اصغر را به خرس مهتر و خرس کهتر(۸۲-۳۲)ترجمه کرده است.

درین منظومه به کنایات و تشبیهات بکر و کمیابی بر می‌خوریم:

دو زلفش مشک و رخ کافور و روشنگرف، چو زاغی اوفتاده کشته بر برف.
(۱۰۰-۵)

گهی شمشیر زد بر تنش سرما، گهی آسیب زد بر جانش گرما.
(۲۰۳-۱۱)

نه مرده بود یک باره نه زنده، میان این و آن شخصی رونده.
(۹۰-۷۱)

نه رویست این که یزدانی نگارست، سرای شاه از و خرم بهارست.
(۱٤۹-۱۹)

ولیکن جان خویش آن گه سپارم که دود از جان شاهنشه برآرم.
(۲۷۰-۹۷)

---

[1] در کتاب «ریدک خوش آرزو » چاپ اونوالاص۶۵، هونوانگر (خنیاگر)آمده و در یکی از قطعات مانوی برای همین لغت «هونوازان» بکار رفته است.

هنوز آن مرز دوشیزه بماندست، بر او یک شاه کام دل نراندست.
(۴۹۵-۱۹)
نشستم در فراقت روی و مویم، بدان تا بوی تو از تن نشویم.
(۳۵۹-۲۱۳)
شبی رنگش سیه همچون جوانی، برامین داد کام جاودانی.
(۴۹۳-۷۶)
بسیاری از مضامین فخر گرگانی را شعرای بعد از او مانند خیام و سعدی و حافظ و نظامی گنجوی و غیره به کار برده‌اند و به نظر می‌آید که خود شاعر مضامینی را از فردوسی گرفته باشد:
درختی که تلخست ویرا سرشت، اگر بر نشانی به باغ بهشت...
(فردوسی)
درخت تلخ هم تلخ آورد بر، اگر چه ما دهیمش آب شکر.
(۷۱-۴۸)
این بیت صفحه ۳۹۸-۵ تکرار شده است و یا درین بیت:
الا ای خاک مردم خوار تا کی، خوری ماه و نگار و خسرو وکی؟
(۲۶۶-۳۱)
نسیمی کز بن آن کاکل آیو، مرا خوشتر زبوی سنبل آیو...
(بابا طاهر)
نسیمی کز نگارین دلبر آید، زبوی مشک و عنبر خوشتر آید.
(۴۰۵-۴)
ما لعبتگانیم و فلک لعب باز... (خیام)
بما بازی نماید این نبهره، چنان چون مرد بازی کن به مهره.
(۴۴۹-۳)
خوابی و خیالی و فریبی و دمی است. (خیام)
جهان خوابست و ما در وی خیالیم، چرا چندین درو ماندن سگالیم؟
(۴۹۷-۳)

تربیت نااهل را چون گردکان بر گنبد است. (سعدی)

تو گفتی گوز بر گنبد همی شاند، و یا در بادیه کشتی همی راند.

(۶۵-۹۶)

استاد و معلم چو بود بی آزار، خرسک بازند کودکان در بازار.

(سعدی)

معلم چون کند دستان نوازی، کند کودک به پیشش پای بازی.

(۳٤-۱۶٤)

تو نیکی می‌کن و در دجله انداز... (سعدی)

بکن نیکی و در دریاش انداز، که روزی لولو گشته یابیش باز

(۳۳-۵۰۲)

بعضی اوقات سعدی عین بیت فخر گرگانی را و یا با اندک تغییری آورده است:

هر آن کهتر که با مهتر ستیزد، چنان افتد که هرگز بر نخیزد.

(٤۶-۱۱)

اگر صد سال گبر آتش فروزد، هم او روزی بدان آتش بسوزد!

(۵۲۹-٤٤۳)

در اشعار حافظ نیز به مضامین اشعار ویس و رامین بر می‌خوریم:

چه شکر گویمت ای خیل غم عفاک الله،

که روز بی‌کسی آخر نمی‌روی ز سرم

عفا الله زین دو چشم سیل بارم،

که در روزی چنین هستند یارم

(۳۹۹-۳۷۰)

به نظر می‌آید که مثنوی «آهوی وحشی» حافظ تحت تأثیر اشعار ویس و رامین سروده شده و از بیت نخستین آن به خصوص این تأثیر به خوبی هویدا است:

الا ای آهوی وحشی کجایی، مرا با تست چندین آشنایی...

علاوه بر این «ویس و رامین» سرمشق شعرای بزرگ در مثنوی‌های عاشقانه قرار گرفته و تأثیر آن در «خسرو و شیرین» نظامی که نیز به همین وزن است بسیار

دیده می‌شود.شاید به واسطه‌ی همین همانندی است که وقتی نام فخرالدین گرگانی فراموش شده ویس و رامین را دسته‌ای به نظامی گنجوی و برخی به نظامی عروضی نسبت داده‌اند.

۵- عقاید زرتشتی و افسانه‌های قبل از اسلام

در مقابل افسانه ها و معتقدات اسلامی که فخرالدین گرگانی جزو داستان ویس و رامین می‌آورد، اطلاعات دیگری از عقاید و آداب و رسوم زرتشتی می‌دهد که پیداست از منابع اصلی گرفته و شاعر به تقلید از فردوسی کوشش نموده که این مواد را در داستان خود بگنجاند.

پیدایش زمان و مکان را چنان که در کتاب‌های زرتشتی آمده براساس قطبیت Polarite شرح می‌دهد[۱]:

بدان‌جایی که جنبش گشت پیدا وزان جنبش زمانه شد هویدا

مکان را نیز حد آمد پدیدار، میان هر دو آن اجسام بسیار،

(۲-۱۸)

وظیفه‌ی ثوابت را (روشنان) که ستارگان اورمزدی هستند و به نگاهبانی سیارات (اباختران) اهریمنی گمارده شده‌اند به موجب آفرینش زرتشتی بیان می‌کند:

وزیشان آمد این اجرام روشن، بسان گل میان سبز گلشن.

(۲-۲۶)

یکی را در کژی صورت به فرمان، یکی را به راستی او را نگهبان.

(٤-٤۹)

در چند جا اشاره به «هفت کشور» می‌شود (۱۶-۲۰) (۹۳-۸) (۱۱۰-۳۳). در زمان ساسانیان زمین به هفت کشور تقسیم می‌شده از این قرار: ارزه، ساوه، فرددفش، ویددفش، وروبرست، ورو گرست خونیرس که نام کشور مرکزی از کشورهای هفت‌گانه است و ایران‌شهر درین کشور هفتم واقع شده است.[۲]

---

[۱] زند و هومن یسن، چاپ تهران ۱۹٤٤. ص ۲-۳.

[۲] بندهشن West .W ۱۸۸۰، در پنجم بند ۸ در یازدهم بند ۳ دیده شود.

فره (خوره Xvarnah) نور تقدس و الوهیت (روح القدس) می‌باشد و که با پادشاهان باستان ایران بوده است[1] در این کتاب به اشکال، فر، (۳۸۲-۵۹۱) فریزدان ،(۱۷-٤۱) فرخدایی ،(۱۹-۲۵) فر آسمانی، (۲٤-۵) بر می‌خوریم.

بر حسب سنت زرتشتی برای پهلوانان خود اشرافیت قایل است و «تخمه» و نژاد آنها را می‌ستاید:

بتخمه تا به آدم شاه و مهتر		به گوهر شاه موبد را برادر.

(۱۲۸-۷٤)

به ایران در نژاد او کیانی،		بزرگی در نژادش باستانی.

(۵۰۲-۲۸)

نام سروش که یکی از بزرگ‌ترین فرشتگان دین زرتشت است که به مردمان فرستاده شد و شب‌ها به پاسبانی دنیا از گزند دیوان و جادوان گمارده شده است مکرر می‌آید:

سروشت سال و مه اندر کنارست،		بگفتارت همیشه گوش دارست.

(۱۳۷-۵۹)

بسی کرد آفرین با پاک دادار،		پس آن گه دیو را نفرین بسیار؛

سروشان را به نام نیک بستود،		نیایش‌های بی اندازه بنمود.

(٤٤-۲۸)

گواتان بس بود دادار داور،		سروش و ماه و مهر و چرخ و اختر.

(٤٤-۳۲۹)

گهی گفتی که گر با وی بکوشم		ندانم چون دهد یاری سروشم.

(٤۹۶-۱۱)

اهریمن (شیطان) را نیز به موجب معتقدات زرتشتی یاد می‌کند:

سپاس جاودان با شدت بر من،		که آهرمن نیابد راه در من.

(۱٤٤-۱۸۶)

---

[1] چنان شاه پالوده گشت از بدی		که تابید زو فر ره ایزدی

سپردم نام نیکو اهرمن را، علم کردم به زشتی خویشتن را!
(۴-۲۸۳)

تهمورس معروف به «دیو بند» است ولیکن به موجب اسناد قدیمی در این جا هم جمشید دیوبند معرفی می‌شود. در فارس نامه‌ی ابن البلخی می‌نویسد که جمشید «دویست و پنجاه سال به تدبیر کار دیوان و شیاطین مشغول بود تا همگان را مسخر خویش گردانید...» صفت دیوبند را بعدها به سلیمان نسبت داده‌اند:

چنانت باد در دولت بلندی، که چون جمشید دیوان را ببندی.
(۲۶-۵۳)

صفت دیوان را که عبارت از «نهان روشی»[1] یعنی مخفی شدن از چشم آدمیان است درین بیت یادآور می‌شود:

چو دیوان چهره از مردم نهفتند، به آیین زنان هر سه برفتند.
(۴۲-۱۹۸)

احساسات بغض و کینه به دیو « خشم» Aeshma زرتشتی تشبیه می‌شود که در تورات به شکل Ashmadai تحریف شده است:

نه دیو خشم او گشتست بهتر، نه تازه عشق او گشته کهن‌تر.
(۳۷-۴۸۰)

مگر گرگی همه کس را زیان کار، مگر دیوی ز نیکی گشته بیزار؟
(۱۳۸-۲۶۱)

به تنوره کشیدن و هر دود کردن دیوان که لغت پهلوی آن «دواریدن» است اشاره شده. هم‌چنان که جن از «بسم الله» می‌گریزد دیوان نیز از گفتار سروشان فرار می‌کنند:

همی رفت از زمین بر آسمان گرد، تو گفتی خاک با مه راز می‌کرد،
و یا دیوان بگردون بر دویدند، که گفتار سروشان می‌شنیدند.
(۲۲-۵۸)

[1] زند و هومن یسن، چاپ تهران، ص ۱۹ بند ۸ دیده شود.

آژی‌دهاکه (اوستایی) اژدهایی است که سه سر و سه دهن و شش چشم و هزار حواس دارد و یکی از نیرومندترین دروجان است که انگره مینو برای تباهی عالم اشه[1] آفریده است. در متن‌های پهلوی به نام آزی دهاک (ضحاک) یا بیور اسب آمده است. به موجب افسانه ضحاک در بابل پرورش یافته و جادویی آموخته:

بدو گفت ای ز سگ بوده نژادت، ببابل دیو بوده اوستادت.

(۴۲-۱۷۳)

دبیر از شهر بابل جادوی تر، سخن آمیخته شکر بگوهر

(۴-۳۴۶)

اشاره به زندانی شدن ضحاک در کوه دماوند و پیشکار او ارمائیل می‌کند[2]:

چو آهرمن شما را ره نماید، در بسته شما را کی بپاید؛

درم با بند و ویس از بند رفتست مگر امشب بدماوند رفتست؛

چرا رفتست کو خود نامدارست، چو ضحاکش هزارن پیشکارست.

(۴۳-۲۸۵)

توی ضحاک دیده جادوی نر، که هم نیرنگ‌سازی هم فسونگر.

(۴۳۰-۳-۸)

فلسفه‌ی دین زرتشت بر اساس نجوم و تکون دنیاست و جبری می‌باشد.چیزی که قابل توجه است این که فعل «برهینیدن» که به معنی بهره دادن و قضا و سرنوشت می‌باشد در این جا به خوبی توضیح داده شده:

جهان را زیر فرمان آفریدست، همه کاری باندازه بریدست.

(۱۶۳-۱۳۳)

که نتوانی زبند چرخ جستن، ز تقدیری که یزدان کرد رستن،

نگر تا در دلت ناری گمانی، که کوشی با قضای آسمانی.

(۶۷-۵)

[1] L.H.Gray.The Foundation of Iranian Religions.p187.

[2] در کتاب غرر اخبار ملوک الفرس ثعالبی نام دو آشپز ضحاک:ارماییل و کرماییل ذکر شده.همچنین التفهیم ص ۲۵-۸ و مجمل التواریخ ص ۴۰ دیده شود.

ز چرخ آید قضا نز کام مردم، ازیرا بنده آمد نام مردم.

(۱۳۲-۱٤٤)

ز چرخ آمد همه چیزی نوشته، نوشته با روان ما سرشته.

نوشته جاودان دیگر نگردد، برنج و کوشش از ما بر نگردد.

(۱۳۲-۱٤۸)

اشاره به آتشکده‌ها و آتشگاه‌ها و مخصوصاً آذران نامی مانند: آذرفرنبغ (خرداد-خراد) و آذربرزین مهر می‌شود:

بخاصه زین دل بدبخت رامین، که آتشگاه خردادست و برزین.

(۱۱۰-۳٤)

تن من دردها را راه گشتست، تو گویی جانم آتشگاه گشتست.

(۱۲۵-۲۶)

یکی آتش از آتشگاه خانه، چو سرو بسدین او را زبانه.

(۲٤۸-۱۰۹)

بدین شادی ده بسیار من چیز، بسی گوهر بآتشگه برم نیز.

(۳۳۳-۷۹)

پس آنگه دخمه‌ای فرمود شهوار، چنان شایسته جفتی را سزاوار؛

برآورده از آتشگاه برزین، رسانیده سر کاخش بپروین.

(۵۰۸-۳۶)

طرز فکر یک نفر زرتشتی معتقد رابا اصطلاحات صحیح بیان می‌کند:

بآتشگاه خواهم رفتن امروز، بکار نیک بودن آتش افروز؛

خورش بفزایم آتش را ببخشش، به نیکی و به پاکی و به رامش.

سپهبد گفت:شاید، همچنین کن، همیشه نام نیک و کار دین کن.

(٤۹۰-۳۳)

گاهی شاعر منحرف می‌شود و قربانی خونین را که از آداب اسلامی است در آتشگاه ذکر می‌کند حال آن که بر خلاف حقیقت است:

پس‌آنگه ویس شد با دوستداران، زنان مهتران و نامداران؛

بدروازه به‌آتشگاه خورشید، که بود از کردهای شاه جمشید؛
چه مایه ریخت خون گوسفندان، ببخشید آن همه بر دردمندان.
(۳۶۹-٤۹۱)

در دین زرتشتی آزمایش گذشتن از روی گداخته (آدرباد مهر اسپند) و در آخر دنیا پس از رستاخیز، برای تصفیه‌ی گناهکاران وجود دارد[1]. در افسانه ها نیز به گذشتن از آتش اشاره شده،[2] فخر گرگانی در این جا آزمایش گذشتن از آتش را شرح می‌دهد:

کنو من آتشی روشن فروزم، برو بسیار مشک و عود سوزم؛
تو آنجا پیش دینداران عالم، بدان آتش بخور سوگند محکم.
(۳٤۹-۱۹۵)

ز آتشگاه لختی آتش آورد، بمیدان آتشی چون کوه بر کرد،
بسی از صندل و عودش خورش داد، بکافور و بمشکش پرورش داد.
(۵-۱۹۵)

زبام گوشک موبد، ویس و رامین، بدیدند آتشی یازان بپروین؛
بزرگان خراسان ایستاده، سراسر روی زی آتش نهاده.
(۱٤-۱۹۶)

به کمربند مخصوص زرتشتیان «کستی Costi» نیز اشاه می‌شود:

گسسته بند کستی برمیانش، چو شلوارش دریده بر دورانش.
(۹۲۹-۲۷۹)

فخر گرگانی مانند شعرای قرن چهارم و پنجم اشاره به جشن مهرگان می‌کند که در زمان شاعر مرسوم بوده و نیز جشن نوروز را یاد می‌کند:

نثارت آوریدم مهرگانی، روان چون آب چشمه‌ی زندگانی؛
بدین جشنت نیاورد ایچ کهتر، نثاری از نثار بنده مهتر.

---

[1] Casartelli, Phil.Rel.du Mazdeisme, p 186-7.

[2] رجوع شود به شاهنامه - داستان سیاوش.

(۱۰۳-۵۱۸)

گهی گفتی که این باغ خزانست، که در وی میوه‌های مهرگانست.

(۱۰۳-۵۱۸)

زروی هر دو آن شب روز گشته ز شادی زورشان نوروز گشته.

(۱۵۰-۲۸۲)

در چند جا اشاره به آرش کمانگیر و تیر انداختن او از آمل به مرو می‌شود:

شتابان‌تر به راه از تیر آرش، دو چشم از کیندل کرده چو آتش.

(۳۰-۲۵۵)

اگر خوانند آرش را کمانگیر که ازساری به مرو انداخت یک تیر

ز رخ بر هر دلی بارنده آتش، چنان کز نوک غمزه تیر آرش.

خوانند آرش را کمانگیر که ازساری به مرو انداخت یک تیر

(۲۱-۳۹۸)

مطابق رسم زرتشتی که هر یک از سی روز ماه به نام فرشته‌ای بوده است رام که روز ۲۱ ماه است و روز خرداد که ششمین روز ماه ذکر می‌شود:

چو روز رام شاهنشاه کشور، بمی بنشست با گردان لشکر.

(۱-۱٤۸)

مه اردیبهشت و روز خرداد، جهان از خرمی چون کرخ بغداد.

(۱-۲۹۲)

روز شنبه را که از شبات Sabbath یهودی می‌آید با املای قدیمی «شنبد»[۱] می‌نویسد:

بشادی روز رام و روز شنبد، فرود آمد بلشکرگاه مؤبد.

(۲۲-۵۰۲)

پیمان بستن و سوگندهایی که یاد می‌شود مطلبق افکار و رسوم زرتشتی است. احترام به فروغ و سلام کردن به چراغ هنوز نزد عوام مرسوم است مانند قسم

---

[۱] گزارش گمان شکن، چاپ تهران۱۹٤۳ ص ۵۲

خوردن به تیغ آفتاب، به سوی چراغ، به سوی سلمان، به اجاق خانه، به شاه چراغ به برکت و غیره:

بپیمان دست یکدیگر گرفتند، بدین گفتار و پس هر دو برفتند.

(۲۸۰-۱۲٤)

نخست آزاده رامین خورد سوگند، به یزدان کوست گیتی را خداوند؛
به‌ماه روشن و تابند ه خورشید، به‌فرخ مشتری و پاک ناهید،
به‌نان و با نمک با دین یزدان، به‌روشن آتش و جان سخن‌دان.

(۷۳-۱۵۹)

بخورد آنگاه با مادرش سوگند، به یزدان کوست گیتی را خداوند؛
به‌ماه روشنی و تابنده خورشید، به‌فرح مشتری و پاک ناهید،
به‌نان و با نمک با دین یزدان، به‌روشن آتش و جان سخن دان.

(۷۳-۱۵۹)

بخورد آنگاه با مادرش سوگند، بدین روشن و جاه خردمند،
به یزدان جهان و دین پاکان، بروشن جان نیکان ونیاکان
به‌آب پاک و خاک و آتش و باد، بفرهنگ و وفا و دانش و داد.

(۳۶-۲۱۰)

رنگ لباس‌ها و علامت هر کدام مطابق سنت زمان ساسانی شرح داده می‌شود:

چو بیند جام‌های سخت نیکو، بگوید هر یکی را چند آهو:
که زردست این سزای نابکاران، کبودست این سزای سوکواران،
سفیدست این سزای گنده پیران، دو رنگست این سزاوار دبیران.

(۱۵-٤۰)

کبودش جامه بود چون سوکواران، رخانش لعل همچون لاله زاران.

(۱۵-۲۳۹)

ولیکن شاعر در جاهای دیگر جامه‌ی کبود را که در زمان ساسانیان علامت سوک‌واری بوده با جامه‌ی سیاه اسلامی اشتباه می‌کند:

هوا بر سوک او جامه سیه کرد، سپهر از هر سوی جمع سپه کرد.

(۰۸-۵)

زتن بر کند زربفت بهاری، سیه پوشید جامه‌ی سوکواری.

(۱۱۹-۲۶۰)

به مقررات سختی که دین زرتشت در باره‌ی زن حیض (دشتان) دارد اشاره می‌کند:[۱]

گشاد آن سیمتن را علت از تن، بخون آلوده شد آزاده سوسن.

(۹-۷۲)

زن مغ چون برین کردار باشد، بصحبت مرد ازو بیزار باشد،

و گر زن حال ازو دارد نهانی، برو گردد حرام جاودانی.

(۱۲-۷۲)

چیزی که جالب توجه است این که درین کتاب اشاره به مراسم «خویتودس» زرتشتی یعنی خویش دادن شده است، که بعضی آن را ازدواج بین خویشان نزدیک تعبیر کرده‌اند و برخی به معنی عیسوی می‌دانند.

البته شکست در این که این رسم در زمان ساسانیان عمومیت داشته بوده است. زیرا درین زمینه سند معتبری در دست نیست.گرچه بعد از اسلام نیز ازدواج بین اقوام نزدیک نزد ایرانیان پسندیده است و معروف می‌باشد که «عقد پسر عمو دختر عمو در آسمان بسته شده.» این اعتقاد از اهمیت دادن به تخمه و نژاد سرچشمه می‌گیرد، چنان که در خانواده‌های قدیم ازدواج میان خویشان مرسوم بوده است. محتمل است که در زمان باستان این عادت نزد اشراف و بخصوص شاهان معمول بوده، چنان که در مصر قدیم و ارمنستان و انکاها در پرو هم وجود داشته است. در کتاب‌های پهلوی اگر اشاره به خویتودس شده (ارده وراژ نامه) به این معنی نیست، بلکه به آن علت است که چون در قانون زرتشتی برای اولاد اناث پیش‌بینی ارث نشده اولاد ذکور ناگزیر بوده که در صورت لزوم تا آخر عمر از آن‌ها نگه‌داری

---

[۱] شایست نشایست، چاپ W.West در دوم-۱۷ در سوم ۱-۱٤-۱۶ و غیره دیده شود.

کند. ولیکن شاعر در این کتاب یا از روی تعصب اسلامی یا مطابق نص نسخه‌ی اصلی عشق میان برادر و خواهر را در موضوع داستان می‌پروراند:

در ایران نیست جفتی با تو همسر، مگر ویرو که هستت خود برادر،
تو او را جفت باش و دیده بیافروز، وزین پیوند فرخ کن مرا روز،
زن ویرو بود شایسته خواهر، عروس من بود بایسته دختر.

(۴۳-۷)

کتاب‌ها و رساله‌های دینی زرتشتی عموماً با فرمول: «ایدون‌تر باد! ایدن‌تر باد!» پایان می‌پذیرد.شاعر همین فرمول را به فارسی جدید بر می‌گرداند:

هزاران بار چونین باد چونین! دعا از من زبخت نیک رامین

(۳۸۳-۶۱۰)

در آیین زرتشتی آمده است که مردگان تا مدت معینی به دیدن خویشان خود می‌آیند و چشم امید دارند که با یادبود آنها آفرینگان بگویند. هر گاه نگویند «(روح مردگان) بگویند به دادار اورمزد و بگریند و نالند و گویند: ای دادار وه افزونی؛ نمی‌دانند که در گیتی نخواهند ماندن و چون ما نیز از آن گیتی بیرون می‌آید او را نیز حاجت بود به روان یشتن، درون، آفرینگان گفتن.»[1]

چو ما از رفتگان گیریم اخبار، زما فردا خبر گیرند ناچار.

(۵۰-۵۱۲)

فکر ریاضت و اعتکاف و گذشت از مال دنیا در دین زرتشتی نیست. زیرا یک نفر زرتشتی نه به وسیله‌ی ریاضت و نه گذشت از نعمت‌های دنیا به بهشت می‌رود. بلکه بر عکس، به وسیله‌ی زندگی فراخ ولی بی‌آلایش و برخورداری از نعمت‌های دنیا که به سود آفرینش نیک باشد به بهشت خواهد رفت. در آخر کتاب یا شاعر عقیده‌ی

---

[1] صد در نثر و صد در بندهش.بمبئی ۱۹۰۹ ص ۱۲٤.نیز نیرنگستان چاپ تهران ۱۳۱۲ص ٤-۳۳

صوفی‌منشی و ریاضت هندی را به میان آورده و یا زیر تأثیر مذهب بودایی قرار گرفته[1]:

در آتشگاه مجاور گشت و بنشست، دل پاکیزه با یزدان بپیوست.

(۱۰۵-۱۷)

چون ز آز این جهان دل را بپرداخت، تن ز آز و دل از انده بری ساخت.

(۱۰۵-۲۱)

۶- مواد فرهنگ توده در ویس و رامین

در کاتب ویس و رامین اشاره به موضوع‌هایی می‌گردد که مربوط به فلکلر قدیم ایران و زمان شاعر می‌شود و ازین لحاظ اطلاعات بسیار گران‌بهایی Folklore به دست می‌دهد. محتمل است که خیلی ازین عادات و رسوم را از نسخه‌ی اصلی گرفته باشد ولی در هر صورت در زمان شاعر هنوز این افسانه‌ها زنده بوده است.

اعتقاد به نجوم و سعد و نحس ستارگان و پرستش اجرام سماوی ازین ابیات برمی‌آید:

مرا قبله بود آن روی گلگون، چنان چون دیگران را مهر گردون.

(۲۹٤-۳۱)

مرا گر مه بشد ماندست خورشید، همه کس را بخورشید ست امید.

(۳۳۳-۸۳)

ستاره رهنمای کام او باد! زمانه نیک خواه نام او باد!

(١٤-١٠١)

بپرسید از شمار آسمانی: کزو کی سود باشد کی زیانی؛

از اختر کی بود روز گزیده، بد بهرام و کیوان زو بریده.

(٤٣-٢٠)

---

[1] در شاهنامه دو جا اشاره به این رسم شده است، یکی در داستان کیخسرو و دیگر در عاقبت لهراسب اگر قصه‌ی لهراسب به سبب آن که در بهار معتکف شده زیر تأثیر افکار بودایی باشد چنین حدسی درباره‌ی کیخسرو جایز نمی‌باشد.

بچه روزم بچه طالع بزادم، که تا زادم بسختی اوفتادم!

(۶۷-۷)

بدو گفت:اینک آمد شاه مؤبد، ز خاور سر برآورد اختر بد.

(۲۵۷-۷۶)

صفت سیارگان را می‌شمارد:

چو بهرام ستمگر چشم جادوش، چو کیوان بد آئین زلف هندوش

لبان چون مشتری فرخنده کردار همه ساله شکر بار و گهر بار.

(۱۰۰-٤)

با مشورت منجمین و به روز وساعت خوب نقل مکان می‌کنند:

چو دید از مهر دختر را نکورای، بخواند اختر شناسان را زهر جای؛

بپرسید از شمار آسمانی، کزو کی سود باشد کی زیانی؟

از اختر کی بود روز گزیده، بد بهرام و کیوان زو بریده.

(٤۳-۲۰)

بروز نیک و هنگام همایون، ز دروازه بشادی رفت بیرون.

(۲۷٤-۱۸)

اشاره به هفت طبقه آسمان می‌شود:

چو تو گویی بگیرید آن فلان را، بلرزد هفت اندام آسمان را.

(۵۱٤-۳۵)

به موجب افسانه‌ی عامیانه ماه مرد و خورشید زن است[۱]. نزد اسلاوهای قدیم نیز «مادر خورشید سرخ» matushka krasnoye sontse نامیده می‌شود ولی هندیان ماه را زن خورشید می‌دانند:

تو بانو باش تا او شاه باشد، بهم با تو چو خور با ماه باشد.

(٤۸۱-٤۵)

[۱] نیرنگستان چاپ تهران ۱۳۱۲ ص ۱۲۵.

راجع به خسوف و کسوف شاعر اشاره به عقیده‌ی عوام می‌کند که معتقدند اژدها ماه را در دهن خود می‌گیرد[1]. در چین و هندوستان شرقی نیز به همین عقیده می‌باشند:

همیدون مادرم را مژدگان خواه، که رسته شد ز چنگ اژدها ماه.
(۸-۱۷٤)

چو ویس دلبر از رامین جدا ماند، تو گویی در دهان اژدهایم.
(۱۰۹-۲۵۹)

بجان تو که تا از تو جدایم، تو گویی در دهان اژدها ماند.
(۲۱-٤۰۸)

چو از دیدار شاهنشه جدایم، تو گویی در دهان اژدهایم.
(۲۱-٤۰۸)

اشاره با افسانه‌ی ایرانی می‌شود که زمین روی شاخ گاو است و گاو روی ماهی می‌باشد.[۲]

شب دی ماه گیتی در سیاهی، چو دیوی گشته از مه تا بماهی.
(۱۰۷-۲٤۷)

با شک از دل فروشویم سیاهی، بیاغارم زمین تا پشت ماهی.
(۵٤٤-۳۷۹)

چو بر رامین مقرر گشت شاهی، ز دادش گشت پر مه تا بماهی.
(۸۸-۵۰۶)

شاعر اشاره به هفت اندام می‌کند مه به موجب برهان قاطع عبارتست از:
سر، دو دست، دو پا، شکم و آلت تناسل:

---

[1] همان کتاب ص ۱۲۵ و نیز رجوع شود به:
A.H.Krappe, la Genese des Mythes, Paris, 1938 p.127-138.

[۲] همان کتاب ص ۱۲۳. در ایران عوام معتقدند که زمین روی یکی از شاخ‌های گاوی است که آن گاو روی ماهی شناوری می‌باشد هر زمان گاو خسته می‌شود و شاخش را عوض می‌کند زمین لرزه تولید می‌شود.

هزار اختر نباشد چون یکی خور، نه هفت اندام باشد چون یکی سر.
(۳۶۹-۳۷۸)
ز هفت اندام من آتش بر افروخت، قلم‌ها را در انگشتم همی سوخت.
(۳۷۶-۴۹۸)
کشمکش درونی بشر تشبیه به دیو می‌شود:
ترا دیو آنچنان کین در دل افکند، که جای دوستی از سینه برکند،
تو نشنیدی که دو دیو ژیانند، همیشه در تن مردم نهانند؟
یکی گوید:بکن این کار و مندیش، کزو سودی بزرگ آید ترا پیش.
چو کرده شد، بیاید آن دگر یار بدو گوید:چرا کردی چنین کار؟
ترا آن دیو اول کرد نادان، کنون دیو دگر کردت پشیمان.
(۴۳۵-۳۹۶)
مرا این راه بدجز دیو ننمود، پشیمانم بر آن کم دیو فرمود؟
بپیمودم بگفت دیو راهی، کشیدم رنج و خواری چند گاهی.
(۴۵۵-۷۷)
ببرد از ره دلم را دیو تندی، بمهر اندر پدید آوود کندی.
(۴۶۶-۲۹)
به طب قدیم و امزجه چهار گنه که سرد و گرم و تر و خشک می‌باشد اشاره می‌شود:
تب گرمم ببین و باد سردم، بنامه یاد کن همواره دردم.
(۳۴۶-۱۱۳)
دروغست آنکه جان در تن ز خونست، مرا خون نیست، جانم مانده چونست؟
(۳۵۳-۱۲۰)
عوام معتقدند که شیر دایه تأثیر مستقیم در اخلاق و احساسات بچه می‌کند و از آن‌جاست اصطلاحات: شیر پاک خورده، تف به شیرت باد!...
چو دایه بگیرد شیر ناپاک، به آلوده نژاد و خوی بی‌باک،
کند ویژه نژاد پاک گوهر، از آن گوهر که او دارد فروتر؛

اگر شیرش خورد فرزند خورشید		بنور او نباید داشت امید؛
از ایزد شرم بادا مادرم را،		که کرد آلوده ویژه گوهرم را.
(۱۳۸-۸۳)

یکایک را زناشایست زاده،		بلایه دایگانی شیر داده.
(۱۷۳-٤۸)

در مقابل «آب» که ارج و شکوه و اعتبار در دنیای مادی است «سایه» همان اهمیت را در مقابل دنیای غیر مادی دارد. در لغت، سایه به معنی همزاد و سایه‌زده جن‌گرفته است. (فرهنگ انجمن آرا) و نیز به معنی سرشت روحانی که به هیکل مادی جلوه‌گر می‌شود، fantome ombre نیز آمده است.[۱]

تو بد خواه منی نه دایه‌ی من،		بخواهی برد آب و سایه‌ی من.
(۱۳۹-۸۵)

کرا شاید کنون پیرایه‌ی تو،		کرا یابم بسنگ و سایه‌ی تو؟
(۲۶۷-٤۶)

ببردم خویشتن را آب وسایه،		چو گم کردم ز بهر سود مایه!
(۳۳۶-۱۳۳)

دیو و موجودات خیالی ماوراءِ طبیعی که اعتقاد به آنها از دین زرتشتی سرچشمه می‌گیرد، گاهی به کنایه احساسات بشر را مجسم می‌کندو زمانی در دنیای خارج دارای قدرت هستند:

چو رایت‌های سلطان را بدیدند،		چو دیو از نام یزدان بر رمیدند.
(۵۸-۱۲)

اگر نه خواستی بختم سیاهی،		مرا نفریفتی دیو تباهی؛
کسی کو دیو را باشد به فرمان،		به دل چون من بود کور و پشیمان.
(٤۱۸-۹٤)

چو دیوی کت نبندد هیچ استاد؛		به افزون و به نیرنگ و به فولاد!

---

[۱] سایه‌ی او را نبود امکان دید		همچو عنقا و صف او را می‌شنید. (مولوی)

(۹۰-۲۸۷)

تو یک دیوی ولیکن آشکاری، تو یک غولی ولیکن چون نگاری

(۱۰۱-۲۲۸)

چو دیوانند گاه کوشش ایشان، جهان از دست ایشان باز ویران.

(۱٤-٤۹۵)

چه دیو است این که بر جانت فسون کرد، ترا یکبارگی چونین زبون کرد!

تو اندر طاعت وارونه دیوی؟ نه اندر طاعت گیهان خدیوی

(۱۰۸-۳۰۱)

چه ماند از کام‌ها کایزد ندادت؟ چرا دیو آورد انده به یادت

(۷۲-۳۹٤)

برای دیو صفت ستنبه می‌آورد (ستنوه به پهلوی یعنی بد هیکل،ترسناک)[1].

ستنبه دیو مهر آمد به جنگش، بزد بر دلش زهرآلود چنگش

(۳۶-۱۵۰)

ستنبه دیو هجران را تو خواندی بدان گاهی که از پیشم براندی

(۱۲-٤۰۷)

گرفتش دایه و گفتش چه بودت، ستمگین دیو بدخو چه نمودت

(۳۸-٤۱۲)

غول عموماً در بیابان‌ها مسافرین را گمراه می‌کند[2]:

ز گمراهی دلم همرنگ نیلست، مانا غول بختم را دلیلست.

(۲۶-۳۰۶)

دگر بار آمدی چون غول ناگاه، که تا سازی مرا در راه گمراه؟

(۱۳-۳٤۰)

---

[1] D.H.Jamasp.Vendidad, vol 11 ,p215

[2] نیرنگستان ۱۳۱۲ ص ۱۲۷.

بروزت شیر همراه و بشب غول، نه آب را گذر نه رود را پول.
(۵۵-۱۷٤)

اشاره به متلک «دوستی خاله خرسه» می‌شود:

چرا از خرس جستم دلگشایی، چرا از غول جستم رهنمایی؟
(۱٤-۲۸۳)

به موجودات ماواءِ طبیعی اشاره می‌شود:

هر آیینه تو از مردم بزادی، نه دیوی نه پری نه حور زادی.
(۱۱۹-۱٤۰)

دیو گاهی در بدن انسان حلول می‌کند:

وزان پس داد بوسش بر لب و روی، بیامد دیو و رفت اندر تن او.
(۲٤٤-۱۲۲)

چه دیوست اینکه بر جانت نشستست، در هر شادیی بر تو ببستست.
(۶-۱۲٤)

بجست از خواب همچون دیو زد مرد یکی آه از دل نالان برآورد.
(۳۷-٤۱۲)

گهی چون دیو زد بیهوش گشتی، فغان کردی و پس خاموش گشتی.
(۲۸-٤۰۶)

از بیت اخیر چنین بر می‌آید که در آن زمان اعتقاد حلول دیو در بدن انسان که موجب صرع و غش می‌شود رواج داشته است. این عقیده شبیه است به خرافات و اوهامی که در قرون وسطی در اروپا شایع بوده وکشیش ها به وسیله‌ی مراسم و نیرنگ مذهبی (Exorcisme) شخص دیوزده (Demoniaque) را علاج می‌کرده‌اند.
اکنون وسیله دفع پری‌زده و نظرزده را شاعر مطابق طب عامیانه شرح می‌دهد:

یکی گفتی که: چشم بد بخستش، یکی گفتی که :افسونگر ببستش؛
بزشکانی همه فرهنگ خوانده؛ زحال درداو عاجز بمانده.
یکی گفتی: همه رنجش زسود است ؛ یکی گفتی: همه دردش ز صفر است.
ز هر شهر آمده اخترشناسان، حکیمان وگزینان خراسان.

یکی گفتی: قمر کرد این به میزان، یکی گفتی: زحل کرد این حل به سرطان
پری‌بندان وزراقان نشسته، زبهر ویس یکسر دلشکسته.
یکی گفتی: ورادیده رسیدست، یکی گفتی: پری اورابدیدست.
(۶۷-۳٤۳)

اشاره به فرشته عجیبی می‌شود که نیم تنه آن ازآتش ونیم دیگر از برف است نام این فرشته ظاهراً در کتب ضبط نشده[۱]، فقط روی پرده‌هایی که سر گذرها نمایش می‌دهند ملکی به نام طاطائیل با این وصف کشیده شده که در «لطف خلقت» است و در بهشت و جهنم می‌خرامد و باعث تعجب مومنین می‌شود:

بآتشگاه می‌ماند درونم، بکوه برف می‌ماند برونم؛
چومن بر آسمان خود یک فرشتست، که ایزد زآتش وبرفش سرشتست.
(۱۲۹-٤۲۰)

به سیمرغ و کیمیا نیز اشاره می‌شود:

وفای تو چو سیمرغست نایاب، که دل بی‌رحم داری، چشم بی‌آب؛
(۱۳۰-٤۵۸)

زجود تو همیشه شاد ومستم، تو گویی کیمیا آمد بدستم؛
(۱۲۳-۵۱۹)

در بیت زیرین نام بوتیمار می‌آید که به روایت برهان قاطع «او را: غم‌خورک، نیز گویند و او پیوسته در کنار آب نشیند و از غم آنکه مبادا آب کم شود با وجود تشنگی آب نخورد.

شده نالان وگریان بر تن خویش، فکنده سر چو بو تیمار در پیش.
(۹٤-۲٤)

به مرغ افسانه‌ای همای که سایه آن بر هر که افتد به دولت برسد[۲] وهمچنین به کرکس[۳] اشاره می‌شود:

---

[۱] بحار الانوار مجلسی – معراج دیده شود.

[۲] نیرنگستان ص ۹۳

[۳] گهر کاسای اوستایی ملقب به «زرمان مانشن» که خوراکش مردار است.

مگر سایه شب از فر همایست — چو نور روز از فر خدایست.

(۱٤-۵۱۳)

که چون کرکس به کوها بر گذشتی، — بیابان را چو نامه در نوشتی.

(۷۶-٤۸۶)

به مار افسا نیز اشاره می‌شود:

برون آرند ماران را زسوراخ، — به افسون‌ها کنندش رام وگستاخ.

(۲۳۳-۱۲۱)

افسون و نیرنگ و جادو و دستان درین منظومه وظیفه مهمی را عهده‌دار است:

بگفت این دایه آنگه همچنین کرد — به تنبل دیو را زیر نگین کرد

(۷۶-۲٤۶)

مرا در دل چنان آمد گمانی، — که تو نیرنگ و جادو نیک دانی،

کسی باید که افسون نیک داند، — وگرنه کار چونین کی تواند؟

(۱٤۶-۲۹۰)

سبک دایه فسونی خواند بر شاه — تو گفتی شاه مرده گشت بر گاه؛

چو مستان خواب نوشین در ربودش، — چنان کز گیتی آگاهی نبودش.

(۳۸-٤۱۵)

ویس از دایه خود خواهش می‌کند که به وسیله‌ی جادو شاه موبد را بر او ببندد و دایه هم این کار را انجام می‌دهد:

یکی نیرنگ ساز از هوشمندی — مگر مردیش را بر من ببندی.

(۱۶-۱۰۳)

دایه می‌پذیرد اما معتقد است که دیوی در او حلول کرده که مانع کامرانی او می‌شود:

ندانم چاره جز کام تو جستن، — بافسون شاه را بر تو ببستن؛

کجا آن دیو کاندر تو نشستست، — ترا خود بر همه کاری ببستست.

(۳۰-۱۰۳)

اکنون توضیح طلسم را می‌دهد:

پس آنگه روی ومس هر دو بیاورد، طلسم هر یکی را صورتی کرد؛
بآهن هر دوان را بست بر هم، بافسون بند هر دو کرد محکم.
همی تا بسته ماندی بند آهن، ز بندش بسته ماندی مرد بر زن؛
وگر بندش کسی بر هم شکستی، همان گه مردم بسته برستی.
چو بسته شد بافسون شاه بر ماه ببرد آن بند ایشان را سحرگاه؛
زمینی بر لب رودی نشان کرد مر آنرا زیر خاک اندر نهان کرد.
(۱۰۴-۳۶)

پس از انجام کار دایه گزارش می‌کند:
چوتو دل خوش کنی با شهریارم، من آن افسون بنهفته بیارم،
برآتش بر نهم یکسر بسوزم شمارا دل بشادی بر فروزم.
کجا تا آن بود در آب ودر نم، بود همواره بند شاه محکم:
بگوهر آب دارد طبع سردی، بسردی بسته ماند زور مردی؛
چوآتش بند افسون را بسوزد، دگر ره شمع مردی بر فروزد.
(۱۰۴-٤۷)

طغیان آب می‌شود ونشانی طلسم نابود می‌گردد:
قضا کرد آن زمین را رود خانه بماند آن بند بر شه جاودانه.
(۱۰۵-٥٤)

شاه موبد اشاره به بستن کمر خود می‌کند:
زدیوان گر هزاران لشگر آیند، بدستان این سه جادو بر تر آیند،
مرا چونان که تو دیدی ببستند، امید شادیم در دل شکستند؛
بتنبل جامه‌ی صبرم بریدند، بزشتی پرده‌ی نامم دریدند.
(۲۳۲-۶۸)

پیشگوئی زمان: (۱۰۷-۱-دیده می‌شود)
چو خواهد بود روز برف وباران، پدید آید نشان از بامدادان؛
چو خواهد بود سال بد بگیهان، پدید آیدش خشکی در زمستان.
(٤٥-۳)

همیدون چون بود سالی دل فروز، پدید آیدش خوشی هم زنوروز.

(۲-۱۵۵)

اشاره به قرعه‌کشی وفال گیری:

گهی قرعه زدی بر نام یارش که با او چون بود فرجام کارش

(۲۲-۱۰۷)

بنظر زدن وچشم بد وچشم شور (به پهلوی Sur-Chashmih)اشاره می‌شود:

همیدون دخترم روشن‌خور و ماه، که بسته باد بروی چشم بدخواه

(۴۵-۱۱۱)

توم پشتی، توم یاری به هر کار، مرا از چشم و دست بد نگه دار.

(۱۲-۵۰۱)

دوچشم بد زهر سه باد بسته، درخت عمرشان جاوید رسته؛

(۹۸-۵۱۸)

برای شگون و آمد کار عوام می‌گویند: «از چشم شیطان دور» یا «چشم شیطان کور وگوش شیطان کر!».

یکی امشب مرا فرمان کن ای ویس، که امشب کور گردد چشم ابلیس

(۷۸-۲۷۸)

اعتقاد به خانه بدشگون:

سرا بی‌کو زفال شوم بنمود، بهل تا هر چه ویران‌تر شود زود.

(۳۳-۳۰۹)

قضا و قدر و سرنوشت هر کس قبلاً تعیین شده است:

سیه سر را گنه بر سر نبشتست، گنهکاریش در گوهر سر شتست.

(۲۶۳-۴۲۸)

ندانم بر سر من چه نبشتست که کار بخت با من سخت زشتست.

(۱۶-۴۷۹)

چه خواهی ای قضا از من چه خواهی؟ که کارم را نیاری جز تباهی

(۸۳-۲۵۸)

مرا خود از بنه بد بخت زادند،
هزاران بند بر جانم نهادند.
(۵۷-۲۷۷)

قضا چه نوشت گویی بر سر من
چه خواهد کرد با من اختر من!
(۳۵-۳۹۹)

سوگندهایی که یاد می‌شود بیشتر جنبه مهرپرستی دارد:

بماه ومهر تابان خورد سوگند،
به جان شاه وجان خویش وپیوند
(۹۶-۱۷۹)

بخور با من به مهر وماه سوگند،
که با ویست نباشد نیز پیوند.
(۲۷-۲۹٤)

پذیرفتم من از روشندلان پند
بخوردم پیش یزدان سخت سوگند؛
بهر چیزی که آن بهتر زگیهان:
بخاک پاک وماه ومهر تابان.
(۲٤-۳٤۱)

درین داستان مکرر نفوس زده می‌شود و نفرین می‌کنند:

بنیکی یکدیگر را یار باشید،
وزین پیوند برخوردار باشید!
بمانید اندرین پیوند جاوید،
فروزنده بهم چون ماه وخورشید!
(۳۶-٤٤)

دمان ابری که سیل مرگ آرد،
ببوم ماه تا ماهی ببارد!
(۳۰-۵۶)

سزد گر زآسمان بر شهر خوزان،
نبارد جاودان چون سنگ باران.
(۱۹-۱۶۳)

همیشه بادت از پس، چاهت از پیش
همه راهت زنان وآب درویش؛
گهت پر برف دشت وگاه پرمار
نبات او کیست وآب او قار!
(۵٤-۱۷٤)

بگو :هر جا که خواهی رو هم اکنون،
رفیقت فال شوم و بخت وارون؛
رهت مارین و کهسارت پلنگین ،
گیاه و سنگش از خون تو رنگین.
(۱۸۳-۱۷۹)

شود امسال خونین جویبارت، بلا روید ز کوه و مرغزارت.
(۵۹-۲۶۷)
بگرگان رفت خواهد شاه موبد که روزش نحس باد و طالعش بد
(۲۹-٤۷۳)
شب تو روز باد و روز نو روز سرت پیروز رنگ وبخت پیروز!
(۱۳٤-۵۲۰)

افسانه‌ی سنگ صبور ظاهراً در کتابی نیامده است، فقط قصه عوامانه‌ای به این نام وجود دارد. موضوعش این است که هر کس درد دل دارد برای سنگ صبور نقل می‌کند و یکی از آن دو می‌ترکد:

بنالم تا زپیشم بترکد سنگ، بگریم تا شود برف ارغوان رنگ.
(۸۹-۲۵۸)

شاعر اشاره به شکنجه‌های مرسوم زمان خود می‌کند.گویا گردانیدن اشخاص مجرم در بازار (Pilori?) معمول بوده است:

کنون خواهی بکش خواهی برانم وگر خواهی برآور دیدگانم؛
وگر خواهی ببند جاودان دار وگر خواهی برهنه کن ببازار
(٤۸-۱۶۵)

هنگام جشن و شادی شهر را آیین می‌بسته‌اند:

چهل فرسنگ آذین‌ها ببستند، همه جایی به می خوردن نشستند
(۷-۳۲٤)
خراسان سر به سر آذین ببستند، پری‌رویان بر آذین‌ها نشستند
(۳۹-۵۰۳)

در اروپا (فرانسه، انگلیس و آلمان) گل Myosotis معروف است به «مرافراموش نکن» (forget me not) قابل توجه است که زمان فخر گرگانی گل بنفشه در ایران به همین منظور به کار می‌رفته است:

برامین داد یکدسته بنفشه، «به یادم دار!»گفتا این همیشه
(۸۱-۱۵۹)

ز یارانش یکی هور پری‌زاد | بنفشه داشت یکدسته بدو داد
دل رامین به یاد آورد آنروز | که پیمان بست باویس دلفروز
نشسته ویس بر تخت شهنشاه | زرویش مهر تابان وزبرش ماه
برامین داد یکدسته بنفشه، | «به یادم دار!»گفت این‌را همیشه
(۱۷-۳۹۱)

یکی از موضوع‌هایی که همیشه در قصه‌های عامیانه وجود دارد قصرهای عجیب و بناهای سحرآمیز است که عموماً ساختمان آن‌ها را به دیوان نسبت می‌دهند. مشهورترین و قدیمی‌ترین آنها «گنگ دز» می‌باشد که به فارسی به اشکال گوناگون در آمده: قهندز، دز کهن، کندز، کندوز، قلعه بندر وغیره... در اصل همان «کنگهه» اوستایی یا باغ بهشت آریاهااست.گویا در زبان فرانسه مفهوم خود را در اصطلاح Pays de Cocagne حفظ می‌کند. در کتاب‌های پهلوی ساختمان کنگ‌دژ را به سیاوش نسبت می‌دهند ومحل آن را در شمال ترکستان میان کوه‌ها می‌نویسند.[۱]

بدان گه سیمبر ویس گلندام | بمرو اندر کهندز داشت آرام
(۱۶-۴۹۰)

بدین چاره زدروازه برفتند | وز آتشگه ره کدز گرفتند.
(۴۶-۴۹۱)

در داستان ویس ورامین دژ دیگری به نام «دژ اشکفت دیوان» معرفی می‌شود:

بمانم ویس را ایدر غریوان | ببسته در دژ اشکفت دیوان
(۵۶-۲۳۲)

برون امد زدروازه «غریوان» | نهاده روی زی اشکفت دیوان
(۲۱-۲۴۳)

بکوه دیو در اشکفت دیوان | همی شاد کنند امروز دیوان
(۵۳-۵۶۷)

دژ اشکفت بر کوه کلان بود | نه کوهی بود برجی زآسمان بود

---

[۱] بندهش بزرگ ص ۱۲-۱۲۰ و «ایرانشهر» مارگوارت دیده شود.

ز سختی سنگ او مانند سندان   نکردی کار بر وی هیچ طوفان
زبس پهنا یکی نیم جهان بود   زبس بالا ستونی زآسمان بود
بشب بالاش بودی شمع پیکر   بسر بر آتش او را ماه و اختر
(٤-۲۳۳)

برو مردم ندیم ماه بودی   ز راز آسمان آگاه بودی.
(٥-۳۳٤)

اشاره به حصار روئین می‌شود[۱]:

چنانم تا حصاری گشت یارم   که گویی بسته در روبین حصارم.
(٤٩-۲۳۶)

در دوره شاهی رامین که ۸۳ سال طول می‌کشد دنیا نمونه‌ای از دوره‌ی آخر زمان می‌شود:

بفرش گشته سه چیز از جهان کم :   یکی رنج و دوم درد و سوم غم.
(۷۷-٥٠٥)

به آرزوی ابدی بشر ومخصوصاً رجعت در عقاید شیعه وزرتشتی اشاره می‌کند که در نتیجه آن اختلاف طبقات برداشته می‌شود وگرگ ومیش با یکدیگر در صلح وصفا زندگی می‌کنند[۲].

ز دل‌ها گشت بیدادی فراموش   توانگر شد هرآن کو بود بی‌توش
نه جستی گرگ بر میشی فزونی   نکردی میش گرگی را زبونی.
(۶۶-٥٠٤)

مطابق اصطلاح عوام :بند از بالا نبرد – بند از پیش خدا نبرد. زندگی بشر تشبیه به طناب می‌شود که در موقع مرگ قطع می‌گردد (مقایسه شود با افسانه‌ی les parques)

طناب عمر تو تا حشر بسته،   ندیم خرمی با تو نشسته!

---

[۱] شارستان زرین و شارستان روئین . مجمل التواریخ و القصص ، چاپ تهران ۱۳۱۸ . ص ٤۹۸-٥۱۱. شهرستان روئین- تعالبی، غرر ملوک الفرس ص۳۲۲-۸ . چاپ پاریس ص ۲۰۲ (بهشت کنگ)
[۲] جلد سیزدهم بحارالنوار ص ۳۱- زند و هومن یسن، چاپ تهران ۱۹٤٤.

(۱۳۵-۵۲۰)

۷- چند اصطلاح و مثل

مثل خری که در گل وابماند:

چو شهر و نامه بگشاد و فرو خواند،　　　چو پی‌کرده خری در گل فروماند

(۳۶-۶٤)

چو بشنید این سخن رامین بیدل　　　تو گفتی چون خری شد مانده د رگل

(۱۱۵-۳۰۱)

دهنش بوی شیر می‌دهد:

هنوز از شیر آلوده دهانت　　　بشد در هر دهانی داستانت؛

(۷-۹۳)

هنوزش بوی شیر اندر دهانست،　　　ندانم دانشی کز وی نهانست

(۷۰-۵۱۶)

مثل سیبی که از میان دو نصف کرده باشند:

ترا ماند بمهر ای گنبد سیم،　　　تو گویی کرده شد سیبی به دو نیم.

(۸۳-۱۲۸)

قطره قطره جمع گردد وانگهی دریا شود:

که این آزارها چون قطره باران　　　چو گرد آید شود یک روز طوفان

(۱۲۶-۱۶۹)

سالی که نکوست از بهارش پیداست:

همیدون چون سالی دلفروز،　　　پدید آیدش خوشی هم زنوروز.

(۲-۱۵۵)

هر کس دنبال جغد بیافتد از بیغوله سر در میاورد:

هر آن کو زاغ باشد رهنمایش،　　　بگورستان بود همواره جایش

(۲۶-۱۶٤)

از قاطر پرسیدند: پدرت کیست؟ گفت: مادرم یابوست:

تو از گوهر همی مانی باستر،　　　که چون پرسند فخر آرد به مادر

۳۳۷

(۶۱-۱۸۶)

یک جور و بهتر از یک ده ششدانگی است:

دو چشم شوخ به باشد زدو گنج، بگوید هر چه خواهد شوخ بی‌رنج

(۳۲-۱۹۱)

آدم عاقل دو بار گول نمی‌خورد:

هر آن گاهی که باشد مرد هوشیار زسوراخی دو بارش کی گزد مار؟

(۲۷-۲۳۰)

خانه در راه سیل ساختن:

تو خانه کرده‌ای بر راه سیلاب درو خفته بسان مرد در خواب؛

(۵۵-۲۹۸)

از دل برود هرآن‌که از دیده برفت:

همه مهری زنادیدن بکاهد، کرا دیده نبیند دل نخواهد.

(۶۶-۲۹۹)

تکیه بر جای بزرگان نتوان زد بگزاف:

بگفت از جای شاهنشاه بر خیز چو که باشی زجای مه بپرهیز.

(۱۹-۳۰۸)

ریش درویش را خراشیدن ونمک پاشیدن:

درین اندیشه مانده رام را دل، چو ریشی بود آگنده به پلپل.

(٤۱-۳۱۰)

شب آبستن است تا سحر چه زاید:

بگیتی نیز شب آبستن آید، چه داند کس که فردا زو چه زاید؟

(۸۶-۳۱۲)

من از بیگانگان هر گز ننالم، که با ما هر چه کرد آن آشنا کرد:

مرا چون بخت من با من بکینست، ز بیگانه چه نالم گر چنین است؟

(۸٤-۳٤٤)

از آتش خاکستر عمل می‌آید:

ندانستم کز آتش آب خیز | زنوش ناب، زهر ناب خیزد
(۹۳-۳۴۵)

کوس رسوائی ما بر سر بازار زدند:

زنان در خان‌ها مردان ببازار، | سرود من همی گویند هموار.
(۹۵-۴۰۳)

می زده را می دواست:

اگر تو گشته‌ای از می بدینسان | ترا جز می نباشد هیچ درمان
(۳۷۲-۳۶۸)

افسار خود را بدست کسی سپردن:

پشیمانم چرا فرمان تو بردم | مهار خود بدست تو سپردم
(۵۰-۳۹۳)

گناه از کوچک و بخشش از بزرگ:

اگر پوزش نکو باشد ز کهتر | نکوتر باشد آمرزش ز مهتر
(۲۷۰-۴۲۸)

نو که آمد به بازار کهنه شود دل آزار:

درم هر گه که نو آید ببازار | کهن را کم شود در شهر مقدار.
(۳۵۳-۴۳۳)

یکی را بده راه نمی‌دادند سراغ خانه کدخدا را می‌گرفت:

توی رانده چو از ده روستایی | که آن ده را سگالد کد خدایی
(۴۴۵-۴۳۸)

کور از خدا چه می‌خواهد؟ دو چشم بینا:

من آن خواهم که تو باشی شکیبا | چه خواهد کور جز دوچشم بینا؟
(۵۶۹-۴۴۵)

بالای سیاهی رنگی نیست:

بعشق اندر بلایی زین بتر نیست | سیاهی را زپس رنگی دگر نیست.
(۱۰-۴۶۵)

طبل میان تهی :

تو چون طبلی که بانگت سهمناکست،   ولیکن در میانت باد پاکست.

(۵۵۱-۴۴۴)

از این گونه نکات و دقایق در کتاب ویس ورامین فراوان است. از مطالب بالا چنین برمی‌یاید که فخر الدین گرگانی اساس داستان خود را روی ترجمه‌ی مغلوط ویس و رامین پهلوی که به پازند گردانیده بوده‌اند قرار داده ضمناً اطلاعات زمان خود را در آن گنجانیده است، هنر شاعر در پروراندن این داستانست. به نظر می‌آید که ویس و رامین تا چند قرن شهرتی بسزا داشته و مورد پسند خاص و عام بوده و در حدود قرن ۱۲بزبان گرجی ترجمه شده است. ولیکن ناگهان نسخ آن نایاب و بدست فراموشی سپرده می‌شود بطوریکه تذکره‌نویسان در نسبت این کتاب به فخر گرگانی تردید کرده اند. آنچه در اینجا ذکر شد بمنزله طرحی از مطالعاتی می‌باشد که ممکن است درباره ویس ورامین کرد.

تهران - مردادماه ۱۳۲۴

درباره ایران و زبان فارسی[1]

---

[1] از ماهنامه «سخن» دوره هجدهم.

در سال ۱۳۲۷ آقای سید حسن تقی‌زاده خطابه‌ای در دانشکده ادبیات تهران با عنوان «زبان فصیح فارسی» ایراد کرد که متن آن چندی بعد در «مجله یادگار» منتشر شد. صادق هدایت، که من چند بار در باره ایران‌پرستی پرشوق و شور او و انعکاس این عاطفه درآثارش گفتگو کرده‌ام، ازمطالب این سخنرانی سخت رنجیده خاطر شد و بسیاری از نکات آن را توهینی به ایران و زبان فارسی شمرد. خوب به یاد دارم که در آن زمان، با همه دلمردگی و بی‌اعتنایی که به همه چیزداشت، ازاین نکته‌ها باهیجان فراوان گفتگو می‌کرد و ازمن می‌خواست که در جواب آب خطابه و دفاع از زبان فارسی رساله ای بنویسم و اصرار می‌ورزید که این کار برعهده تو است.

من در آن زمان عازم سفری دراز بودم. خانه و زندگی را از هم گسیخته و کتابخانه خود را به انبار ریخته بودم. عذرم را با او درمیان گذاشتم که نه فرصت و مجالی دارم و نه به کتاب و یادداشت دسترسی.

صادق هدایت چنان به شور آمده بود‌که عذر مرا نپذیرفت و اصرار کرد و سرانجام برعهده گرفت که بامن یاری کند و هرچه می‌تواند از منابع و مراجع فراهم بیاورد و در دسترسم بگذارد تا من کار این رساله را به پایان برسانم. شوق و دلبستگی او به این کار چنان بود که من نتوانستم به صراحت جواب رد بدهم و وعده کردم که اگرمجالی باشد این کار را انجام بدهم.

صادق هدایت، صادقانه به وعده خود وفا کرد و از فردای آن روز به کار پرداخت. هردو سه روز یادداشت‌هایی را که سودمند و لازم می‌دانست گرد می‌آورد و به من می‌داد. بعضی ازآن‌ها صورت مقاله‌ای داشت که می‌بایست در متن رساله بگنجد و بعضی دیگر سطرها و عبارت‌ها و نکته‌هایی بودکه از کتاب‌های مختلف به زبان‌های انگلیسی و فرانسوی و عربی و فارسی نقل و رونویس کرده بود و من می‌بایستی ازآن‌ها درتحریر و تنظیم رساله معهود استفاده کنم.

اما من به تدارک سفرگرفتار بودم و یکی دو هفته بعد راهی شدم و در آن هنگامه به نوشتن رساله‌ای که او می‌خواست توفیق نیافتم. یادداشت‌ها را با خود بردم و به دوست عزیز خود وعده دادم که در اولین فرصت مقصود او را انجام بدهم و رساله منظور را منظم کنم.

افسوس که این فرصت دست نداد و یادداشت‌هایی که او با آن همه ذوق گردآورده بود میان هزاران برگ کاغذهای دیگر ماند و ناپیدا شد، تا این روزهای اخیر که برحسب تصادف به آن‌ها دسترسی یافتم.

اکنون که این یادگارهای عزیز را بازیافتم، لازم دانستم که آن‌ها را، بی‌کم و افزون، درست آن‌چنان که بود منتشر کنم؛ زیراکه این نوشته‌ها سندی ارزنده است برای اثبات آن‌چه من مکرر در نقد آثار ادبی صادق هدایت گفته و نوشته‌ام. در مطالبی که ضمن خطابه راجع به نثر معاصر فارسی در سال ۱۳۲۵ ایراد کردم و او خود در آن جمع حاضر بود، در این باب گفتم که «هدایت عشقی سوزان به وطن خود دارد. به دشمنان تاریخی ایران کینه‌ای شدید نشان می‌دهد و این معنی در بسیاری از آثار او آشکار است. به گذشته درخشان و پرافتخار ایران توجه خاص دارد و آموختن زبان پهلوی و ترجمه کتب متعددی از آثار ادبیات آن زبان نتیجه همین توجه است.» یاد گذشته پرافتخار ایران که در قضیه «دست برقضا» به طنز و مزاح از آن گفتگو می‌کند در آثار او مکرر جلوه‌گری کرده است. اما هدایت فقط شیفته افسانه و تاریخ نیست. ایران را دوست دارد. ایران زنده و موجود را و زبان حال او شاید این مثل باشد که «پهلوان زنده را عشق است»[1].

آری هدایت حتی در روزهایی که دل از زندگی برکنده بود و شاید آماده نیستی شد چنان به ایران و آن‌چه ایرانی است دلبسته بود که همت خود را در راه دفاع از آن صرف می‌کرد. اکنون متن یادداشت‌های او، بی کم و زیاد، منتشر می‌شود. این نوشته‌ها که خود او قصد تدوین نهایی آن‌ها را نداشت و من هم مجال استفاده از آن‌ها را نیافتم در عین آن‌که متضمن نکته‌های جالب توجه است سندهای معتبری است برای آن‌که شیوه تفکر و دلبستگی‌های عمیق صادق هدایت را به تاریخ ایران و زبان فارسی نشان بدهد.

پرویز ناتل خانلری

---

[1] نخستین کنگره نویسندگان ایران، تیر ۱۳۲۵.

درباره ایران و زبان فارسی

در چند مورد سخنران محترم بی‌لطفی فرموده تکرار می‌کنند «اصلاً زبان قدیم ایرانی حتی پهلوی (پارسیک) هم که کتبی از آن در دست است وسیع و با ثروت نبوده است و به غالب احتمال خیلی محدود بوده و ظاهراً نوشتجات و کتب زیادی نداشته ورنه این قدرکم به ما نمی‌رسید. داستان اتلاف عرب‌ها کتب ایرانی را جز افسانه محض چیزی نیست...»

معلوم نیست این کشف مهم را به تنهایی کرده‌اند ویا از بعضی علمای اروپایی هم سلیقه خود شنیده‌اند. مثلاً میس لمبتن[1] که هیچ تخصصی در ادبیات قبل از اسلام ایران ندارد، همین عقیده را ابراز می‌کند. گمان نمی‌کنم کسی جزئی آشنایی به ادبیات پهلوی داشته باشد و بتواند چنین ادعایی بکند و یکسره خط بطلان رویش بکشد. چیزی که غریب است خود نویسنده در مقاله‌ای که راجع به «شاهنامه فردوسی» نوشته‌اند اظهار می‌دارند: «در این که در زمان ساسانیان و خصوصاً در اواخر آن کتب متعددی در زبان پهلوی چه راجع به تاریخ و چه راجع به داستان یا قصه‌ها (رومان) و یا کتب روایات و قصص مذهبی موجود بود شکی نیست... ما اسامی عده‌ای از این کتب را به واسطه آن‌که در قرون اولی اسلام هنوز در دست بود و خبر آن‌ها درکتب عربی قدیم ثبت شده و یا به واسطه ترجمه‌ی آن‌ها به عربی و فارسی (که اغلب آن ترجمه‌ها نیز از میان رفته و اسم آن‌ها باقی مانده) می‌دانیم.»[2] اما در جای دیگر می‌نویسد: «علاوه بر این کتب ظن قوی برآن است که اغلبی از قصه‌های رزمی و بزمی ایرانی قرون اولی اسلام که شعرای عرب و عجم نظم یا تحریر کرده‌اند منشاءِ پهلوی (ولو کوچک‌تر) داشته‌اند مانند وامق و عذرا و ویس و رامین و شادبهر و عین‌الحیوه و خسرو و شیرین و خیلی دیگر. درمجمل التواریخ گوید: «و حکیمان بسیاری جمع شدند پیش او [اردشیر پاپکان] که علم را

---

[1] Lambton

[2] هزاره فردوسی ، ص ۲۱.

خریدار بود چون هرمز آفرید، و بدروز و بزرجمهر و ایزد داد و این‌ها همه مصنف کتاب‌های علوم بوده‌اند از هر نوع که از آن بسیاری نقل کردند به الفاظ تازی...»[1] کمی دورتر می‌افزاید: «قراین قوی در دست است که خشکسالی سیاسی و قحطی از شوکت ملی و حاصلخیزی زمینه ادبی و عقلی ایرانیان چندان نکاسته بود و مخصوصاً در قرن اول و دوم و سوم هجرت کتب و رسایل زیادی از مذهبی و علمی درزبان پهلوی تصنیف شده که چند نسخه ازآن‌ها که خیلی مهم است برای ما مانده.»[2] پس خود نویسنده اقرار دارد که نه تنها کتاب‌های افسانه و تاریخ و حتی علمی در زمان ساسانیان وجود داشته و بعد به عربی ترجمه شده بلکه منکر مفقودشدن و از میان رفتن این کتاب‌ها نمی‌باشد. حالا باید دید به چه علت تغییر عقیده داده‌اند و یک باره اسناد و شواهد تاریخی سابق را انکار می‌کنند. شاید همین طورکه ایشان در بیست سال قبل طرفدار الفبای لاتینی برای فارسی بوده‌اند و کتابی به اسم «مقدمه تعلیم عمومی» در آن باب نوشته‌اند و امروزه ازآن عقیده عدول کرده و طلب استعفار می‌کنند علتی نیز موجب شده که بی‌رحمانه علم و ادب و فرهنگ ایران را انکار می‌نمایند.

ولیکن چیزی که مسلم است آن‌چه از نوشته‌های پهلوی به‌جا مانده و روشن گردیده نشان می‌دهد که زبانی است بسیار پرمایه و دقیق و ادبی.

حال اگر به لغات نامأنوس و مهجوری برمی‌خوریم که فهم آن برای ایرانیان امروز دشوار است گناه زبان نمی‌باشد، زیرا این لغات دارای ریشه علمی است و تحول دقیقی را پیموده وسابقه چندین هزارساله دارد و مفهوم خود را کاملاً حفظ کرده است. برخی از لغات پهلوی دارای معانی و مفهوم بسیار دقیق است، به طوری که دانشمندان پهلوی‌دان امروز از آن‌جا که به زبان‌های بیگانه ترجمه ناپذیر می‌باشد عین این لغات را در ترجمه‌های خود حفظ می‌کنند تا خواننده گمراه نشود. مانند: دین - یزدان - فره- دروج- دیو- فرشکرت- مینو- گیتی- فروهر- خرد - دیوان و

---

[1] همان کتاب، ص ۲۶.

[2] همان کتاب، ص ۳۰.

غیره...[1] دانشمندان ایرانی که در صدر اسلام لغات و اصطلاحات پهلوی را در زبان عربی وارد کردند، همین رویه را در پیش گرفتند. چنان‌که آقای بیلی نیز اشاره می‌کند: «اکنون باید موضوع پیچیده‌تری را در نظر بگیریم. دنیای بودایی آسیای میانه تا حدی اصطلاحات فنی ایرانی را پذیرفت. هر چند بیشتر متمایل به اخذ اصطلاحات فنی هند بودایی بوده. در مغرب ایران دو جنبش نیرومند مذهبی یعنی مانویان و مسیحیان در دوره ساسانیان مبلغ‌هایی به خارج می‌فرستادند و در آخر دوره ساسانی مسلمان‌ها آمدند. آن‌ها به نوبه خودشان خیلی از اصطلاحات معمول فارسی را برای بیان عقیده تازه اختیار کردند...»[2] ولیکن در زبان عربی این لغات و اصطلاحات را نتوانستند به مفهوم اصلی خود به کار ببرند. مانند لغت «دین» که در عربی به معنی مذهب استعمال شد و یا لغت «فردوس» که در زمان ساسانیان به معنی بوستان و شکارگاه پادشاهان بوده است[3] و چون هر دو آنها ریشه اوستایی دارد بنابراین نمی‌توان وضع این لغات را به یعرب‌بن قحطان نسبت داد.

برخی ازخاورشناسان که نظرخصوصی دارند سال‌هاست که می‌کوشند تا هر لغت فارسی که در زبان دیگر وارد شده حق مالکیت آن را از فارسی سلب نموده به زبان فارسی و یا بیگانه دیگر بدهند. برای نمونه لغت «ترجمان» را مثال می‌آوریم: در کتاب سابق الذکر آقای بیلی متنی از eznik ازنیک ارمنی نقل می‌شود که لغت targmani در آن آمده است. در ملحقات همین کتاب متن پهلوی «آمدن شاه بهرام ورجاوند» نقل شده که یک جمله حساس آن افتاده و به علاوه لغت targaman پهلوی که در آن استعمال شده بی‌آن که اسنادی ارائه بدهند در پائین صفحه توضیح می‌دهند که این لغت از سریانی آمده است. شاید عمداً اشاره به ارمنی همین لغت نکرده‌اند زیرا در این صورت به ظن قوی این لغت آریایی می‌شده است. به نظر می‌آید آقای تقی‌زاده بیشتر اطلاعات جدید خود را از همین کتاب گرفته‌اند. با وجود این پا روی حق گذاشته و منکر علم و فلسفه و فرهنگ ایرانی می‌شوند و

[1] Bailey, Zoroastrian Problems, 1943, P. 58

[2] A. Christensen, L'Iran Sous les Sassanides, 1944, PP. 34-469.

[3] P. de Menansce, Skand – Gumanik Vicar, 1945, P.15.

می‌گویند «ازعلم و معرفت در عهد ساسانیان آثار زیادی نیست و دلایل زیادی بر نقصان آن وجود دارد که این‌جا موقع ذکر آن نیست.» «دردوره ساسانیان مایه علم کم بوده و برای شرح این معنی یک خطابه مفصل جداگانه می‌توانم ادا کنم.» از اظهار ایشان معلوم نیست که در زمان ساسانیان اصلاً کمیت علم و معرفت در دنیا لنگ بوده و یا این‌که عدم توجه به علوم اختصاص به ایرانیان داشته است؟ در هر حال اسناد ایشان باید کاملاً بکر و منحصر به فرد باشد، لذا از درگاهشان استدعای عاجزانه داریم هرچه زودتر اسناد و مدارکشان را در دسترس عموم بگذارند. ولیکن آقای بیلی که پهلوی می‌داند چنین ادعایی نمی‌کند. ایشان فقط می‌کوشند در کتاب خودشان نشان بدهند که هرچند در زمان ساسانیان علم و فلسفه و فنون گوناگون وجود داشته و دست کم ازدیگران نبوده‌اند اما فقط ایرانیان بیشتر اصطلاحات علمی و فلسفی خود را از یونانیان و یا هندیان اقتباس کرده‌اند، مانند زیج هند و زیج شهریاران. هم چنین عنوان بسیاری از کتاب‌های علوم و فنون زمان ساسانی را می‌دهد، ازجمله ستاره شناسی - فیزیک - زمین‌پیمایی - موسیقی - فلسفه و رشته‌های مختلف پزشکی و کشاورزی و گیاه شناسی و شطرنج و غیره؛ و حتی در دنباله همین کتاب قسمتی از طب و روانشناسی و غیره که ازکتاب دینکرد استخراج شده می‌افزاید و اغلب اصطلاحات این علوم را با یونانی مقایسه می‌کند ولیکن منکر وجودآن نمی‌شود. حتی قدمی فراخ‌تر گذاشته بسیاری از طبقه‌بندی‌های جسمانی و معنوی انسان را که در اوستا نیز آمده است با تعلیمات ارسطو و افلاطون و بقراط مقایسه می‌کند. غافل از این‌که به علت قدمت اوستا می‌توان نتیجه به عکس گرفت. به این معنی که یونانیان بسیاری از این مطالب را از ایرانیان فراگرفته‌اند. برای نمونه بی مناسبت نیست که به یکی دوموضوع اشاره بکنیم.

کریستنس نیز معتقد است که در موضوع علوم، یونانیان و رومیان همیشه سرپرست ایرانیان بوده اند.[1] ومی گوید اگرچه اساس طب ایرانی متکی به سنت اوستایی است باوجود این تأثیر یونانی در سرتاسر آن مشاهده می‌شود. به موجب

---

[1] A. Christensen, L'Iran Sous les Sassanides, 1944, P.418.

دستور پزشکی بقراط سه طریقه برای معالجه وجود دارد: آن‌چه که داروها معالجه نمی‌کنند با آهن یعنی تیغ بهبودی می‌یابد. آن چه که آهن معالجه نمی‌کند به وسیله آتش درمان می‌پذیرد. و دردی که با آتش التیام نپذیرفت بی‌درمان خواهد بود. در «ویدیو داد» نیز سه طریقه معالجه ذکر شده: تیغ، گیاه‌ها و دعا. طریقه اخیر بسیار مؤثر است.

طریقه معالجه با آتش درقسمت طبی دینکرد نیز مشاهده می‌شود و درآن‌جا پنج طریقه برای معالجه ذکر شده است. ازاین قرار: ۱- دعا، ۲- آتش، ۳- گیاه‌ها، ٤- تیغ یا نیشتر، ۵- بخور.[۱] درصورتی که طب قدیم ایران اصل اوستایی دارد پس نمی‌تواند وابستگی با طب یونانی داشته باشد و چنین حکمی بسیار سست و بی‌پایه است. برعکس ممکن است نتیجه متضاد گرفته شود. از طرف دیگر چون عموماً مستشرقین طرفداری از یونان و اقوام سامی می‌کنند برای متزلزل کردن سابقه تمدن و فرهنگ ملل آسیایی و پیروی از نظریات سیاسی از هیچ‌گونه بلندپروازی و سفسطه دریغ نمی‌نمایند. مثلاً درطب قدیم هند و مخصوصاً چین عوامل طب قدیم ایران کاملاً مشاهده می‌شود و اگر قرار باشد اصول طبی ایران را به یکی از کشورهای بیگانه نسبت بدهیم خیلی مناسب‌تر است که اصل آن را هندی و یا چینی بدانیم که روابط عمیق و دیرین با ایران داشته‌اند زیرا اصول طب چینی با طب قدیم ایران کاملاً تطبیق می‌کند[۲]. دراین صورت طب قدیم ایران نمی‌تواند عوامل یونانی داشته باشد و یا این‌که باید قبول کنیم که به طور معجزه‌آسایی طب یونانی قبل از زرتشت به ایران آمده و از آن‌جا جاده چین را درپیش گرفته است. اگرچه اغلب اتفاق می‌افتد که دانشمندان اروپایی پس از تفحص متوجه اشتباه خود می‌شوند. مثلاً درفصل اول کتاب «گزارش گمان شکن»[۳] اندام و استعداد مردم با مراتب چهارگانه دین سنجیده شده. مترجم این کتاب آقای دومناس این قسمت راتفسیرکرده و با

---

[۱] همان کتاب، ص ٤۲۰ دیده شود.

[۲] L' Information Medicale No.1,18 Annee:

Ce qu` il faut savoir de la chinoise, points and Meridiens Acupuncture et Ignipuncture .

[۳] P. de Menasce, Skand – Gumanik Vicar P. 31.

تعالیم یونانی و هندی مقایسه می‌کند و نتیجه می‌گیرد که ایرانیان این فکر را از یونانیان اقتباس کرده‌اند. در ملحقات و غلطنامه این کتاب فستوژییر [1] که متخصص علوم و فلسفه یونانی است به وسیله یادداشتی عقیده مترجم را ردکرده می‌نویسد که این تشبیه به هیچ وجه اصل یونانی ندارد. در فصل پنجم همین کتاب که تمام اجزای داخلی چشم به طور دقیق شرح داده شده مترجم تفسیر می‌کند و با تعجب می‌گوید: «تشریحی که در این قسمت آمده شکی باقی نمی‌گذارد که چشم‌شناسی قدیم درآن زمان پیشرفت علمی شایانی کرده بوده است.» [2] یا در صفحه ٤٥ همین کتاب ذکر می‌شود که دوسوسور [3] د ریک رشته مقاله که راجع به هیئت و نجوم «چین و ایرانی» انتشار می‌دهد به علت مشابهت کامل اصول نجوم ایران قدیم با چین ابتدا معتقد بوده که علم هیئت و نجوم چین درایران نفوذ یافته سپس در آخرین کتاب خود [4] به نتیجه عکس می‌رسد : یعنی ثابت می‌کند که هیئت و نجوم ایرانی در چین تأثیرکرده است. پس ازاین قرار ما نمی‌توانیم کورکورانه قضاوت دانشمندان خارجی و«اساتید فن که دارالعلوم‌های ممالک عربی هستند» را درصورتی که اساس تحقیقشان بی طرفانه نباشد بپذیریم.

سخنران محترم اشاره کرده می‌گوید: «زبان پارسیک کتب زردشتیان (پهلوی معروف) با خطی مشتق از خط آرامی نوشته می‌شد که به خط پهلوی شهرت دارد و مقداری از کلمات آن‌ها به هزواریشن نوشته می‌شد یعنی با الفاظ آرامی ولی در خواندن معادل فارسی آن خوانده می‌شد... همیشه همان فارسی آن را می‌خواندند و این فقره باعث غلط و اشتباه بلکه اغتشاش می‌شد.» منتقد عالی مقدار با زبردستی کامل بدون ثبوت خط پهلوی را مشتق ازخط آرامی می‌دانند و لغت «اوزوارشن» را «هزواریشن» می‌خوانند و این رسم‌الخط را بسیار مغلق و درهم پیچیده جلوه می‌دهند بی‌آن‌که متذکر بشوند که در زمان ساسانیان به موجب اسناد عربی بعد از

---

[1] Festugiere.

[2] de Menasca

[3] F. de Saussure

[4] Les Origines de l'astronomie Chinoise, Paris 1936.

اسلام (ابن ندیم، خوارزمی، حمزه و غیره) چندین رسم‌الخط دیگر هم وجود داشته است. سپس می‌گویند که در نوشته‌های تورفان اوزوارشن وجود ندارد و توضیح می‌دهند که: «نوشتجات پهلوی همه مخلوط با هزواریشن نبوده بلکه بعضی از آن‌ها تماماً مطابق تلفظ ایرانی نوشته شده و این نوع نوشتجات به اسم پازند معروف گردیده.» غافل از این‌که اظهار اخیر اشتباه بوده است زیرا فقط به نوشته پهلوی که دارای اوزوارشن می‌باشد بعد ازآن که به فارسی سره گردانیده شد «پازند» می‌گویند وگرنه نوشته‌های تورفان که اصلاً اوزوارشن نداردفقط «پهلوانیگ» نامیده می‌شود نه پازند.

بامزه‌تر این که،همین سیستم خط پهلوی که با اوزوارشن نوشته می‌شد و قبلاً اقرار کردند که معادل فارسی آن خوانده می‌شد در جای دیگر ناگهان به عنوان زبان مستقلی معرفی می‌شود و اظهار قبلی خود را با نهایت تردستی پس می‌گیرند: «...و نه لغات پهلوی غیر هزواریشن عده معتنابهی است. (اگر چه به حساب وست[1] کتب موجوده پهلوی مشتمل بر ۴۲۸۰۰۰ کلمه است گمان نمی‌رود معادل صد یک این عدد لغت مفرد درآن‌ها باشد.) حدس زیرکانه‌ای است. همین شیرین‌کاری با زبان اوستایی نیز می‌شود «زبان اوستایی ظاهراً قدیمی‌ترین السنه ایرانی است و قسمت‌های عمده و بزرگی را تشکیل می‌دهد» البته بارتلمه[2] که متخصص اوستا بوده و فرهنگ آن را نوشته هیچ وقت جرأت ابراز چنین عقیده‌ای را نمی‌کرده است. این‌گونه مغلطه و فراموشکاری را روش محققانه و استادانه می‌نامند. اقلاً اگر یک نفر دانشمند اروپایی خواست تحقیقات «دستوری» و برای منظور معینی بکند متکی به اسناد و شواهد می‌شود و در طی چند صفحه عقاید متناقض اظهار نمی‌دارد. اگر بعضی از لغات پهلوی با الفاظ آرامی گمنام نوشته می‌شده و در خواندن معادل فارسی آن را می‌خوانده‌اند پس نمی‌توانیم آن را زبان جداگانه بدانیم. تازه شماره این لغات سامی زیاد نبوده و بیش از چهارصد لغت اوزوارشن در

---

[1] west

[2] Bartholomae

نوشته‌های موجود پهلوی که همه آن‌ها از معمولی‌ترین لغات زبان می‌باشد یافت نمی‌شود مثلاً ملکان را ملکا می‌نوشته‌اند و شاهنشاه می‌خوانده اند.[1] نویسنده مقاله زهرپاشی کرده اظهار می‌دارد «از آثار فوق العاده عجیب اشکال خط پهلوی یکی آن است که پارسیان و موبدان قرون اخیر از روی غلط‌خواندن آن خط بی‌قاعده حتی در اسم خدای خودشان خطای فاحشی کرده و همیشه خدا به اسم انهوما می‌خواندند و در واقع قرائت صحیح آن نقش پهلوی اورمزد بوده ولی بدبختانه هر دو کلمه (اورمزد و انهوما) به یک شکل نوشته می‌شود و بایستی عاقبت قرائت صحیح اسم خدا را از علمای فرنگ یاد بگیرند!»

راستی جای تعجب است درصورتی که ایشان اطلاعی از زبان پهلوی ندارند چرا با این جسارت اظهار عقیده می‌کنند و تنها به قاضی می‌روند زیرا به تصدیق پهلوی‌دانان بزرگ خط پهلوی که در سرتاسر ایران عمومیت داشته و حتی مدتی بعد از اسلام نیز بدان کتاب‌هایی تألیف کرده‌اند دارای قواعد بسیار دقیق می‌باشد ولیکن یک مشت از لغات آن به شکل فشرده نوشته می‌شد چنان که وست به عنوان مثال این لغات را با xmas، christmas انگلیسی مقایسه می‌کند. اما این که اشاره شده «پارسیان همیشه خدا را به اسم انهوما می‌خواندند» مغلطه محض است. پارسیان این کلمه فشرده را همیشه «اورمزد» خوانده‌اند مثلاً در کتاب مینوخرد که در حدود هزارسال پیش آن را نیروسنگ به پازند گردانیده است در هیچ مورد این لغت انهوما خوانده نمی‌شود. فقط وسواس اروپائیان بوده که تاچندی پیش این لغت را با اوزوارشن اشتباه کردند و چون اوزوارشن را جزو لغات پهلوی می‌خواندند این لغت انهوما خوانده شد و بعد هم خودشان این اشتباه را مرتفع کردند. اگرخط پهلوی اشکالاتی دارد نباید فراموش کردکه خط فارسی کنونی هم همان اشکال خط پهلوی را برای نوآموز بیگانه دربردارد. برای مثال رجوع شود به «مقدمه تعلیم عمومی» تألیف خطیب محترم. اگراطلاعات سرکار ازاین قراراست مژده‌ای که برای ایراد

---

[1] S. B. E-West, Pahlavi Texts, Part 1. P. 13.

کنفرانس مهمی راجع به «مقایسه صحیح ایران قبل از اسلام و دوره بعد ازاسلام» می‌دهید، این‌گونه فضل‌فروشی‌ها برای ننه صمد خوبست.

سنخران محترم با بی‌طرفی و از خودگذشتگی عجیبی در دفاع از عرب می‌فرمایند «حتی اگر به پایه مدنیت عرب‌های اولی طعن می‌کند یا گاهی به بعضی اعتقادات مبنی بر احادیث ضعیفه که زمین را روی شاخ گاو می‌دانستند به نظر سستی می‌نگرند خوبست فصل نجومی کتاب بوندهشن پهلوی را که قطعاً به طور مستقیم از قسمت مفقود اوستا اخذ شده بخوانند و ببینند که در علم اجرام و ابعاد چه عقایدی درآن درج است و ماه و آفتاب را به بزرگی سر گاو یا یک خانه دانسته است.» درست مثل آن است که بگویند: خسن و خسین هرسه دختران مغاویه. اولاً که احادیث ضعیفه عربی مقایسه شده با افسانه‌ای که به قول خودشان مربوط به زمان اوستا می‌باشد. ثانیاً افسانه‌ای که زمین روی سر شاخ گاو است و گاو روی ماهی اصل هند و اروپائی دارد و به هیچ وجه به عرب مربوط نمی‌باشد.[1] ثالثاً اگر افسانه و میتولوژی برای سایرملل (یونانی و رومی) فخر است چرا باید برای ایرانی ننگ باشد؟ رابعاً اگر درست دقت فرموده باشید این قسمت از بوندهشن بزرگ در مقایسه جهان بزرگ و جهان کودک است و مربوط به افسانه آفرینش می‌باشد و بعد هم خودتان بهتر می‌دانیدکه آقای بیلی این قسمت را درکتابش نقل کرده[2] ولیکن نتوانسته است درست بخواند. در این‌صورت مقایسه و نتیجه گرفتن از روی متن غلط و حذف قسمت اول و آخر آن ناشی از شتابزدگی است و بعد هم تمسخر افسانه‌های ملی بسیار آسان و بچه‌گانه است. مثلاً نزد عوام معروف است که کهکشان راه مکه را نشان می‌دهد. به موجب افسانه یونانی راهی است که به کوشک ژوپیتر می‌رود. مردم سیام کهکشان را جاده‌ی فیل سفید می‌دانند. اسپانیولی‌ها جاده سانتیاگو فرض می‌کنند و ترک‌ها معتقدند که راه زواراست. در بندهشن بزرگ هم

[1] A. Krappe, La Genese des Mythes Paris.1938.

[2] Bailey, Zoroastrian Problems, P.137.

آمده که راه کاوسان و یا راه مارگوچیهر است. ولیکن اگر تمام این اعتقادات با فرض علمی هیئت جدید وفق نمی‌دهد شایسته طعن و طنز هم نمی‌باشد.

نویسنده محترم بی‌آن که مدارک خود را ارائه بدهد اظهار می‌دارند: «از لغات فارسی آن‌چه فعلاً معمول مانده اصلاً کم و خیلی معدود و محدود است» و به همین مناسبت لازم می‌دانند که ایرانیان هرچه زودتر این لغات معدود و محدود را فراموش کرده به زبان عذب‌البیان عربی شکر خرد بکنند تا به وسیله این بتوانند به آسانی جزو «اتحادیه عرب» درآیند. بنا به قول دانشمندان زبان‌شناسی اروپا همین قدر می‌توانیم تذکر بدهیم که زبان فارسی یکی از کهنه‌ترین و وسیع‌ترین زبان‌های کمیاب دنیاست که هرچند بیشتر نوشته‌هایش به علت تعصب و سیاست از میان رفته اما همان قدر مدارکی که از قدیم تاکنون مانده تحول دقیق و ریشه قدیمی از آن را تأیید می‌کند و مادر صدها زبان هندواروپائی و زبان‌های بومی دیگر به شمار می‌رود. ولیکن در اثر سهل‌انگاری فارسی‌زبانان و بعد هم به علت سیاست‌های خارجی کارش به جایی کشیده که روز به روز از قدر و اعتبارش کاسته می‌شود و اگر به همین نهج پیش برود دیری نخواهدکشیدکه فقط به عنوان یکی از زبان‌های مرده بسیار مهم در دانشکده‌های کشورهای بیگانه تدریس خواهد شد.

هرچندسخنران محترم حمله به دیکتاتورمآبی فرهنگستان می‌کنند اما خودشان همان رویه را در پیش می‌گیرند. از جمله بانهایت سخاوت لغات فارسی را به زبان‌های دیگر بذل و بخشش می‌کنند: سغدی، عربی، بابلی، آسوری، یونانی، سریانی، آرامی، چینی،هندی، ارمنی، ترکی و غیره. سپس اظهار می‌دارند که ۱۸ کلمه فارسی در قرآن آمده و بی‌آن‌که توضیح بدهند می‌فرمایند: «اگرچه بعضی از آن‌ها با وجود آمدن از پهلوی از اصل ایرانی نبوده.» برای بطلان فرمایشات ایشان کافی است به فهرست لغات فرس قدیم و اوستایی و پهلوی و پارتی و فارسی و ارمنی همان کتاب جفری مراجعه کنند[1]. هم‌چنین احکام بی‌شماری در این مقاله دیده می‌شود که برای رد هرکدام نه تنها رساله بلکه باید کتاب‌هایی نوشته شود.

---

[1] Jeffery, The Foreign Vocabulary of the Qur`an, 1938.

چون مجال آن نیست که در هویت لغات فارسی که به دیگران نسبت داده شده وارد بحث گردیم فقط در این‌جا چند نکته را یادآور می‌شویم: تحقیق و مطالعه در ریشه‌شناسی به‌جز در موارد مخصوص اغلب [پژوهنده را] به اشتباه می‌اندازد، مخصوصاً برای زبان فارسی که [سابقه] ماقبل تاریخی دارد و آثار فکری و ادبی و هنری از زمان بسیار قدیم داشته و پیوسته با ملل متمدن باستان مربوط بوده و بیشتر آثار و نوشته‌هایش در کشاکش دوران از دست رفته است. لذا حکم در باره لغاتش کاری است بس دشوار و چه بسا اتفاق می‌افتد که یک نفر دانشمند مانند هورن Horn ریشه لغات فارسی را می‌دهد[۱] ودانشمند دیگری مانند Hufschmann[۲] به موجب اسناد و مدارک دیگر گفته‌های او را رد و یا اصلاح می‌کند. فقط در موردی نسبت لغات فارسی به زبان‌های دیگر قابل اطمینان است که از چندین جهت تأیید بشود. مثل لغت گرگ و کرگدن زیرا جانوری است که در ایران نبوده و اصل آن هندی است و لغت سانسکریت آن هم به هردوشکل وجود دارد[3] ولیکن در مورد فیل که اصل این جانور ایرانی نیست این مطلب صدق نمی‌کند. زیرا لغت پیل یا فیل که ریشه سانسکریت آن به کلی متفاوت است و در نوشته‌های قدیمی پهلوی نیز آمده نشان می‌دهد که این لغت فارسی‌الاصل می‌باشد. حالا اگر مثلاً در عبرانی و سریانی لغت فیل پیدا شد نظر به سابقه تاریخی و تمدن و مناسبات ایران و هند ما نمی‌توانیم بدون مدرک معتبر این لغت را خارجی بدانیم.

مطلب بالا در باره لغت «آدینه» صدق نمی‌کند که ظاهراً ریشه فارسی ندارد. زیرا در روز شماری و گاهنامه زرتشتی هفته وجود نداشته و متحمل است که این لغت اصل یونانی داشته باشد و مربوط به جشن‌های Adonie بوده که به افتخار آدونیس

---

۱ Grundriss der Neuperssichen Etymologie, 1893.

۲ Persische Studien, 1895.

۳ Bailey, Zoroastrian problems, 1943 PP 110-230.

Adonis برپا می‌کرده‌اند[1] و تا سند معتبری در دست نداشته باشیم نمی‌توانیم این لغت را فارسی بدانیم. ولیکن درباره لغت «داروغه» مطلب دیگری است. چون برخی از دانشمندان معتقدند که لغت داروغه مغولی است و بعد از هجوم مغول در ایران رواج یافته است. در این‌صورت باید در تمام آثار گذشته ایران و زبان‌های بومی مربوط به آن جستجو بکنیم، هرگاه با اسناد کافی سابقه و ریشه این لغت ثابت شد آن‌وقت می‌توانیم حکم صریح در باره آن بکنیم. متأسفانه اغلب متخصصین زبان‌شناس اروپائی لغاتی که سابقه چندین هزارساله در ایران دارد به محض این‌که در یک سند پانصدسال قبل ملت کوچکی به بینند که سابقه درخشان ادبی و تاریخی نداشته و در زمان پیشین دست‌نشانده پادشاهان ایران بوده بدون تردید فارسی بودن آن را انکار می‌کنند و این لغت را به آن ملت گمنام می‌دهند. تحقیقات و تتبعات اروپائی راجع به ایران بسیار مهم است و هزاریک آن را ایرانی نکرده و از آن‌چه هم که شده بی‌اطلاع است. اما دامنه این تحقیقات بسیار ناقص و محدود می‌باشد به خصوص که زبان‌های بومی ایران تاکنون جمع‌آوری و تدوین نشده، کتاب‌های دست‌نویس قدیم هنوز چاپ نگردیده و اشکال الفبا و رسم‌الخط فارسی حل نشده و حتی یک فرهنگ کامل هم برای این زبان وجود ندارد.

آن‌چه گفته شد برای زبان قدیمی مانند فارسی بود ولیکن برای زبان‌های نسبتاً جدید تفکیک لغات وتعیین ریشه آن‌ها آسان‌تر می‌باشد. مثلاً لغات زبان عربی که متعلق به یک ملت بدوی و نیمه وحشی بود به‌جز یک مشت لغات که در اشعار دوره جاهلیت سروده شده و لغاتی که از شتر مشتق می‌شود (مانند عقل که در اصل به معنی پای‌بند شتر بوده است) زمانی که با فکر و علم و ادبیات تمدن ملل متمدن مواجه شد طبیعی است که ازلغات دیگران استفاده کرده است. مثلاً: قرطاس (یونانی)، جنس (genus لاتینی)، جهنم (سانسکریت gahanam ریگ و یدها)،

---

[1] فروید Freud درکتابی که راجع به حضرت «موسی» نوشته لفظ: آدونای، خداوند یهود را از Aten مصری و آتن را منسوب به Adonis می داند و نیز رجوع شود به کتاب
Autran, mithra, Zoroastre, 1935, P. 14.

ذوذنب (فارسی دودنب) و بعضی اوقات لغات ترجمه و تحریف شده مانند: حورعین (خورچشمان اوستایی) و غیره...

«ایرانیان عهد ساسانی مبدأ تاریخی عمومی جز جلوس و مرگ هر پادشاه نداشتند... و عاقبت فقط بیرونی مسلمان از روی کتاب مانی زندیق تاریخ صحیح جلوس اردشیر را تحقیق و تصحیح نمود. منجمین و مورخین عهد ساسانی مبدأ هزاره دهم تاریخ عالم را که به موجب عقاید خودشان مصادف با ظهور زرتشت می‌دانستند با مبدأ تاریخ سلوکی یکی فرض کردند...»

دراین جا نویسنده مردرندی کرده به منبر می‌رود. تعصب مذهبی را پیش می‌کشد و بیرونی را مسلمان و مانی را زندیق معرفی می‌کند. اولاً باید دانست که درمورد تحقیقات علمی و تاریخی شرط اول بی‌طرفی کامل است، ثانیاً بحث ملیت و مذهب درمیان نبود و در تاریخ ایران پیروان زروان و مهرپرستان و مانویان و مزدکیان و مسلمانان و بوداییان و مسیحیان ایرانی همه یکسانند و اگر بیرونی از روی کتاب مانی اشتباهی را حل کرده هر دو ایرانی بوده‌اند و برای حل این معما مستشار از عربستان نیاورده بودند. ثالثاً گذشته از این‌که مذاهب آریایی مخصوصاً مذهب زرتشت بر اساس تکون دنیاست و تمام پیش‌آمدهای آن به‌موجب تاریخ دقیق و زمان معین اتفاق می‌افتد آثاری از ستاره‌شناسی باقی مانده (زیج هندو - زیج شهریاران) و در ادبیات و کتاب‌های قبل از اسلام مکرر به اطلاعات نجومی برمی‌خوریم و نیز به موجب شهادت نویسندگان یونانی و رومی علم هیئت و نجوم نزد ایرانیان مقام مهمی داشته است و هم‌چنین اغلب منجمین بزرگ صدر اسلام و بعد از آن ایرانی بوده‌اند.

حال ما نمی‌دانیم چطور ممکن است که درضبط تاریخ خود تا این اندازه سهل‌انگاری را جایز دانسته‌اند و مأخذ معتبر آن کجاست؟ و این طرز استدلال برای ملتی که

کتاب‌ها و اسنادش دستخوش آتش شده و به عمد نابود گردیده سزاوار است یا نه؟[1]

همان ایرادی که به لغات خارجی در زبان فارسی وارد است در این‌جا نیز صدق می‌کند زیرا مقایسه اسناد مغشوشی که درکتیبه‌ها و نوشته‌های قبل از اسلام و تاریخ‌های بعد از آن مانده و سنوات نویسندگان سریانی و بابلی و ارمنی و عرب و یونانی که هیچ کدام از آن‌ها نیز با هم تطبیق نمی‌کند و بسیاری از اسناد دیگر که تاکنون روشن نشده برهان قاطعی به دست نمی‌دهد و حکم قطعی در باره آن بسیار جسورانه می‌باشد؛ چون ما نمی‌توانیم به طورکلی در آن‌چه که از ایران قدیم بازمانده بانظر شک و تردید بنگریم و آن‌چه که مخالفان و دشمنان ایران قبل از اسلام نوشته‌اند حقیقت محض پنداریم. سند و هویت این منجمین بابلی و سریانی و عبرانی باید روشن بشود. چنان که ازمقاله نویسنده در مجله «السنه شرقیه لندن»[2] برمی‌آید جعل عمدی تاریخ به اردشیر بابکان نسبت داده می‌شود (زیرا به قول بیرونی و مسعودی اردشیر بابکان برای انصراف از عامه از نزدیک شدن پایان هزاره زرتشت تاریخ را مغشوش کرد و مدت پادشاهی اشکانیان را برخلاف حقیقت کوتاه‌تر از آن‌چه که بود وانمود کرد.) آیا چطور ممکن است شاهی بی‌چون‌وچرا تاریخ ملت خودش را شلوغ بکند و عمداً جعل بنماید بی‌آن‌که برای تبرئه خود علت آن را توضیح بدهد، یعنی ۲۷۲ سال ازتاریخ بکاهد و در مقابلش هیچ‌گونه عکس‌العملی نشان داده نشود و یا حتی در تاریخ و نوشته‌های دشمنان وسیله حمله و تمسخر واقع نگردد؟ موضوعی که بیرونی و مسعودی به آن اشاره می‌کنند ممکن است فقط اصلاح زیج بوده مانند زیج خوارزمشاهی و زیج ملک‌شاهی و غیره از آن‌ها به غلط استنباط کرده‌اند. رویه تحقیق صحیح، انباشتن مطالب و اسناد درجه دوم و سوم و شلوغ کردن موضوع و [گرفتن] نتیجه جالب توجه و یا بکر نیست. اگر بیرونی مسلمان از روی کتاب مانی زندیق تاریخ جلوس اردشیر را کشف کرده، اگر اسناد

---

[1] به عقیده پلین Pline آثاری که به نام زرتشت در فهرست کتابخانه اسکندریه ثبت شده بود شامل دومیلیون سطر نوشته یعنی درحدود ۸۰۰ جلد کتاب می‌شده است.

[2] Rsos Vol XI. Part I. P.10.

مانوی آن قدر صحیح و دقیق بوده پس چرا راجع به تحقیق جشن Bema مانوی و حتی برای تحقیق تاریخ مرگ مانی ازروی همین اسناد و مدارک معتبر در مقاله سابق‌الذکر آن قدر مواجه با اشکال و تردید شده‌اید؟

آن‌وقت همین اسناد باید تاریخ دوره ساسانیان را روشن کند و تقلب اردشیر را در جعل تاریخ آشکار سازد! چرا همیشه اسناد و مدارک ایرانی مورد شک و تردید است و آن چه دشمنان و یا خارجیان در زمان‌های خیلی بعد نوشته‌اند مورد اطمینان؟ در تحقیقات اظهار نظرکردن دیگران برای روشن شدن مطلبی بسیار مفید است نه این که مبدأ سند را جعلی بگیریم و آن چه که دیگران بسیار مغشوش و درهم قرن‌ها بعد اظهار کرده‌اند و تازه این اسناد هم با یکدیگر تطبیق نمی‌کند وحی منزل بشماریم. اگر ایرانیان قدیم تاریخ و سنه را به رسمیت نمی‌شناختند پس چطور شده که اسم ماه بابلی مانند آذر ازفارسی گرفته شده و جشن‌های ایرانی در آداب و رسوم همسایگانش داخل گردیده است؟[1]

«در صورتی که امروز می‌دانیم... ظهور زردشت به حساب تاریخ سنتی اقلاً ۲۷۷ سال قبل از مبدأ تاریخ سلوکی (۳۱۱ قبل ازمسیح) بوده است.» این مطلب بسیار مهم است زیرا برای اولین بار تاریخ بی‌غل‌وغش ظهور زرتشت با اطمینان داده می‌شود چون تا امروز تحقیقات دانشمندان راجع به تاریخ ظهور زرتشت همه تقریبی و احتمالی بوده است[2] و تاکنون از ۳۸۹ تا ۸۶۰۰ سال قبل از میلاد تخمین زده‌اند، حال ثابت گردید که این تاریخ ۳۱۱ سال قبل از میلاد می‌باشد. در این‌صورت لازم می‌آید زرتشت دیگری مؤلف اوستا باشد زیرا زبان اوستا که با زبان سرودهای ویدها هم ریشه و متعلق به زمان شناخته شده و دست کم قدمت آن به هزارسال قبل ازمیلاد می‌رسد باید زرتشت دیگری آورده باشد[3].

هرگاه نظر خارجیان از قبیل یونانی و رومی بر سر تاریخ و زبان و علوم و ادبیات که البته بی‌طرفانه ننوشته بودند درست بود در این‌جا اغراق‌آمیزاست و قابل قبول

---

[1] Bsos Vol X Part 3 P. 632.

[2] W. Jackson, Zoroastrian Studies, P. 17-18.

[3] F. Burnouf. JA: IV. 493.

نمی‌باشد چون به قدمت فرهنگ ایران می‌افزاید. اکنون بی‌مناسبت نیست چند مثال ذکر کنیم:

Pline پلین معتقداست که زرتشت هزارسال پیش ازموسی بوده است. Hermippe هرمیپ که آثاری از زرتشت به یونانی ترجمه کرده ظهور زرتشت را چهارهزارسال قبل از محاصره Troie می‌داند و Eudoxe ظهور زرتشت را شش‌هزارسال قبل از مرگ افلاطون می‌نویسد. شکی نیست که این تاریخ‌ها بسیار شلوغ و اغراق‌آمیز جلوه می‌کند ولیکن سند اخیرآقای تقی‌زاده یعنی ۳۱۱ سال قبل از میلاد از روی تاریخ طوفان نوح و تاریخ قبطی و عبرانی مربوط به مرگ خنوخ مجعول گرفته شده است.[1] و با جمع و تفریق‌های استادانه به این نتیجه رسیده‌اند. امیدواریم در آینده توضیحات بیشتری راجع به این کشف مهم بدهند.

نویسنده که زمانی خودش علمدار خط لاتینی کردن فارسی بوده هرچند جریان تغییر خط ترکیه را مفصلاً شرح می‌دهد اما آیا می‌تواند نتیجه بگیرد که از این اقدام زیان متوجه آن‌ها شده است؟ خوب بود آن چه از ترجمه و تألیف و ترتیبات علمی که در ترکیه درین مدت کم انجام گرفته با زبان سابق مقایسه می‌فرمودند. حالا اقلاً ترک‌ها وقتی Akkadian می‌نویسند مجبور نیستند بنویسند: اکدی (به فتح و تشدید کاف).

(ص ۱۲) تقاضای حق توطن کرده و طوایفی از عرب ذکر می‌کنند که به عقیده ایشان ایرانی کامل حساب می‌شوند و مخالف تبعید آن‌ها به یمن و حجاز هستند. در (ص۱۵) تقیه می‌کنند و (ص۱۶) عرب تشبیه به گربه وحشی می‌شود که رام گردیده، در (ص ۳۱)به عنوان اسلام دفاع از عرب می‌کنند. اگرچه ظاهراً مخالف تعصب و نژاد و افتخارات موهوم برای ملت و حماسه خودستایی ملی و غرور قوی و نژادی (ص۳۷) می‌باشند همچنین (ص۲۷) می‌فرمایند « اصلاً زبان خالص و نژاد خالص وجود ندارد و اگر هم وجود داشت هیچ تعریفی نداشت» ولیکن در (ص۳۱) معلوم نیست ازاین فرمایشات چه نتیجه‌ای می‌خواهند بگیرند، گویا طرفدار نژاد

---

[1] Bsos. X Part I. 122.

برای اعراب می‌شوند تا حالا از این گونه تعصب‌ها در ایران نبوده و بی‌اختیار این شعر فردوسی را به یاد می‌آورد:

ز دهقان و از ترک و از تازیان	نژادی پدید آید اندر میان
نه دهقان نه ترک و نه تازی بود	سخن‌ها به کردار بازی بود!

یک تکه از نثر فصیح او سنجیده شود با Critique صورتگر قسمتی که اسم از کتاب تسخیر تمدن می‌برد.

به عقیده سخنران محترم هرچه فارسی بی‌معنی و کم‌مایه و نارساست برعکس برای عربی حماسه‌سرایی کرده می‌فرمایند: «عربی یکی از غنی‌ترین و پرمایه‌ترین و عالی‌ترین زبان‌هاست و اقیانوس بی‌کرانی است که به واسطه آن که قبل از تدوین نهایی آن از لغات قبایل کثیره عرب جمع‌آوری شده بسیار وسعت دارد.» این تئوری به قدری بکر است که مرغ را لای پلو به خنده می‌اندازد. زیرا علم و فرهنگ و زبان در اثر احتیاج به وجود می‌آید. حال می‌خواهیم بدانیم این قبایل بی‌شمار بادیه‌نشین شترچران چطور شد که یک مرتبه از زیر بته درآمدند و تمام اصطلاحات علم و فرهنگ و اخلاق و آداب و رسوم را ناگهان تدوین کردند در صورتی که کوچک‌ترین تصوری از آن نداشتند؟ وبعد از آن که کتاب‌های دیگران را سوزانیدند و ادبیات و موسیقی و نقاشی و حجاری را تحریم کردند، به همان سرعت که فلسفه و علوم و فنون به وجود آوردند به همان سرعت نیز در علم و تمدن سرخوردند و همین‌که ملل مغلوب عذرشان را خواستند و آن‌ها را راندند دوباره در بیابان‌های سوزان به شکار سوسمار پرداختند! گویا همان‌طور که در پا صفحه ۲ اشاره شده این اطلاعات از آخرین تحقیقات و عقاید امروزه محققین درجه اول ممالک مغرب زمین به دست آمده. در این‌صورت معجز بی‌سابقه‌ای است و بسیار تازگی دارد و خوبست هرچه زودتر به انتشار اسناد و مدارک خود اقدام فرمایند. ولیکن چون آن زمان پرفسور زامنهف Zamenhoff مخترع زبان اسپرانتو هنوز پا به عرصه وجود نگذاشته بود ممکن است تصور شود که مقصود از این قبایل بی‌شمار عرب چندتن از دانشمندان ایرانی بوده‌اند که قواعد صرف و نحو زبان عربی را به وجود آوردند و برای اولین بار قاموس عرب را نوشتند. آن هم باز به سبب نیازمندی خودشان بود، زیرا به

علت احتیاجات سیاسی و اقتصادی و ادبی و فکری جدید که به وجود آمده بود ناگزیر بودند که یک زبان بین‌المللی شبیه اسپرانتو برای تبادل افکار خود با سایر ملل داشته باشند و ناچار این وظیفه را زبان ملت فاتح یعنی عربی می‌توانست عهده‌دار بشود. همچنان که در قرون وسطی در اروپا ملل گوناگون حوایج علمی و فکری و فلسفی خود را به وسیله زبان لاتینی رفع می‌کردند اما همین‌که این احتیاج برطرف شد هر ملت جداگانه به پرورش زبان خودش پرداخت. ولیکن عرب آن‌چه از آثار تمدن بنیان کن کرد بیش از آن چه بود که بعدها ملل متمدن توانستند با زبان عربی دوباره به وجود بیاورند. در ایران نیز کوشش شعرا و نویسندگان و دانشمندان ایرانی برای زنده کردن زبان فارسی درین زمینه قابل مطالعه دقیق می‌باشد.

سخنران محترم اگرچه (ص۱۳) «ملت پرستی کم عمر» (ص۳۰) و «جنون سیاسی ملت پرستی متعصبانه و خیالباف» را به باد انتقاد می‌گیرد و از صفات نکوهیده می‌شمارد همچنین از توهین و نیش زبان به فرهنگ و زبان فارسی دریغ نمی‌فرمایند، برعکس طرفداری از عرب و عرب‌پرستی را می‌ستایند، ضمناً توضیح می‌دهند کدام ملت است که ازافتخارات و فرهنگ و علم خود به ناسزا چشم پوشیده تا ایرانی نیز از آن ملت به خصوص سرمشق بگیرد. بعد ناگهان متوجه می‌شوند (ص۱۳) «تعمد فردوسی در کم استعمال کردن لغات عربی در شاهنامه معلوم نیست و کمی نسبی کلمات عربی در آن کتاب به عقیده این‌جانب دلیل دیگری دارد که در این جا وارد بحث درآن نمی‌شوم.» پشت همین صفحه از اظهار دلیل خودشان خودداری نکرده می‌نویسند: «حتی فردوسی که کلمات بی‌شمار عربی استعمال کرده» این دیگر کوسه و ریش پهن می‌باشد. گویا کتاب Wolff دانشمند آلمانی این معما را حل کرده است.

ولیکن زبان پرمایه وسیع فارسی برخلاف فرانسه و انگلیسی و آلمانی و غیره، که محتاج به ریشه‌های لاتینی هستند و اصل اغلب این زبان‌ها از آن زبان مشتق شده، احتیاجی به عربی ندارد زیرا زبان عربی آمیخته است از لغات بسیاری از فارسی و

یونانی و لاتینی و حبشی و سریانی و عبری و زبان‌های بومی گوناگون[1]. حالا به عقیده ایشان چطور شدکه باز ایرانی باید پس‌گرد بکند و مثلاً به‌جای پسیکولوژی یا روانشناسی «بسیقولوجیا» بگوید که به عقیده ایشان سلیس‌ترو اصیل‌تر و بامعنی‌تر و خوش‌آهنگ‌تر از فارسی و یا تلفظ یونانی آن است که در دنیای متمدن قابل فهم می‌باشد؟ دلیل دیگری که می‌آورند این است (ص۱۲) «گذاشتن کلمه فارسی‌الاصل مسلم نامأنوس نیز به‌جای فارسی عربی‌الاصل جایز نیست. چون که لغات عربی در اثر استقرار هزارساله حق توطن مشروع پیدا کرده.» جای تعجب است لغات فارسی که چندین هزارسال پیش از اختراع زبان عربی در این آب و خاک رایج بوده و مردم بیشتر به آن آشنا هستند تکفیر و تبعید می‌شوند و حق توطن ندارند! پیشنهاد دیکتاتورمآبانه غریبی است که در دنیا سابقه ندارد. اگر به جرم این است که روزگاری ایران ازعرب‌ها شکست خورده باید زبان خود را فراموش بکند پس ایران از یونان و مغول هم شکست خورده است، از این قرار چرا نباید اصالت زبان آن‌ها را حفظ بکند؟ مثلاً چرا اسم ماه‌های ترکی را دوباره رواج ندهیم و یا برای اصطلاحات علمی و فنی خودمان مستقیماً از لغات یونانی استفاده نکنیم؟ اگر به علت مذهب است باید ببینیم کدام ملت مترقی قبل از ما این شیوه را به کار بسته و به نتیجه رسیده تا ما هم تقلید از او بکنیم. مللی که زبان مادری خود را از دست داده‌اند همه آن‌ها نابود و مضمحل گردیده‌اند. اما ملل اروپایی هم به علت این که مسیحی می‌باشند هیچ وقت حاضر نیستند عادات و رسوم زبان یهودیان زمان حضرت عیسی را به کار بندند.

سخنران محترم دو زبان عالی سراغ دارند: در درجه اول انگلیسی است که یکی از غنی‌ترین زبان‌هاست و بعد هم عربی. شاید معتقدند که مردمان دنیا باید به یکی از این دو زبان گفتگو کنند. البته چون ایرانیان هنوز لیاقت ندارندکه انگلیسی را بیاموزند باید عجالتاً به زبان عربی استاژ بدهند. ضمناً مطلبی روشن می‌شود که زبان سانسکریت یا آلمانی و فرانسه پست‌تر و نارساتر و کم‌مایه‌تر و بدآهنگ‌تر از

---

[1] A. Jeffery. The Foreign Vocabulary of the Qora`n, 1938.

زبان عربی هستند. اگرچه به زبان فصیح عربی غیرممکن است بسیاری از قطعات ادبی سانسکریت، پهلوی، اوستایی و فرانسه و آلمانی و روسی و یا یک غزل حافظ را به طور دقیق ترجمه بکنند. البته این موضوع باید عملاً با شاهد و مثال مدلل بشود و ادبیات نامرئی وسیع و فصیح عربی نیز باید معرفی و بازرسی و دقیق گردد. اگر فرانسوی که به عقیده جنابعالی دشمن آلمان است و لغاتی از آن‌ها می‌گیرد و می‌خواهیم بدانیم نه تنها این لغات بلکه هزاران اصطلاح علمی و فلسفی و فنی تمدن جدید را زبان عربی می‌تواند به زبان فارسی بدهد یا نه؟

(ص۲۹) پیشنهاد می‌فرمایند: «اگرباید برای معانی دیگری که نه فارسی و نه عربی معروف دارد کلماتی وضع کنیم باید لغات عربی مأنوس‌تر و سهل‌تر را که در مصر و سوریه معمول است بر لغات فارسی غیرمأنوس ترجیح بدهیم.» علت این وحی منزل برما مجهول است. حالا نمونه‌ای از این لغات قاراشمیش عالمانه‌ی دقیق که از ترکی و فارسی و فرانسه و ایتالیایی گرفته شده و ما باید آویزه گوش هوش سازیم و به لغات فارسی ترجیح بدهیم از مجله مدرسه السنه شرقیه لندن[1] نقل می‌کنیم تا باعث عبرت هم میهنانمان بشود:

اجزاخانه	Pharamacy
قسرخانه	Arsenal
محاسبجی	Accountant
جرنال، جورنال	Giornale
وابور	Vapore
اپنوماتیقیه	Pneumatique
الاتیمومتر	Thermometre
الاردواز	Ardoise
الامنیبوسه	Omnibus
البارتونیره	Paratonnerre
بلاتین	Platine
بوال	Poele
قمبانیه	Compagnie
فبریقات	Fabriques

[1] Bsos Vol X, part 2. PP. 407-415.

مثلاً اعراب مصر از لغت ایتالیایی Giornale «جرنال» که جمع آن جرانیل و یا جرنالات می‌شود ساخته‌اند. ایرانی هم قبل از دستگاه لغت‌سازی و لغت‌تراشی فرهنگستان ژورنال فرانسه را «روزنامه» ترجمه کرده است و امروز هر فرد ایرانی کاملاً مفهوم روزنامه را می‌داند و لغت جرنال او را به خنده می‌اندازد. حالا چه لزومی دارد که ما باید برویم و پس‌مانده لغات ساختگی عربی را غرغره کنیم؟ کارخانه رسمی لغت‌سازی فرهنگستان با دستور مقامات مخصوص درست شد و اگر لغزش‌هایی کرده حسابش با زبان فارسی جداست و هرگاه ایرادهایی به آن وارداست که می‌توانست اهتمام بیشتر و اقدام جدی‌تری بکند و نکرد گناه زبان فارسی نمی‌شود. اگر تا حالا یک کتب لغت به اندازه المنجد برای فارسی نوشته نشده، اگر ادبیات جهان به دقت و از روی برنامه صحیح ترجمه نشده، اگر یک کرسی برای زبان فارسی در تمام وزارت فرهنگ وجود ندارد، اگر در مدارس نسبت به زبان فارسی سهل‌انگاری می‌شود، اگر خط فارسی اشکالات زیاد در بر دارد و مانع پیشرفت زبان است دلیل این نیست که زبان فارسی بی‌مایه و نارسا و پست می‌باشد؛ باید علت را در جای دیگر جستجو کرد. وانگهی فرهنگستان منظورش عوض کردن لغات و عبارات سعدی و حافظ و مولوی و غیره که نبوده بلکه تا حدی از روی احتیاج تأسیس شد. متأسفانه دیکتاتوری زمان اجازه انتقاد نمی‌داد و کسانی که شالوده آن را ریختند آن‌جا را وسیله شهرت و جاه‌طلبی خود کردند. اگرچه این دستگاه یک مشت لغت بچه‌گانه و حتی بی‌معنی وضع کرد. ولیکن در مقابل سبب شد که بسیاری از لغات صحیح که در زبان فارسی نه مهجور بود و نه مأنوس ولی کسانی که درد شترمآبی و فضل‌فروشی داشتند آن‌ها را طرد کرده بودند دوباره رواج یافت. زبان زنده باید پیوسته در تغییر و تحول باشد. در فارسی امروز هم همین تحول زنده باید پیوسته در تغییر و تحول باشد. در فارسی امروز هم همین تحول مشاهده می‌شود. زبان فارسی امروز نمی‌تواند احتیاجات خود را با الفاظ گلستان و بوستان و یا تاریخ بیهقی و یا قابوسنامه رفع بکند، همان‌طور که زبان انگلیسی امروز هم با زبان انگلیسی شکسپیر کاملاً متفاوت است. نمونه زبان اداری که در صفحه ۲۰ مورد تمسخر قرار گرفته قبل از آن هم مضحک و بی‌معنی بود: اقدامات مقتضی و رتق و

فتق امور و ترتیب اثر و بوته اجمال به صورت دیگری درآمد. اما گذاشتن لغت شهرداری به جای بلدیه و شهربانی به جای نظمیه گناه جبران‌ناپذیر به شمار نمی‌آید. اگر هم یک نفر تفریح کرده تاریخ و صاف یا دره نادری نوشته، یک نفر هم ترکتازان و یا نامه خسروان نوشته. این مربوط به سلیقه می‌باشد و کفری به کمبزه نشده است.

اگرچه هیچ ربطی میان موضوع «حفظ زبان فارسی فصیح» و حمله به نقاشی دوره ساسانی وجود ندارد ولیکن دانشمند محترم می‌نویسد: «نبش قبور زبان و مرده و بلند کردن آنها در حکم خراب کردن صنایع نقاشی بی‌مانند عهد صفویه و تبدیل آن‌ها به نقاشی‌های دوره ساسانی است.» جای شکرش باقی است که اقلاً منکر وجود نقاشی زمان ساسانی نشده‌اند یا شوخی و بزله‌گویی را به پایه جناب دنیس راس Denison Ross نرسانیده‌اند که بگوید: پس از اقتباس الفبای عرب ذوق هنرمندان ایرانی ازشکل الف و لام ملهم گردید[1]. هرچند دربحث مطالب علمی و یا هنری یک نفر دانشمند باید همیشه بی‌طرفانه حکم کند و قضاوتش متکی به شواهد و مدارک باشد اما به نظر می‌آید که نویسنده این مقاله مأموریت به خصوص دارد که حقایق مسلم را زیر پا بگذارد و ضمناً وحشت عجیبی نسبت به تمدن و آثار قدیم ایران حس می‌کند. علاوه بر شهادت مورخین دوره اسلامی (مسعودی، حمزه و غیره) که کتاب‌های مصور و نقاشی‌های دیواری طاق کسری و غیره را توصیف کرده‌اند و سپس همه این آثار از روی بغض و تعصب نابودشده است امروز مدارک زیادی از نقاشی ساسانی به دست آمده از جمله نقاشی مانوی در تورفان به نقاشی‌هایی که درشهر «دورا اروپوس» در بین‌النهرین پیدا شده، و نقاشی‌های مکشوف در «دختر نوشیروان» در افغانستان، و نقاشی‌های سامره، و نمونه‌هایی از نقاشی ساسانی در غارهای «آژنتا» در هندوستان، همچنین طرح شاپور برادر اردشیر در تخت جمشید و نمونه‌هایی از نقاشی دیواری «کوه خواجو» در سیستان[2] به علاوه زربفت‌های

---

[1] Pope A Survey of Persian Art, Vol. I P. 133.

[2] Hertzfild. Iran in the Ancient East. 1941.

ساسانی، گچبری‌ها و ظروف قلم‌زده و نقش روی سنگ‌ها و غیره به خوبی ثابت می‌کند که صنعت نقاشی نه تنها در زمان ساسانی به حد کمال رسیده بوده است بلکه مینیاتورهای زمان خلفای عباسی تقلید و زاده نقاشی همان دوره می‌باشد.

به تصدیق هنرمندان متخصص نه تنها هنر نقاشی در زمان ساسانی سبک و شیوه عالی مخصوص به خود داشته بلکه دنیا پسند بوده و تأثیر آن در خارج ایران، در چین و ترکستان و سیبری و آسیای میانه و هند هم مشاهده می‌شود، حتی در دوره‌های بعد نقاشی ایران زیر نفوذ نقاشی چینی و مغولی و اروپایی هم قرار می‌گیرد. خانم مورگنشترن می‌نویسد: «همان عواملی که وسیله ایجاد معماری ایرانی در دوره اسلامی گردید نقاشی ایران را نیز به وجود آورد. بازمانده آثار نقاشی ساسانی در افغانستان و آسیای میانه به توسط کشف نقاشی‌های بودایی و نسطوری و مانوی غنی گردید. (بامیان در افغانستان قزل Qyzill و قرچر Qarachar و تورفان درگوبی Gobi) پس ازهجوم مغول و تیموریان در ایران به این نقاشی موضوع و سبک چینی افزوده شد. سیاست اروپایی شاه عباس (۱۶۲۹-۱۵۷۶) اشکال و موضوع‌های اروپایی درآن پدید آورد.»[۱] همین‌قدر کافی است برای این‌که بدانیم نقاشی دوره ساسانی توهین‌آمیز نبوده است!

این‌که اشاره به «ازدواج با خواهران و دختران» شده گویا مقصود مراسم «خویتودس» زرتشتی یعنی خویشی دادن است که در اوستا کتاب‌های دینی پهلوی بسیارستوده شده ولیکن در هیچ جا به مفهوم ازدواج با محارم نیست بلکه مقصود پیوند خانوادگی و بستگی و یگانگی با پروردگار است.[۲] دسته‌ای از نادانی و دسته‌ای از روی غرض‌ورزی این لغت را زناشویی میان خویشان هم‌خون تعبیر کرده‌اند و دشمنان دین زرتشت چنین وانمود می‌کنند که قبل از اسلام زناشویی میان اقوام نزدیک عملی پسندیده و عمومی بوده است. این اشتباه از آن‌جا ناشی شده که ایرانیان به اصالت تخمه و نژاد پادشاهان و هم‌چنین به بقای نسل جاودانی یک

---

[۱] A. Moryenstern, Esthetiques d` Orient et d`Occident ,1937.P.99.

[۲] S.B.E. Part II P 389-430. The Meaning of Khvetus – das khvetuded.

خانواده اهمیت فوق‌العاده می‌داده‌اند و از این‌روست که در تاریخ و ادبیات (ویس و رامین) قبل از اسلام در چندین مورد به ازدواج شاهان و سرداران نامی با محارم خودشان بر می‌خوریم، از جمله بهرام چوبینه که خواهر خود را به زنی گرفت. شاید در روزگار پیشین این عادت نزد اشراف به خصوص شاهان معمول بوده، چنان‌که در مصر قدیم و ارمنستان و حتی نزد انکاها در پرو هم وجود داشته است.کریستنسن معتقد است که این عادت ضرری در حالت نژاد نداشته و دلایل صحی که برای معصیت کبیر شمردن نزدیکی محارم در ادیان سامی می‌آوردند موهوم است و انحطاط نژادی ایرانیان فی‌الحقیقه پس ازحمله عرب شروع شد.[1] ولیکن به هیچ وجه نمی‌توان پذیرفت که این رسم در زمان ساسانیان عمومیت داشته بوده زیرا تاکنون سندی ازآن در دست نمی‌باشد.

اما بعد از اسلام هم می‌بینیم که ازدواج میان اقوام نزدیک ایرانیان پسندیده است و معروف می‌باشدکه «عقد پسرعمو و دخترعمو در آسمان بسته شده» و هم‌چنین از زناشویی با بیگانه پرهیز می‌کرده‌اند، چنان که معروف است «با سه کس سودامکن: مال جدم، لاتکلم، ورمنه.» و در خانواده‌های قدیم ازدواج میان خویشان مرسوم بوده است. اگر در کتاب‌های پهلوی اشاره به خویتودس شده این لغت هیچ ربطی با ازدواج بین اقوام نزدیک ندارد و مقصود همان Communion مذهب عیسوی است. مثلاً اگر ارده وراف Arda Viraf هفت خواهر خود را به موجب آئین خویتودس می‌پذیرد مقصود این نیست که با ایشان زناشوئی می‌کند بلکه به این علت است که چون در قانون زرتشتی برای اولاد اناث پیش‌بینی ارث نشده اولاد ذکور و یا اقوام نزدیک ناگزیر بوده‌اند که درصورت لزوم تا آخر عمر از آن‌ها نگهداری کنند. در نامه تنسر[2] و کتاب الهند بیرونی این طور دلیل می‌آورد: «چون کسی از ایشان اجل فراز رسیدی و فرزندی نبودی، اگر زن گذاشتی آن زن را به شوهری دادندی از خویشاوندان متوفی که بدو اولی‌تر و نزدیک‌تر بودی، و اگر زن

---

[1] آرتور کریستنسن، شاهنشاهی ساسانیان، ترجمه مجتبی مینوی، تهران ۱۳۱٤، صفحه ۷۸.

[2] چاپ مجتبی مینوی، ص ۲۱-۲۲.

نبودی و دختر بودی هم‌چنین [و اگر دختر نیز نبودی زنی از خویشان او را به یکی از اقارب او دادندی] و اگر این هیچ دو نبودی از مال متوفی زن خواستندی و به خویشان اقرب او سپرده، و هر فرزندی که در وجود آمدی بدان مرد صاحب ترکه نسبت کردندی، و هرکه در اجرای این دستور غفلت ورزیدی چنان دانستندی که نفوس بی‌شماری را کشته باشد، چه نسل متوفی را مقطوع ساخته و نام او را ابدالدهر برانداخته بود.»[1]

اما این که «احتراز از دفن مردگان» مورد تحقیر و تمسخر سخنران قرارگرفته این دیگر مربوط به ذوق و سلیقه می‌باشد زیرا بسیاری از دانشمندان مسیحی و اروپائی ازجمله Mills میلز این عادت را بسیار ستوده‌اند که مربوط به سنن هندوایرانی است. هندوها مرده را می‌سوزانند و زرتشتیان مرده را در دخمه می‌گذارند تا پلیدی‌های آن در زمین نشت نکند و به این وسیله امراض تولید گردد. وسواس زرتشتیان در پاک داشتن عناصر و آداب شستشو و بسیاری مطالب دیگرکه سخنران محترم تهدید به هویدا کردن این اسرار و مسایل کرده به هیچ وجه تازگی ندارد. این ایرادها از قدیم دست‌آویز جهال و اشخاص متعصب بوده و بر اشخاص بااطلاع حقیقت روشن شده است، جواب آن بارها داده شده است و لازم به تکرار نیست. کین‌توزی و ستیزه کردن نسبت به گذشته‌ای که امروز ثابت شده علم و زبان و فرهنگ و تمدن دنیا رهین آن است و باعث افتخار جهانیان می‌باشد و مطرح کردن مسائل بچه‌گانه و تهمت‌زدن و عوام‌فریبی روش جدیدی برای راهنمایی نمی‌باشد.

---

[1] کریستنسن، شاهنشاهی ساسانیان، چاپ مجتبی مینوی، تهران، ۱۴۱۴ ص ۷۴ و ۷۵.

La Magie en Perse

جادوگری در ایران

I. Origine de la Magie en Perse

La religion primitive des Aryens. La religion primitive des Aryens fut le culte d'un dieu unique, mais bientôt ce dieu créateur se confondit avec l'univers créé par lui. Chacun de ses attributs devint comme une personne distincte et reçut les hommages aveugles de la foule. Le polythéisme naquit et avec lui les impuretés d'un culte corrompu. Les divinités et les cérémonies de cette religion, dégénérée furent conservées par les Aryens qui s'établirent plus tard en Hindoustan. Heureusement pour les tribus aryennes qui continuèrent à résider en Bactriane, survint un réformateur qui les arracha à leurs erreurs en les ramenant au culte d'un dieu unique.

Zoroastre – Ce réformateur se nommait Zoroastre. On ne connaît pas la date de sa naissance, et peu de choses de sa vie, sinon qu'il fut, comme Confucius, une sorte de philosophe qui n'eut d'autre but que de simplifier le culte et d'épurer la religion. A défaut de sa vie, nous connaissons l'œuvre du prophète, elle commande l'admiration, il n'y a pas dans toute l'antiquité de doctrine aussi pure, aussi opposée au polythéisme des races chamitiques et sémitiques. Il est difficile de concevoir avec l'aide de la seule raison un culte qui se rapproche autant des vérités éternelles. On peut s'en convaincre en étudiant les ouvrages sacrés composés par Zoroastre ou du moins inspirés par lui.

Les livres sacrés – Voici, d'après A. Hovelacque, le titre de ces vingt et un nosks et l'énumération sommaire des matières qu'ils traitaient:

1- Le Citud Yest, traitait de la grandeur des êtres divins, un prêtre qui le récite par trois fois, selon les principes indiqués, voit venir à lui les créatures célestes, il comprend 33 chapitres;

2- Le Citud Char, comprenait 22 chapitres. Il traitait de la prière, de la pureté des œuvres, des aumônes, de l'unité qui doit régner entre proches;

3- Le Vahist Mansrah, composé également de 22 chapitres traitait de différentes observations de la loi, des bonnes intentions, etc.;

4- Le Bagh, 21 chapitres, traitait des de voirs imposés par la loi et du moyen de parvenir au Paradis;

5- Le Duvazdah Hamact, traitait de la connaissance des deux mondes et des êtres qui les peuplent, de la révélation qu'en a faite la divinité, de la résurrection et du jugement dernier;

6- Le Nadir, 35 chapitres. Il y était par lé du monde, des astres, de la forme et de la vie du ciel, de la cosmogonie générale;

7- Le Pacam, composé de 22 chapitres, traitait des quadrupèdes, des 6 grandes fêtes des Gahanbars, commémoratives de la création;

8- Le Ratustai, composé primitivement de cinquante chapitres, sur lesquels il n'en restait plus que treize à l'époque d'Alexandre, traitait des différents chefs de la création, des princes, des juges, de la fondation des villes;

9- Le Baras, 60 chapitres, réduits â 12 au temps d'Alexandre; il y était également traité des princes et des juges, puis de certaines fautes que commettent les hommes;

10- Le Kasakcirah, 60 chapitres, réduits à 15 au temps d'Alexandre. Ce livre s'occupait de la vertu, de la sagesse, des choses qui amènent l'homme au bien;

11- Le Vastacp Sah, composé primitivement de 60 chapitres, sur lesquels 10 survivaient seulement au temps d'Alexandre, traitait du développement que reçut la foi mazdéenne sous Vistacp.

12- Le Khast, composé de 22 chapitres et divisé en six parties, traitait de la foi qui est due aux enseignements de Zoroastre, de la soumission à la loi et aux princes, de la culture de la terre et des plantes, des catégories humaines (princes, juges et théologiens; guerriers, agriculteurs, commerçants et industriels);

13- Le Cafand, 60 chapitres, traitait de la science nécessaire aux hommes et des prodiges opérés par Zoroastre;

14- Le Jarast, composé de 22 chapitres, traitait des origines de l'homme, de son existence, dans le sein de la mère et de son sort après la naissance;

15- Le Baghan Yast, 17 chapitres, faisait l'éloge des créatures célestes;

16- Le Nayarum, composé de 54 chapitres, traitait de précéptes préceptes spéciaux à cetraines circonstances de la vie;

17- L'Acparum, composé de 64 chapitres, traitait entre autres choses, des actions permises et de celles qui ne l'étaient pas;

18- Le Devacerjed, 65 chapitres, parlait des unions entre consanguins, de la connaissance de l'homme et des quadrupèdes;

19- L'Ackarem 52 chapitres, traitait du développement des arts jusqu' au jugement dernier et parlait de celui-ci;

20- Le Vendidad, composé de 22 chapitres;

21- Le Hadokht, composé de trente chapitres, traitait des prodiges de la création et des bonnes actions de Zoroastre.

La religion de Zoroastre – Telle qu' elle ressort des livres sacrés, la doctrine de Zoroastre, ou mazdéisme, c'est-à-dire, science universelle, repose sur l'idée de la création. La création est l'œuvre d'Ormuz, le principe du bien, représenté par la lumière, le feu, le soleil. Ormuz est le Dieu souverain et unique. Il n'a pas eu de commencement et n'aura pas de fin. C'est lui qu'invoque en ces termes élevés le poète du Yaçna: « Je te célèbre, ô créateur lumineux, et resplendissant, très intelligent et très beau, éminent en pureté, qui possède la bonne science, toi qui nous a créés, qui nous a formés, qui nous a nourris, toi le plus accompli des êtres intelligents.»

Certes, il est difficile d'avoir de la divinité une notion plus pure et qui se rapproche davantage du monothéisme. Mais par une étrange déviation, Zoroastre, se heurte au problème de l'origine du mal et ne pouvant l'expliquer, il invente Ahriman, la divinité malfaisante, l'auteur du crime et de la mort. Entre ces deux principes opposés s'engage une lutte terrible dont les hommes sont les spectateurs et trop souvent les victimes. Ormuz a sous ses ordres toute une hiérarchie d'esprits célestes qui combattent pour lui. Ce sont d'abord les six Amschaspands, dont les noms veuleut dire, bonté, vérité, justice, piété, richesse, immortalité, puis les Yzeds, répandus dans tout l'Univers et veillant à sa conservation, et enfin les Ferouers, formes pures des choses, créatures célestes répondant aux créatures terrestres. Mais Ahriman a pour serviteurs une armée de noirs de démons qui troublent la terre, y sèment le vice et y répondent les six Darvands, et aux Yseds les Dews ou démons, qui sont aussi puissants pour le mal que leurs antagonistes pour le bien.

De là l'opposition de deux mondes: l'un, celui de la lumière, qui ne produit que du bien; l'autre, celui des ténèbres qui ne produit que du mal. Le champ de bataille est l'univers entier. Les étoiles dans le ciel forment deux camps, les animaux sur la terre sont ennemis, les éléments eux-mêmes, entrent en lutte. Au milieu des deux armées, tiraillé en sens divers, se trouve l'homme. Tout se groupe autour de lui. De lui seul dépend l'issue du combat.

Cette allégorie est transparente. Ne nous sommes pas, en effet, placés entre nos bons et nos mauvais instincts, et n'est-ce pas l'essence même de la religion que de triompher de ces mauvais instincts?

Zoroastre le savait, et dans l'Avesta, il donne les moyens à l'homme d'assurer la victoire d'Ormuz sur Ahriman, en lui enseignant ses devoirs. Or, ces devoirs, deux mots les résument: lutter et mériter. Lutter contre ses mauvais instincts, en suivant certaines prescriptions, mériter par le travail. Au nombre de ces prescriptions recommandées: signalons la confession, les prières, la charité, les soins du corps et de l'esprit, l'amour de la famille. L'homme doit, en effet, se maintenir dans la pureté en avouant ses fautes. «Je me repens de tous mes péchés, lisons nous dans l'Avesta J'y renonce ainsi qu'à toute mauvaise pensée, à toute mauvaise action… Ayez pitié de mon âme, ô purs, dans ce monde et dans l'autre. J'y renonce par les trois paroles et je m'en repens».

Il s'aidera encore contre les suggestions d'Ahriman par la prière, mais à la condition de ne prier ni seul, ni pour lui seul. La prière s'adresse à Ormuz, aux astres, aux éléments: «O Lune, je t'invoque, astre brillant, éclatant de lumière et de gloire, qui parais en haut du ciel, qui élèves l'esprit et lui donne la paix; ô lune bienfaisante qui produit la verdure et l'abondance». L'homme invoquera aussi le feu. Il lui demandera «une science excellente, une langue douce et mélodieuse, une imagination et une intelligence qui comprend et l'avenir». il priera encore les eaux qui fertilisent: «O sources qui, du fond de la terre, montez et bouillonnez, beaux canaux, nourrissants, moelleuse eau limpide, douce eau courante, qui multipliez l'arbre et purifiez le désir, soyez bonnes et coulez pour nous».

Ces prières, il les adressera à toutes heures, chaque fois que sa pensée se dégagera des choses Matérielles. Le réformateur ne demandait pourtant pas l'impossible. L'ascétisme et le mysticisme n'étaient point à ses yeux le but suprême de la vieil ordonne de soigner et d'entretenir son corps. Il recommande le mariage, et les soins de la famille. Il prescrit de donner à ses enfants une instruction supérieure à celle qu'on a reçue et, seul parmi tous les fondateurs de religions antiques, fait un devoir impérieux de la charité envers ses semblables.

Mais le point sur lequel Zoroastre insiste le plus est l'obligation du travail ; avant tout, le travail de la terre, car la terre lui témoigne la première sa reconnaissance et il entre à ce sujet dans mille détails qui font de l'Avesta une sorte de traité d'agriculture.

«Laboure et sème, dit-il. Qui travaille avec pureté accomplit la loi. Il fait plus qu'en sac – réifiant dix mille fois». Grande et noble pensée qui a fait la supériorité des sociétés modernes, actives et agissantes, sur les sociétés antiques inertes, et l'angoissantes.

Telle est la vie de l'homme sur la terre pureté et travail. Mais Zoroastre ne l'abandonne pas ici-bas Il croit à une autre existence et c'est ici surtout que l'Avesta s'élève à une hauteur de conception vraiment sublime. La mort étant une victoire d'Ahriman, le cadavre est considéré comme impur. On le transportera sur une montagne où les oiseaux le déchiquèteront e soleil le rongera. Au bout de trois jours, l'homme se réveille. S'est- il mal conduit, Ahriman ou l'un de ses noirs acolytes le précipite dans un sombre abîme, qui pourtant, ne se referme pas à tout jamais sur lui, car ainsi que dans le purgatoire chrétien, les prières des survivants peuvent abréger la durée de son supplice. A-t-il, au contraire, mérité une récompense, il est mené par les Yzeds au sommet du mont sacré, et voit s'ouvrir devant lui le grand passage. Mais une figure charmante et souriante se présente devant lui, et comme Béatrice à Dante, lui tend les bras en l'appelant vers elle: «Qui donc es-tu, ô beauté? Jamais je n'ai rien vu de si pur au monde. Ami, je suis ta vie même, ta pure pensée, ton pur parler, ton activité, pure et sainte. J'étais belle; tu me fis très belle. Voilà pourquoi je rayonne, glorifiée devant Ormuz.» Elle dit, prend l'homme par la main et le conduit au ciel. Désormais l'âme et l'homme ne font qu'un. Ils se sont retrouvés', mais détachés de toute enveloppe matérielle L'Avesta les représente abîmés dans la contemplation de Dieu. Ils nagent dans les régions célestes, ils planent d'un vol d'aigle, ils s'élancent au-dessus des mondes avec la rapidités de l'éclair.

II. Naissance et development de la magie

Les Mages – Cette religion si pure et si noble fut plus tard, comme toutes les religions orientales, défigurée par ses ministres. Ils se nommaient les Mages et formaient une corporation redoutable et puissante, sans néanmoins constituer une caste héréditaire, car ils admettaient des étrangers parmi eux. Les Mages se divisaient en trois catégories, les Erbedes, ou disciples, les Moghbedes, ou maîtres, les Destour Mogbedes ou maîtres supérieurs. On leur imposait de singulières épreuves; ils devaient creuser la terre jusqu' a ce qu'ils eussent trouvé de l'eau, passer à travers la feu, jeuner dans la solitude, etc. Leur costume se composait d'une longue robe traînante, serrée autour du corps par une large ceinture. C'est encore le costume que portent aujourd'hui les derniers sectateurs de Zoroastre, les Parsis ou Guebres de l'Hindoustan. Les Mages n'avaient pas de temple. Ils adoraient Ormuz en plein air, sous la forme du feu: symbole le plus pur de la divinité toujours agissante, aussi les souverains persans furent-ils, dans leurs conquêtes, des iconoclastes et des destructeurs de temples.

Les mages ne se contentèrent pas de l'influence morale. Ils imposaient au roi certaines épreuves avant son couronnement, et, pendant son règne, diverses occupations - Ils siégeaient dans ses conseils et rendaient la justice en son nom. Parfois même, ils usurpaient le pouvoir. Aussi, le mazdéisme se ne maintint-il pas dans la pureté où nous le montre l'Avesta. Au contact de la Grèce et de l'Assyrie, il s'altéra. Les Sassanides le restaurèrent un moment, mais les Musulmans le renversèrent à tout jamais et les compatriotes de

Zoroastre ont oublié jusqu' au nom du législateur qui fit la fortune et la grandeur morale de leurs ancêtres.

La Magie – Au début les Mages respectaient la religion de Zoroastre, leur principale occupation était de détruire les animaux nuisibles, œuvre d'Agra Mainyons, tels que fourmis, serpents, sauterelles. Ils procédaient aussi à des sacrifices et tiraient des présages des entrailles de leurs victimes. Hérodote prétend que les mages ne se contentaient pas toujours de sacrifices d'animaux, et qu'ils sacrifiaient volontiers aux Dieux des jeunes garçons et des jeunes filles. De telles coutumes ne furent introduites dans le mazdéisme que par les mages de Médie, caste sacerdotale établie dans le pays bien avant l'invasion des Iraniens, et qui sut se faire admettre parmi les Aryens comme tribu nouvelle et conquérir peu à peu sur les vainqueurs l'influence dont ils avaient joui chez les vaincus.

Ils s'établirent comme intermédiaires entre les dieux et les hommes. Nulle cérémonie religieuse ne put être accomplie sans eux. «Sans mages, point de sacrifice possible», dit Hérodote. L'astrologie, les incantations, les exorcisme, la divination furent mêlés par eux aux simples pratiques de l'ancien culte zoroastrien. L'usage de prédire l'avenir d'après la disposition de brins de tamaris réunis en faisceau fut transmis par eux des Scythes aux Mèdes ; chez les premiers, c'étaient des roseaux ou des baguettes de saule qui servaient à ce genre de divination; en Médie, on ne voyait jamais un mage sans son barecman ou bouquet de tamaris.

Il y eut parfois chez les Iraniens de violentes réactions politiques et religieuses contre l'ambition envahissante des mages. La magophonie ou massacre des mages qui suivit le renversement du faux Smerdis, devint un anniversaire joyeusement célébré en Perse, et durant lequel aucun mage n'osait se montrer en publie.

La Magie proprement dite – Les Mages, ainsi que leur nom l'indique, ont donné naissance à cette, science du merveilleux que l'on nomme la Magie et qui fut en si grand honneur au moyen âge. Les Mages connaissaient l'art de guérir les maladies et les plaies par les simples herbes qu'ils allaient cueillir dans les prés et dans les bois. Ils composaient des breuvages magiques, tels que philtres d'amour, élixirs de longue vie et donnèrent naissance à des pratiques curieuses, comme l'envoûtement, les lancements de sorts, la transmission des blessures et maladies à distance par simples attouchements sur une statuette de cire représentant la victime à soumettre au mal. Ils tentèrent aussi bien avant nos savants actuels, la transformation des métaux et notamment du plomb en or. Ils avaient pour cela des procédés bizarres, paroles magiques et cabalistiques, et croyaient notamment qu'il suffisait d'enfermer en un trou creusé en terre un rayon de soleil qui après un certain nombre d'années, devait se transformer en un lingot. Ils n'ignoraient rien de nos pratiques actuelles de la suggestion, transmission de pensée, magnétisme, hypnotisme et pouvaient, tels que les fekirs de l'Inde se plonger eux-mêmes en état de catalepsie. La plupart d'entre eux, toute question de sortilège et de magie mise à part, étaient de véritables savants.

Influence de la Magie en Chaldée – La magie devait avoir sa répercussion en Assyrie et en Chaldée. Ce n'étaient pas seulement les aïeux des morts qui jouaient pour les habitants de Babylone et de

Ninive le rôle de bons ou de mauvais génies. Toute atmosphère etait pour eux peuplée d'êtres invisibles dont l'influence sur les évènements de la vie était considérable et qui répandaient le bonheur ou le malheur suivant qu'on avait su les rendre ou non favorables.

Il serait impossible de décrire ou d'énumérer tous ces démons familiers dont l'imagination chaldéenne avait rempli l'espace à l'époque d'ignorance ou tout pour les hommes était sujet d'inquiétude ou de terreur. On les représentait sous les formes les plus étranges et parfois les plus monstrueuses. Les cylindres, les chatons de bague, les cachets sont couverts de leurs figures effrayantes ou grotesques.

L'un d'eux, le démon du vent du sud-ouest, celui qui représente le souffle aride et desséchante du Khamsin ou Simoun de Mésopotamie, a sa statuette au Louvre. Il se dresse sur ses pieds de derrière terminés par des serres d'aigle-, il a le corps maigre et robuste d'un fauve, ses épaules portent l'immenses ailes, sa face camarde et décharnée est hideuse à voir, son front est surmonté de cornes et de sa gueule grimaçante semble sortir un rugissement de fureur.

Les Babyloniens surtout ont épuisé les ressources du monstrueux dans ces représentation qui contiennent toutes les laideurs de la bête et de l'homme dans des corps hideux et puissants.

Il semble que tous ces génies soient des génies du mal et, en effet, aucun ne se montrait gratuitement favorable. Il fallait acquérir leurs bienfaits ou tout au moins détourner leur colère par des incantations, des sortilèges, par des opérations magiques sans cesse renouvelées.

Les amulettes, les talismans, les syllabes fatidiques ne furent nulle part plus en honneur que dans la Chaldée. Cette contrée fut par la suite la vraie partie de la magie, car si la Magie prit naissance en

Perse, elle se développa. surtout à Ninive et à Balylone. Les prêtres chaldéens et assyriens furent les prédécesseurs des alchimistes, des astrologues et des, sorciers de moyen âge.

Le mauvais œil, les sorts, les envoûtements sortirent de son sein. Tout le cortège des mystérieuses terreurs qui pendant les siècles obscurs a hanté l'imagination humaine est venu des bords de l'Euphrate après avoir pris naissance en Perse. Il semble qu'il suffise de lire les phrases pleines de démences par lesquelles les Mages étaient censés conjurer les esprits ou seulement de contempler pendant quelque temps les hideuses figures dessinées ou découpées en nombre infini par les artistes babyloniens, pour sentir passer dans son cerveau comme un tourbillon de folie. Devant de pareilles impressions, on ne comprendrait pas que la Chaldée, source de tant d'erreurs, ait été, en même temps, un foyer de science et de lumière, si l'on n'admettait que ses prêtres n'eussent fait des superstitions populaires un moyen de domination, et ne les eussent entretenues dans le but de maintenir leur ascendant, mais en les dédaignant pour se livrer en secret à de plus hautes poursuites.

Conclusion – Nous sommes en notre siècle tentés de sourire des croyances et des procédés de sorcellerie des mages de Perse et de Chaldée, et pourtant il ne faut pas oublier que certaines de leurs pratiques citées ci-dessus, telles que l'alchimie, la transmutation des métaux sont presque des sujets d'actualité scientifique et que des savants illustres, Curie, entre autres, ont affirmé que la transformation des métaux, grâce au radium, serait réalisable dans quelques années. Nous sommes tous assez au courant des progrès extraordinaires réalisés dans l'hypnotisme et le magnétisme pour ne pas admirer la sagacité des mages qui, plusieurs milliers d'années avant nous, avaient dépouillé les sciences de leurs secrets.

Dans le domaine de l'occultisme, le psychisme n'a pas encore dit son dernier mot et nous serons peut-être surpris un jour de nous apercevoir que, là encore, les mages nous auront précédé et auront surpris des mystères que nous commençons seulement à entrevoir.